남한산성

남한산성

김훈 장편소설 · 문봉선 그림

학고재

일러두기

1 이 책은 소설『남한산성』의 개정판이다.
초판 발행(2007년) 이후 십 년 만에 100쇄를 넘기면서「못다 한 말」과
화가 문봉선의 그림을 새로 실었고 디자인을 새로 했다.
2 이 책은 소설이며, 오로지 소설로만 읽혀야 한다.
3 실명으로 등장하는 인물에 대한 묘사는 그 인물에 대한 역사적 평가가 될 수 없다.
4 참고문헌을 뒤에 실었다. 옛 기록에 서로 다른 부분이 많다.

하는 말

허송세월하는 나는 봄이면 자전거를 타고 남한산성에서 논다. 봄비에 씻긴 성벽이 물오르는 숲 사이로 뻗어 계곡을 건너고 능선 위로 굽이쳤다. 먼 성벽이 하늘에 닿아서 선명했고, 성안에 봄빛이 자글거렸다. 나는 만날 놀았다.

옛터가 먼 병자년의 겨울을 흔들어 깨워, 나는 세계악에 짓밟히는 내 약소한 조국의 운명 앞에 무참해졌다.
그 갇힌 성안에서는 삶과 죽음, 절망과 희망이 한 덩어리로 엉켜 있었고, 치욕과 자존은 다르지 않았다.
말로써 정의를 다툴 수 없고, 글로써 세상을 읽을 수 없으며, 살아 있는 동안의 몸으로써 돌이킬 수 없는 시간들을 다 받아내지 못할진대, 땅 위로 뻗은 길을 걸어갈 수밖에 없으리.

신생의 길은 죽음 속으로 뻗어 있었다. 임금은 서문으로 나와서 삼전도에서 투항했다. 길은 땅 위로 뻗어 있으므로 나는 삼전도로 가는 임금의 발걸음을 연민하지 않는다.

밖으로 싸우기보다 안에서 싸우기가 더욱 모질어서 글 읽는 자들은 갇힌 성안에서 싸우고 또 싸웠고, 말들이 창궐해서 주린 성에 넘쳤다.

나는 아무 편도 아니다. 나는 다만 고통받는 자들의 편이다.

성 아래로 강물이 흘러와 성은 세계에 닿아 있었고, 모든 봄은 새로웠다.

슬픔이 나를 옥죄는 동안, 서둘러 작은 이야기를 지어서 내 조국의 성에 바친다.

2007년 4월

다시 봄이 오는 남한산성에서

김훈은 쓰다.

차례

눈보라

서울을 버려야 서울로 돌아올 수 있다는 말은 그럴듯하게 들렸다. 임금의 몸에 치욕이 닥치는 날에, 신하는 임금을 막아선 채 죽고 임금은 종묘의 위패를 끌어안고 죽어도, 들에는 백성들이 살아남아서 사직을 회복할 것이라는 말은 크고 높았다.

문장으로 발신(發身)한 대신들의 말은 기름진 뱀과 같았고, 흐린 날의 산맥과 같았다. 말로써 말을 건드리면 말은 대가리부터 꼬리까지 빠르게 꿈틀거리며 새로운 대열을 갖추었고, 똬리 틈새로 대가리를 치켜들어 혀를 내밀었다. 혀들은 맹렬한 불꽃으로 편전의 밤을 밝혔다. 묘당(廟堂)에 쌓인 말들은 대가리와 꼬리를 서로 엇물면서 떼뱀으로 뒤엉켰고, 보이지 않는 산맥으로 치솟아 시야를 가로막고 출렁거렸다. 말들의 산맥 너머는 겨울이었는데, 임금의 시야는 그 겨울 들판에 닿을 수 없었다.

안주(安州)가 무너졌다는 장계는 청병(淸兵)이 안주를 떠난 지 사흘 만에 도착했다. 적들은 청천강을 건넜을 것이다. 바람이 몰아가는 눈보라에 말발굽이 일으키는 눈먼지를 포개며 적들은 다가오고 있었다.

… 경들은 저 너머 겨울 들판이 보이는가? 나는 보이지 않는구나.

북방에서 오는 장계를 보고받는 자리에서 임금은 그 질문을 속으로 밀어넣으며 견디고 있었다. 임금은 늘 표정이 없고 말을 아꼈다. 지밀상궁들조차 임금의 음색을 기억하지 못했고 임금의 심기를 헤아리지 못했다. 임금은 먹을 찍어서 시부(詩賦)를 적지 않았고 사관을 가까이하지 않았으며, 양사(兩司)에 내리는 비답(批答)의 초안조차 승지들에게 받아쓰게 하여 묵적을 남기지 않았다.

…… 알았다. 물러가라.
…… 그렇겠구나.
…… 너의 말이 오활(迂闊)하다.
…… 좋지 않다. 가져가서 다시 논하라.
…… 천도(天道)는 계절을 경영하되 백성들이 여름 더위와 겨울 추위를 힘들어함도 또한 천도일 것이다.
…… 너는 강상을 높여서 말한다만, 강(綱)이 상(常)에 스며서 낮아지지 않으면 어찌 강상이라고 하겠느냐.
…… 너의 소(疏)를 읽었다. 뜻이 가파르되 문장이 순하니 아름답다.
…… 말들이 엇물리나 모두 크구나. 경들은 어지럽지 아니한가.

그것이 늘 임금의 대답이었다. 임금은 혼자 있을 때도 보료에 몸을 기대지 않고 등을 곧추세웠다. 임금의 시선은 늘 서안 너머 방바닥의 한 점을 응시했다. 목소리가 낮고 멀어서 상궁들은 허리를 숙여서 임금의 목소리를 들었고, 나이 먹어서 귀가 어두운 내시들은 옥음을 모시지 못했다.
날이 저물었으나 임금이 내관을 물리치고 내관이 별감을 모두 물리쳐 불을 켜지 못한 편전은 어두웠고, 눈 쌓인 골기와 처마 끝에 긴 고드름이 매달렸다. 삼정승과 육판서는 이미 어전에 입시했고, 비변사 당상관들이 그림자처럼 조용히 편전으로 모여들었다. 아무도 불을 켜자고 말하지 못했다.

삼정승은 적세(敵勢)가 날카롭고 다급하므로 경기 일원의 군사로 어가를 받들어 강화도로 들어가자고 졸랐고, 삼정승 뒤로 도열해 앉은 비국당상(備局堂上)들은 두 팔로 방바닥을 짚고 고개를 숙인 채 말이 없었다. 당상들은 죄를 몸속 깊이 사무치게 하여 죗값을 받아들이고 있었다. 임금의 낮은 목소리가 울리자 당상들의 머리가 방바닥에 닿았다.

— 청천강은 얼었는가?

영의정 김류가 대답했다.

— 좀 전에 당도한 도원수 김자점의 장계에는 강이 얼었는지 여부가 아뢰어 있지 않은지라 신들은 알지 못하옵니다.

— 대동강은 어떠한가?

— 신의 생각으로는 살얼음이 잡혔다 해도 아직 얼음이 두껍지 않아서 화포와 군마를 거느린 적병이 걸어서 건너지는 못할 것이옵니다.

— 청천강을 물었다. 청천강을 내주었는가?

— 아마도 그러할 것이옵니다. 서북의 군사를 안주로 모아 깊은 산성에 의지해 있는데, 적병들은 산성을 멀리 비켜서 대로를 따라 남하하고 있다 하옵니다.

— 안주는 금성철벽(金城鐵壁)에다가 서북의 중진(重陣)이라더니…….

안주는 북쪽으로 청천강의 사나운 물줄기를 두르고 동쪽으로는 험준한 산세가 잇닿은 천험이었다. 서북의 군병들은 안주를 본진으로 삼아 도로와 읍성을 비워놓고 깊은 산성에 둔(屯)을 치고 기다렸다. 영의정 김류가 진지전의 전략을 냈고, 도원수 김자점이 군사를 배치했다. 그러나 적들이 안주성을 멀리 돌아 빠른 기병을 앞세워 들길을 따라 달려온다면, 산성에 들어앉은 군사들은 화살 한 번 쏘지 못하고 이미 휩쓸고 지나간 적들이 일으킨 먼지를 바라보고 있을 터였다. 안주에서 평양까지는 보병 걸음으로 이틀 거리였고, 평양에서 개성까지는 큰길 가까이 배치한 군사가 없었다. 청천강을 내주고서 대동강을 지킬 도리는 없었다.

임금이 물었다. 길을 묻는 과객의 어조였다.

— 청천강 다음이 대동강이지?

김류가 대답했다.

— 전하, 적이 다시 대동강을 건넌다면 도원수와 평양과 황해의 감사, 병마사 들의 목을 베고 그 처자식들도 군율로 연좌함이 옳을 줄 아옵니다.

천장을 쳐다보던 시선을 거두어들이며 임금은 말했다.

— 그렇겠구나.

— …….

— 그렇겠어. 그러하되 적병이 이미 도성을 에워싸서 왕명이 강을 건너지 못한다면 서북 산성에 군율이 닿겠느냐.

— …….

임금은 또 혼자서 중얼거리듯 말했다.

— 경은 늘 내 가까이 있으니 군율이 쉽게 닿겠구나.

삼정승이 이마로 방바닥을 찧었다. 편전의 어둠이 짙어지고 임금의 그림자가 어둠 속에 스러졌다. 바람이 대궐 뒤 숲을 흔들어 나무 위에 쌓인 눈덩이 떨어지는 소리가 들렸다. 김류의 목소리에 울음이 섞였다.

— 전하, 신은 늘 대죄하고 있사옵니다.

임금이 또 물었다.

— 적의 주력이 기병이라 하던가?

김류가 고개를 들고 대답했다.

— 그러하옵니다. 여진의 호마(胡馬) 기병을 앞세우고, 백성들의 소달구지를 빼앗아 군수를 끌고 내려온다 하옵니다. 마초를 구할 길 없는 겨울에 적들이 기병을 움직여 깊이 들어오니 괴이하옵니다.

— 경은 그것이 괴이한가?

— …….

— 적들이 이미 청천강을 건넜으므로 그것은 괴이하지 않다. 경들은 마땅히 알라.

당상관들 속에서 관등과 소임을 밝히지 않은 자의 목소리가 들렸다.

— 전하, 목전에 이미 당도한 일을 어찌 괴이하다 하오리까.

— 적병의 수는 얼마쯤인가?

병조판서 이성구가 대답했다.

— 적의 대열이 들판을 뒤덮고 잇닿아 있어 그 수를 가늠하기 어렵사오나, 기보(騎步)를 합쳐서 십오만 이상은 될 것

이라 하옵니다.

서북의 산하는 어떠한가. 청천강이 서해에 닿는 하구의 겨울은 어떠한가……. 다시 천장을 바라보는 임금의 눈에 어느 고을 땅인지 알 수 없는 산수화의 환영이 어른거렸다. 눈이 멎고 하늘이 열리자 늙은 산이 오히려 우뚝하게 빛나서 검은 먹이 푸른빛을 뿜어냈고, 화폭 가장자리로 물러서는 먼 산의 잔영 너머에 석양이 깔리고 있었다. 빛나는 산하였다. 산과 들이 시간 속에서 출렁거렸다. 임금의 환영 속에서 그 화폭의 산하는 겨울이었고 눈보라가 들판을 휩쓸고 있었다.

청병은 북서풍처럼 밀려왔다. 말의 산맥에 가로막혀 적들은 보이지 않았지만, 말 탄 적들은 눈보라를 휘몰며 다가왔다. 고개 숙인 김류의 머릿속에서 이를 악문 겨울 강은 옥빛으로 얼어붙었고, 그 위를 땀에 번들거리는 청병의 군마들이 건너오고 있었다. 헐떡이는 말들의 허파 속으로 빨려들어가는 눈보라도 보였다.

경은 늘 내 가까이 있으니 군율이 쉽게 닿겠구나…….

임금의 말투는 장님이 벽을 더듬는 듯했다. 임금은 먼 곳을 더듬어서 복심을 찔렀다. 임금의 더듬는 말투 속에 숨겨진 칼의 표적이 도원수인지, 영의정인지, 김류는 알 수 없었다. 꿇어앉은 대열의 뒤쪽에서 정삼품 당상들은 더욱 몸을 낮추었다.

… 부딪쳐서 싸우거나 피해서 버티거나 맞아들여서 숙이거나 간에 외줄기 길이 따로 있는 것은 아닐 터이고, 그 길들이 모두 뒤섞이면서 세상은 되어지는 대로 되어갈 수밖에 없을 것이옵니다…….

김류는 그 말을 참아내고 있었다. 김류는 말했다.

— 전하, 이제 평양이 무너진다면 민심은 크게 흔들릴 것이옵니다. 개성에 묻어둔 군사 일천오백을 도원수 휘하로 보내 평양을 막아야 할 것이옵니다. 윤허하여주시옵소서.

이성구의 생각은 달랐다.

— 군사들이 당도하기 전에 평양은 이미 위태로울 것이옵니다. 개성의 군사들을 임진강 이남으로 내려서 파주를 지키심이 어떠하겠습니까?

임금은 대답했다.

— 내가 묻고자 하였다. 경들이 영상이고 병판이며 도원수고 병마사가 아니던가.

미닫이 밖에서 내관이 고했다.

— 좌부승지 입시옵니다.

좌부승지가 두루마리 장계를 받들어 올렸다.

— 개성 유수(留守)의 치계이옵니다.

임금이 문서를 삼정승에게 내렸다. 삼정승은 머리를 맞대고 두루마리를 풀었다. 삼정승이 장계를 다 읽을 때까지 임금은 문서의 내용을 묻지 않았다. 김류가 말했다. 목청 깊은 곳이 떨렸다.

— 전하, 적병이 이미 개성을 지났다 하옵니다.

— 임진강은 얼었는가?

— 치계에, 강물은 아뢰지 않았사옵니다.

이조판서 최명길이 삼정승 뒷자리에서 고개를 들었다. 그의 어조는 책을 읽듯 무덤덤했고 아무런 조바심도 스며 있지 않았다.

그는 평정한 말투로 다급함을 말했다.

— 전하, 사나운 적이 가까이 올수록 사직의 앞길은 먼 것이옵니다.

— 좋구나. 하나 그것은 적이 가까이 오지 않았을 때 할 수 있는 말 아닌가.

— 만승(萬乘)의 나라에도 한때의 약세는 늘 있었고, 군왕이 도성을 버림은 망극한 일이오나 만고에 없는 일은 아니옵니다.

— 강화도로 가자는 겐가?

— 그러하옵니다. 전하께서 연부역강하시고, 세자와 대군 또한 늠름하시니 어찌 한때의 곤궁으로 사직을 걱정하오리까. 속히 조정을 거느리고 강화도로 드옵소서.

— 그다음은 어찌해야 하겠는가?

— 강화를 방비하면서 삼남(三南)의 근왕병을 교서로 불러 모아 회복을 도모할 수 있을 것입니다. 또 신들이 적장을 대면하면 어찌 화친의 길이 없다 하겠습니까.

— 화친을 배격하고 오로지 대의를 곧게 하니 적들이 깊이 들어온 것 아닌가. 오늘의 일이 대의에 비추어 어떠하냐?

— 지금은 대의가 아니옵고 방편에 따라야 할 때입니다. 불붙은 집 안에서는 대의와 방편이 다르지 않을 것이옵니다.

— 그 방편이 강화도인가?

— 그러하옵니다. 한겨울에 대군을 몰아서 깊이 들어왔으니, 적들도 오래 머물지는 못할 것이옵니다. 전하, 성심을 굳

게 하시고 머뭇거리지 마옵소서.

— 파천이 여염의 이사가 아닐진대, 머뭇거릴 일이 아니기로 당장 결정지을 수 있는 일이겠는가.

— 전하, 적은 빠르기가 들짐승 같아서 개성에서 서울까지 기병의 하룻길입니다. 전하, 속히 성지(聖旨)를 내려주소서.

적이 임진강을 건넜으므로, 서울을 버려야 서울로 돌아올 수 있다는 말은 그럴듯하게 들렸다. 종묘와 사직단 사이에서 머뭇거리다 도성이 포위되면 서울을 버릴 수 없을 것이고, 서울로 다시 돌아올 일은 아예 없을 터였다. 파주를 막아낼 수 있다면 서울로 돌아오기 위해 서울을 버려야 할 일이 없을 터이지만, 그 말이 옳은지 아닌지를 물을 수 없는 까닭은 적들이 이미 임진강을 건넜기 때문이었다. 반드시 죽을 무기를 쥔 군사들은 반드시 죽을 싸움에 나아가 적의 말발굽 아래서 죽고, 신하는 임금의 앞을 막아선 채 죽어서 그 충절을 후세에 전하리라는 말은 우뚝하였으나 적들은 이미 임진강을 건넜으므로 그 말의 크기와 높이는 보이지 않았다.

서안 너머 방바닥에 시선을 고정한 임금은 독백처럼 중얼거렸다.

— 가야겠구나. 가자.

삼정승, 육판서, 비국당상 들이 손바닥으로 방바닥을 치며 흐느꼈다.

— 망극하오이다. 전하……. 천도는 여전히 바르고, 민심은 오로지 전하를 향하여 있으니 어찌 회복이 멀겠나이까…….

울음 같은 소리들이 편전의 어둠을 울렸다.

— 빈궁과 대군들은 종묘의 신주를 받들어 먼저 떠나라. 사직단의 위판도 함께 모셔라. 나는 세자를 데리고 뒤에서 따르겠다. 서둘러라.

영의정 김류가 무릎걸음으로 임금에게 다가갔다.

— 전하, 밝은 날 이어하시려면 일찍 침전에 드소서. 신들은 밤을 새워 대가를 갖추오리다.

— 가보니 이틀 길이더구나. 강화행궁을 불 지르지 않은 게 다행이로군.

언 강

가보니 이틀 길이더구나……. 스치는 바람 같은 말투로 임금은 십 년 전 정묘년의 겨울을 편전의 어둠 속으로 끌어당겨놓았다. 그해 겨울에도 후금군(後金軍)은 황해도 평산까지 들이닥쳤고, 임금은 종묘의 신주를 받들고 강화도로 들어갔다. 깊은 겨울에 강이 얼기를 기다려 적들은 깊숙이 들어왔고, 공세는 오직 서울을 목표로 삼아 남쪽으로 집중되었다. 적들은 산성을 공격하지 않았고 읍성을 점령하지 않았다. 길에서 머물지 않았고 뒤를 돌아보지 않았으며 우회하지 않았다. 적의 뒤로 처진 서북의 관군들이 뒤늦게 산성에서 나와 적의 후방을 건드렸으나, 적의 앞길은 비어 있었다. 봄에, 임금은 강화성에서 나왔다. 임금은 성문 앞에 쌓은 제단에서 적장을 맞아 형제의 나라가 되기를 맹약하고 흰 말과 검은 소를 잡아서 피를 뿌려 하늘에 고했다. 적들은 임금에게 말 피를 마셔서 하늘에 고한 약속을 몸속에 모시라고 요구했다. 놋사발 속에서 식은 말 피가 선지로 엉겨 있었다. 대신들이 적 앞에 나아가 임금이 상중(喪中)이어서 버거운 의전을 감당할 수 없으며, 동방의 풍속은 짐승의 생혈을 먹지 않는다고 간청했다. 그날, 임금은 비린 말 피를 마시지 않을 수 있었다. 적들은 조공과 포로를 거두어 돌아갔고, 임금은 돌아가는 적들을 배웅하며 서울로 돌아왔다. 그 뒤 십 년 동안 명(明)의 대륙은 급속히 무너져갔다.

여진의 족장 누르하치는 만주의 모든 부족을 아우르고 합쳐서 국호를 후금이라 내걸고, 스스로 황제의 누런 옷을 입고 칸[汗]의 자리에 올랐다. 칸은 명의 변방을 어지럽히는 다른 부족장들의 목을 베어 명 황제에게 바쳤고, 명 황제가 상을 내리며 마음을 푼 사이에 발 빠른 군사를 휘몰아 명의 따뜻한 들판을 빼앗았다. 칸은 충성과 배반을 번갈아가며 늙어서 비틀거리는 명의 숨통을 조였다. 칸은 말뜻에 얽매이지 않았다. 본래 충성의 뜻이 없었으므로 명의 변방 요새들을 차례로 무너뜨려도 그것은 배반이 아니었다. 그에게 충성과 배반, 공손과 무례는 다르지 않았다. 칸은 그의 족속들과 더불어 죽이고 부수고 빼앗고 번식하는 일에 거리낌이 없었다. 늙은 칸은 등에 돋은 종기가 곪아서 죽었다. 작은 종기였다.

누르하치의 여덟째 아들 홍타이지는 아비가 죽자 형들을 죽이고 황제의 자리에 올라 국호를 청(淸)이라 내걸었다. 명령을 칙(勅)이라 하였으며, 가르침을 조(詔)라 하였고, 스스로 짐(朕)을 칭하였는데, 그의 백성들은 종족의 말 그대로 칸이라고 불렀다. 젊은 칸은 여자와 사냥개를 좋아해서 그의 진중 군막 안에는 허리 가는 미녀들이 가득했고, 사냥개들이 미녀들의 군막을 지켰다. 젊은 칸은 또 몽고 말을 귀하게 여겼다. 황제가 말의 입 속과 똥구멍을 직접 살폈는데, 입 속 냄새가 향기롭고 이빨에 푸른 기운이 돌며 입천장의 구름무늬가 선명하고, 똥이 가볍고 똥구멍의 조이는 힘이 야무진 말을 보면 여자와 바꾸었다.

칸의 눈매는 날카롭고 광채가 번득였다. 상대를 녹일 듯이 뜨겁게 바라보았다. 아무도 칸과 시선을 마주치지 못했다. 칸의 결정은 신속하고 단호했다. 칸은 구운 오리고기에서 뼈를 발라내며 군대의 진퇴를 결정했고, 입을 우물거려 오리 뼈를 뱉으며 명령을 내렸다. 그는 사냥개를 좋아해서 몽고와 티베트에서까지 종자를 구했고, 부족장들은 고을을 뒤져 영특한 개를 찾아서 바쳤다. 혓바닥이 뜨겁고 콧구멍이 차가우며 발바닥이 새카맣고 똥구멍이 분홍색이고 귓속이 맑은 개를 칸은 으뜸으로 여겼다. 개들은 깡마르면서도 날랬고, 사납고도 온순했다. 적게 먹고 멀리 달렸고, 멀리 달리고도 헐떡거리지 않았다. 개들은 자는 모습을 주인에게 보이지 않았다. 칸은 개들을 조련시켜서 수십 마리가 같은 시간에 같은 장소에 모여 똥을 누게 했다. 사냥에 나가는 아침에 개들은 일제히 똥을 내질러 몸무게를 줄였고 뒷발질로 흙을 파서 똥 무더기를 덮었다. 칸은 개들을 전쟁터에도 데리고 나갔다. 개들은 낯선 부족의 몸 냄새와 똥 냄새를 따라서 산속으로 군사들을 인도했다.

칸은 먹고 마시는 일에도 얽매임이 없었다. 싸움이 없는 날에는 진중 군막에서 하루에 여섯 끼를 먹었고, 싸움이 계속되는 날에는 말린 양고기를 말젖에 적셔 먹으며 며칠씩 버티었다. 밥을 먹을 때는 부족장들을 모아서 빙 둘러앉혔고, 먹기 전에 장수들을 끌어안고 얼굴을 비비고 등을 두드렸다. 군막 안으로 개들이 들어와 먹는 자리 옆에서 앞다리를 버티고 앉아 있어도 칸은 개들을 내쫓지 않았다. 칸이 고깃덩어리를 높이 던지면 개들이 솟구쳐 올라 고기를 받아먹었고, 칸이 빈손으로 던지는 시늉만 하면 개들은 솟구쳐 오르지 않았다. 부족장들은 허리를 꺾고 웃었다. 가을이면 들판에 가득 널린 말똥이 햇볕에 말라서 바스라졌다. 바람이 불어서 마른 말똥의 향기가 대기에 스몄고, 칸은 그 말똥

향기를 좋아했다. 개들이 코를 벌름거리면서 말똥 바람을 들이마셨다.
젊은 칸의 나라는 말 먼지 속에서 강성했다. 칸은 요동을 차지했고, 북경을 포위해서 명의 목젖을 눌렀다. 명의 숨통이 거의 끊어져갈 무렵 칸은 조선 임금에게 국서를 보내, 명의 연호를 버리고 명에 대한 사대를 청으로 바꿀 것과 왕자와 대신을 인질로 보내 군신의 예를 갖출 것을 요구했다. 머리를 길게 땋고 양가죽 옷을 걸친 사신이 호위 군사를 부려서 칸의 국서를 수레 위에 받들어 왔다. 칸의 문장은 거침없고 꾸밈이 없었으며, 창으로 범을 찌르듯 달려들었다. 그 문장은 번뜩이는 눈매에서 나온 듯했다.

> 내가 이미 천자의 자리에 올랐으니, 땅 위의 모든 살아 있는 것이 나를 황제로 여김은 천도에 속하는 일이지, 너에게 속하는 일이 아니다. 또 내가 칙으로 명하고 조로 가르치고 스스로 짐을 칭함은 내게 속하는 일이지, 너에게 속하는 일이 아니다.
> 네가 명을 황제라 칭하면서 너의 신하와 백성들이 나를 황제라 부르지 못하게 하는 까닭을 말하라. 또 너희가 나를 도적이며 오랑캐라고 부른다는데, 네가 한 고을의 임금으로서 비단옷을 걸치고 기와지붕 밑에 앉아서 도적을 잡지 않는 까닭을 듣고자 한다.
> 하늘의 뜻이 땅 위의 대세를 이루어 황제는 스스로 드러나는 것이다. 네가 그 어두운 산골짜기 나라에 들어앉아서 천도를 경영하며 황제를 점지하느냐. 황제가 너에게서 비롯하며, 천

하가 너에게서 말미암는 것이냐. 너는 대답하라.

너의 아들과 대신을 나에게 보내 기뻐서 스스로 따르는 뜻을 보여라. 너희의 두려움을 내 모르지 않거니와, 작은 두려움을 끝내 두려워하면 마침내 큰 두려움을 피하지 못할 것이다. 너는 임금이니 두려워할 것을 두려워하라. 너의 아들이 준수하고 총명하며, 대신들의 문장이 곱고 범절이 반듯해서 옥같이 맑다 하니 가까이 두려 한다.

내 어여삐 쓰다듬고 가르쳐서 너희의 충심이 무르익어 아름다운 날에 마땅히 좋은 옷을 입혀서 돌려보내겠다.

대저 천자의 법도는 무위(武威)를 가벼이 드러내지 않고, 말 먼지와 눈보라는 내 본래 즐기는 바가 아니다. 내가 너희의 궁벽한 강토를 짓밟아 네 백성들의 시체와 울음 속에서 나의 위엄을 드러낸다 하여도 그것을 어찌 상서롭다 하겠느냐.

그러므로 너는 내가 먼 동쪽의 강들이 얼기를 기다려서 군마를 이끌고 건너가야 하는 수고를 끼치지 말라. 너의 좁은 골짜기의 아둔함을 나는 멀리서 근심한다.

국서를 들고 온 칸의 사신 일행은 대궐에서 가까운 별궁에 보름씩 묵으며 기녀를 불러들여 교접했다. 정삼품 접반사가 사신 일행을 수발했다. 사신이 자색을 타박하며 기녀를 내치면 접반사가 다른 기녀를 들였다. 사신의 부관과 구종잡배들이 내쳐진 여자를 끌어들여 품었다.

조정은 얼어붙었다. 아무도 두려움을 말하지 않았다. 침묵은 얼어서 편전 땅 밑으로 깔리고, 그 위에서 언설은 불꽃으로 피어올랐다.

…… 전하, 적의 문서는 차마 읽을 수 없고 옮길 수 없는 것이옵니다. 짐승을 어찌 교화할 수 있으며, 오랑캐를 어찌 예로써 대할 수 있겠습니까. 적의 사신을 목 베고 그 머리를 국경에 효수하여 황제를 참칭한 죄를 물으시고 대의를 밝히소서.

…… 전하, 화친을 발설한 최명길과 그의 무리들을 모조리 목 베고 속히 개성으로 이어하시어 결전의 진을 펼치소서.

…… 개성은 서울에서 지척이옵니다. 팔도의 군사를 평양으로 모으시고 전하께서도 평양으로 드시어 북방을 방비하는 기세를 보이시옵소서.

…… 전하, 외딴섬 강화도에 조정의 피란처를 미리 마련해놓고서야 어찌 적을 맞아 군사와 백성들의 마음을 전하께 모을 수 있겠습니까! 어찬(魚饌)을 줄이시고 가무를 폐하시고, 강화행궁을 불 질러 임금과 백성이 함께 싸우려는 뜻을 세우소서.

접반사와 좌부승지 외에는 칸의 사신 일행을 개별적으로 대면하지 말라는 임금의 명령이 있었지만, 칸의 사신은 당상들을 한 명씩 별궁으로 불러들여 술상머리에 앉혔다. 마지못해 불려간 자들도 있었고 스스로 들락거린 자들도 있었다. 칸의 사신은 묘당의 깊은 곳을 염탐했고, 빠른 기병들을 심양으로 띄워 칸에게 밀서를 보냈다. 칸이 보낸 통역이 압록강을 건너왔다. 통역은 임금에게 보내는 칸의 말을 변방 수령에게 전했다.

> …… 네가 기어이 나를 동쪽으로 부르는구나. 너희가 산성에 진을 치고 있다 하나, 나는 대로를 따라 너에게로 갈 것이니 너희들의 깊은 산성은 편안할 것이다. 너는 또 강화도로 가려느냐. 너의 강토를 다 내주고 바다 건너 작은 섬에 숨어서 한 조각 방석 위에 화로를 끼고 앉아 임금 노릇을 하려느냐. 너희 나라가 유신(儒臣)들을 길러서 그 뜻이 개결하고 몸이 청아하고 말이 준절하다 하나 너희가 벼루로 성을 쌓고 붓으로 창을 삼아 내 군마를 막으려 하느냐.

강화행궁을 불 지르지 않은 게 다행이로군……. 임금은 바람 소리 같은 중얼거림으로 지난 십 년 세월을 선명히 요약했다. 대신들은 발소리도 없이 편전에서 물러났다. 이어를 준비하는 횃불은 대궐의 어둠을 밝혔고, 지밀나인들은 임금의 이부자리며 수저를 짐바리에 얹으면서 소리 죽여 흐느꼈다. 제조상궁이 무수리, 의녀, 어린 나인 들은 빈 대궐에 남든가 제집으로 돌아가라고 명했다. 밤새 눈이 내렸다. 골기와 지붕이 눈에 덮였고, 대전 추녀마루 위에 늘어선 손오공, 사자, 용, 잉어 들의 잡상(雜像)이 눈에 파묻혔다. 눈에 덮여서 들과 길이 지워졌고, 보름사리의 썰물이 빠져나간 강화도 쪽 한강 하구는 흐리고 아득했다.

그날, 임금은 강화도로 들어가지 못했다. 대군과 빈궁 일행을 먼저 보내고 임금은 오후에 출발했다. 기휘(旗麾)가 앞서고 사대(射隊)

와 의장(儀仗)이 어가를 에워싸고 백관과 궁녀와 노복 들이 뒤따랐다. 유건을 쓴 선비들이 눈 위에 꿇어앉아 이마로 땅을 찧으며 통곡했다. 눈길에 말들이 발을 헛디뎌 가교가 흔들렸고, 깃발을 든 군사들의 몸이 바람에 쏠렸다. 행렬은 더디게 나아갔다.

흐린 날은 일찍 저물었다. 창덕궁을 떠난 행렬이 남대문을 나와 도성을 막 벗어났을 때 눈이 또 내렸다. 홍제원 쪽에서 말을 몰아 달려온 군관이 행렬 앞에 꿇어앉았다. 군관은 적의 추격이 이미 파주에 들어왔고, 기병의 선발대는 무악재 쪽으로 다가오고 있으며, 또 한 부대는 양천, 김포 쪽을 막아서 강화로 가는 길이 끊어졌다고 고했다.

어가행렬은 방향을 거꾸로 돌려서 남대문 안으로 들어왔다. 임금은 남대문 문루에 올라가 바람을 피했다. 천장에서 놀란 새들이 퍼덕거렸다. 임금은 난간에 걸터앉아 어두워지는 도성 안을 우두커니 바라보았다. 짐보따리를 메고 어가를 따르던 백성들이 문루 아래로 모여들어 통곡했다. 군사들이 창으로 백성들을 밀쳐냈다.

어디로 가려느냐……. 여기서 머물겠느냐……. 임금은 묻지 않았다. 그날 어가행렬은 강화를 단념하고 남한산성으로 향했다. 행렬이 방향을 바꾸자 백성들이 수군거렸다. 어린아이들도 강화가 아니라 남한산성으로 간다는 것을 알았다. 창졸간에 행선지가 바뀌자 기휘들이 먼저 흩어졌다. 말편자를 갈아박는 틈에 기휘들이 깃발을 팽개치고 초저녁 어둠 속으로 달아났다. 사대는 달아나는 자들을 쏘지 않았고, 달아나는 자들을 잡으러 쫓아갔던 군사들도 돌아오지 않았다. 세자가 젖은 버선을 갈아신는 사이에 견마잡이가 달아났고, 뒤쪽으로 처져서 눈 위에 오줌을 누던 궁녀들은 행렬로 돌아오지 않았다. 피란민들이 의장과 사대에 뒤섞였고, 백성들이 끌고 나온 마소가 어가에 부딪혔다. 행렬을 따라가서 살려는 자들과 행렬에서 달아나서 살려는 자들이 길에서 뒤엉켜 넘어지고 밟혔다.

행렬은 수구문으로 도성을 빠져나와 송파나루에서 강을 건넜다. 강은 얼어 있었다. 나루터 사공이 언 강 위를 앞서 걸으며 얼음이 두꺼운 쪽으로 행렬을 인도했다. 어가행렬은 사공이 흔드는 횃불의 방향을 따라서 강을 건넜다. 눈보라 속에 주저앉은 말들은 채찍으로 때려도 일어서지 않았다.

임금은 새벽에 남한산성에 들었다. 지밀상궁들은 도착하지 않았고, 당상관들이 걸레를 적셔서 행궁 안 처소의 먼지를 닦았다. 내행전 구들은 차가웠다. 군사들은 성문을 걸어 잠그고 성첩(城堞)으로 올라갔다.

이틀 뒤에 청의 주력은 송파나루를 건너왔다. 청병은 강가 삼전도 들판에 본진을 펼쳤다. 강을 따라서 시오 리에 들어선 군막이 바람에 펄럭였다. 청의 유군(遊軍)들이 남한산성을 멀리서 둘러싸고 좁혀 들어왔다. 산세가 가파른 서문 쪽으로는 보병이 다가왔고, 물이 흘러서 들에 잇닿은 동문 쪽으로는 기병이 다가왔다.

그해 겨울은 일찍 와서 오래 머물렀다. 강들은 먼 하류까지 옥빛으로 얼어붙었고, 언 강이 터지면서 골짜기가 울렸다. 그해 눈은 메말라서 버스럭거렸다. 겨우내 가루눈이 내렸고, 눈이 걷힌 날

하늘은 찢어질 듯 팽팽했다. 그해 바람은 빠르고 날카로웠다. 습기가 빠져서 가벼운 바람은 결마다 날이 서 있었고 토막 없이 길게 이어졌다. 칼바람이 능선을 타고 올라가면 눈 덮인 봉우리에서 회오리가 일었다. 긴 바람 속에서 마른나무들이 길게 울었다. 주린 노루들이 마을로 내려오다가 눈구덩이에 빠져서 얼어 죽었다. 새들은 돌멩이처럼 나무에서 떨어졌고, 물고기들은 강바닥의 뻘 속으로 파고들었다. 사람 피와 말 피가 눈에 스며 얼었고, 그 위에 또 눈이 내렸다. 임금은 남한산성에 있었다.

푸른 연기

산줄기들은 가까이 다가와 성을 겹으로 외호했고, 물은 동쪽으로 흘러서 성 밖 들에 닿았다. 산이 물러서며 성 안팎으로 길이 열리는 자리가 조붓했다. 들이 헤벌어지지 않아서 산과 들은 옷깃을 여미고 맞아들이는 형국이었다. 성안은 오목했으나 산들이 바싹 조이지는 않았다. 성안 마을은 하늘이 넓어서 해가 길었다. 순한 물은 여름에도 땅을 범하지 않았다. 성벽을 따라서 소나무 숲이 서늘했고, 작은 물줄기들은 농경지 가까이 흘러왔다. 관아가 들어서기 전부터 땅에 기갈 들린 백성들이 성안으로 모여들어 개울을 끼고 마을을 이루었다. 마을은 작지만 복작거렸다. 오일장터 옆으로 술도가, 색주가, 대장간이 들어섰고 도살장과 푸줏간은 쇠전 뒤에 있었다. 숯가마, 옹기가마, 곳집, 새남터는 산 밑으로 자리 잡았다. 서낭당은 새남터에서 상엿집으로 넘어가는 고갯마루에 있었다. 성문 밖으로 나가는 상여는 서낭당에서 쉬어 갔다. 성안 백성들과 성 밖 백성들이 달구지를 끌고 성문을 드나들며 사고팔고 바꾸고 혼인하고 짐승들을 흘레붙였다. 개울이 마을로 다가오는 물가에 빨래터가 열려서 성안으로 시집온 아낙들이 물가에서 노닥거렸고, 개울 건너 언덕에 노란 무덤들이 돋아났다. 성안 마을은 작지만 자족했다. 땅 힘이 깊어서 수목이 옹골차고 우뚝했다. 숯과 땔나무는 화력이 좋고 불이 맑았다. 대장간과 옹기가마는 늘 분주했다. 성 밖 백성들이 곡식을 들고 와서 농장기며 항아리와 바꾸어 갔다. 지방관아가 옮겨 와서 삼거리 대로변에 추녀 들린 아사(衙舍), 순청과 감옥이 들어서자 성안 마을은 번듯하고 묵직했다. 죄인들은 순청 마당에서 처형되어 새남터에 버려졌다. 새남터 무당들이 굿판을 열어서 사또를 저주하며 죽은 자의 넋을 씻었는데, 관아에서는 아는 척하지 않았다.

성은 십 리 밖을 흐르는 강으로 격절되었고, 강의 여울이 사나워서 적의 대병이 건너오기 어려웠다. 성벽 밖은 산줄기가 가파르고 첩첩해서 적의 기병이 말을 몰아 다가올 수 없으며, 성 둘레는 가파르게 출렁거리며 길게 휘어져 갑자기 포위할 수가 없었다. 성벽이 급하게 휘어지는 굽이에서는 멀리 볼 수 있고 넓게 쏠 수 있어 적병이 성뿌리에 붙을 수 없고, 성 밑이 가팔라서 밖에서는 치쏘고 안에서는 내리쏘니 성뿌리에 붙는 적병이 기어오를 수가 없었다. 또 성안에 작으나마 농토와 물줄기가 있어서 오래 버틸 수 있으니, 병서에 이른 바, 편안히 진 치고 앉아서 멀리서 온 피곤한 적을 맞는 곳과 한 명이 지켜서 백 명을 물리친다는 지리(地利)의 노른자위가 바로 여기라고 지관과 병가들이 이구동성으로 말하였다. 산과 물의 형세로 보아 틀린 말이 아니었다.

성의 지세가 물을 두르고 산에 기댄 장풍국(藏風局)이라고는 하나, 규국(規局)이 작아서 품이 좁고, 안팎으로 통하는 길이 멀고 외가닥이어서 한번 막히면 갇혀서 뚫고 나가기가 어려우며, 아군이 성문을 닫아걸고 성첩을 지키면 멀리서 깊이 들어와 피곤한 적병이 강가의 너른 들에서 진을 치고 앉아 힘을 회복할 수 있고, 성 밑이 가팔라서 안에서 웅크리고 견딜 수는 있으나 나아가 칠 수가 없으며, 좌우가 막히고 가운데가 열려 적이 열린 곳을 막으면 목이 눌리고, 목이 눌리면 안팎이 통하지 못하여 원군을 불러서 부릴 수가 없으며, 또 성이 산에 기대어 있다 하나 성 밖 산봉우리에서 성안이 손샅처럼 굽어보여 내리쏘는 적의 화포를 피할 길이 없고, 성안 농토의 소출이 백성들의 일용에도 못 미쳐서 적이 성을 깨뜨리지 않고서도 말려 죽일 수 있고, 도성과 민촌이 가까워서 멀리서 온 적들이 약탈과 노획으로 군수를 충당하며 머물 수 있으니 병서에 이른 대로, 막히면 뚫기가 어려워서 멀리 도모할 수 없고, 웅크리고 견딜 수는 있으나 나아가 칠 수 없으므로 움직이면 해롭고, 시간과 더불어 말라가니 버틸수록 약해져서 움직이지 않아도 해롭고, 버티고 견디려면 트인 곳을 막아야 하는데 트인 곳을 막으면 안이 또한 막혀서, 적을 막으면 내가 나에게 막히게 되니 막으면 갇히고, 갇혀서 마르며, 말라서 시들고, 적이 강을 차지하니 물이 적의 쪽으로 흐르고, 안이 먼저 마르니 시간이 적의 편으로 흐르는 땅이 바로 여기라고 말하는 지관들도 있었는데, 그 또한 아주 틀린 말은 아니었다. 지덕(地德)의 거룩함을 말하는 목소리는 컸고, 곤궁함을 말하는 목소리는 작았다. 큰 목소리는 높이 울리면서 퍼졌고, 작은 목소리는 낮게 스미면서 번졌다. 그해 겨울 추위는 땅속 깊이 박혔고 공기 속에서 차가운 칼날이 번뜩였다. 성첩 위 총안(銃眼) 앞에서 가리개 없는 군졸들이 눈비에 젖었다. 군졸들의 손가락 마디가 떨어져 나갔고, 손가락이 제대로 붙어 있는 자들도 언손이 오그라져서 창을 쥐지 못했다. 청병이 강가의 본진으로 물러가 성벽을 집적거리지 않는 날, 성안은 고요했다. 내행전에서 수군거리는 임금과 대신의 말소리는 행전 장지문 밖을 넘어오지 않았고, 성첩에서 군졸들은 군호도 없이 교대했다. 성문이 닫히자 옹기가마와 술도가는 일이 없어 문을 닫았고 오일장도 열리지 않았다. 민촌에서는 아무런 소리도 들리지 않았다. 눈 덮인 들은 하얗게 비어 있었다. 새들이 빈 들에 내려와 눈을 헤집고 낟알을 찾았다. 낮닭이 길게 울어서 산봉우리 사이가 흔들렸다. 닭 울음소리는 성벽을 넘어가서 강가의 적진에까지 들렸다. 닭 우는 쪽을 향해 개들이 짖었다.

적들이 성벽으로 다가오지 않고, 지방 수령과 병사(兵使)들의 장계도 들어오지 않는 날, 임금은 초저녁에 침소에 들었다. 겨울 해가 짧아서 산에 기댄 성안은 일찍 어두웠다. 침소에 들기 전 임금은 남은 군량이 몇 날 몇 끼인지 점검했다.

— 먹이기를 하루 서너 홉에서 두세 홉으로 줄이면 사십오 일이나 오십 일은 버틸 수 있는데, 성안의 소출은 내년 가을에나 기약할 수 있고 성 밖의 곡식을 실어들일 길이 끊겼으니 얼마나 끼니를 더 연장해야 포위를 풀고 성 밖으로 나갈 수 있을는지, 신은 그것을 걱정하옵니다.

관량사(管糧使)는 아뢰었다.

— 걱정은 너의 소관이 아니다. 아껴서 오래 먹이되, 너무 아껴서 근력을 상하게 하지는 말아라…….

임금은 대답했다.

눈 덮인 행궁 골기와 위에서 초저녁 어둠이 새파랬다. 내행전 구들을 달구는 장작불 연기가 퍼졌다. 푸른 연기가 흐린 어둠 속으로 흘러갔다. 삭정이 타는 냄새가 향기로웠고 침소 방바닥은 따스했다. 임금이 옷을 벗느라 버르적거리는 소리가 마루까지 들렸다. 사관이 붓을 들어서 하루를 정리했다.

> 안팎이 막혀서 통하지 않았다. 아침에 내행전 마루에서 정이품 이상이 문안을 드렸다. 안에서, 알았다, 마루가 차니 물러가라……는 대답이 있었다. 오늘은 아무 일도 없었다. 임금은 남한산성에 있었다.

뱃사공

예조판서 김상헌은 청음석실에서 급보를 받았다. 마구간에서 말을 끌어내 새벽 산책을 나가려던 참이었다. 형의 편지를 품은 노복이 밤을 새워 달려왔다. 늙은 노복의 콧수염에 눈이 엉겨 있었고, 볼이 얼어서 말을 더듬었다. 노복은 눈 위에 꿇어앉아 편지를 올렸다.

> 적들이 이미 서교(西郊)에 당도하였고, 조정은 파천하였다. 어가는 남대문에서 길이 끊겨 남한산성으로 향하였다. 세자는 상감을 따랐다. 나는 빈궁과 대군을 받들어 강화로 간다. 그리 되었으니 그리 알라. 그리 알면 스스로 몸 둘 곳 또한 알 것이다. 참혹하여 무슨 말을 더 하겠는가. 다만 당면한 일을 당면할 뿐이다.

김상헌의 형 김상용은 일흔다섯 살이었다. 우의정 벼슬을 내놓고 초야로 돌아갈 때 임금은 붙잡지 못했다. 적이 다가오고 대궐이 술렁거리자 김상용은 보료에서 일어섰다. 김상용은 소임이 없는 신민으로서 어가를 따라나섰다. 강화도로 가는 눈길 위에서 쓴 편지를 노복을 부려서 동생에게 전했다. 급히 휘갈겨 쓴 편지였다.

> … 그리 되었으니 그리 알라. 그리 알면 스스로 몸 둘 곳 또한 알 것이다…….

양천, 행주, 김포의 눈 쌓인 벌판 위로 바싹 쫓기는 가마의 대열이 흘러가고, 그 뒤를 지팡이를 짚고 따라가는 늙은 형의 뒷모습이 김상헌의 눈앞에 어른거렸다.

— 너는 어찌하려느냐? 나를 따르겠느냐?

— 소인은 큰댁 대감께 매인 몸인지라…….

노복은 돌아갔다. 김상헌은 돌아가는 노복에게 곶감 한 접을 내주었다.

김상헌은 대청마루로 올라왔다. 김상헌은 선영이 있는 남쪽을 향해 무릎을 꿇고 엎드렸다. 몸의 깊은 곳에서 울음이 터져 나왔다. 몸이 울음에 실려 출렁거렸다.

… 가자, 나는 인간이므로, 나는 살아 있으므로, 나는 살아 있는 인간이므로 성안으로 들어가야 한다. 삶 안에 죽음이 있듯, 죽음 안에도 삶은 있다. 적들이 성을 둘러싸도 뚫고 들어갈 구멍은 있을 것이다. 가자, 남한산성으로 가자.

김상헌의 몸속에서 울음은 그렇게 울려 나왔다.

김상헌은 혼자서 떠났다. 그의 행장은 가벼웠다. 책과 벼루를 버리고, 미숫가루 다섯 되와 말린 호박오가리 열 근을 챙겼다. 말을 배불리 먹이고, 두꺼운 솜옷에 털모자를 쓰고 환도를 허리에 찼다. 김상헌은 삼각산을 서쪽으로 돌아서 송파나루로 향했다. 송파에 이미 적이 들어와 있으면 더 상류로 올라가 와부(瓦阜)에서 강을 건널 작심이었다.

겨울 새벽의 추위는 영롱했다. 아침 햇살이 깊이 닿아서 먼 상류쪽 봉우리들이 깨어났고, 골짜기들은 어슴푸레 열렸다. 그 사이로 강물은 얼어붙어 있었다. 언 강 위에 눈이 내리고 쌓인 눈 위에 바람이 불어서 얼음 위에 시간의 무늬가 찍혀 있었다. 다시 바람이 불어서 눈이 길게 불려갔고, 그 자리에 새로운 시간의 무늬가 드러났다. 깨어나는 봉우리들 너머로 어둠이 걷히는 하늘은 새파랬고, 눈 덮인 들판이 아침 햇살을 뿜어냈다. 숲에서 새들이 날개 치는 소리가 들렸고, 잠 깬 새들이 가지에서 가지로 옮겨 앉을 때마다 눈송이들이 떨어져 내렸다. 정갈한 추위였고, 빛나는 추위였다. 말발굽 밑에서 새로 내린 눈이 뽀드득거렸다. 말은 제 장난기에 홀려서 고삐를 당기지 않아도 앞으로 나아갔다. 말 콧구멍에서 허연 김이 뿜어져 나왔다. 김상헌은 폐부를 찌르는 새벽 공기를 깊이 들이마셨다. 몸이 찬바람에 절여지며 시간은 차갑고 새롭게 몸속으로 흘러들었다.

… 천도가 시간과 더불어 흐르고 있으니, 시간 속에서 소생할 수 있으리.

김상헌은 채찍을 휘둘러 말을 다그쳤다. 송파에서 날이 저물었다. 강이 얼어서 나룻배 두어 척은 강가에 묶여 있었다. 청병은 아직 오지 않았는데 청병이 다가온다는 소문에 나루터 마을은 흩어졌다. 남대문에서 방향을 돌린 어가행렬이 물가에 도착하기도 전에 임금이 송파나루에서 강을 건널 것이고, 청병은 임금의 뒤를 쫓아 들이닥칠 것이라는 소문이 돌았다. 주인 없는 개들이 말을 타고 다가오는 김상헌을 향해 짖다가 달아났다. 빈 마을에 늙은 사공이 한 명 남아 있었다. 김상헌은 사공의 초가 툇마루에 걸터앉았다. 사공의 어린 딸이 끓는 물에 미숫가루를 풀어서 내왔다. 찬바람에 전 몸속으로 뜨거운 것이 찌르고 내려갔다. 사공은 김상헌의 행색을 곁눈으로 살폈다.

— 강을 건너시렵니까?

— 그렇다. 어젯밤에 어가행렬이 여기서 강을 건넜느냐?

— 그러하옵니다. 소인이 얼음이 두꺼운 쪽으로 인도했습니다. 사람과 말이 모두 걸어서 건넜습니다.

눈이 움푹 꺼지고 솟은 이가 드러나서 늙은 사공은 들짐승처럼 보였다.

— 어가가 강을 건너서 어디로 갔다더냐? 남한산성이라 하더냐?

— 모르옵니다. 묻지 않았소이다.

미숫가루 냄새를 맡고 개들이 다가와 댓돌 아래 엎드렸다. 사공이 돌을 던져 개들을 쫓았다.

— 청병이 곧 들이닥친다는데, 너는 왜 강가에 있느냐?

— 갈 곳이 없고, 갈 수도 없기로…….

— 여기서 부지할 수 있겠느냐?

— 얼음낚시를 오래 해서 얼음길을 잘 아는지라…….

— 물고기를 잡아서 겨울을 나려느냐?

— 청병이 오면 얼음 위로 길을 잡아 강을 건네주고 곡식이라도 얻어볼까 해서…….

…이것이 백성인가. 이것이 백성이었던가……. 아침에 대청마루에서 남쪽 선영을 향해 울던 울음보다도 더 깊은 울음이 김상헌의 몸속에서 끓어올랐다. 김상헌은 뜨거운 미숫가루를 넘겨서 울음을 눌렀다. 이것이 백성이로구나. 이것이 백성일 수 있구나. 김상헌은 허리에 찬 환도 쪽으로 가려는 팔을 달래고 말렸다. 김

상헌은 울음 대신 물었다.

— 너는 어제 어가를 얼음 위로 인도하지 않았느냐?

— 어가는 강을 건너갔고 소인은 다시 빈 마을로 돌아왔는데, 좁쌀 한 줌 받지 못했소이다.

산이 멀어서 강은 더디게 저물고 있었다. 강 건너 들에서 치솟는 눈보라 속에 저녁 햇살이 들끓었다. 여울이 빠른 물목은 깊이 얼지 않아서 여기저기 얼음이 갈라진 틈에서 강물이 비어져 나오고 있었다.

— 말이 건널 수 있겠느냐?

— 어제는 말들이 건넜으나, 오늘은 얼음이 풀려서 말은 건널 수 없사옵니다.

— 내일은 어떠하냐?

— 내일은 청병이 올 터인데, 밤새 잘 얼는지 어떨는지…….

— 내 말을 주마. 오늘 나를 건네다오.

우물가에 묶인 말은 고개를 흔들어 갈기에 쌓인 눈을 털어냈다. 말은 강 건너 쪽으로 어두워지는 산들을 바라보았다. 목덜미에서 윤기가 흘렀다.

— 말을 다뤄본 적이 없어서…….

— 순한 말이다. 낯을 가리지 않는다. 가져라.

사공의 얼굴에 힘없는 웃음기가 스쳤다.

— 고마우신 말씀이나, 천한 사공이 배를 타지 어찌 말을 타리까. 더구나 눈이 쌓여 말먹이 풀을 구할 길이 없으니…….

— 말을 안 받겠느냐?

— 그냥 버리고 가십시오. 강 건너까지는 제가 모시리다.

사공이 김상헌의 발 아래 엎드려 가죽신에 새끼로 감발을 쳐주었다. 김상헌은 사공을 앞세우고 얼음 위로 나섰다. 겨울 강은 물이 낮아서 물가 쪽으로 바위가 드러났다. 낮 동안 햇볕을 받은 바위 주변은 얼음이 녹아 있었다. 사공은 바위를 피해 구불구불 얼음 위를 건너갔다. 마주 보이던 나루터 마을도 비어 있었다. 돌무더기로 쌓은 선착장에서 부서진 배들이 눈을 뒤집어쓰고 있었다. 김상헌은 선착장으로 올라섰다.

— 나는 남한산성으로 간다. 나를 따르겠느냐?

— 아니오. 빈집에 어린 딸이 있으니……. 소인은 살던 자리로 돌아가겠소이다.

— 그럼 가거라. 고맙다.

— 산성까지는 여기서도 한참이오. 서문으로 들어가십시오. 길이 가팔라도 서문이 가깝소.

— 알았다. 말은 주려서 마르기 전에 잡아먹어라.

— 소인은 큰 짐승을 잡아본 적이 없고, 백정들도 마을을 떠났소이다.

김상헌은 돌아서는 사공을 불러 세웠다. 김상헌이 다시 물었다.

— 나를 따르지 않겠느냐? 궁색해도 너를 거두어주마.

나는 예조판서다……. 새어나오려는 말을 겨우 감추었다. 사공은 다시 대답했다.

— 아니오. 소인은 살던 자리로 돌아가겠소.

김상헌은 사공의 목덜미며 몸매를 찬찬히 살폈다. 야위고 가는 목에 힘줄과 핏줄들이 얼기설기 드러나 있었다. 힘줄은 힘들어 보였다.

밤새 강물이 굳게 얼어붙으면 밝은 날 청병은 사공의 인도 없이도 강을 건너올 것이고, 얼음이 물러서 질척거리면 청병은 사공을 앞세워 강을 건널 것이다. 십만이라든가 십오만이라든가, 대병이 모두 강을 건너려면 사나흘은 족히 걸릴 것이고, 그 사나흘 동안 강물은 얼고 또 녹을 것이다.

— 가야 하겠구나. 그럼 가거라.

— 서문으로 들어가십시오. 그쪽이 빠릅니다. 그럼…….

사공은 돌아서서 얼음 위로 나아갔다. 김상헌은 환도를 뽑아들고 선착장에서 뛰어내렸다. 인기척을 느낀 사공이 뒤를 돌아보았다. 김상헌의 칼이 사공의 목을 베고 지나갔다. 사공은 얼음 위에 쓰러졌다. 쓰러질 때 사공의 몸은 가볍고 온순했다. 사공은 풀이 시들듯 천천히 쓰러졌다. 사공의 피가 김상헌의 얼굴에 튀었고, 눈물이 흘러내려 피에 섞였다. 김상헌은 소매로 눈물을 닦았다. 강 건너 마을은 어둠에 잠겨 보이지 않았다. 보이지 않는 마을에서 버려진 말이 길게 울었다. 말 울음소리가 빈 강을 건너왔다.

산성으로 가는 길은 산줄기가 겹쳐서 가팔랐다. 골짜기를 따라서 바람이 달렸다. 김상헌은 모로 걸어서 바람을 피했다. 새벽에 산성에 당도했다. 사공이 일러준 길을 따라 서문으로 들어갔다. 수문장은 김상헌을 알아보지 못하고 수어사(守禦使)에게 고했다.

일직 승지가 서문으로 달려나와 비틀거리는 예판 대감을 맞아 들였다.

새벽에 눈이 내렸다. 눈이 쌓여서 사공의 시체가 언 강 위에서 하얀 봉분을 이루었다. 강 건너 사공의 마을에서 말이 밤새 울부짖었다. 그날 새벽에 강은 상류부터 먼 하류까지 꽝꽝 얼어붙었다.

대장장이

대장장이 서날쇠[徐生金]는 아내와 쌍둥이 두 아들을 앞세워 남문 위쪽 성벽의 배수구로 향했다. 성 밖으로 나가는 처자식을 배수구까지 데려다줄 참이었다. 서날쇠는 삼거리에서 남문 쪽으로 뻗은 큰길을 버리고 골바람이 눈을 쓸어내리는 산길을 따라갔다. 남문부터 동쪽으로 뻗은 성벽은 긴 옹성을 밖으로 내밀며 계곡을 건너 가파른 능선을 기어올랐다. 배수구는 그 능선을 따라가는 성벽 밑이었다. 아내는 작은 옷보따리를 머리에 이었고, 쌍둥이 두 아들은 곡식 자루를 짊어지고 있었다. 쌍둥이 아들은 열다섯 살이었다. 작은 손도끼를 한 자루씩 허리에 찬 채 멀리 가는 채비를 갖춘 꼴을 보고, 서날쇠는 이 녀석들도 대가리가 컸구나 싶었다.

— 새벽에 임금이 마을에 들어왔어. 조정 신하들도 따라왔다는군. 여기는 위태로워. 당신은 아이들을 데리고 친정으로 가야 해. 서둘러. 머뭇거리다가는 나갈 구멍이 막힐 거야. 난 여기서 대장간을 지켜야 하니까…….

서날쇠가 식구들에게 그렇게 말했을 때, 아내는 울지 않았고 군소리도 없었다. 아내의 친정은 조안(鳥安)이었다. 강이 얼었다면 걸어서 이틀 길이었다. 아내는 합수머리 강가에서 고기를 잡는 어부의 딸이었다. 늙은 어부는 부지런해서 물고기를 팔고 장꾼들을 건네주고 염소를 먹여서 다섯 마지기 논을 장만했다. 논은 강에 가까워서 물 대기가 쉬웠고, 강이 밖으로 굽이쳐서 여름에도 큰물이 비켜갔다. 서날쇠가 대장간에서 만든 농장기를 달구지에 싣고 인근 오일장을 돌던 시절에, 아내는 조안 장터에서 아비가 잡은 물고기를 팔던 처녀였다.

어가가 성안에 들어오던 날, 성안 마을은 적막했다. 아무도 사립문 밖으로 나오지 않았다. 개를 불러들여서 묶고 닭을 닭장으로 몰아넣었다. 쌓인 눈을 헤집는 바람 소리가 버스럭거렸다. 새벽에 백성들은 헛간 담장 너머로 머리를 내밀고, 삼거리를 지나 행궁 쪽으로 눈 덮인 오르막길을 미끄러지며 올라가는 어가행렬을 숨죽여 바라보았다.

임금이 성안으로 들어왔으므로, 곧 청병이 들이닥쳐 성을 에워싸리라는 것을 누구나 알고 있었다. 갇혀서 마르고 시드는 날들이 얼마나 길어질지 아무도 알 수 없었고, 갇혀서 마르는 날들 끝에 청병이 성벽을 넘어와서 세상을 다 없애버릴는지, 아니면 그 전에 성안이 먼저 말라서 스러질는지 아무도 알 수 없었다. 그러나 아무도 알 수 없다는 것은 누구나 알았다. 누구나 알았지만 누구도 입을 벌려서 그 알고 모름을 말하지 않았다.

농토가 없어 남의 땅을 갈아먹는 자들과 생업의 구실이 뚜렷하지 않은 자들, 성안에 뿌리를 깊게 박지 않은 자들 가운데 눈썰미가 빠르고 몸이 가벼운 자들이 먼저 짐을 꾸렸다. 남은 자들은 떠나는 자들의 행선지를 묻지 않았고, 떠나는 자들은 남은 자들의 앞날을 입에 담지 않았다. 강을 건너온 청병들은 삼전나루에 본진을 차리고 서문과 북문 쪽을 압박했으나, 남문 쪽으로는 아직 다가오지 않았다. 수어청 군사들이 남문을 지키면서 성 밖으로 나가려는 백성들을 붙잡아 곡식과 가축을 빼앗았다.

배수구는 눈에 덮여 보이지 않았다. 이고 진 백성들이 성벽에 쌓인 눈을 걷어내며 구멍을 찾고 있었다. 옹성이 급하게 돌출해서 그 아래 배수구는 성첩에 올라간 군사들의 눈에 띄지 않았다. 배수구 구멍의 크기는 큰 개가 한 마리 지나갈 정도였다. 눈을 걷어내자 배수구 구멍이 드러났다. 구멍 바닥은 얼어 있었다. 서날쇠의 아들이 손도끼로 얼음을 깨뜨렸다. 보따리를 진 백성들은 기어서 배수구를 빠져나갔다. 백성들의 짐은 크지 않았고, 작은 짐이 여러 덩어리였다. 등에 멘 보따리는 아래쪽으로 무게가 처져서 둥글게 늘어져 있었다. 서날쇠는 보따리가 늘어진 모양만 보고도 곡식임을 알 수 있었다. 쌍둥이 두 아들이 짊어진 자루도 아래쪽이 둥글게 늘어졌다.

동장대(東將臺) 쪽 성벽이 아침 햇살에 깨어났다. 눈 덮인 성벽은 능선을 따라 굽이치며 아직 어둠이 남은 청량산 쪽으로 뻗어나갔다. 성첩에 뚫린 총안마다 새파란 하늘이 한 개씩 박혀 있었다. 해가 떠오르자 소나무 밑동이 붉게 드러났다. 민촌에서 아침을 짓는 연기가 올랐다. 행궁 쪽에서도 입성(入城)의 첫 밥을 익히는 연기가 올랐다. 민촌의 연기와 행궁의 연기가 섞였다. 연기는 낮게 깔리며 골을 따라 서장대 쪽으로 흘러갔다.

— 부지런히 걸어라. 낮에는 강이 녹는다. 그 전에 물가에 도착해야 한다. 송파로 가지 말고 와부 쪽으로 건너라.

두 아들이 먼저 배수구를 빠져나가서 어미를 받아내렸다. 구멍을 빠져나간 백성들은 지게 위에 짐보따리를 싣고 이배재 고개 쪽으로 향했다. 이배재 고개를 넘고 다시 갈마치 고개를 넘으면 판교에서 삼남으로 가는 길에 닿는다. 청병이 북쪽에서 왔으므로 백성들은 남쪽으로 갔고, 서날쇠의 식구들은 강의 상류 쪽으로 갔다.

개울을 건너서 산모퉁이를 돌아가는 식구들의 발자국을 서날쇠는 배수구 구멍 밖으로 오랫동안 바라보았다.

가까운 고을 수령들이 군사들을 거느리고 남문 쪽으로 다가왔다. 임금이 입성했다는 소문은 빠르게 퍼졌다. 임금의 유지(諭旨)가 닿기도 전에 여주, 이천, 양평, 파주의 수령들은 군사를 거느리고 서둘러 성안으로 들어왔다. 그들은 목사, 부사, 현감 들이었다. 수령들은 목민관이지만 군무를 겸하고 있었다. 남문으로 들어오는 길은 평탄하고 멀었다. 수령들은 눈길 위로 긴 행군대열을 이루며 다가왔다. 임금은 남한산성에 있고, 청병의 본진은 삼전도에 있는데, 수령과 군사는 성안으로 들어왔다. 군사는 많지 않았다. 수령들은 휘하의 군병들을 모두 끌어모으지 못하고 관아 가까이 있던 아병(牙兵) 이삼백 정도를 초관(哨官)을 부려서 인솔해오고 있었다. 수령의 식솔들과 늙은 아전 노복들이 뒤를 따랐다. 군병으로 쓸 만한 자들은 아니었다. 수령과 비장은 말을 타고 있었는데, 따르는 무리 중에는 전립도 쓰지 않은 맨머리에 토끼털 귀마개를 하고 창을 지팡이 삼아 절룩거리는 자들도 있었다. 남문 아래 언덕에서 소가 비틀거리자 군병들은 화살을 실은 달구지를 뒤에서 밀었다. 화포와 병장기를 실은 달구지들이 성안으로 들어갔다. 수문장이 발 빠른 전령을 수어사에게 보내 수령과 군사들의 입성을 알렸다. 서날쇠는 행군대열이 모두 성안으로 들어올 때까지 아래쪽을 살폈다.

… 저것들이 겉보리 한 섬 지니지 않았구나.

서날쇠는 마을로 내려왔다. 성 안과 밖이 막혀서 농장기를 팔 수는 없을 것이었다. 봄이 와서 다시 농사일을 시작하려는 사람들이 대장간으로 몰려와 쟁기며 써레를 사갈는지도 알 수 없었다. 낫, 호미, 도끼날을 독에 쟁여서 대장간 뒤뜰에 묻었다. 쌀도 작은 항아리에 나누어 땅에 묻었다. 대장간에서 부리던 풀무장이, 숯장이 들은 아침에 성을 빠져나갔다. 서날쇠는 떠나는 자들을 붙잡지 않았다. 밀린 노임을 은전으로 지급했고, 쌀 다섯 말과 육포 두 근씩을 노자로 주어 보냈다.

서날쇠는 눈썰미가 매서운 대장장이였다. 쇠를 녹이고 두드려서 농장기와 병장기를 만들었고, 목수들의 연장까지 만들었다. 왼손잡이 목수들이나 손가락 두 개가 잘려나간 석수들을 위해 그 일그러진 손에 맞는 대패며 끌, 징, 송곳, 톱을 만들었다. 깎고 쪼고 뚫고 파고 훑고 후비고 깨고 베고 거두고 찧고 빻고 밀고 당기는 모든 연장이 서날쇠의 대장간에서 나왔다. 서날쇠는 연장을 구하러 온 사람의 몸매와 근력, 팔다리의 길이와 허리의 곧고 굽음을 잘 살펴서 남자와 여자, 아이와 노인, 키 작은 자와 키 큰 자의 연장을 달리 만들어주었다. 돌이 많은 땅의 호미와 모래밭의 호미도 달리 만들었다. 서날쇠는 자신이 만든 연장에 이름의 가운데 글자인 날 생(生) 자를 새겨 넣었다. 사람들은 서날쇠의 연장을 생쇠라고 불렀다. 생쇠는 인근 고을의 관아와 민촌과 절간에 퍼져 나갔다. 서날쇠는 양평에까지 소달구지를 보내 참나무를 실어와서 땔나무로 쓰거나 숯을 구워냈다. 그의 불은 고요하면서 맹렬했고 맑아서 연기가 나지 않았다.

서날쇠는 성 안팎으로 멀리 다니면서 흙을 집어서 입 속에 넣어 물고 혓바닥으로 녹여서 맛을 보았다. 흙의 맛은 동네마다 다르고 산비탈마다 달랐다. 매운맛이 있고 짠맛이 있고 단맛도 있었다. 서날쇠는 맵고 떫은 맛을 내는 흙을 실어왔다. 거기에 색깔이 검다면 더욱 좋았다. 쑥이나 볏짚을 태운 재를 흙과 섞고 말똥을 덮어서 며칠 재운 다음 물을 부어 체로 걸러내고, 그 물을 끓여서 졸이면 하얀 털 같은 앙금이 잡혔다. 거기에 아교를 넣어 끓이면서 거품을 걷어내면 맑은 결정체가 생겼다. 그 결정체는 불에 닿으면 고열과 불꽃을 일으키며 폭발했다. 서날쇠는 그렇게 만든 화약을 대장간에서 착화제로 쓰기도 하고 관아에 납품하기도 했다. 쇠를 녹여서 총포를 만들어볼 생각이 있었으나 좋은 본보기를 구할 수 없었다.

서날쇠는 대장간뿐만 아니라 밭도 열 마지기 있었다. 성 밖에서 들어온 처가 동네 사람에게 소작을 주었다. 소화가 잘된 곱고 굵은 똥을 물에 풀어서 일 년쯤 그늘에서 고요히 삭히면 그 위에 거품이 잡히고, 거품을 걷어내면 맑은 똥물이 익어 있었다. 서날쇠는 익은 똥물을 밭에 뿌려서 배추 잎을 갉아먹는 벌레를 잡았고 땅 힘을 돋우었다. 서날쇠의 대장간 뒤뜰 오리나무 그늘에는 열 말들이 똥독 다섯 개가 묻혀 있었고, 그 독 안에서 사철 맑은 똥물이 익어갔다. 모루 위에 달군 쇠를 올려놓고 망치로 때릴 때, 신출내기 숯장이나 풀무꾼은 불똥을 뒤집어쓰고 화상을 입기가 십상이었다. 쥐를 잡아서 대가리와 꼬리, 다리를 자르고 내장을 발라내고 껍질을 벗겨서 끓는 물에 고면 하얀 기름이 엉겼다. 서날쇠는 그 쥐기름을 걷어내어 불에 덴 자리에 발라주었다. 덴 자리가 곪으면 고름 자리에 거머리를 붙여서 썩은 피를 빨아낸 뒤 파를 으깨서 붙여주었다.

뒤뜰에 독을 파묻고서 서날쇠는 아궁이에 군불을 때고 누웠다. 뜨거운 구들에 언 몸을 지져가며 모자란 새벽잠을 마저 잤다. 처자식이 떠난 집 안은 가벼워서 홀가분했고 한갓졌다. 서날쇠는 달게 잠들었다.

그날 저녁, 삼전도 본진을 출발한 청의 기보 일만 오천이 청량산 외곽을 우회해서 성벽을 끼고 남쪽으로 내려왔다. 청병은 남문을 막았고, 남문에서 가까운 동문을 막았으며, 성벽을 멀리서 포위했다. 청병은 남문 앞 개활지에 군막을 치고 소나무를 잘라서 군막 둘레에 목책을 세웠다. 청병은 눈 위에 헝클어진 마른풀을 걷어서 말먹이로 쟁여놓았고, 얼어붙은 개울을 깨뜨려서 물줄기를 찾았다. 청병은 남문과 동문 앞에서 오래 머물 채비를 갖추었다. 청병의 말 울음소리가 성안 마을까지 들렸고, 마을의 개들이 말 울음 쪽을 향해 짖어댔다.

겨울비

밤에 비가 내렸다. 질기게 내려서 깊이 적셨다. 빗줄기 속에 쌀알만 한 우박이 섞였다. 쌓인 눈 위에 비가 내려서 성벽을 끼고 도는 순찰로는 얼어붙었다. 성벽은 어둠 속으로 뻗어나갔고, 성벽을 따라 이어지는 소나무 숲에 빗소리가 자욱했다. 삼전도 쪽 청의 본진은 캄캄했다. 청병은 성벽으로 다가오지 않았다. 성벽에서 가까운 어둠 속에 청의 잠병(潛兵)들이 매복해 있는지 성첩에서는 알 수 없었다. 성벽 바깥으로는 아무것도 보이지 않았다.

서장대 아래쪽으로 행궁은 밤새 불을 끄고 인기척이 없었다. 행궁 지붕에 쌓인 눈이 빗물에 씻겨 희미한 골기와 지붕이 어둠 속에 드러났다. 젖은 지붕이 번들거렸다. 새벽에는 빗줄기가 굵어졌다.

성첩을 지키는 군병들은 자정에 교대했다. 순청 앞마당에서 보리밥 한 그릇에 뜨거운 간장국물 한 대접을 마시고 군병들은 캄캄한 성첩으로 올라갔다. 성첩에서 내려온 군병들도 순청 앞마당에서 보리밥 한 그릇에 뜨거운 간장국물 한 대접을 마셨다. 올라갈 자들이 미리 가마솥에 보리를 삶아서 내려온 자들을 먹였고 저희도 먹었다. 마른 장작을 구할 길 없는 군병들은 순청 마구간에서 마초 더미를 들고 나와 불을 땠다. 수어청 군관들은 말먹이 풀을 실어내는 군병들을 말리지 못했다. 군병들은 끓인 물 한 대접에 진간장을 풀어서 마셨다. 그릇이 모자라서 먼저 먹은 자가 빈 사발을 줄 뒤로 돌렸다. 군관이 줄을 따라가며 사발마다 진간장 세 숟갈씩을 나눠 주었다. 성첩에서 내려온 군병들은 손이 얼고 입이 굳어서 제 손으로 밥을 먹지 못했다. 올라갈 자들이 내려온 자들의 손발을 더운물에 담갔고 볼을 주물러주었다. 볼이 풀리자 내려온 자들은 입을 벌리고 혀를 내밀었다. 올라갈 자들이 숟가락을 들어서 내려온 자들의 입 속으로 뜨거운 간장 국물을 흘려 넣었다.

자정 무렵 살반이 터 총안 앞으로 올라간 군병들은 밤새도록 비에 젖었다. 군병들은 소나무 밑동을 잘라서 총안에 꽂아 버팀목을 세우고 그 위에 잔가지를 덮어서 가리개를 만들었다. 거적을 들고 올라온 자들도 있었다. 거적을 치켜들고 그 아래 대여섯 명씩 웅크렸다. 비가 계속 내려 땅에서 물이 넘쳤고, 솔가지와 거적 올 틈으로 빗물이 떨어졌다. 젖고 언 군병들은 제 사타구니와 겨드랑 밑으로 오그라진 손을 넣었다. 겨드랑까지 젖자 군병들은 언 발을 굴렀다. 비가 내려서 날은 더디 밝았다. 날이 밝자 순청 앞마당에서는 다시 교대해서 성첩으로 올라가야 하는 군병들이 가마솥에 보리를 삶았다.

아침에 예조판서 김상헌은 성첩을 순찰했다.

당상들은 자주 성첩에 올라가 살피고 달래서, 내가 군사를 자애하는 뜻을 알려라……. 입성한 다음 날 아침에 비국당상들에게 임금은 말했다. 수어사 이시백이 순찰 규칙을 정했다. 육판서는 시간과 구역을 따로 정하지 않았고, 오전에는 정삼품, 오후에는 정사품, 저녁을 먹은 뒤에는 정오품, 자정까지는 동서남북 방면별 대장들, 자정에서 일출까지는 지방 수령과 비장들이 구역을 돌기로 했다. 경들의 수고가 크겠구나……. 사대부를 성첩에 올려보내는 과인의 민망함을 경들은 마땅히 알라……. 임금은 말했다.

김상헌은 행궁 뒷길을 따라 서장대로 올라갔다. 수어사가 붙여준 젊은 군관이 뒤를 따랐다. 날이 밝았으나 해가 쬐지 않아 빗줄기는 더욱 차가웠다. 김상헌은 도롱이를 걸치고 지팡이를 짚었다. 도롱이 아랫자락으로 빗물이 흘러내렸다. 성에 들어온 날 저녁에 김상헌은 여염의 사랑에서 고열로 쓰러져 누웠으나, 맑고 잡것이 섞이지 않은 그의 몸은 다음 날 씻은 듯이 깨어났다.

살받이 터 총안 앞에서 젖은 군병들이 얼어 있었다. 군병들은 도롱이를 쓴 예조판서를 알아보지 못했다. 군관이 다가가서 예판대감의 순시를 알려도 군병들은 군례(軍禮)를 바치지 않았다. 바람에 무너진 가리개들이 흩어졌고 물 먹은 거적이 나뒹굴었다. 손에 창이나 활을 쥔 자는 아무도 없었다. 군병들은 두 손을 제 사타구니 사이에 넣고 비비며 언 발을 굴렀다. 젖은 발을 구를 때마다 빗물이 튀었다. 땅바닥에 버려진 창들이 비에 젖어 흙에 얼어붙어 있었다. 소나무 위로 기어올라간 자들은 얼어 죽었는지 두 다리가 늘어져 있었다.

김상헌은 성벽 밑 순찰로를 따라 서장대에서 북문 쪽으로 걸어갔다. 미끄러운 오르막에서 군관이 예판을 부축했다. 온 산에 찬비가 골고루 내려서 피할 곳은 없었다. 군병들은 수목처럼 젖어 있었다. 솜옷이 젖고 얼어서 몸을 움직일 때마다 얼음이 서걱였다.

군관은 등에 자루를 지고 있었다. 김상헌이 청음석실에서 가져온 곶감이었다. 곶감은 돌멩이처럼 얼어 있었다. 김상헌은 군병들에게 곶감을 나누어 줄 수 없었고, 군병을 자애하는 임금의 뜻을 전할 수 없었다. 군관이 말했다.

— 대감, 걸음이 불편해 보이십니다. 그만 내려가심이…….

— 추우냐! 먼저 내려가거라.

— 대감, 이 추운 성이 버티어낼 수 있을는지…….

…버티지 못하면 어찌하겠느냐. 버티면 버티어지는 것이고, 버티지 않으면 버티어지지 못하는 것 아니냐……. 김상헌은 그 말을 아꼈다. …죽음을 받아들이는 힘으로 삶을 열어나가는 것이다. 아침이 오고 또 봄이 오듯이 새로운 시간과 더불어 새로워지지 못한다면, 이 성안에서 세상은 끝날 것이고 끝나는 날까지 고통을 다 바쳐야 할 것이지만, 아침은 오고 봄은 기어이 오는 것이어서 성 밖에서 성안으로 들어왔듯 성안에서 성 밖 세상으로 나아가는 길이 어찌 없다 하겠느냐…….

김상헌은 얼어서 발을 구르는 군병들의 모습을 눈여겨 마음에 담았다. 북문에서 순찰을 마치고 김상헌은 성첩을 내려왔다. 날이 밝았지만 비는 계속 내렸다. 도롱이 자락에서 고드름이 부서졌다.

김상헌은 행궁 안으로 들어갔다. 내행전 마루에 아침 문안을 드리러 온 당상들이 모여 있었다. 김상헌은 도롱이를 벗고 마루로 올라가, 당상들의 맨 앞줄에서 임금의 침소를 향해 숙배했다. 당상들도 숙배했다. 두 팔로 마룻바닥을 짚고 허리를 숙일 때, 얼어서 비틀거리는 김상헌의 몸을 뒷줄에 있던 정삼품 부제학이 부축했다.

도승지가 안쪽을 향해 고했다.

— 전하, 기침하여 계시온지요? 당상관 아침 문후이옵니다.

장지문 안쪽에서 임금이 대답했다.

— 밤새 비가 오더구나. 경들은 박복하다.

신료들이 마룻바닥에 이마를 찧었다. 김상헌이 장지문 안쪽을 향해 말했다.

— 전하, 성첩을 지키는 군병들이 밤새 젖고 또 얼었나이다. 손가락 마디가 빠져서 창을 쥐지 못하고 언 발을 구르고 있사옵니다. 속히 구하지 않으면 부릴 수 없을까 염려되옵니다.

안에서 대답했다.

— 밤새 빗소리를 들었다.

임금이 장지문을 열고 마루로 나왔다. 임금은 곤룡포를 입지 않은 바지저고리 차림이었다. 임금은 당상들의 앞자리에 앉았다. 영의정 김류가 말했다.

— 아침에 각 군영에서 보고가 있었사온데, 비에 젖은 자는 반이 채 안 된다 하옵니다.

임금이 대답했다.

— 영상의 말은 성첩에서 멀다. 비가 온 산에 고루 내리는데, 가리개 없는 군병들이 어찌 반만 젖을 수 있겠느냐?

— 포개어 입은 자는 속까지 젖지 않았다 하옵니다.

— 군병들 중에 포개어 입은 자가 있고 홑겹인 자가 따로 있느냐?

— 각자 제 요량으로 입고 있으니…….

— 포개어 입은들, 밤새 내려 땅속까지 적신 비가 옷에 스미

지 않았겠느냐? 스몄으니 얼지 않았겠느냐? 경들의 계책을 말하라. 어찌하면 좋겠느냐?

영의정 김류는 고개를 숙인 채 눈동자를 돌려서 내행전 마당에 떨어지는 빗줄기를 힐끗거렸다. 김류가 시선을 마당에 꽂은 채 말했다.

— 눈이 왔으면 차라리 나았을 것이옵니다.

임금이 말했다.

— 비가 오는데 눈 얘기는 하지 마라. 어찌해야 좋겠는가?

병조판서 이성구가 말했다.

— 전하, 군병의 추위는 망극한 일이오나 온 산과 들에 비가 고루 내려 적병들 또한 깊이 젖고 얼었으니, 적세는 사납지 못할 것이옵니다.

임금은 눈을 들어 천장을 바라보았다.

— 그렇겠구나. 그래서 병판은 적의 추위로 내 군병의 언 몸을 덥히겠느냐? 병판은 하나 마나 한 말을 하지 말라.

이성구가 엎드린 어깨를 움찔했다.

— 전하, 비가 올 만큼 왔으니 이제 해가 뜰 것이옵니다.

임금이 손바닥으로 마루를 쳤다.

— 군병이 얼고 젖으니, 병판은 해뜨기를 기다리는가?

이성구가 허리를 더욱 낮추었다.

— 전하, 백성은 사시(四時)와 더불어 사는 것이고 군병에게 풍찬노숙은 본래 그러한 것이옵니다. 해가 떠서 옷을 말리면 군사는 다시 원기를 회복할 것이옵니다. 성심을 굳

게 하소서, 전하.

임금의 시선은 천장에 박혀 있었다.

— 병판이 기다리지 않아도 해는 뜬다. 떠서 적의 옷을 말릴 것이다. 어찌하면 좋겠느냐?

영의정 김류가 말했다.

— 전하, 자꾸 어쩌랴 어쩌랴 하지 마옵소서. 어쩌랴 어쩌랴 하다 보면 어찌할 수 없는 지경에 이를 것이옵니다. 받들기 민망하옵니다.

임금이 말했다.

— 알았다. 내 하지 않으마. 경들도 하나 마나 한 말을 하지 말라. 그러나 어찌해야 하지 않겠느냐?

예조판서 김상헌이 고개를 들었다.

— 전하, 성첩에서 밤을 새운 군병들이 번을 교대해서 내려올 시간이옵니다. 종친과 사대부들, 사찰의 승려와 민촌의 백성들에게서 여벌의 마른 옷과 모자, 귀마개, 버선을 거두어 우선 군병들을 갈아입게 하소서. 전하, 신은 통곡으로 아뢰옵니다. 백성들의 마른 헝겊 쪼가리라도 거두어서 군병의 언 발을 싸매소서.

이조판서 최명길이 말했다. 목소리에 울음이 섞여 있었다.

— 전하, 예판의 말이 지극히 옳습니다. 몸이 얼어들어옴은 다급한 일이옵니다. 지금 부녀자의 속곳을 벗겨서 군병을 입힌다 해도 강상을 해치는 일이 아닐 것이옵니다. 서둘러 준비하지 않으면 어찌 군병을 다시 부릴 수 있겠사옵니까.

바람이 불어서 마루에 비가 들이쳤다. 임금이 다시 마룻바닥을 치며 목청을 높였다.

— 영상과 병판은 예판의 말대로 시행하라. 종친과 사대부들부터 거두어라. 서둘러라.

영의정 김류가 말했다.

— 예판의 말은 옳으나 그 헤아림이 모자랍니다. 종친의 의관을 거둠은 왕실의 체통을 허무는 일이옵니다. 왕실이 위엄을 잃으면 이 춥고 외로운 성안에서 신민들이 의지할 곳을 잃게 될 것이옵니다. 옷을 거둠에 종친은 제외하여 주소서.

임금은 깊이 한숨지었다.

— 알았다. 다들 물러가라.

신료들은 절하고 물러났다. 승지들은 대청마루에 그대로 앉아 있었다. 산성으로 들어온 날부터 승지들은 내행전 마루 위에 자리를 잡았다. 마루 위가 승정원이었다. 어전에서 물러난 신료들은 내행전 옆 행각(行閣)으로 들어가 비를 피했다. 물러가는 신료들을 바라보며 임금은 혼잣말로 중얼거렸다.

— 경들이 박복하구나. 어찌하랴. 내가 비를 맞으랴.

임금이 내행전 마당으로 내려섰다. 버선발이었다. 마당에는 빗물이 고여 있었다. 임금은 젖은 땅에 무릎을 꿇었다. 임금이 이마로 땅을 찧었다. 구부린 임금의 저고리 위로 등뼈가 드러났다. 비가 등뼈를 적셨다. 임금의 어깨가 흔들렸고, 임금은 오래 울었다. 막히고 갇혔다가 겨우 터져 나오는 울음이었다. 눈물이 흘러서 빗물에 섞였다. 임금은 깊이 젖었다. 바람이 불어서 젖은 옷이 몸에 감겼다. 아무도 말리지 못했다. 세자가 달려나와 임금 옆에 무릎을 꿇고 앉았다. 승지들은 마루에서 뛰어내려 왔지만, 임금에게 다가오지 못했다. 임금이 젖은 옷소매를 들어서 세자의 어깨를 쓸어내렸다. 임금이 울음 사이로 말했다.

— 우리 부자의 죄가 크다. 하나 군병들이 무슨 죄가 있어 젖고 어는가.

세자가 참았던 울음을 터뜨렸다. 임금의 울음소리는 행각에까지 들렸다. 신료들이 마당으로 달려나왔다. 영의정 김류가 울먹였다.

— 전하, 옥체가 상하시면 사직이 또한 위태로우니…….

김류의 말은 임금의 귀에 들리지 않았다. 임금은 오래 울었고 깊이 젖었다. 마루 위에서, 서안 앞에 앉은 젊은 사관이 벼루에 먹을 갈며 마당에 쓰러져 우는 임금을 찬찬히 바라보았다. 사관이 붓을 들어 무어라 적기 시작했다. 사관은 울지 않았다. 낮에 비가 그쳤다.

봉우리

아침에 청장(淸將) 용골대(龍骨大)는 삼전도 본진을 출발했다. 조선의 겨울은 투명했다. 추위 속에 습기가 없어서 먼 능선들이 도드라졌다. 용골대는 산성 외곽을 수색 정찰했다. 본진에서 산성 서문까지는 경사가 가파르고 계곡이 겹쳐서 기병이 접근할 수 없었다. 경보(輕步) 삼백과 철갑보병 이백이 육십 명 씩 소부대로 나뉘어 여덟 방향으로 펼쳐가며 뒤를 따랐다. 용골대는 서북에서 남동으로 남한산성 성벽을 끼고 원거리로 우회했다. 멀리 앞세운 척후들이 산협 사이로 길을 더듬어 냈다. 성벽 밖으로 매복한 조선 군병은 없었다. 척후들은 아무런 인기척도 못 느꼈다. 용골대는 문득 그 적막이 두려웠다. 척후장을 불러서 후방과 측방까지 더듬이를 분산시키도록 일렀다. 바람이 능선을 따라 치솟아서 골짜기를 건널 때는 허리까지 눈에 빠졌고, 놀란 토끼들이 눈굴 속으로 뛰어들어갔다. 성벽은 가파르게 휘어지면서 능선을 따라 출렁거렸다.

여진의 땅은 들이 넓어서 산이 멀고 별이 가까웠다. 요동에서 자라난 용골대의 눈은 멀리 보고 넓게 보는 힘이 있었다. 요동의 바람에 단련된 용골대의 눈은 두꺼운 각막으로 덮여 있었고, 눈동자는 한 방향을 바라보다가 갑자기 다른 방향을 노려보았다. 용골대의 눈은 먼 것들을 가까이 당겨서 들여다보았고, 가까운 것들을 멀리 밀쳐내어 시야 전체를 한번에 읽었다. 용골대는 두꺼운 각막 너머로 시선을 쏘며 하얗게 빛나는 성벽을 찬찬히 읽어나갔다.

아껴서 빈틈없이 다져놓은 성이었다. 급경사로 치고 올라간 구간에도 성벽의 기초가 뒤틀리지 않았고, 급히 굽이진 구간이 오히려 가벼워 보였다. 성벽은 산의 높낮이를 따라 출렁거렸고, 성을 쌓은 자의 뜻에 따라 굽이쳤다. 성벽이 지형을 이끌고 나가면서 땅과 더불어 노는 형국이었다. 기울거나 주저앉거나 돌의 이빨이 빠진 자리가 없었다. 평탄한 구간에서는 바깥쪽으로 옹성을 길게 내밀어, 밖을 드러내면서 안을 감추었다. 성벽을 갑자기 휘돌려서 안에서 밖을 쏘는 사각(射角)을 넓게 했고, 이쪽 성첩에서 저쪽 성벽을 기어오르는 적을 쏠 수 있게 하였다. 여장(女牆)의 기와 덮개도 모두 온전했고, 총안이 구멍마다 살아 있었다. 성벽 밖 오십 보 정도까지는 나무를 모두 걷어내어 초병의 시계를 확보하고 있었다.

눈 덮인 성벽에 햇빛이 내려서 성은 파란 하늘 아래 선명하게 드러났다. 북쪽 능선을 넘어가는 성벽 위에 낮달이 떠 있었다. 간밤에 작은 교전이 있었는지 성벽에 돋아난 나뭇가지에 찢어진 시체가 몇 구 걸렸고, 시체 언저리의 눈이 빨갛게 물들었다. 멀어서 조선병인지 청병인지 식별할 수 없었다.

당기는 시선으로 성벽을 뚫으면서 용골대가 통역 정명수에게 말했다.

—단단해 보인다. 산골나라에는 저런 성이 맞겠어.

—조선은 성안이 허술합니다.

—하나 성벽은 날카롭구나. 깨뜨리기가 쉽지는 않겠어.

—바싹 조이면 깨뜨리지 않아도 안이 스스로 무너질 것입니다.

—그리 보느냐. 듣기에 좋다.

정명수는 평안도 은산(殷山) 관아의 세습노비였다. 은산은 여러 제국과 왕조의 변방이었고, 무너지는 제국과 일어서는 제국 사이에서 누구의 땅도 아니었다. 변방에 드리운 대륙의 그림자는 사위었고, 산간오지에는 수목이 무성했다. 머루넝쿨이 벼랑을 넘었고 짐승들의 번식이 순조로웠다. 조선이 현(縣)을 설치한 이후로도 호랑이 가죽이나 말린 버섯, 약초 같은 산간 특산이 서울로 올라가기는 했으나, 경래관(京來官)들은 평양쯤에서 여장을 풀고 주저앉아 이 변방 오지까지는 얼씬거리지 않았다. 은산은 현감의 나라였다.

정명수는 은산 관아의 행랑에서 태어났다. 아비와 어미가 모두 노비였으므로, 정명수는 극천(極賤)이었다. 노비가 왜 자식을 낳는 것인지 정명수는 알 수 없었다. 아비와 함께 묶여서 아전이 때리는 매를 맞고, 어미와 함께 얼어서 부둥켜안고 잠드는 날이 끝도 없이 계속되었다. 아홉 살에 얼어 죽은 여동생을 제 손으로 묻으면서 열두 살 난 정명수는 울지 않았다. 언 땅을 파고 관도 없는 시체를 내려놓으면서 정명수는 누이의 목숨이 더 이상 춥거나 주리지 않으리라는 생각에 안도했다. 그리고 더 이상 춥거나 주리지 않고 다만 흙과 더불어 얼고 녹는 목숨의 끝장이 무서웠다. 정명수의 어미는 해산 뒤끝이 덧나서 밑으로 고름을 쏟고 죽었다. 정명수의 아비는 동헌 객사를 지을 때 통나무를 나르다가 비탈에서 미끄러지는 소달구지에 치어 죽었다. 정명수는 누이의 죽음과 어미 아비의 죽음에 편안했고, 죽음으로써 혈육의 관계에서 놓여나는 끝장이 홀가분했다. 목숨을 점지하되 혈육의 관계를 맺지 않는 새나 짐승이 정명수는 부러웠다. 혈육 없는 세상은 짐을 벗어놓은 듯 가벼웠다. 어미를 묻고, 그 어미의 밑에서 나온 어린 누이를 묻을 때 정명수는 이제 죽지 말아야 한다며 이를 악물었다. 살아 있는 동안의 추위가 죽어서 흙과 더불어 얼고 녹는 추위보다 견딜 만할 것 같았다. 죽지 말아야 한다는 복받침과 닥쳐올 날들의 캄캄한 어둠이 정명수의 마음속에 포개져 있었다.

세습노비에게 나라는 본래 없었고, 태어난 자리와 고을을 버려야만 살 길이 열리리라는 예감은 운명과 같았다. 정명수가 태어난 관아의 행랑은 고향이 아니었다. 고향이 없으므로 정명수는 갈 곳이 많았다. 정명수는 젊어서 압록강을 건넜다. 눈치로 단련된 천례(賤隸)의 총기는 예민했다. 정명수는 여진말과 몽고말을 쉽게 배웠다. 사람의 마음에서 비롯하는 정처 없는 말과 사물에서 비롯하는 정처 있는 말이 겹치고 비벼지면서, 정처 있는 말이 정처 없는 말 속에 녹아서 정처를 잃어버리고, 정처 없는 말이 정처 있는 말 속에 스며서 정처에 자리 잡는 말의 신기루 속을 정명수는 어려서부터 아전의 매를 맞으며 들여다보고 있었다. 매틀에 묶여 있을 때 말이 비벼지면서 매는 더욱 가중되었다. 정명수는 빠르게 그 신기루 속을 헤집고 나가면서 여진말과 몽고말을 익혔다. 압록강 이쪽의 신기루와 압록강 저쪽의 신기루가 다르지 않았다.

청장 용골대는 조선 군영에서 도망쳐서 압록강을 건너온 투항병들, 출정군 부대를 이탈해서 흩어진 병사들 그리고 변방 지방 관리들의 탐학과 수탈을 못 이겨 강을 건너온 거렁뱅이 조선 유민들을 붙잡아 별도의 보병 부대를 편성했다. 칸이 요동에서 명군을 몰아낼 때, 조선인 부대는 공격의 선봉에서 화살을 받아냈다. 정명수는 압록강을 건넌 직후 이 부대의 최말단 사수로 편입되었다. 용골대는 정명수의 총기와 말솜씨를 한눈에 알아보았다. 용골대는 정명수에게 문신의 옷을 입히고 거북 껍질이 박힌 요대를 채워서 조선말 통역으로 삼았다. 명을 뒤집어엎기 전에 우선 조선을 복속시키려는 칸의 사업이 바빠지자 정명수는 크게 쓰였다.

정명수는 칸의 사신으로 오는 용골대를 받들어 몇 차례 조선을 다녀갔다. 정명수는 스스로 조를 일컫는 칸의 문서를 조선에 전했다. 정명수는 칸의 위엄, 칸의 용모, 칸의 인품, 칸의 소망과 근심을 자신의 말로 조선 조정에 옮겼다. 조선 조정은 정명수의 입을 통해서 칸의 표정을 더듬었다. 조선의 신료들은 은산 관아의 천례 정명수를 정대인(鄭大人)이라고 불렀고, 정명수는 조선의 유신들을 품계에 관계없이 모두 김공, 이공으로 불렀다.

서울에 머물 때 정명수는 대궐 옆 남별궁에 한 달 남짓씩 묵었다. 정삼품 접반사가 정명수의 방에 창기를 넣었다. 정명수는 씀씀이가 컸다. 조선 신료들이 사사로운 청탁과 함께 뇌물로 바친 은전들을 헤아려보지도 않고 한 줌씩 집어서 창기들에게 나누어 주었다. 정명수의 방으로 가려는 창기들은 가랑이 사이를 잘 닦고 접반사 주변에 선을 대었다. 정명수는 창기들을 벗겨서 몸을 오래 들여다보고 나서 은화를 나누어 주었을 뿐, 교접하지는 않았다. 교접할 때, 정명수는 사대부의 딸을 요구했다. 접반사가 광주 아전의 딸을 현감의 서녀라고 속여서 정명수의 방에 넣었다. 정명수는 방에 들어 있던 창기를 내쫓고 아전의 딸을 품었다. 아전의 딸은 밑이 좁아서 정명수의 몸이 저렸다. 내쳐진 창기가 사실을 정명수에게 고해바쳤다. 노한 정명수가 아전의 딸을 발길로 걷어찼다. 아전의 딸은 벌거벗은 몸을 새우처럼 꼬부리고 뒹굴었다. 명치를 차였는지 아전의 딸은 비명 한마디 지르지 못하고 숨이 막혀 죽었다. 별감이 죽은 아전의 딸을 끌어내 수구문에 버렸다. 정삼품 접반사는 정명수 앞에 얼씬거리지 못했다. 임금이 접반사를 바꾸었다. 심양으로 돌아갈 때마다 정명수는 소가 끄는 수레에 뇌물로 받은 금붙이와 약초를 가득 싣고 압록강을 건너갔다. 서북의 군장들이 구역을 교대해가며 국경까지 정명수를 호위했다.
정명수는 조선으로 진공하는 용골대를 받들어 다시 압록강을 건너왔다. 압록강을 건너서부터 용골대는 진중에서 정명수를 가까이 두었다. 정명수는 조선인 투항자들로 구성한 척후 부대를 스스로 지휘하며 뒤따르는 부대들의 길을 인도했다. 정명수는 정복자의 군대를 거느리고 은산으로 들어가고 싶었다. 청천강을 건널 때 정명수는 기병의 한 부대를 하루 거리의 동쪽으로 보내어 은산 고을과 관아를 짓밟아버리자고 용골대에게 간청했으나, 갈 길이 바쁜 용골대는 허락하지 않았다.

용골대는 성벽 가까이 다가갔다. 따르던 철갑보병들이 용골대의 앞쪽과 머리 위를 방패로 가렸다. 성첩에 올라간 조선 군병들은 여장 아래로 몸을 숨겼다. 성안에서는 군호도 나팔 소리도 들리지 않았다. 성안은 재처럼 적막했다. 햇빛을 받은 성벽은 정갈했고 여장 기와 덮개에 매달린 고드름의 대열이 영롱했다. 인기척 없는 문루에 수(帥)의 깃발이 나부꼈다. 용골대가 손을 들어서 후속 부대의 전진을 막았다.

— 괴이하구나. 저것이 싸우려는 성이냐?

정명수가 대답했다.

— 견디자는 것이지요.

— 견디어? 견딜 수가 있겠는가.

— 견딜 수 없는 것을 견디자는 것입니다.

— 저 안에 들어가서 대체 무엇들을 하고 있는 겐가?

— 안에서 저희끼리 싸우고 있을 겁니다. 견디어야 하는 놈들끼리의 싸움일 테지요.

— 그래도 저들에게 무슨 계책이 있을 것 아닌가.

— 한 가지뿐입니다. 성 밖으로 왕명을 내보내 원근에서 지방 병력을 불러 모을 궁리를 하고 있을 것입니다.

— 안팎을 빨리 끊어야겠구나. 드나드는 구멍을 단단히 막아야겠어.

— 막아놓고 쉬십시오. 시간이 흐르면 성안이 스스로 말라서 시들어버릴 겁니다.

성은 서북을 천험으로 삼아 남동을 바라보고 있었다. 성안의 주력은 남동으로 배치되어 있을 것이므로, 성을 깨뜨리는 날 사다리를 앞세운 보병을 움직여 먼저 서북 성벽을 공격해서 성안의 주력을 급히 서북으로 돌려놓은 다음, 남동쪽에 감추어둔 포병으로 남문 언저리를 부수고 나서 기병을 밀어넣어야 할 것이었다.

북장대를 지나자 성벽 밑은 더욱 가팔랐다. 용골대는 성벽을 멀리 돌아서 동쪽으로 나아갔다. 따르는 군장이 성벽의 옹성, 장대, 문루의 위치와 성벽 주변의 지형을 종이에 적었다. 동장대 맞은편에, 성벽 밖으로 산봉우리 하나가 돌출해 있었다. 높지는 않았으나 꼭대기가 펑퍼짐해서 소규모 부대가 머물 만했고 나무가 우거지지 않아서 시야가 좋아 보였으며, 성벽에서도 가까웠다.

용골대가 철갑보병의 군장을 불렀다.

— 저 봉우리까지 길을 열어라. 군사를 풀어서 꼭대기를 확보하라. 꼭대기에서 성안이 잘 내려다보이는지 확인해서 보고하라.

어제, 칸이 몸소 이끄는 후속 부대가 압록강을 건넜다는 전갈이 왔다. 칸이 삼전도 본진에 도착하면 용골대는 칸을 그 봉우리로 모실 작정이었다. 칸이 도착하기 전에 그 꼭대기에 성안을 겨누는 화포 진지를 설치해놓고, 칸을 가마에 태워 꼭대기로 모신 다음 거기서 칸의 깃발을 세우고 칸의 황금빛 일산(日傘)을 펼쳐서 성안에 보일 작정이었다. 봉우리에 칸의 깃발이 오를 때 성안의 조선 행궁을 조준해서 화포 수십 발을 쏘아대면 칸의 위엄에 손색이 없을 것이었다. 용골대는 저물어서 삼전도 본진으로 돌아왔다. 그날 정찰 도중에 정명수는 서문 수문장 편에 용골대의 문서를 성안으로 넣었다. 서식을 갖추지 않은 문서였다.

너희가 선비의 나라라더니 손님을 대하여 어찌 이리 무례하냐. 내가 군마를 이끌고 의주에 당도했을 때 너희 관아는 비어 있었고, 지방 수령이나 군장 중에 나와서 맞는 자가 없었다. 안주, 평양, 개성을 지날 때도 그러하였다. 그러므로 나는 칸의 뜻을 전할 길이 없어 거듭 강을 건너 이처럼 멀리 내려오게 되었다. 너희가 나를 깊이 불러들여서 결국 너희의 마지막 성까지 이르렀으니, 너희 신료들 중에서 물정을 알고 말귀가 터진 자가 마땅히 나와서 나를 맞아야 하지 않겠느냐. 나의 말이 예(禮)에 비추어 어긋나는 것이냐. 너희 군신이 그 춥고 궁벽한 토굴 속으로 들어가 한사코 웅크리고 내다보지 않으니 답답하다.

말먹이 풀

조선 군병들이 동장대 아래 암문(暗門)을 통해 성 밖으로 나왔다. 초관 세 명이 지휘하는 이백여 명이었다. 동장대에서 바라보면 낮은 산줄기들이 멀어서 시야가 트였고, 청병은 보이지 않아 포위는 허술한 듯했으나 복병이 매복해 있는지는 알 수 없었다. 군관들은 병장기를 쥐고 있었으나 지게를 진 군졸들은 낫을 들고 있었다. 조선 군병들은 가파른 경사를 내려가 얼어붙은 개울가에서 흩어졌다. 개울을 따라 지난가을에 말라버린 잡초 덤불이 눈을 뒤집어쓰고 있었다. 군관들은 개울의 위쪽과 아래쪽을 파수했고, 군졸들은 잡초 덤불을 낫으로 걷어내어 지게 위에 실었다. 마른 잡초는 덩어리가 컸다. 군졸들은 걷어낸 마른풀을 발로 누르고 새끼로 묶어서 차곡차곡 쟁였다.
개울 하류 쪽을 파수하던 군관이 호각을 불었다. 눈덩이 뒤에서 청의 복병들이 개울 쪽 조선 군병을 향해 조총을 쏘았다. 청의 매복 진지는 흩어져 있었다. 군관은 총알의 방향을 가늠하지 못했다. 청병은 보이지 않았고 눈덩이 속에서 총알이 날아왔다. 군관이 다시 호각을 세 번 불었다. 조선 군병은 지게를 버리고 성벽 안쪽으로 달아났다. 오르막이 가팔랐다. 매복했던 청병이 눈구덩이 속에서 뛰어나와 조선 군병을 추격했다. 조선 군병들은 암문 안으로 들어왔다. 쫓아온 청병들은 성벽에 가까이 다가왔다. 성벽 위에서 시야는 넓고 멀었다. 조선 초병들이 다가온 청병을 향해 화살을 쏘았다. 청병 열댓 명이 고꾸라져서 아래쪽으로 굴렀고, 비탈에서 미끄러진 조선 군졸 두 명이 청병의 창에 찍혔다. 청의 복병들은 죽은 자들의 옷을 벗기고 무기를 거두어 매복 진지로 돌아갔다. 성벽 언저리는 다시 고요했다. 개울가에 버려진 조선 군병의 지게 위에 까치가 내려앉았다. 까치들이 지게 위에 실린 마른풀 더미를 헤집고 씨앗을 쪼았다.

청장 용골대는 삼전도 본진에서 아침나절의 작은 교전을 보고받았다.

— 말먹이를 구하고 있구나. 성벽 둘레의 마른풀을 모두 불 질러라.

청병 삼천이 산속으로 흩어졌다. 성벽 둘레에서 연기가 피어났다. 골바람이 치켜 불었다. 연기는 골짜기를 따라 능선 위로 올라가서 봉우리마다 치솟았다. 성첩에서 바라보면 개울과 구릉을 따라 빨간 불의 혀들이 날름거렸다. 한쪽으로 쏠리는 바람에 불이 뭉쳐서 서북풍이 마주치는 봉우리는 산불이 일었다. 강바람이 성안으로 몰려오는 저녁 무렵에 마른풀을 태우는 연기는 행궁까지 밀려왔다. 신료들은 푸른 연기가 가득 찬 내행전 마루에 꿇어앉아서 성벽 너머로 연기 나는 봉우리들을 바라보았다.

임금이 물었다.

— 화공이냐?

병조판서 이성구가 대답했다.

— 불길이 어찌 성벽을 넘어오리까. 화공이 아니옵고, 말먹이 풀을 태우고 있사옵니다.

— 성안에 말먹이는 버틸 만한가?

관량사 나만갑이 대답했다.

— 아껴 먹였으나 비가 오던 날 마초를 끌어내 불을 때어 군

병들의 죽을 끓였기로, 말먹이는 열흘 정도 버틸 만합니다.

— 어찌 말먹이로 불을 때는가?

— 마른 장작을 구할 길이 없었고, 얼고 주린 군병들을 우선 뜨겁게 먹여야 하겠기에…….

연기는 사흘 동안 계속되었다.

수어청이 먹이던 말이 이백 마리였고, 인근 수령들이 끌고 온 말이 백 마리였다. 어가행렬을 끌고 오던 말 삼십 마리는 송파에서 언 강을 건널 때 얼음 구덩이에 빠져 죽거나 달아난 자들이 몰고 갔고, 성안으로 들어온 말들은 그다음 날 다섯 마리가 죽었다. 죽지 않은 말들도 다리를 절거나 편자 빠진 발바닥으로 피를 흘려서 부릴 수가 없었다. 사지가 멀쩡해 보여도 눈보라 속에서 얼이 빠져 눈동자가 풀렸다. 마른 콧구멍으로 고열을 뿜어내며 주저앉아서 채찍을 받아도 움직이지 않았다. 수어사가 부릴 수 없는 말들을 순청 앞마당에서 삶으라고 명했다. 가마솥마다 통마늘을 두 되씩 넣었다. 성첩에서 내려온 군병들은 기름 뜬 국물을 한 사발씩 마셨다. 말을 삶는 누린내가 성안에 퍼졌다. 누린내는 바람에 번져서 성첩에 올라간 군병들의 창자 속에 스몄다. 밤에, 임금은 군병들의 창자 속으로 스미는 기름기를 생각하며 자리에서 돌아누웠다. 사대부들은 말국을 먹지 않았다.

겨울비가 내리는 며칠 동안, 말먹이 풀로 불을 때어 말을 삶고 보리죽을 끓여서 허기를 면한 군병들은 날이 개자 말먹이 풀을 찾아 나섰다.

— 말을 살려라. 마병이 없으면 성문을 열고 나가 기습 공격을 할 수 없다.

영의정 김류는 수어사를 다그쳤다. 수어사 이시백은 영의정이 마병을 쓰는 기습 공격을 도모하고 있지는 않을 거라고 생각했다. 마병을 쓸 수 있는 지형은 남문 쪽뿐이었다. 남문 밖 노지에는 이미 청의 철갑 기마 부대가 장기 주둔의 형세로 진을 치고 있었다. 후속 부대들이 잇달아서 남문 밖 적세는 날로 커졌다. 성안의 마병으로 성 밖의 마병을 칠 수는 없었다. 남문 쪽은 피아간에 시계가 넓어서 복병을 묻을 수도 없었다. 개활지에서라면 마병으로 보병을 기습할 수도 있겠지만, 청의 보병은 삼전도에 본진을 두고 성의 서북 방면 매복 진지에 들어 있었다. 서북 방면은 경사가 가팔라서 마병을 쓸 수 있는 지형이 아니었다. 서북쪽의 눈 쌓인 사면에서 말들은 앞으로 고꾸라졌다.

영의정 김류는 전시의 체찰사(體察使)를 겸하고 있었다. 싸우는 것과 웅크리고 버티는 것이 모두 영의정이며 체찰사인 김류의 일이었다. 김류는 싸움의 형식 속에 투항의 내용을 키워가는 듯 싶었다. 수어사 이시백은 그렇게 느꼈다. 그 두 갈림길이 부딪치면서 김류의 군령은 모질고 사나웠다.

성안의 말먹이는 동이 났고, 지방 수령들은 말먹이를 싣고 오지 않았다. 봉우리들 틈새로 햇볕이 닿는 비탈에 마른 겨울풀이 시들어 있었다. 성첩에서 바라보아 청병이 보이지 않을 때, 조선 군병들은 성 밖으로 나가 마른풀을 걷어들였다. 성 밖에서 마른

풀 태우는 연기가 오르던 사흘 동안에도 말들은 하루 종일 먹어댔다. 덤불을 태우는 불길이 멎자 눈 위로 새카만 잿더미가 드러났고, 덤불 속에 둥지를 튼 새들이 성안으로 날아왔다.

말들은 순청 앞마당에 모여 있었다. 인근 수령들이 말을 몰고 들어오자 마구간이 모자랐다. 행궁과 옥당에 딸린 말은 순청 마구간을 차지했고, 수령들의 말은 민촌의 헛간에 가두었다. 나머지 말들은 노지에서 눈비를 맞았다.

주린 말들은 묶어두지 않아도 멀리 가지 못했다. 말들은 모여 있어도 제가끔 따로따로인 것처럼 보였다. 말들은 주려도 보채지 않았다. 먹을 때나 굶을 때나 늘 조용했다. 말들은 고개를 숙여서 눈 덮인 땅에 코를 박았다. 그러고는 앞발로 눈을 헤치고 흙을 긁었다. 말들은 흙냄새 속에서 아직 돋아나지 않은 풀 냄새를 더듬었다. 말들의 뼈 위로 헐렁한 가죽이 늘어져 있었다. 언 땅 밑에서 풀 냄새는 멀었다. 말들은 혀를 내밀어서 풀뿌리를 핥았고, 서로의 꼬랑지를 빨아먹었다. 주저앉은 말들은 갈비뼈가 드러난 옆구리로 가늘게 숨을 쉬었다. 말들은 주저앉아서도 코를 땅에 박고 풀 냄새를 찾았다. 말들은 가끔씩 가죽을 실룩거려서 등허리에 쌓이는 눈을 털어냈다. 주저앉은 말들은 하루나 이틀이 지나면 옆으로 쓰러졌고, 쓰러진 말들은 앞다리를 뻗어 눈을 긁었다. 뱃가죽을 보이며 발랑 뒤집힌 말도 있었다. 자지가 오그라진 수말들이 네 다리를 들어서 허공을 긁었다. 말 다리는 곧 땅 위로 늘어졌다. 말들의 죽음은 느리고 고요했다. 말들은 천천히 죽었고 질기게 숨 쉬었다. 옆으로 쓰러져 네 다리를 길게 뻗은 말들도 사나흘씩 옆구리를 벌룩거리며 숨을 쉬었다. 숨이 다한 직후에 묵은똥이 비어져 나오고 오줌이 흘러나오는 소리 외에는, 말들은 죽을 때 아무 소리도 내지 않았다.

수어사 이시백은 성안을 뒤져서 빈 가마니를 거두어들였다. 석빙고 안에 얼음 가마니 오백 장이 쌓여 있었는데, 강에서 얼음을 실어올 길이 끊겨 석빙고는 비어 있었다. 성안 사찰에서 묵은 쌀가마니 이백 장을 거두었고, 인적이 끊긴 오일장터에서 행상들이 좌판으로 쓰던 가마니와 주인이 달아난 숯도가에서 빈 숯 가마니를 끌어냈다. 가마니 일천 장이 서장대 마당에 쌓였다. 지난 추수 때 짠 가마니는 아직도 썩지 않고 볏짚 향기가 살아 있었다. 이시백은 서장대 군병들을 풀어서 가마니를 성첩으로 올렸다. 군병들이 순찰로를 따라 가마니를 운반했다. 성첩에서 언 발을 구르며 밤을 새우는 군병들이 밟거나 깔고 앉아서 땅에서 올라오는 냉기를 막고, 눈비가 올 때는 머리 위로 뒤집어쓰게 하자는 것이었다. 가마니가 모자라서 성벽 전체에 고루 나누어 주지 못했는데, 바람이 맵고 응달진 서북 성첩에는 총안 세 구멍에 두 장씩, 햇볕이 길게 드는 남동 성첩에는 한 장씩 돌아갔고, 문루가 설치되어 비바람을 막는 자리에는 주지 못했다. 이시백은 성첩을 돌며 군병들에게 가마니 사용 수칙을 일러주었다.

— 돌멩이 위에 깔아서 구멍을 내지 마라. 가장자리를 밟지 마라. 올이 터진다. 밤에는 깔고 낮에는 말려라. 교대할 때

정확히 인계하라. 들고 내려오지 마라. 불태워서 몸을 녹이지 마라. 군관으로서 군졸의 가마니를 빼앗지 마라. 어기는 자는 모두 군율로 다스리겠다.

임금이 내행전 마루로 나와 방석 위에 화로를 끼고 앉았다. 바람이 불어서 화로 속 숯불이 할딱거렸다. 바람이 스칠 때 불은 맑은 속살을 드러내며 안으로 잦았고, 바람이 멈추면 푸른 불꽃으로 엉겼다. 임금과 신료들은 숨 쉬는 불꽃을 말없이 들여다보았다. 병조판서 이성구가 성첩에 가마니를 돌린 일을 아뢰었다.

— 수어사의 헤아림이 깊구나.

영의정 김류가 고개를 들었다.

— 전하, 지금 말들이 굶어 죽고 있으나 이제라도 먹이면 오십 마리 정도는 부릴 수 있습니다. 말은 군사의 핵심입니다. 말이 없으면 어찌 군왕의 위엄을 세울 수 있으며, 먼저 치는 싸움을 도모할 수 있겠습니까. 전하, 가마니를 거두소서. 가마니를 풀어서 죽을 쑤어 말을 먹여야 할 것입니다.

이성구가 말했다.

— 말은 많이 먹는 짐승인지라 가마니를 썰어 먹여도 결국 버티지 못할 것입니다. 군병의 추위가 더 절박한 일이오니……

김류가 이성구의 말을 가로챘다.

— 병판은 어찌 그리 아둔하오. 군병은 사람이고 말은 짐승이니, 사람은 그 뜻의 힘으로 견딜 것이고 짐승은 견디지

못하는 것이오. 병판은 마병 없이 싸우자는 게요?

임금은 여전히 화로의 불꽃을 바라보고 있었다.

— 하나, 군병의 언 몸을 덮어야 하지 않겠는가.

김류가 말했다.

— 전하, 신인들 어찌 가마니가 아니라 숯불 화로 한 개씩을 총안마다 나누어 주고 싶지 않겠사옵니까. 성첩에 가마니를 나누어 준들 곧 젖고 썩어서 못 쓰게 될 것입니다. 속히 거두어 말을 먹이게 하소서.

이성구가 말했다.

— 영상의 말씀에도 일리가 있으니, 전하, 어찌하오리까?

임금이 시선을 거두어 이성구를 바라보았다.

— 그것이 임금이 정할 일이냐?

신료들은 대답하지 못했다. 모두들 화로 속의 불꽃을 바라보았다. 불꽃의 흰 속살이 재로 사위었다. 사위는 재 속에서 불의 씨앗이 반딧불처럼 가물거렸다.

— 예판은 어찌 생각하는가?

김상헌이 고개를 들었다.

— 나누어 주기는 쉽고 도로 빼앗기는 쉽지 않습니다. 가마니를 다시 거두시면 어리석은 군병들이 전하께서 자애하시는 뜻을 투정하지 않을까 염려되옵니다. 받은 자들은 이미 저희 것으로 알고 있을 터이니 기왕 나누어 준 것을 도로 거두시면 인심을 다치게 할 것이옵니다.

김류가 김상헌을 노려보았다.

— 예판의 말은 인의로써 합당하오. 하나 대감은 인의를 삶아서 주린 말을 먹이려오?

임금이 부저로 재를 당겨 화로의 불씨를 덮었다.

— 날이 저무는구나. 다들 물러가라.

임금은 마루에서 일어나 침소로 들어갔다. 신료들은 물러났다. 김상헌이 내행전 마루에 혼자 남아서 장지문 너머를 향해 고했다.

— 전하, 성안에 백제 시조 온조왕의 사당이 있으니, 이 성은 백제의 고토이옵니다. 온조왕이 환란에 쫓기다가 하남의 천험을 얻어 여기에 도읍을 정하였고, 전하께서도 한때의 곤고를 피해 이 성에 드셨으니, 온조왕의 신령이 반드시 전하를 보우할 것입니다. 온조왕 사당에 제사를 드리게 하옵소서.

장지문 너머에서 임금이 타구에 침 뱉는 소리가 들렸다. 안에서 임금이 대답했다.

— 그리하면 경의 마음이 편하겠는가?

— 전하, 어려울 때는 근본을 돌아본다고 신은 배웠나이다.

— 좋은 말이다. 나도 어렸을 때 그리 배웠다.

— 전하, 오직 근본에 기대어 회복을 도모하소서. 근본은 일월과 같은 것이오니…….

— 뜻의 절박함을 알겠다. 관량사에 명하여 제물을 얻어주마. 경의 뜻을 시행하라.

김상헌의 이마가 마룻바닥에 닿았다.

— 신의 뜻이 아니라, 전하의 뜻으로써 거행하겠나이다.

— 그리하라. 근본이라는 말이 새롭구나. 내 늘 간직하겠다.

김상헌이 일어서서 안쪽을 향해 절했다. 절하는 김상헌의 그림자가 장지문에 비쳤다. 기우는 해가 깊이 들어서 그림자가 길고 수척했다. 그림자 너머에서 임금이 말했다.

— 마루가 추우니 앞으로는 들어올 때만 절하고 나갈 때는 절하지 마라. 예판이 삼사에 두루 일러라.

성안으로 들어온 뒤로 임금은 음식의 간을 힘들어했다. 수라간 상궁은 간을 아꼈다. 여염의 옷을 입은 상궁이 저녁상을 안으로 들였다. 흰 쌀밥에 꿩 백숙이 차려져 있었다. 이천 부사의 초관이 북장대 밑에서 잡아 행궁에 바친 두 마리를 한 솥에 고아서 임금과 세자에게 한 마리씩 올렸다. 마른 산나물 무침과 무말랭이도 딸려 있었다.

초가지붕

영의정 김류는 체찰사의 명을 발동하여 가마니를 다시 거두어 들였다. 김류의 명은 수어사 이시백을 거치지 않고 바로 성첩에 하달되었다. 아침 번에 교대하는 군병들이 밤새 깔고 앉았던 가마니를 들고 성첩에서 내려왔다. 가마니는 젖거나 얼어 있었다. 성안 삼거리에서 남문에 이르는 길 양지쪽에 가마니 일천 장이 널렸다. 말린 가마니들은 순청 마구간 창고에 쌓였다. 성 밖으로 달아난 백성들의 초가지붕은 이미 헐려서 말먹이로 쓰였다. 초가지붕을 먹은 말들도 며칠 뒤에 죽었다. 김류는 민촌에 남은 백성들 중에서 식구가 적은 이들을 골라 한 집으로 몰았다. 초가집 열다섯 채가 비었다. 김류는 빈집을 헐었다. 초가지붕을 벗겨서 말먹이 창고에 쌓았고, 기둥과 서까래를 뽑아서 화목 창고에 쟁였다. 군병들은 굶어 죽은 말의 시체를 응달에 펼쳐놓고 얼렸다. 말의 시체는 얼고 녹으면서 썩어서 먹을 수 없었다. 순청 마당에서 군병들은 갓 죽은 말과 곧 죽을 말을 살폈다. 굶어 죽은 말은 사지가 앙상했으나 대가리와 내장에는 뜯어먹을 것이 있었다. 군병들은 도끼로 말의 사지를 끊어냈다. 대가리를 뽀개고 내장을 발라서 가마솥에 삶았다. 말 누린내에 고양이와 개들이 몰려들었다. 성첩에서 내려온 군병들이 뜨거운 국물에 조밥을 말아 먹고 말뼈를 뜯었다.

군관들은 밥을 다 먹은 군병들을 모아서 이열 종대로 세웠다. 종대는 이보 간격으로 떨어져 마주 보고 앉았다. 열 사이로 가마니가 돌려졌다. 마주앉은 군병들이 가마니 올을 풀었다. 시커멓게 썩은 지푸라기들이 부스러졌고 먼지가 일었다. 민촌에서 벗겨온 초가지붕은 지난 추수 때 이은 이엉이었다. 노란 빛깔과 향기가 살아 있었다. 군병들은 가마니를 풀어낸 시커먼 지푸라기와 노란 이엉을 작두로 썰어서 섞었다. 거기에 더운물을 붓고 밀기울을 끼얹어서 삽으로 버무려 말죽을 끓였다.

순청 마구간에 남은 말은 칠십 마리 정도였다. 오래 묶인 채 주린 말은 털에 윤기가 빠져서 거칠했고, 갈기 끝이 바스러졌다. 싸움 말이라기보다는 달구지 말에 가까웠다. 순청 나졸들이 말을 마당으로 끌어냈다. 마당에 버무려진 먹이 둘레로 말 칠십 마리가 빙 둘러섰다. 말들은 주려도 천천히 먹었다. 콧바람을 불어서 콧구멍 속에 붙은 밀기울을 털어내며, 말들은 느리게 먹었고 오래 먹었으며 양쪽 옆구리가 팽팽해지도록 먹어댔다.

영의정 김류는 가마니를 풀어서 말죽을 끓이는 현장을 감찰했다. 동장대 비장이 김류를 수행했다. 김류는 순청 마루 위로 올라갔다. 가마니를 풀고 초가지붕을 벗겨서 말을 먹이는 자리 옆에서 번을 교대해서 내려온 군병들이 말뼈를 뜯고 있었다. 김류는 말과 군병들을 번갈아 바라보았다.

백성의 초가지붕을 벗기고 군병들의 깔개를 빼앗아 주린 말을 먹이고, 배불리 먹은 말들이 다시 주려서 굶어 죽고, 굶어 죽은 말을 삶아서 군병을 먹이고, 깔개를 빼앗긴 군병들이 성첩에서 얼어 죽는 순환의 고리가 김류의 마음에 떠올랐다. 버티는 힘이 다하는 날에 버티는 고통은 끝날 것이고, 버티는 고통이 끝나는 날에는 버티어야 할 아무것도 남아 있지 않을 것이었는데, 버티어야 할 것이 모두 소멸할 때까지 버티어야 하는 것인지 김류는 생각했다. 생각은 전개되지 않았다. 그날, 안에서 열든 밖에서 열든 성문은 열리고 삶의 자리는 오직 성 밖에 있을 것이었는데, 안에서 문을 열고 나가는 고통과 밖에서 문을 열고 들어오는 고통의 차이가 김류의 눈에는 보이지 않았다. 보이지는 않았지만 그날이 가까이 다가오고 있음을 김류는 느꼈다.

말을 삶는 김 속에서 군병들은 허겁지겁 먹었고, 말들은 느리게 먹었다. 허기를 면한 군병들이 멍석 위에 주저앉아 옷을 벗어 이를 잡았다. 지방 수령들을 따라 성안으로 들어온 토병(土兵)들이 순청 마루에 앉은 김류를 향해 이죽거렸다.

— 영상 대감도 말국 한 그릇 드시오. 말 내장이 아주 부드럽소.

— 아니, 말을 잡아주시려면 살쪘을 때 잡으시지 어찌 주려서 바싹 마른 뒤에 잡으시오.

— 깔개를 거두어 말을 먹이시고 또 그 말을 잡아 소인들을 먹이시니, 소인들이 전하의 금지옥엽임을 알겠소이다.

기한(飢寒)에 몰린 군병들은 겁 없이 시시덕거리며 영의정을 조롱했다. 비장이 군병을 꾸짖었다.

— 닥쳐라. 아가리를 찢겠다. 먹여주는 뜻을 어찌 모르느냐.

김류가 비장을 말렸다.

— 내버려둬라. 모두가 나의 허물이다.

— 대감, 언짢아 마소서. 저놈들은 어영청 군사가 아니고 무지한 향병들이옵니다.

김류는 말없이 군병들을 노려보았다. 영의정의 시선을 받으면서 이를 잡던 토병이 또 이죽거렸다.

— 대감, 옥관자가 빛나는구려. 우리를 거느리고 성 밖으로 나가 한판 크게 지휘해주시오.

군병들은 낄낄 웃었다. 그날이 머지않았는데, 버티는 힘이 다해서 성문을 열고 나가 투항하는 날, 저것들을 모두 청의 포로로 내주어야 하는지 아니면 그전에 싸움터로 내몰아 모두 없애야 하는지, 그날까지 저것들을 먹일 수 있을 것인지 김류는 판단할 수 없었다. 그것은 판단할 수 있는 일이 아니라고 김류는 생각했다. 청의 무력은 대륙을 비워놓고 반도 깊숙이 들어와 있었다. 요동을 내주기는 했으나 북경 언저리로 밀려난 명이 청의 빈자리를 압박하면, 청은 남한산성을 포기하고 군사를 거두어 돌아갈 수도 있을 것이었다. 청이 돌아가면 조정은 청의 퇴로를 따라서 싸우지 않고 도성으로 복귀할 것이고, 그런 식으로 환도가 이루어진다면 성안에서 투항이나 화친을 발설하던 자들은 사직의 이름으로 휘두르는 임금의 칼에 죽어야 할 것이었다. 그리고 성안이 스스로 기진하여 문을 열고 나가는 날, 끝까지 싸우기를 발설했던 자들은 용골대의 칼 아래서 살아남지 못할 것이었다.

마당에서 이죽거리는 군병들을 노려보며 김류는 깊이 한숨지었다. 싸움의 형식을 유지하면서 그 형식 속에서 버티는 힘을 소진시키고 소진의 과정 속에서 항전의 흔적을 지워가며 그날을 맞아야 할 것인데, 그것이 가능한 일인지 김류는 깊이 신음했다.

가마니를 썰어서 말을 먹이던 날 저녁에 김류는 수어사 이시백을 체포했다. 병조판서 이성구가 김류의 명을 받아 금군을 풀었다. 이시백은 서장대에서 저녁 번 교대를 지휘하고 있었다. 발가락이 얼어서 절룩거리는 자들과 골이 썩는지 귓구멍에서 고름을 흘리는 자들과 성첩의 어둠 속에서 헛것을 보고 총을 쏘아대는 자들을 번에서 제외시켰다. 번을 마치고 내려가는 전번의 겉옷을 벗겨서 후번에게 입혔고, 찐 메주콩을 한 줌씩 야식으로 나누어 주었다. 오동나무 잎으로 싼 메주콩은 얼어 있었다.

이시백은 서장대에서 연행되었다. 창검을 든 금군들이 들이닥치자 서장대 군관들은 물러섰다. 금군들은 인솔자를 밝히지 않았다. 수장인 듯싶은 자가 오라를 들고 있었으나, 이시백을 포박하지는 않았다. 오라를 든 자는 수어사 이시백 앞에서 말을 머뭇거렸다.

— 영상께서 나으리를…….

— 말하라.

— 모셔오라 하십니다.

— 오라로 엮어오라 하시더냐?

— 위엄을 갖추어 모시라 하시기에…….

김류의 명령이 임금의 윤허를 받지 않은 것은 확실했다.

— 영상은 어디에 계시냐?

— 남장대에 계십니다. 그리로 모셔오라십니다.

서장대에서 남장대까지는 성첩을 따라가는 순찰로로 연결되어 있었으나, 행궁 뒷길로 내려와서 성안 삼거리를 지나는 편이 빨랐다. 금군들은 빠른 길을 버리고 순찰로를 따라가는 성벽 길로 이시백을 호송했다.

— 왜 먼 길로 가느냐?

— 영상께서 성첩을 따라서 오라 하셨습니다.

총안 앞에서 저녁 번을 서는 군사들은 언 메주콩을 침으로 녹여가며 밤을 맞고 있었다. 순찰로를 따라 남장대까지 가려면 성첩을 따라 총안에 늘어선 군병들 곁을 지나야 했다.

— 조리 돌리는 것이냐?

— 영상께 여쭈실 일이옵니다.

군병들은 끌려가는 수어사가 앞을 지날 때 고개를 돌려 외면했고, 지나간 뒤에 수군거렸다. 순찰로를 따라 남장대 쪽으로 걸으면서 이시백은 군병들에게 말했다.

— 발밑에 마른 잎을 깔아라.

— 졸지 마라. 추우면 움직여라. 잠들면 얼어 죽는다.

— 똥오줌은 총안에서 멀리 가서 누어라.

— 콩은 한 알씩 침으로 녹여서 오래 먹어라. 먹을 것을 지니면 덜 춥다.

— 발을 늘 깨끗이 씻어라. 발이 더러우면 얼기 쉽다.

날이 저물어서 먼 숲에 어둠이 스몄고 순찰로 앞쪽이 흐려졌다. 멀리 나갔던 새들이 성안 오리나무 숲으로 돌아왔다. 달이 능선 위로 올랐다. 군병들이 내뿜는 허연 입김 속에 달빛이 어른거렸고, 어둠 속에서 성벽이 뽀얗게 드러났다.

이시백은 이경 무렵 남장대에 도착했다. 횃불을 올리지 않아서 장대는 어두웠다. 마당에 형틀이 펼쳐지고 소속을 알 수 없는 군병들이 두 줄로 도열했다. 누빈 솜옷에 가죽신을 신은 자들이었다.

김류가 체찰사의 근위로 거느린 무리인 모양이었다. 김류는 장대 마루에서 기다리고 있었다. 영상의 재가 없이 가마니를 성첩으로 올려보낸 일을 문초하려는 것인가, 김류는 말을 살려서 마병으로 싸우려는 것인가, 가마니를 먹여서 말들의 끼니를 감당할 수 있을 것인가……. 이시백은 김류의 속내를 알 수 없었다. 댓돌 앞에서 머뭇거리는 이시백을 김류는 마루 위로 올리지 않았다.

— 불러 계시옵니까?

— 칼을 풀어라.

군병들이 달려들어 이시백의 환도를 걷어냈다.

— 앉아라.

이시백은 마당에 꿇어앉았다. 김류가 말했다. 하단전에 힘을 넣은 낮은 목소리였다.

— 묻겠다. 청군이 남문 밖에 포진할 때 적정을 미리 파악하지 못하고 허겁지겁 성문을 닫아건 까닭이 무엇이냐?

이시백이 대답했다.

— 척후를 세 방면으로 나누어 아홉 명을 내보냈으나, 한 명도 돌아와 복명하지 않았소.

— 척후로 나간 자들이 누구냐?

— 인근 고을에서 입성한 비장과 초관들로 주변 물정에 밝은 자들을 보냈소.

— 왜 돌아오지 않았느냐?

— 복명하지 않았으니, 그 까닭을 알 수 없소이다.

김류의 목소리가 노기로 떨렸다.

— 달아났거나 적에게 투항했거나 사로잡혔겠구나.

— 그러할 수도 있을 것이오.

— 자원한 자들이냐?

— 그중 여섯은 뽑은 자들이었고, 셋은 자원했소.

— 그렇다면 애초부터 달아날 자들을 뽑았거나 달아나려고 지원한 것이냐?

— 적을 만나 싸우다가 죽은 자도 있을 것이고, 성을 나간 뒤에 성이 포위되어 돌아오지 못한 자들도 있을 것이외다.

— 투항했거나 사로잡혔다면 성안 사정이 적에게 누설되지 않았겠느냐?

— 소직도 걱정하는 바이오.

— 걱정이라. 수어사가 한숨을 쉬는 자리더냐?

— 성안의 곤궁을 어린애까지 알게 되어 군심이 날로 들뜨니 송구하오이다.

— 송구하다?

김류는 앉은 자리에서 일어나 뒷짐을 지고 마루를 한 바퀴 돌고는 다시 자리로 돌아와 말했다.

— 남문은 마병으로 성 밖을 칠 수 있는 넓은 목이다. 이제 남문 너머는 적이 이미 들을 차지하고 지리를 누렸으니, 어찌 밖을 도모할 수 있겠느냐!

이시백은 고개를 들어 김류를 노려보았다. 마루가 멀고 어두워서 김류의 얼굴은 보이지 않았고 옥관자에 달빛이 흔들렸다.

남문 앞을 막으려는 청병의 동태를 이미 알았다 하더라도 성 밖으로 마병을 내보내 남문 앞 들판을 지켜낼 수는 없었다. 삼전도 본진에서 남문 쪽으로 이동한 청병은 기보 일만 오천이었다. 척후들은 복명하지 않았지만, 이동하는 청병들이 일으킨 눈먼지는 성첩에서도 보였다. 청의 기보는 능선에 배치된 포병의 엄호를 받고 있었다. 성안 군사는 하루 삼교대로 성첩을 지키는 초병이 전부였다. 말들은 주려서 언 땅 밑의 풀뿌리를 찾고 있었다. 포위된 성안에서 성첩을 비워놓고 성 밖을 향해 병력을 집중할 수는 없었다. 김류도 그것을 모르지 않을 것이었다. 김류는 싸울 수 없던 싸움을 성안에서 다시 싸우려는 것인가, 그것이 영상의 싸움이고 체찰사의 싸움인가를 이시백은 물을 수 없었다. 척후는 끝내 돌아오지 않았다.

— 시행하라.

김류의 수하들이 이시백을 곤장틀에 묶었다. 이시백은 형틀 위에 엎드렸다. 차가운 땅에서 비린 눈 냄새가 끼쳐왔다. …저녁 눈발 속으로 떠난 척후들은 적이 닿지 않은 남쪽 바닷가 어디쯤으로 갔을까. 적의 군복을 입고 적의 척후가 되어 나에게 다가오고 있는 것일까……. 이시백은 더듬어지지 않는 척후들의 자취를 더듬으며 매를 기다렸다.

나장 둘이 앞으로 나와 김류에게 읍하고 형틀로 다가갔다. 김류는 뒤로 돌아섰다. 마루 뒤편의 어둠을 향해 김류가 말했다.

— 당상이니, 바지는 벗기지 마라.

나장이 곤장을 치켜들었다. 달이 남장대 용마루 위로 올라 눈 쌓인 마당에 달빛이 환했다. 성벽 밖 청의 군진에 횃불이 몇 개 떠 있었다. 곤장이 오르내릴 때, 긴 그림자가 남장대 마당에서 춤추었다. 중곤(中棍) 스무 대였다.

계 집 아 이

묵은 눈 위에 밤새 또 눈이 내렸다. 아침에 눈이 그치자 푸른 소나무 숲 사이로 성벽이 하얗게 빛났다. 송파나루 건너편 산악에서 일어나는 바람이 낮게 깔리면서 삼전도 들판을 건너왔다. 산성 언저리부터 바람은 여러 갈래로 흩어져 계곡을 따라 치솟았다. 골바람이 밀고 올라올 때 성벽을 따라가며 눈이 날렸다. 날리는 눈가루 속으로 햇빛이 스며들어 무지갯빛을 튕겼다. 가파르게 굽이치는 성벽 위 허공에서 빛의 대열이 바람에 흩어졌다. 군병들은 눈이 부셨다.

바람이 들이쳐서 내행전 마루에 눈이 쌓였다. 늙은 상궁이 눈을 쓸었다. 상궁의 비질에서는 소리가 나지 않았다. 승정원 홍문관 정이품들이 마루에서 아침 문안을 드렸다. 방 안에서 알았다는 대답이 있었다. 세자의 방에서도 같은 대답이 있었다. 아침에 세자는 내관을 성첩에 올려보내 간밤 군병의 추위를 살폈다. 내관이 세자의 말을 성첩에 전했다.

……불 땐 구들 위에서 몸을 뒤척이며 너희들의 추위를 생각했다. 마음이 다하는 지극한 자리에서 길은 열리리니, 내가 너희들과 더불어 견디지 못할 것을 견디려 한다…….

아침 수라상에 졸인 닭다리 한 개와 말린 취나물 국이 올랐다. 국은 간이 엷어서 뒷맛이 멀었다. 어가행렬이 대궐을 떠날 때 늙은 상궁들은 상식사(尙食司) 창고의 간장을 퍼서 달구지에 실었다. 송파나루에서 언 강을 건널 때 달구지 바퀴가 얼음에 빠져 간장

독이 깨어졌다. 늙은 상궁들은 눈보라 속에서 울었다. 성안에 군량으로 묻어둔 간장은 골마지가 끼어서 쓰고 탁했다. 수라간 상궁이 내전 별감을 졸라서 민촌의 간장을 얻어왔다.

임금은 취나물국 국물을 조금씩 떠서 넘겼다. 국 건더기를 입에 넣고, 임금은 취나물 잎맥을 혀로 더듬었다. 흐린 김 속에서 서북과 남도의 산맥이며 강줄기가 떠올랐다. 민촌의 간장은 맑았다. 몸속이 가물었던지 국물은 순하고 깊게 퍼졌다. 국물에서 흙냄새가 났다. 봄볕에 부푼 흙냄새 같기도 했고 젖어서 무거운 흙냄새 같기도 했고 마른 여름날의 타는 흙냄새 같기도 했다. 임금은 국물에 밥을 말았다. 살진 밥알들이 입 속에서 낱낱이 씹혔다. 임금은 혀로 밥알을 한 톨씩 더듬었다. …사직은 흙냄새 같은 것인가, 사직은 흙냄새만도 못한 것인가……. 콧구멍에 김이 서려 임금은 훌쩍거렸다.

가까운 민촌에서는 일 없는 겨울 소들이 아침 여물죽을 기다리며 울었다. 소 울음소리는 내행전까지 들렸다. 느리고 긴 울음을 잇대어가며 소들은 울었다. 소 울음소리는 낮고 넓어서 멀리서 우는 소리도 가까이 들렸다. 국물을 넘기면서 임금은 소 울음소리에 귀를 기울였다. 잠저 인근 마을에 소 울음소리가 들렸던지 임금은 기억이 없었다. 대궐에는 소가 없었다. 반정으로 보위에 오른 뒤 소 울음소리를 듣기는 처음이었다. 산과 들을 쓰다듬는 소리였다. 부르는 소리인지 대답하는 소리인지 알 수 없었지만, 소들은 부르는 소리로 대답했고, 대답하는 소리로 불렀다. 여러 들판과 물굽이를 돌아가는 길이며 마을과 저자가 임금의 눈앞에 펼쳐졌다. 임금은 경서를 읽듯이 찬찬히 먹었다. 흙냄새와 소울음 속에는 성 밖으로 나가는 길이 있을 듯싶었지만, 임금은 그 길을 더듬어 낼 수 없었다.

며칠째 장계는 들어오지 않았다. 삼남과 서북에서 창의(倡義)의 구원병은 다가오고 있는 것인지, 소식을 지닌 밀사들이 포위한 성벽을 넘지 못하는 것인지, 성으로 떠난 장계가 애초에 없는 것인지를 성안에서는 알 수 없었다.

내행전 마당 오리나무 가지에서 까치가 짖었다. 어전에 모인 신료들은 까치 소리 나는 쪽을 바라보았다. 까치가 울었으니 오늘은 장계가 들어오려나 보다고 뒷마당에서 나인들은 수군거렸다. 임금은 간밤에 도착한 장계가 있는지 묻지 않았다. 소식이 없었으므로 신료들도 고하지 않았다. 임금은 신료들의 시선을 따라 까치를 바라보았다. 까치가 날아올라 눈가루가 날렸다.

병조판서 이성구가 말했다.

— 전하, 간밤에 웬 어린아이가 성안으로 들어왔나이다.

— 무슨 말이냐?

— 열 살쯤 된 계집아이인데, 남문 앞에 쓰러진 것을 수문장이 거두어들였다 하옵니다.

— 남문 밖이면 적의 진지 아닌가?

— 이제 안팎이 막혀서 장정들도 성안으로 들어오지 못하는데, 어린아이가 적의 숙영지를 지나서 성안으로 들었으니 필시 상서로운 일일 것이옵니다.

까치가 다시 날아와 가지에 앉아 짖었다. 임금의 얼굴에 가벼운 경련이 일었다.

— 그 아이를 내게 보여라.

— 품계 없는 백성의 자식을 어찌 어전에 앉히오리까.

— 아니다. 들여라. 놀랍지 않으냐.

수문장이 언 아이를 녹여서 혼자 남문 앞까지 오게 된 연유를 들었고, 승지가 아이의 내력을 임금에게 고했다. 신료들이 함께 들었다.

아이는 송파나루 사공의 늦둥이 딸이었다. 나루터에서 태어나 이름이 나루였다. 어미는 재작년 홍수 때 떠내려가는 솥단지를 건지려다 물에 쓸려갔다. 먼 하구 쪽으로 떠내려갔는지 무당은 어미의 넋을 건지지 못했다. 오라비들은 오래전에 봇짐장꾼을 따라서 대처로 나아갔다. 아이는 늙은 아비와 둘이서 강가에서 살았다.

손님을 모시고 얼음 위로 강을 건너간 아비는 밤이 깊어도 돌아오지 않았다. 언 강이 또 얼어서 얼음 갈라지는 소리가 빈 마을을 울렸다. 손님이 버리고 간 말이 강 건너 쪽으로 목을 빼고 길게 울었다. 청병이 곧 들이닥치리라는 소문은 아이도 듣고 있었다. 아이는 아비를 찾아서 언 강을 건넜다. 물가에서 자라나 강이 무섭지 않았다. 밤에 눈이 내렸다. 어둠에 눈발이 섞여서 돌아봐도 나루터 마을은 보이지 않았다. 아이는 얼음 위에 쓰러진 아비의 시체 곁을 지났다. 시체에 눈이 쌓여 아비를 알아보지 못했다. 강을 건너자 아이의 발길은 이배재 쪽으로 향했다. 아이는 빈집의 곳간에서 새우잠을 잤다. 이튿날 청병이 강을 건너와 산속에 진지를 쳤다. 아이는 청병의 진 앞으로 걸어갔다. 청병들은 아이를 들짐승만치도 눈여겨보지 않았다. 군막으로 다가오는 아이를 청병들은 머리채를 쥐어 끌어냈다. 말린 양고기를 던져주는 자들도 있었다. 아이는 청병이 쬐다 버린 모닥불 재를 쑤셔 몸을 녹였다.

이배재 고개에서 산성이 올려다보였다. 능선과 하늘의 경계를 따라가며 성은 크고 우뚝했다. …아, 세상에 저런 곳이 있었구나……. 아이는 놀라서 숨을 죽였다. …할머니 이야기 속 하늘나라가 저기로구나……, 아버지는 저 안으로 들어가셨겠구나……. 아이는 빨려가듯 성을 향해 걸었다. 아이는 남문 앞 들판 청병 진지의 가장자리를 돌았다. 청병들은 돌멩이를 던져서 아이를 쫓았다. 아이는 작은 들짐승처럼 보였다. 남문 문루 위에서 조선 초병들은 멀리서 다가오는 아이를 멀거니 바라보았다. 아이는 남문 지대석 앞에 쓰러졌다.

내행전 수라간에서 상궁이 물을 데워 아이를 씻겼다. 터진 손등에 낀 때를 불려서 벗겨냈다. 상궁이 아이에게 나인의 옷을 입혔다. 남치마에 자주색 고름이 달린 삼회장 저고리였다. 머리에 동백기름을 발라서 빗기고 새앙머리를 틀어서 댕기를 드렸다. 아이의 자태가 피어났다. 입술이 붉고 눈빛이 또렷했다. 상궁이 아이에게 말했다.

— 위에서 물으시면 짧게 대답해라. 고개를 숙이고 눈을 치뜨지 마라.

내관이 아이를 어전으로 인도했다. 아이는 동상이 걸린 오른다리를 절었다. 신료들의 시선이 아이에게 쏠렸다.

— 가까이 오너라.

숙인 머리통에 가르마가 환했다. 이마에서 가마까지, 임금의 시선은 아이의 가르마 자리를 따라갔다. 신료들이 아이를 들여다보며 한마디씩 했다.

— 여염의 자식치고는 이목이 수려하옵니다.

— 어린아이가 송파나루에서 예까지 적진 사이로 길을 뚫고 왔으니 놀라운 일입니다. 필시 성의 신령이 가호하는 아이일 것입니다.

— 전하, 군병들에게 널리 알려 상서로운 힘을 떨치게 하소서.

영의정 김류의 옆자리에서 예조판서 김상헌은 아이의 뒷모습을 바라보았다. 새까만 머리채에는 윤기가 흘렀고 귓바퀴가 뽀얬다. 어린 몸에 계집의 태깔이 박혀가고 있었다. 김상헌의 눈앞이 흐려지면서 풀잎이 시들듯 천천히 얼음 위에 쓰러지던 사공의 모습이 떠올랐다. 김상헌은 침을 삼켰다. 임금이 아이에게 물었다.

— 어찌 집을 나섰느냐?

아이는 대답하지 못했다. 병조판서 이성구가 말했다.

— 아비를 찾아 나섰다 하옵니다.

— 아비가 청병에게 끌려갔느냐?

청병에게 끌려간 것이 아니옵고……. 김상헌은 침을 넘겨 말을 삼켰다. 이성구가 말했다.

— 전하께서 송파에서 언 강을 건너실 때 얼음 위로 길을 인

도한 사공인데, 그다음 날 집을 나가 돌아오지 않는다 하옵니다.

임금의 말이 신음처럼 흘러나왔다.

— 이 아이가 그 사공의 딸이로구나…….

김류가 엉덩이를 밀어 임금에게 다가가며 말했다.

— 비록 천한 사공이오나 쓸모가 요긴하였습니다. 신들이 어찌 얼음길을 알았겠나이까. 이 아이가 그 아비의 충심으로 예까지 왔으니, 백성들의 마음이 오직 전하께로 향하여 있는 것입니다.

임금이 기침 끝에 타구를 당겨 침을 뱉었다. 임금이 아이에게 물었다.

— 너는 청병을 보았겠구나. 성 밖에 청병이 많더냐? 청병이 성벽에서 가깝더냐? 무얼 하고 있더냐?

예조판서 김상헌의 목소리가 눌리며 떨렸다.

— 전하, 어린아이에게 어찌 적정을 물으실 수가…….

임금의 얼굴에 열없는 웃음이 스쳤다. 임금이 신료들을 하나씩 꼽아보며 말했다.

— 경들에게 물으랴?

신료들은 대답하지 못했다. 언 몸이 풀어지면서 아이는 졸음을 견디지 못했다. 머리가 앞뒤로 흔들리더니 마침내 꿇어앉은 자세에서 옆으로 쓰러졌다. 잠든 아이가 오줌을 지렸다. 임금이 말했다.

— 어여쁘구나. 귀한 인연이다. 민촌에 들여서 길러라. 예판

이 평소에 아이들을 지극히 아낀다고 들었다. 예판이 아이를 조치하라.

김상헌의 이마가 마루에 닿았다. 김상헌의 눈에 마른 눈물이 돌았다. 고개를 깊이 숙여서 김상헌의 얼굴은 보이지 않았다. 내관이 잠든 아이를 안고 물러갔다.

척후가 돌아오지 않은 죄를 물어 수어사 이시백을 곤장 친 일을 이성구가 어전에 고했다.

— 영상이 체찰사의 영으로 시행한 일이옵니다.

— 무어라? 정이품 수어사를? ……군병들 앞에서?

영의정 김류의 목소리가 높아졌다.

— 전하, 수어사를 처벌함은 민망한 일이오나 위를 벌줌으로써 당겨서 끌어가고, 아래를 상줌으로써 기뻐서 따르게 하는 것이 군율의 기본이옵니다. 그러므로 벌은 올라가서 장수에게까지 미치고, 상은 내려가서 마구간 목마병(牧馬兵)에게까지 닿아야 하는 것입니다. 지금 적은 크고 성안은 작아서 군심이 들떠 가벼이 놀라고 군의 길흉을 점치는 요사스런 말들이 퍼지고 있으니 서둘러 조이지 않으면 더욱 흔들릴까 염려하였습니다.

— 경들이 병법에 밝아서 나를 앞세우고 성안으로 들어왔는가. 무리들 앞에서 수어사를 벌주면 군심이 더욱 흔들리지 않겠는가?

— 조정의 위엄이 성첩에 떨쳐, 군병들은 새롭게 발심하고 있을 것이옵니다.

민촌에서 수탉이 울었다. 닭 울음소리는 부러지고 비틀리면서 높이 치솟았다. 닭 소리에 성안이 흔들렸다. 닭이 우는 동안 임금도 신료도 말이 없었다. 닭 울음이 멎자 내행전 마루는 시간이 빠져나간 듯 적막했다. 임금이 김류에게 물었다.

— 수어사의 몸을 부수었는가?

— 전하께서 심려하실 바 아니옵니다.

— 내가 물었다.

— 중곤으로 가벼이 다스렸으니 매가 뼈에 닿지는 않았을 것입니다. 당상인지라 아랫도리는 벗기지 않고…….

아침에 까치가 울던 날에도 장계는 들어오지 않았다. 청병이 다가오지 않아서 성첩은 고요했다. 삼전도 쪽 청의 본진도 저녁연기가 오를 뿐 고요했다. 끌려온 조선 백성들이 얼음에 구멍을 뚫고 물고기를 잡아서 청병들에게 바쳤다. 저녁때 관량사가 어전에 들어와 남은 군량의 끼니 수를 아뢰었다.

— 겉곡식이 삼십 일분 남았습니다. 당하들이 데려온 노비를 부려서 찧고 있는데 성안에 화목이 모자라 익혀서 먹이기가 어렵고, 군병들에게 날곡식을 나누어 주어도 익혀 먹을 도리가 없으니, 전하께서 묘당에 일러 땔나무를 구하게 하소서. 묻어둔 숯은 지난번 비에 깊이 젖어 말리는 중이옵고, 지금 겨울나무를 베어내도 당장 땔 수가 없으니 아마도 성안의 사찰이나 향교를 헐어야 할 것이온데, 끼니가 급하니 서둘러 시행하게 하소서. 또 대신과 인근 수령을 따라 성안으로 들어온 부로(父老)와 부녀자들이 삼백

오십이온데, 양식은 우선 군병들을 먹이고 부로들의 몫을 줄이도록 윤허하여주소서. 군병들도 오래 고루 먹일 수가 없으니, 가끔씩 성 밖으로 군사를 내보내 싸울 때 자원병을 모집해서 스스로 나가 싸우고 돌아온 자들은 하루에 세 끼를 먹이고 성첩에 남은 자들은 두 끼를 먹이도록 체찰사에게 명하여주시옵소서…….

관량사는 말을 겨우 이어나갔고, 임금도 말을 더듬었다. 임금의 말은 입 속에서 맴돌며 웅얼거렸다. 사관이 임금의 말에 귀를 기울였다.

—어찌 노약과 부녀들의 끼니를 줄일 수 있으며, 군병들을 차별하여 먹일 수 있겠느냐. 불가하다. 허락하지 않는다. 경은 다시 궁리하라. 나도 묘당과 더불어 모책하겠다…….

어두워지자 민촌의 소들이 또 울었다.

임금이 삼경 무렵에 잠자리에서 승지를 불렀다.

—수어사는 어디에 있느냐?

—서장대에 있을 것이옵니다.

—내의를 깨워 수어사에게 보내라.

승지가 행각으로 건너가 내의를 깨웠다. 내의가 말린 장군풀 뿌리와 생강즙을 싸들고 서장대로 올라갔다. 임금은 밤새 뒤척였고, 미닫이 밖 마루에서 승지는 꿇어앉아 시린 발을 주물렀다. 달이 기울어 마루는 캄캄했다. 사경이 지나자 첫 닭이 울었다. 임금이 다시 승지를 불렀다.

—어제 내가 본 아이의 이름이 무엇이냐?

— 나루라 하옵니다.

— 나루라면 내가 건너온 송파나루냐?

— 사공의 자식이니, 이름이 그러할 것이옵니다.

— 밝거든 곶감을 몇 개 보내주어라.

임금은 동틀 무렵에 잠들었다.

똥

성안에는 네 아비가 없다. 네가 들어왔다는 소문이 퍼져서 모두들 알고 있는데 네 아비가 성안에 있다면 어찌 나타나지 않았겠느냐. 지금 성 밖으로 나갈 수도 없으니 너는 여기 머물러 있어라. 내가 마땅한 자리를 알아봐주마……. 김상헌은 나루를 서날쇠에게 얹어주었다. 예판 대감의 부탁을 내칠 수도 없었지만 처자식을 성 밖으로 내보내고 홀로 된 서날쇠는 아이를 반겼다. 오랫동안 아비를 수발해온 나루는 간단한 부엌살림을 꾸렸다. 삭정이는 아궁이에 넣고 잉걸은 화로에 담았다. 성안의 물정이 신기해서 나루는 아비를 잊은 듯했다. 아비가 성 밖 세상을 떠돌고 있다 해도 이야기 속 하늘나라 같은 이 성안으로 언젠가는 들어올 것이라고 나루는 믿었다.

임금은 민촌의 인심 동태를 살피는 일을 김상헌에게 맡겼다. 김상헌이 군병을 움직여서 성문을 열고 나가 도성을 회복할 수는 없겠지만, 묘당을 거침없이 질타하고 백성들에게 너그러운 그의 성품에 임금은 기대고 있었다. 임금에게 김상헌은 늙은 나뭇등걸처럼 보였다. 김상헌은 육품 관원들을 민촌기찰에 내보냈고, 자신도 수시로 마을을 돌아보았다. 민촌은 관아가 들어선 삼거리를 대처로 삼아 농경지 가장자리를 따라서 자리 잡았다. 얼어붙은 개울을 사이에 두고 집들은 마주 보았다. 장정들은 모두 성첩이나 부역에 끌려나가고 민촌에는 노약자와 불구자들뿐이었다. 관량사가 나누어 주는 곡식, 간장, 소금, 말린 푸성귀는 어가행렬을 따라온 종친과 호종 관원, 군병 들에게만 미쳤고, 민촌은 제 곡식을 제가 먹거나 먹지 못했다. 기찰 나온 관원들이 조정의 뜻을 민촌에 전했다.

……너희들의 마을이 비록 한미하나 창망 중에 어가를 모시어 받들고 있으니 착하다. 환궁 뒤에 면천(免賤)과 복호(復戶)를 널리 베풀라 하시었다. 위에서 자애하시는 뜻을 깊이 새겨 너희는 더욱 견디어라…….

관원들은 가호를 돌면서 징발할 수 있는 민촌의 물력을 살폈다. 집집의 남은 곡식이며 땔나무, 이부자리, 솥단지, 간장, 가마니, 가축, 벗겨서 말먹이로 쓸 수 있는 초가지붕 들의 개수를 문서로 정리해서 병조에 넘겼다.

민촌의 개들은 주둥이가 뾰족하고 귀가 발딱 선 노랑 개였다. 허리가 길고 잘록해서 아이들은 개와 여우를 구분하지 못했다. 짖을 때 앞다리를 엉버티며 몸을 낮추었고, 뛰어오르며 덤벼들었다. 개들은 성안에서 흘레붙고, 성안에서 번식했고 잡아먹혔다. 견문이 막힌 개들은 눈치가 없고 텃세가 사나웠다. 성안에서 오일장이 열리는 날이면 백성들은 개를 집 안에 묶어놓았다. 묶인 개들은 하루 종일 장꾼들을 향해 짖어댔다. 관복 입은 예조 육품들이 마을에 나타나자 빈 들에서 서로 똥구멍을 핥던 개들이 쫓아와서 짖어댔다. 관원은 도포 자락을 말아쥐고 고함을 질렀다. 이놈아, 주인이 누구냐……. 개들은 시뻘건 아가리를 벌리고 바싹 달려들었다. 콧잔등에 주름이 실룩거렸고, 송곳니에서 침이 흘렀다. 겁에 질린 개주인이 달려나와 땅바닥에 꿇어앉아 관원에게 사죄하고 개를 꾸짖어 데려갔다. 행궁 쪽 산길에서 관원들이 마을로 내려오면 백성들은 아이와 개를 불러들이고 사립문짝을 닫아걸었다. 백성들은 관원에게 먼저 말을 걸지 않았다. 얼어붙은 징검다리 위로는 관원들만이 건너다녔다.

마을에 내려올 때마다 김상헌은 서날쇠를 눈여겨보았다. 서날쇠의 집은 마당이 깔끔했고 돌쩌귀에서 소리가 나지 않았다. 손님이 끊겨 일거리가 없었으나 서날쇠의 대장간은 단정했다. 풀무에는 기름이 쳐져 있었고, 모루가 반들거렸으며, 화덕 밑에 묵은 재가 없었다. 크고 작은 망치며 집게가 시렁 위에 가지런히 놓여 있었다.

김상헌이 서날쇠의 마당으로 들어서면 나루가 뒤란에서 나와 절했다. 고개 숙인 목이 희고 가늘었다. 언 강 위에서 돌아서는 사공을 향해 환도를 빼들 때, 사공의 목은 가늘어 보였다. 사공을 죽이고 그 딸을 거두게 되는 인연에 김상헌은 몸을 떨었다. 남한산성을 향해 청음석실을 떠나던 날 새벽에 받은 형 김상용의 편지가 생각났다. …참혹하여 무슨 말을 더하겠는가. 다만 당면한 일을 당면할 뿐이다……. 나루의 절을 받게 되는 인연도 형이 말한 '당면할 일'인가 싶었다.

— 곱구나. 두껍게 입고 잘 여미어라.

머리를 쓰다듬으려는 팔이 나아가지 않았다.

서날쇠는 뼈가 굵었고 오금이 깊었다. 홑겹 무명 적삼을 입고도 추운 기색이 없었다. 그가 화덕 구멍에서 태어난 자식이며, 태어난 구멍에 대고 불질을 해서 몸 안에 화기가 쟁여져 추위를 타지 않는다고 마을 사람들은 말했다. 서날쇠는 이따금씩 찾아와 집 안을 기웃거리는 관원들을 반기지도 피하지도 않았다. 쌀죽을 쑤어놓고 관원들이 올 때마다 한 사발씩 데워서 내놓았더니 하릴없이 들르는 자들도 있었다. 서날쇠는 곡식과 솜옷을 바꾸어 나루에게 입혔고, 닭털을 넣은 천을 누벼 짚신 밑에 깔아주었다. 개울에 나가 얼음을 깨고 바위를 들어서 바위를 치면 잠든 개구리들이 까무러쳐 물 위로 떠올랐다. 겨울이 깊어서 깊이 잠든 개구리는 뒷다리가 찰졌다. 서날쇠는 화덕에 잉걸불을 피우고 개구리를 구워서 헛헛증을 줄였다. 물가에서 자란 나루는 개구리를 소금에 찍어 반찬으로 먹었다. 남은 개구리들은 짚으로 엮고 처마에 걸어 말렸다. 쥐들이 널름거렸으나 따먹지는 못했다.

서날쇠는 일을 두려워하지 않았다. 장작을 뽀개거나 땅을 팔 때 그의 몸은 일 속으로 녹아들어가 힘을 써도 힘이 들어 보이지 않았다.

서날쇠의 집 뒤란에 두 줄로 묻힌 장독들을 가리키며 김상헌이 물었다.

— 김장이냐? 많이 담갔구나. 혼자서 다 먹을 수 있겠느냐?

— 김치가 아니옵고…… 대감께서 아실 일이 아니옵니다.

— 말해라. 무엇이냐?

— 똥을 달래서 약을 만드는 중인데…… 지력을 돋우고 벌레를 잡는 데 쓰이옵니다.

— 열어봐라.

— 냄새를 어찌…….

서날쇠가 장독 뚜껑을 열었다. 날이 선 악취가 김상헌의 골을 쑤셨다. 창끝처럼 벼려진 냄새였다. 냄새는 외가닥으로 깊이 찌르고 들어왔다. 김상헌은 골이 시렸다. 똥 건더기는 가라앉아서 보이지 않았고, 맑은 국물 가장자리에 앙금이 내려 있었다. 국물에서 푸른 미나리색이 비치었다.

— 이 추위에 어찌 얼지 않았는가?

— 워낙 독물인지라…….

김상헌은 푸른 똥국물을 오랫동안 들여다보았다. 관량사에 남은 군량은 하루 네 홉씩 삼십 일분이었다. 적들이 다가오지 않아 성첩이 고요한 날에도 군량은 똥이 되어 흩어지고 있었다. 적병이 넘어 들어와서 성이 깨지는 날의 새벽인지 저녁인지가 푸른 똥국물 위에 어른거리는 듯했다. 군량이 흩어져 똥이 되어도 똥을 끌어모아 군량을 만들 수는 없을 것이었다.

성안의 종친과 사대부, 군병과 백성들의 똥을 모두 거두어 성첩에 쟁여놓았다가 적병이 성뿌리에 붙어 기어오를 때 바가지로 퍼서 끼얹으면 적병들은 물러설 것이고, 요동에서 남한산성까지 먼 길을 걸어와서 여기저기 찢기고 부르튼 적병들이 똥물을 맞으면 상처가 곪고 썩어서 움직일 수 없을 것이라고 김상헌은 문득 생각했다. 병졸들은 발바닥에 종기만 돋아도 끝장일 것이었다.

— 네 생각은 어떠하냐?

— 성안의 똥을 한군데로 모으기는 어려울 것이옵니다.

— 그것이 어렵겠느냐?

— 먹을 때는 모여서 먹어도 똥은 각자 내지르는 것이옵니다.

구덩이를 파고 모여서 누라 한들 참았다가 누거나 멀리 가서 눌 수 있는 것이 아니옵니다. 더구나 똥은 독물인지라 손대기가 어렵습니다. 열 말들이 독에 담으면 무거워서 지게로는 감당할 수 없겠고, 목도에 실어서 흘리지 않고 성첩까지 올라가자면 발맞추는 목도꾼을 부려야 할 터인데 지금 성안에는 목도꾼이 없습니다. 또 똥을 성첩에 쟁여놓은들 삭지 않은 날똥이 추위에 얼어붙어서 적병들이 성벽을 기어오를 때 바가지로 퍼서 끼얹을 수 없고, 곡괭이로 찍어서 똥얼음을 던져야 하겠는데, 얼음을 던지느니 돌멩이만 같지 못할 것이옵니다.

— 그렇겠구나. ……그렇겠어.

김상헌은 똥국물에 시선을 박은 채 중얼거렸다. 사물은 몸에 깃들고 마음은 일에 깃든다. 마음은 몸의 터전이고 몸은 마음의 집이니, 일과 몸과 마음은 더불어 사귀며 다투지 않는다…… 라고 김상헌은 읽은 적이 있었다. 김상헌은 서날쇠에게서 일과 사물이 깃든 살아 있는 몸을 보는 듯했다. 글은 멀고, 몸은 가깝구나……. 몸이 성안에 갇혀 있으니 글로써 성문을 열고 나가야 할진대, 창검이 어찌 글과 다르며, 몸이 어찌 창검과 다르겠느냐……. 냄새는 선명하게 몸에 스몄다. 김상헌은 어지럼증을 느꼈다.

— 저 독물을 농사에 쓰느냐?

— 애벌갈이 때 물에 타서 밭에 주는데, 소인들이 명년 봄 농사를 준비해도 좋으리까? 대감.

성벽을 넘어서 새들이 숲으로 돌아오고 있었다. 저녁 번 초병들이 줄을 지어서 북장대 쪽 성첩으로 올라갔다.

— 봄이 오지 않겠느냐. 봄은 저절로 온다.

김상헌은 똥물 위에서 땅이 열리고 꽃잎이 날리는 봄의 환영을 보았다.

김상헌은 수어청에 명하여 서날쇠의 성첩 군역을 면해주는 대신 대장간을 가동시켰다. 김상헌은 서날쇠에게 참봉을 얹어서 수어청 야장(冶匠)으로 천거했다. 병조는 군병들 중에서 쇠장이, 화부, 허드레 일꾼 오십 명을 골라 대장간에 배치했고, 동장대 밑에 묻어둔 숯 백 가마를 보내왔다. 비장들은 성첩을 돌며 망가진 조총과 창검을 거두어 대장간으로 보냈다. 서날쇠의 대장간은 화덕이 일곱 구멍이었다. 모루장이, 숯장이, 풀무꾼, 허드레꾼이 한 조가 되어 화덕 한 개씩을 맡았다. 서날쇠는 일꾼들을 지휘해서 망가진 병장기들을 고쳤다. 서날쇠의 화덕은 다시 뜨거웠다. 모루장이들은 웃통을 벗었다. 어깨에 힘을 넣고 허리를 돌려 망치를 세울 때 모루장이들은 방귀를 뀌어댔고 겨드랑에서 땀방울이 떨어졌다. 망치가 모루를 때릴 때마다 달군 쇠에서 불똥이 튀었다. 성첩에서 속아온 일꾼들은 총의 작동을 이해하지 못했다. 서날쇠도 총을 다루어보기는 처음이었다. 서날쇠는 총을 뜯어서 한나절을 들여다보고 나니 물리를 깨쳤다. 총열이 터진 총은 화약의 폭발력이 새어나가 헛바람이 터졌고, 총열이 휘어진 총은 탄도가 구부러져 사거리가 짧았다. 총구를 떠난 총알이 땅바닥으로 박히거나 허공으로 치솟았다. 방아쇠울이 덜렁거리는 총은 공이가 탄환을 때리지 못해 격발하지 않았고, 가늠자가 비틀린 총은 탄환이 표적에서 멀리 빗나갔다. 서날쇠는 총열을 달구고 두들겨서 바로잡았고, 덜렁거리는 방아쇠울에 쐐기를 박았다. 부러지고 녹슨 창검을 녹여서 날을 세웠고 박달나무를 깎아서 자루를 박았다.

망가진 활도 대장간으로 내려왔다. 활은 대개가 뽕나무나 밤나무를 쓴 목궁들이었다. 오금은 깨어져서 튕겨내는 힘이 없었고, 시위는 늘어져 있었다. 아교를 녹여서 오금을 때우고 시위를 당겨서 걸었다.

서날쇠는 일꾼들을 데리고 들에 나가 고친 총으로 사격 연습을 시켰다. 일꾼들은 한 줄로 엎드려서 벼락 맞은 나무둥치를 향해 쏘았다. 서날쇠는 일꾼들에게 말했다.

— 맞추어라. 잘 맞추어야 잘 고칠 수 있다. 눈으로 쏘고 눈으로 맞춘다. 눈의 힘이 가늠쇠를 지나 표적에 닿아야 한다. 눈이 몸을 부리고 몸이 총을 부린다. 눈구멍이 곧 총구멍인 것이다. 총열이 곧아야 눈구멍이 뚫린다. 총구멍을 눈구멍처럼 만들어놓아라.

고친 조총을 성첩으로 올리면 망가진 창검들이 대장간으로 내려왔다. 서날쇠는 민촌에서 근력이 남은 늙은이 열댓 명을 데려와서 숯돌장이로 부렸고, 대장간 일꾼들에게 군량을 지급해줄 것을 김상헌에게 요청했다. 김상헌이 관량사에게 일러서 하루 세 홉씩을 나누어 주었다. 세 홉에 간장 반 종지가 따라나왔다.

바늘

동문은 앞이 트여서 개울 너머 산에서 쏘는 청병의 총알과 화살이 문루에 닿았다. 동문 쪽 성첩에 방패가 모자랐다. 병조는 성안 사찰의 마룻바닥을 뜯어내자는 논의를 펼쳤다. 귀동냥한 별감들이 행궁 안팎을 드나들며 말을 옮겼다. 사찰들은 시주로 받아둔 무명 열 동을 거두어 병조에 바치고 마룻바닥을 살렸다. 갇힌 성안에서 중들은 무명을 곡식과 바꿀 수 없었다. 병조는 관아 객사와 질청(秩廳)의 문짝을 뜯어냈다. 절 마룻바닥은 나중에 쓸 일이 있을 듯했다. 병조는 무명 열 동의 용처를 정해서 임금에게 고했다. 다섯 동은 스무 자씩 끊어서 성 밖에 나가서 싸우고 돌아온 군병들 중에서 전과가 있는 자들에게 상으로 나누어 주고, 나머지 다섯 동은 송진을 먹여서 천막을 만들어 성첩의 눈비를 가리자는 것이었다.

— 한 동이면 얼마인가?

승지가 대답했다.

— 동이라 함은 백성들의 말이어서 일정치 않사온데, 대략 오십 필 정도이고 한 필은 마흔 자이옵니다.

— 쓸 만하겠구나. 병조의 요량대로 시행하라.

병조판서 이성구가 숙였던 고개를 들었다.

— 전하, 무명을 누벼서 천막을 만들려면 다섯 겹을 포개서 박음질을 해야 하는데, 마땅한 바늘이 없어서 난감하옵니다.

— 민촌에 바늘이 없겠느냐?

— 백성들의 바늘은 작고 약해서 감당할 수 없사옵니다. 다

섯 치짜리 굵은 쇠바늘이 백 개는 있어야 하겠는데…….

이성구가 손가락으로 마룻바닥에 다섯 치 길이를 그어 보였다. 임금은 이성구의 손가락을 바라보았다.

— 그것이 다섯 치냐?

— 그러하옵니다.

— 그것은 손가락 아니냐?

영의정 김류가 이성구를 나무랐다.

— 병판은 어찌 어전에서 바늘을 아뢰시오? 군왕이 옥좌 밑에 바늘 쌈지를 깔고 앉아 있겠소?

임금이 말했다.

— 바늘을 못 내주니 과인의 부덕이다.

— 신들의 죄이옵니다.

— 하나 병판이 바느질을 아니 놀랍구나.

김상헌은 조용히 내행전에서 물러나와 서날쇠의 대장간으로 갔다. 서날쇠는 벗었던 윗옷을 걸치고 예판을 맞았다.

— 쇠를 녹여서 바늘을 만들 수 있겠느냐?

— 예판 대감께서 어찌 바늘을…….

— 무명을 다섯 겹씩 누벼서 성첩의 눈비를 가리려 한다. 다섯 치짜리 굵은 쇠바늘이 필요하다.

— 바늘은 매끄럽게 뽑아내기가 어렵사옵고……, 더구나 쇠에 귀를 뚫어야 하는데 소인은 작은 구멍을 만들어본 적이 없어서…….

— 급한 일이다. 만들어라. 백 개다.

서날쇠는 고개를 숙이고 손가락으로 이마의 마른 때를 밀었다.

— 어렵겠느냐?

서날쇠는 입고 있던 무명 적삼 겉섶을 다섯 겹으로 접었다. 서날쇠는 접힌 앞자락을 김상헌에게 내밀었다.

— 대감, 천을 시쳐서 옷을 만드는 일이 아니라 이 다섯 겹에 듬성듬성 박음질을 해서 누비는 일이라면 대나무 바늘이라도 족할 것이옵니다. 만들기도 대바늘이 수월하겠고…….

— 대바늘이 무명 다섯 겹을 뚫을 수 있겠느냐?

— 앞쪽을 쥐고 힘을 주면 뚫을 수 있을 것입니다. 골무가 두꺼워야 되겠습지요.

— 휘지 않겠느냐?

— 참대 밑동을 쓰면 다섯 치 길이에 휘지는 않을 것이옵니다. 성안에 대나무는 자라지 않사오나 민가 울타리에 더러 쓰고 있으니 바늘을 만들 만큼은 구할 수 있을 것이옵니다.

— 대장간에 죽공의 일을 시키니 무안하구나.

일꾼들이 고친 창검과 조총을 마당에 쌓아놓고 지게에 실어 성첩으로 올라갔다. 창검은 파랗게 날이 서 있었다. 날이 저물어서 성첩으로 실어가는 창검에 노을이 번쩍였다. 서날쇠는 내보내는 병장기의 개수를 헤아려서 장부에 적었다. 지게꾼들을 다 보낸 뒤에 서날쇠가 물었다.

— 하온데 대감, 실은 있사옵니까?

— 실 말이냐? 실이야 마을에…….

— 무명 다섯 겹을 박으려면 바느질하는 실로는 어림없고, 세 겹으로 꼰 실이 있어야 하겠는데…….

— 그렇겠구나. 묘당에는 실이 없다.

— 하오면 소인이 노파들을 부려서 마을에서 꼬아보리다.

…전하, 사직의 백성들 중에서 바늘을 만들 줄 알고 실을 꼴 줄 아는 자가 가까이 있으니 전하의 복이옵니다……. 김상헌은 심한 부끄러움을 느꼈다.

서날쇠는 민가 울타리에서 걷어온 참대를 젓가락 크기로 쪼갰다. 쪼갠 대쪽을 약한 불에 그슬려 거스러미를 태웠다. 일꾼들은 대쪽을 쇠가죽에 문지르고 앞끝을 줄에 갈았다. 바늘 끝에 쇠기름을 먹이고 가는 송곳을 불에 달구어 대바늘에 귀를 뚫었다. 바늘 백 개를 만드는 데 이틀이 걸렸다.

일꾼들은 대장간에서 배급받은 군량으로 세 끼를 먹었다. 민촌의 노파들이 대장간 마당에서 밥을 지었고, 무를 썰어 넣고 된장국을 끓였다. 밥 짓는 노파들은 품삯으로 다만 얻어먹을 뿐이었다. 백성들이 기르던 개를 끌고 와 대장간에 주었다. 모루장이들이 망치로 개를 쳐서 화덕에 그슬렸다. 큰 개 네 마리를 잡아야 한 그릇씩 돌아갔다. 서날쇠는 개를 삶는 솥뚜껑을 열어보았다.

— 국물을 많이 잡고, 간을 짜게 써라.

성안의 개들은 대부분 대장간에서 먹었다. 개를 잡는 날이면 번을 마치고 내려온 군병들이 달려들었다. 노파들은 뜨거운 국물에 조밥을 말아서 한 그릇씩 먹였다. 나루가 쟁반으로 국을 날랐고, 빈 그릇을 거두어 닦았다. 대한이 지나자 성안에 개 짖는 소리가 끊겼다.

머리 하나

— 하루에 고작 적병 하나를 죽인다 해도 싸우는 형세를 지켜내야 할 터인데, 어제는 바람이 역(逆)으로 분다 하여 출전하지 않았고, 오늘은 일진이 나쁘다고 출전하지 않으니 갇힌 성안이 점점 더 답답해지지 않겠느냐.

— 성첩에서 유군을 솎아내기가 어렵사옵고, 한번 내보낸 유군을 잃으면 다시 솎아내기는 더욱 어려울 것이니 신은 그것이 답답하옵니다.

임금의 답답함과 영의정의 답답함은 다르지 않았다. 신료들은 끼어들지 못했다. 임금은 답답함을 향하여 더욱 나아갔다.

— 한꺼번에 군사를 몰고 나가서 적의 본진을 기습하면 어떠한가?

— 결전은 불가하옵니다. 군부를 성안에 모시고 있으니 성첩을 비울 수가 없고, 일이 잘못되어 성을 잃으면 사직과 양전(兩殿)의 향방을 차마 입에 담을 수 없겠기에 신은 머뭇거리며 답답해하는 것이옵니다. 전하.

바람이 잠들고 추위가 풀린 날, 조선 군병들은 암문으로 나가 싸웠다. 각 장대별로 몸이 성하고 담력이 좋은 자들을 골라내고, 행궁 시위대 병력 일부를 합쳐서 유군을 편성했다. 수어사 이시백은 성첩에 남은 군병들의 신발과 버선, 귀마개, 장갑, 방패를 거두어 유군들에게 주었다. 유군은 조총수와 궁수를 주력으로 하여 네 방면의 척후를 딸렸다. 성 밑이 가팔라서 마병은 쓸 수 없었다. 대체로 유군은 백 명을 넘지 않았다. 군장들은 성안에 머물렀다. 초관과 비장들이 유군을 나누어 이끌고, 수어사 이시백이 거느렸다. 유군은 새벽에 나아가서 한나절쯤 싸우고 돌아왔다. 유군은 두 패로 나뉘었는데, 북쪽 암문으로 나간 부대가 청의 매복 진지를 찾아서 청병의 사격을 전방으로 유도해놓으면, 서쪽 암문으로 나간 유군들은 청병의 후방으로 화력을 집중했다. 조총수들은 다섯 명을 오(伍)로 짜서 오장이 부렸다. 발사한 사수들은 뒤로 물러나서 장약했고, 장약을 마친 사수들은 앞으로 나와 발사했다. 사수들의 손이 얼어서 화약이 약실 구멍에서 새어나왔고 조준선이 흔들렸다. 오장이 궁수들을 불러 전열에 세웠다. 궁수들은 다가가며 발사했다. 유군 부대 사이에 박힌 척후들이 점에서 선으로 이어가며 적정을 알렸다.

청병은 매복 진지의 구덩이 한 곳에 일곱 명씩 들어 있었고, 그 위를 삭정이로 가려놓았다. 삭정이 위에 눈이 쌓였다. 척후들은 눈 쌓인 산야를 오랫동안 들여다보다가 겨우 인기척을 알아차렸다. 조선 유군이 쏘면서 접근하면 청병들은 마른 섶에 불을 질러 시야를 가렸다. 청병들은 연기 사이로 달아나면서 협공을 뚫었고, 얼어붙은 개울을 따라서 퇴로를 잡았다. 조선 척후들은 개울 언저리의 고지로 선을 이었다. 개울 아래쪽에 숨어 있던 조선 유군들은 골짜기를 향해 쏘았다. 청병들은 대부분 개울에서 쓰러졌다.

개울이 넓어지고 경사가 순해지는 아래쪽에 청병은 목책을 세웠다. 목책 너머가 청의 전진 부대였다. 목책 밑으로 개구멍이 뚫려 있었고, 쫓기는 청병들은 개구멍을 기어서 목책 안으로 들어갔다. 목책 너머에서 청병들이 총통을 쏘아댔다. 조선 유군은 더 이상 쫓지 못했다.

달아날 때 청병들은 부상자를 산 채로 버려두지 않았다. 청병들은 제 편의 부상자를 모두 쏘아 죽였다. 조선 유군은 청병을 생포할 수 없었다. 청병들은 전사자들의 시체와 총검을 한사코 거두어가서, 적에게 전리품을 남기지 않았다. 삼전도 본진의 강가에 구덩이를 파고 제 편의 시체를 묻으면서 청병들은 총검을 치켜들고 노래했다.

조선 유군들이 돌아가면 청병들은 다시 매복 진지에 포진했다. 청병을 한때 쫓아버린 것은 확실했지만 조선 유군들은 전과를 확인할 수 없었다. 한나절 싸움을 끝내고 성안으로 돌아온 초관들은 전과를 과장했고, 군장들은 더욱 부풀려서 묘당에 보고했다.

……투구를 쓰고 붉은 옷을 입은 자가 멀리서 쓰러졌는데 연기에 가려 잘 보이지는 않았지만 청병 다섯이 쓰러진 자를 붙들고 쩔쩔매면서 지극히 애통해하는 꼴로 보아, 쓰러진 자는 필시 적의 장수일 것이옵니다. 또 그 자가 쓰러질 때 투구가 벗겨지면서 허수아비가 꺾이듯이 고꾸라졌으니 머리에 총을 맞고 죽은 것이 분명하옵니다…….

……허벅지에 화살을 맞고 절뚝거리는 청병 두 명을 다른 청병들이 쏘아 죽이고 그 시체를 끌고 갔으니, 이 또한 궁수들의 전공이옵니다. 다만 궁수 일곱 명이 한꺼번에 쏘았는데 누구의 화살에 맞은 것인지 가릴 수 없었기에 오를 모두 포상함이 옳은 줄 아옵니다…….

싸우고 돌아온 유군 전원에게 밥 한 끼를 더 주었다. 군장들의 소견에 따라 전공이 있어 보이는 자들에게는 무명 스무 자씩을 끊어 주었고, 오장들에게는 은자 세 닢씩을 주었다. 지방 수령을 따라온 노복들은 상으로 주는 무명과 은자를 내쳤다. 노복들은 삼거리 관아 앞에 모여서 종주먹을 을러대며 면천을 요구했다. 병조가 오품좌랑을 보내어 노복들을 달랬다.

— 묘당의 뜻도 너희와 같다. 하나, 지금 사세가 급박하므로 너희의 공을 문서에 적었다가 환궁 후에 크게 베풀려 한다.

— 환궁, 환궁 하지 마시오. 청병이 강가에 수도 없이 깔렸는데 토끼 잡듯 두어 마리씩 잡아서 어느 세월에 환궁하려 하오. 우리는 성안에서 죽더라도 면천하고 양민으로 죽고 싶소.

— 면천뿐 아니라, 과거도 널리 베풀려 한다. 비록 천출이라도 기예가 출중하면 금군이나 육품사과(六品司果)로 뽑아 쓰려 하니, 너희는 그리 알고 우선 무명을 받아라.

— 무명을 곡식과 바꿀 수 없으니 밑씻개를 하오리까? 겉보리라도 좋으니 곡식으로 주시오.

— 군량은 끼니가 아니면 내줄 수 없다. 너희가 이토록 거칠고 모질면 어찌 면천을 베풀 수 있겠느냐. 무명을 받아라. 언 발을 싸매면 좀 나을 것 아니냐.

노복들이 면천을 요구하며 소란을 떠는 동안 민촌은 조용했다. 아무도 내다보지 않았다. 저녁에 상전들이 노복들을 묶어놓고 매질했다. 매를 받아내는 울음소리가 어둠 속에서 기진했다.

날이 저물면 성안 백성들이 모여서 수군거렸다. 남문 쪽 백성들은 술도가 행랑에 모였고, 삼거리 마을 백성들은 말 잘하는 훈장집 건넌방에 모였다. 아침에 내행전 마루에서 임금과 신료들 사이에 오고 간 말들이 저녁이면 민촌으로 흘러나왔다. 아이들도 남은 군량이 며칠분인지 알았다. 성 밖 서쪽 고지로 올라가는 능선에 바람이 없는데도 눈먼지가 날리는 걸로 보아 청의 마병들이 이미 외곽 고지들을 점령했으며, 까치가 며칠째 남문 쪽에서 울면서 손님을 부르고 있으니 청병들이 곧 남문을 부수고 들이닥칠 것이라는 말도 있었다. 또 임금이 성문을 열고 나가 항복할 때 성안의 군병들은 모두 병장기를 내려놓고 적진에 따라가 엎드려야 하는데, 그날 청병이 넘어 들어와 행궁을 불 지르고 성안을 도륙낼 것이라는 말도 있었다. 동장대에서 성벽을 따라 남쪽으로 이백 걸음 내려가면 돌이 비틀린 구멍이 있고 그 너머로는 청병이 보이지 않아서 지금이라도 그 구멍을 기어서 성을 빠져나갈 수 있으며, 성 밖에서 청병과 마주치더라도 장정은 죽이고 처녀는 끌어가는데 늙은 쭉정이는 쳐다보지도 않는다고 심마니는 말했다. 늙은이 몇 명이 구멍을 알아보러 동장대 쪽으로 올라갔다가 초병들에게 쫓겨 내려왔다. 훈장집에서 수군거리던 말들이 술도가로 넘어갔고 다시 건너왔다. 말들은 낮게 깔려서 퍼졌고, 말로 들끓는 성안은 조용했다.

성안 백성들은 조선 유군의 싸움을 토끼 사냥이라고 불렀다. 토끼 사냥이라는 말은 성을 멀리서 둘러싼 청병 십오만을 빗대었다. 성이 포위된 지 열흘이 지나자 성첩의 군병들은 기진했다.

상한(傷寒)에 쓰러지고 발가락이 얼어서 떨어져 나간 자들이 허다했다. 성첩에서 유군을 솎아낼 수는 없었다. 병조는 포상을 내걸고 자원자를 모아 유군으로 부렸다. 출전하는 날, 수어사 이시백은 성벽과 목책 사이의 산야를 뒤져서 청병의 매복 진지를 부수었다. 청병들은 대오를 짓지 않고 뿔뿔이 흩어져 달아났다. 조선 유군의 화력은 분산되었다. 조선 유군은 제가끔 달아나는 청병들을 계곡 아래쪽으로 몰아 내리막 눈길에서 하나씩 쏘아 쓰러뜨렸다. 토끼 사냥은 틀린 말이 아니었다. 청병들은 덜 죽은 자를 죽여서 끌고 갔다.

— 한 번 싸움에 하나를 잡더라도, 하나를 잡는 싸움을 싸우지 않으면 성은 무너진다.

이시백은 출전을 앞둔 유군들에게 그렇게 말했다. 군병들은 대열에서 언 발을 굴렀다.

다섯 번째 출전하던 날, 조선 유군은 적의 머리 한 개를 얻었다. 청병의 시체 한 구가 얼음 구덩이에 거꾸로 박혀 있었다. 등에 화살이 두 개 꽂혀 있었다. 화살은 조선 유군의 것이었다. 상반신이 물 속에 박혀 두껍게 얼어 있었다. 죽은 지 사나흘은 지난 시체였다. 머리채를 두 갈래로 땋았는데, 조선 백성의 버선과 짚신을 신고 있었다. 하급 군졸이었다. 유군들은 시체의 머리를 잘라 성안으로 들여왔다. 청병의 머리를 얻기는 처음이었다. 머리를 묘당에 보고했다.

영의정 김류가 비장에게 일렀다.

— 호적의 머리를 삼거리에 내걸어라.

— 단지 한 개뿐이어서 백성들 보기에 어떨는지…….

— 무슨 소리냐. 한 개로써 싸움의 어려움을 알려야 한다. 한 개를 보면 다들 알 것이다.

비장이 청병의 머리를 장대에 끼워 삼거리 관아 앞에 내걸었다. 이적수급(夷敵首級)이라는 깃발이 매달려 있었다. 눈구멍에서는 진물이 흘렀고 늘어진 머리채가 바람에 흔들렸다. 까치가 내려앉아 두개골을 쪼았고, 아이들이 돌을 던졌다. 젊은 관원들이 행궁 쪽에서 내려와 처음 보는 청병의 얼굴을 올려다보았다.

— 머리채가 실팍한 게 젊은 놈인 모양일세.

— 뒈진 놈이 무슨 젊고 늙고가 있는가.

부녀들은 고개를 돌렸고, 늙은이들은 낄낄 웃었다.

웃으면서 곡하기

서문으로 들어온 청장 용골대의 문서는 나흘 만에 어전에 보고되었다. 문서가 서식을 갖추지 않아서 응답하는 일은 난감했다. 예조는 품고(稟告)를 반대했다. 법도도 없는 문서를 조정에 들일 수 없으며, 문서가 딱히 임금에게 오는 것이 아니므로 아뢸 수 없고, 보낸 자가 누구인지 명기되어 있지 않았으므로 응답할 필요도 없고, 무례한 문서로 어전을 더럽히고 성심을 다치게 할 수 없다고 김상헌은 말했다.

이조판서 최명길의 생각은 달랐다. 문서가 비록 무례하나 이적을 상대로 예를 논할 수 없으며, 임금을 향한 문서가 아니므로 임금에게 욕될 것이 없고, 보낸 자의 이름 석 자가 박혀 있지 않더라도 적진에서 성안으로 들어온 문서임에 틀림없으므로 글을 지어 응답하지 않는다 하더라도 마땅히 주달해야 한다고 최명길은 말했다.

일몰 후 영의정 김류가 홀로 청대한 자리에서 임금에게 문서의 일을 아뢰었다. 임금이 신료들을 내행전 마루로 불러들였다. 내관이 용골대의 문서를 쟁반에 담아 서안에 올렸다. 임금은 신료들 쪽으로 서안을 밀쳐냈다.

—들어보자. 읽으라.

당상들은 고개를 깊이 숙였다. 가까운 성첩에서 총소리가 서너 번 터졌다. 조선병인지 청병인지 알 수 없었다. 총소리에 산과 산 사이가 울렸다. 소리의 끝자락이 산악 속으로 잦아들었다. 신료들의 귀가 소리의 끝자락을 따라갔다. 바람이 들이쳐서 그림자들이 흔들렸다.

— 읽어라. 들어보자.

병조판서 이성구가 울음 섞인 목소리로 말했다.

— 신들은 차마 망측하여 읽을 수가 없나이다, 전하.

— 당상의 벼슬이 무거워서 적의 문서를 못 읽는가. 과인이 경들에게 읽어주랴?

— 전하, 무슨 그런 말씀을…….

임금이 승지를 불렀다. 승지가 당상의 뒷전에 꿇어앉아 용골대의 문서를 소리 내어 읽었다.

너희가 선비의 나라라더니 손님을 대하여 어찌 이리 무례하냐. 내가 군마를 이끌고 의주에 당도했을 때 너희 관아는 비어 있었고, 지방 수령이나 군장 중에 나와서 맞는 자가 없었다. ……너희가 나를 깊이 불러들여서 결국 너희의 마지막 성까지 이르렀으니, 너희 신료들 중에서 물정을 알고 말귀가 터진 자가 마땅히 나와서 나를 맞아야 하지 않겠느냐. 나의 말이 예에 비추어 어긋나는 것이냐……

승지가 마저 읽기를 머뭇거렸다.

너희 군신이 그 춥고 궁벽한 토굴 속으로 들어가 한사코 웅크리고 내다보지 않으니 답답하다.

승지가 읽기를 마치고 물러갔다. 임금이 혼잣말처럼 중얼거렸다.

— 적들이 답답하다는구나.

이조판서 최명길이 헛기침으로 목청을 쓸어내렸다. 최명길의 어조는 차분했다.

— 전하, 적의 문서가 비록 무도하나 신들을 성 밖으로 청하고 있으니 아마도 화친할 뜻이 있을 것이옵니다. 적병이 성을 멀리서 둘러싸고 서둘러 취하려 하지 않음도 화친의 뜻일 것으로 헤아리옵니다. 글을 닦아서 응답할 일은 아니로되 신들을 성 밖으로 내보내 말길을 트게 하소서.

예조판서 김상헌이 손바닥으로 마루를 내리쳤다. 김상헌의 목소리가 떨려나왔다.

— 화친이라 함은 국경을 사이에 두고 논할 수 있는 것이온데, 지금 적들이 대병을 몰아 이처럼 깊이 들어왔으니 화친은 가당치 않사옵니다. 심양에서 예까지 내려온 적이 빈손으로 돌아갈 리도 없으니 화친은 곧 투항일 것이옵니다. 화친으로 적을 대하는 형식을 삼더라도 지킴으로써 내실을 돋우고 싸움으로써 맞서야만 화친의 길도 열릴 것이며, 싸우고 지키지 않으면 화친할 길은 마침내 없을 것이옵니다. 그러므로 화(和), 전(戰), 수(守)는 다르지 않사옵니다. 적의 문서를 군병들 앞에서 불살라 보여서 싸우고 지키려는 뜻을 밝히소서.

최명길은 더욱 낮은 목소리로 말했다.

— 예판의 말은 말로써 옳으나 그 헤아림이 얕사옵니다. 화친을 형식으로 내세우면서 적이 성을 서둘러 취하지 않음

은 성을 말려서 뿌리 뽑으려는 뜻이온데, 앉아서 말라 죽을 날을 기다릴 수는 없사옵니다. 안이 피폐하면 내실을 도모할 수 없고, 내실이 없으면 어찌 나아가 싸울 수 있겠사옵니까. 싸울 자리에서 싸우고, 지킬 자리에서 지키고, 물러설 자리에서 물러서는 것이 사리일진대 여기가 대체 어느 자리이겠습니까. 더구나……

김상헌이 최명길의 말을 끊었다.

— 이거 보시오, 이판. 싸울 수 없는 자리에서 싸우는 것이 전이고, 지킬 수 없는 자리에서 지키는 것이 수이며, 화해할 수 없는 때 화해하는 것은 화가 아니라 항(降)이오. 아시겠소? 여기가 대체 어느 자리요?

최명길은 김상헌의 말에 대답하지 않고 임금을 향해 말했다.

— 예판이 화해할 수 있는 때와 화해할 수 없는 때를 말하고 또 성의 내실을 말하나, 아직 내실이 남아 있을 때가 화친의 때이옵니다. 성안이 다 마르고 시들면 어느 적이 스스로 무너질 상대와 화친을 도모하겠나이까.

김상헌이 다시 손바닥으로 마루를 때렸다.

— 이판의 말은 몽매하여 본말이 뒤집힌 것이옵니다. 전이 본(本)이고 화가 말(末)이며 수는 실(實)이옵니다. 그러므로 전이 화를 이끌어내는 것이지 그 반대가 아니옵니다. 더구나 천도가 전하께 부응하고, 전하께서 실덕(失德)하신 일이 없으시며 또 이만한 성에 의지하고 있으니 반드시 싸우고 지켜서 회복할 길이 있을 것이옵니다.

최명길의 목소리는 더욱 가라앉았다. 최명길은 천천히 말했다.

— 상헌의 말은 지극히 의로우나 그것은 말일 뿐입니다. 상헌은 말을 중히 여기고 생을 가벼이 여기는 자이옵니다. 갇힌 성안에서 어찌 말의 길을 따라가오리까.

김상헌의 목소리에 울음기가 섞여들었다.

— 전하, 죽음이 가볍지 어찌 삶이 가볍겠습니까. 명길이 말하는 생이란 곧 죽음입니다. 명길은 삶과 죽음을 구분하지 못하고, 삶을 죽음과 뒤섞어 삶을 욕되게 하는 자이옵니다. 신은 가벼운 죽음으로 무거운 삶을 지탱하려 하옵니다.

최명길의 목소리에도 울음기가 섞여들었다.

— 전하, 죽음은 가볍지 않사옵니다. 만백성과 더불어 죽음을 각오하지 마소서. 죽음으로써 삶을 지탱하지는 못할 것이옵니다.

임금이 주먹으로 서안을 내리치며 소리 질렀다.

— 어허, 그만들 하라. 그만들 해.

최명길은 계속 말했다.

— 전하, 그만할 일이 아니오니 신의 말을 막지 마옵소서. 장마가 지면 물이 한 골로 모이듯 말도 한 곳으로 쏠리는 것입니다. 성안으로 들어오기 전부터 묘당의 말들은 이른바 대의로 쏠려서 사세를 돌보지 않으니, 대의를 말하는 목소리는 크고 사세를 살피는 목소리는 조심스러운 것입니다. 사세가 말과 맞지 않으면 산목숨이 어느 쪽을 좇아야

하겠습니까. 상헌은 우뚝하고 신은 비루하며, 상헌은 충직하고 신은 불민한 줄 아오나 상헌을 충렬의 반열에 올리시더라도 신의 뜻을 따라주시옵소서.

김상헌이 다시 고개를 들었다.

— 묘당의 말들이 그동안 화친을 배척해온 것은 말이 쏠린 것이 아니옵고 강토를 보전하고 군부를 지키려는 대의를 향해 공론이 아름답게 모인 것이옵니다. 뜻이 뚜렷하고 근본이 굳어야 사세를 살필 수 있을 것이온데, 명길이 저토록 조정의 의로운 공론을 업신여기고 종사를 호구(虎口)에 던지려 하니 명길이 과연 전하의 신하이옵니까?

임금이 다시 주먹으로 서안을 내리쳤다.

— 이러지들 마라. 그만하라지 않느냐.

신료들은 입을 다물었다. 영의정 김류는 말없이 어두운 마당을 바라보고 있었다. 처마 끝에서 고드름이 떨어져 내렸다. 성첩에서 다시 총소리가 두어 번 터졌다. 임금이 김류에게 물었다.

— 영상은 어찌 말이 없는가?

김류가 이마를 마루에 대고 말했다.

— 말을 하기에는 이판이나 예판의 자리가 편안할 것이옵니다. 신은 참람하게도 체찰사의 직을 겸하여 군부를 총괄하고 있으니 소견이 있다 한들 어찌 전과 화의 일을 아뢸 수 있겠사옵니까.

최명길이 말했다.

— 영상의 말이 한가하여 태평연월인 듯하옵니다. 전하, 적

들이 성을 깨뜨리려 덤벼들면 사세는 더욱 위태로워질 것이옵니다. 전하, 늦추어야 할 일이 있고 당겨야 할 일이 있는 것이옵니다. 적의 공성을 늦추시고, 늦추시는 일을 당기옵소서. 시간을 벌기 위해서라도 우선 신들을 적진에 보내 말길을 열게 하소서. 지금 묘당이라 해도 오활한 유자의 찌꺼기들이옵고 비국 또한 다르지 않사옵니다. 헛된 말들은 소리가 크고 한 골로 쏠리는 법이옵니다. 중론을 묻지 마시고 오직 전하의 성단으로 결행하소서.

김상헌이 말했다.

— 명길의 몸에 군은이 깊어서 그 품계가 당상인데, 어가를 추운 산속에 모셔놓고 어찌 임금에게 성단, 두 글자를 들이미는 것이옵니까. 화친은 불가하옵니다. 적들이 여기까지 소풍을 나온 것이겠습니까. 크게 한번 싸우는 기세를 보이지 않고 화 자를 먼저 꺼내 보이면 적들은 우리를 더욱 깔보고 감당할 수 없는 요구를 해올 것이옵니다. 무도한 문서를 성안에 들인 수문장을 벌하시고 적의 문서를 불살라 군병들을 격발케 하옵소서. 애통해하시는 교지를 성 밖으로 내보내 삼남과 양서(兩西)의 군사를 서둘러 부르셔야 하옵니다. 이백 년 종사가 신민을 가르쳐서 길렀으니 반드시 의분하는 창의의 무리들이 달려올 것입니다.

최명길이 말했다.

— 상헌의 답답함이 저러하옵니다. 창의를 불러 모은다고 꼭 화친의 말길을 끊어야 하는 것이겠사옵니까. 군신이

함께 피를 흘리더라도 적게 흘리는 편이 이로울 터인데, 의를 세운다고 이(利)를 버려야 하는 것이겠습니까?

김상헌이 말했다.

— 지금 묘당의 일을 성안의 아이들도 알고 있는데, 조정이 화친하려는 기색을 보이면 성첩은 스스로 무너질 것이옵니다. 화 자를 깃발로 내걸고 군병을 격발시키며 창의의 군사를 불러 모을 수 있겠사옵니까. 명길의 말은 의도 아니고 이도 아니옵니다. 명길은 울면서 노래하고 웃으면서 곡하려는 자이옵니다.

최명길이 또 입을 열었다.

— 웃으면서 곡을 할 줄 알아야……

임금이 소리 질렀다.

— 어허.

임금은 옆으로 돌아앉았다. 달이 능선 위로 올라 내행전 마루를 비추었다. 쌓인 눈이 달빛을 빨아들여서 먼 성벽이 부풀었다. 달빛은 눈 속으로 깊이 스몄고, 성벽은 땅 위의 달무리처럼 보였다. 추위가 맑아서 밤하늘이 새파랬다. 동장대 쪽 성벽이 별에 닿아 있었다. 김류가 임금의 고단함을 걱정했다.

— 전하, 무료한 말로 신들이 너무 오래 모시었습니다. 침소로 드시옵소서.

임금이 옆으로 돌아앉은 채 벽을 향해 말했다.

— 마루가 차니 경들이 춥겠구나.

임금이 자리에서 일어섰다. 늙은 상궁이 물 흐르듯이 다가와 미닫이를 열었다. 침소로 들어가려다가 임금이 신료들을 돌아보며 물었다.

— 바늘은 구했는가?

김상헌은 대답하지 않았다. 병조판서 이성구가 말했다.

— 민촌의 대장간에서 대바늘을 만들어 올렸사옵니다. 길이가 다섯 치이옵고, 대가 야무져서 쓸 만하옵니다.

이성구는 손가락으로 마룻바닥에 다섯 치 길이를 그어 보였다. 임금이 방 안으로 들어갔다. 상궁이 미닫이를 닫았다. 미닫이 안쪽에서 임금이 자리에 주저앉는 소리가 들렸다.

— 마실 것을 다오.

상궁이 수정과를 들였다. 신료들은 마루에 그대로 앉아 있었다. 안에서 말했다.

— 야심하다. 다들 돌아가라.

신료들은 행궁 밖으로 나와 처소로 돌아갔다. 눈길이 미끄러웠다. 별감들이 달려나와 늙은 당상들을 부축했다.

돌멩이

이경에 임금이 승지를 불렀다. 승지는 장지문 밖에서 들었다.

— 성 밖으로 격서(檄書)를 내보내려 한다. 정원(政院)이 의논하여 글을 닦아라. 과인의 부덕을 앞세우고 종사의 외로움을 적어라. 적의 흉포함을 보이고 창의의 늦음을 꾸짖어 신민의 도리를 밝혀라. 아침에 글을 들여라.

삼경에 임금은 내관을 보내어 최명길을 불러들였다. 최명길은 삼거리 관아에 딸린 질청에 묵고 있었다. 임금은 사관과 승지를 물리치고 침소에서 최명길을 맞았다. 언덕길을 걸어 올라온 최명길의 수염에 눈가루가 맺혀 있었다. 적삼 차림으로 임금은 요 위에 앉았고, 최명길은 윗목에 꿇어앉았다. 바람이 길게 몰아가서 행전 마당 나무들이 울었다.

— 자다가 왔는가. 추워 보이는구나.

— 전하, 옥체가 수척하시어 민망하옵니다.

임금이 장지문 밖 기척을 살피고 목소리를 낮추었다.

— 경이 적진에 들어가서 말길을 열 수 있겠느냐?

— 전하……, 적의 칼에 죽기로서니 어찌 머뭇거리겠나이까.

— 가서 무어라 하겠는가?

— 우선 적이 얻고자 하는 바를 들어보고 적세를 염탐하려 하옵니다.

— 필요한 일이다. 하나 성 밖에 적병들이 깔렸다는데 삼전도 적진까지 갈 수가 있겠느냐?

— 신이 길을 뚫어서 갈 것이옵니다.

— 혼자서 가겠느냐?

— 적진에 다녀온 자는 사론의 지탄을 피할 길이 없을 것이오니, 혼자서 다녀오겠나이다.

— 성안에 역관이 있느냐?

— 호종해 들어온 자들 중에 역관은 없사옵니다.

— 통역이 없으면 어찌 말을 건네겠는가.

— 적들이 정명수를 데리고 왔사옵니다.

— 정명수가 온 줄 어찌 아는가?

— 용골대의 문서를 서문에 전한 자가 정명수이옵니다.

— 정명수가 사이에 끼면 그자에게 휘둘리지 않겠는가?

— 정명수는 오래 상종한 자이옵니다. 신이 요령껏 대처하겠나이다.

— 서둘러라. 떠날 때 들어와서 인사하지 마라. 조용히 다녀오라.

최명길이 헛기침으로 목청을 훑어냈다.

— 전하, 신을 적진에 보내시더라도 상헌의 말을 아주 버리지는 마소서.

임금의 얼굴에 웃음기가 스쳤다.

— 경의 말이 아름답다. 내가 경에게 하고자 했던 말이다. 아마 지금쯤 상헌의 생각도 경과 다르지 않을 것이다. 내 그리 짐작한다.

임금이 자리끼를 마셨다. 물이 목울대를 넘어가는 소리가 크게 들렸다. 임금은 소매로 입을 닦았다.

— 날이 밝겠다. 돌아가라.

달이 중천에 올랐다. 눈 쌓인 길바닥이 환했다. 산자락이 겹치는 어둠 속까지 들여다보였다. 최명길은 큰길을 버리고 행궁 뒷담길을 따라서 처소로 돌아갔다.

추위가 눅고 볕이 두터운 날, 늙은이들은 행궁 남쪽 담장 밑에 거적을 깔고 모여 앉았다. 볕이 바르고 바람이 빗겨가는 자리였다. 모두 호종해 들어온 사대부들의 권속이었다. 늙은이들은 거적 위에 둘러앉아 아랫도리를 이불 속에 파묻었다. 담장이 볕을 빨아들여 돌은 따스했다. 늙은이들은 행궁 담장에 등을 기대고 해가 내행전 처마를 넘어갈 때까지 볕바라기를 하였다. 젖은 짚신이나 배급받은 겉곡식을 한 줌씩 들고 나와 햇볕에 말렸다. 늙은이들은 펴놓은 곡식을 가끔씩 뒤척거렸다. 담장을 순시하는 금군들은 지체 높은 늙은이들을 쫓지 못했다.

임금은 내관을 보내어 늙은이들의 일을 살폈다.

— 추운 날에 부로들이 행궁 담 아래에 모여 있다 하니 방 안에 앉아 있기 민망하다. 모여서 무엇들을 하는지 알아보고, 딱히 할 일이 없거든 흩어지라고 일러라.

내관이 돌아와서 아뢰었다.

— 성 밖으로 나가지 말라는 엄명이 있으니, 부로들은 성안에 머물고 있사옵니다. 딱히 하는 일은 없사옵고, 행궁 담벽에 등을 기대면 전하께 가까이 기대려는 부로들의 심정이 편안해진다 하옵니다. 또 볕이 발라서 담장이 따스하고 바람이 빗겨가서 불기 없는 구들보다 견디기가 낫다

하옵니다.

임금이 수라간에 명하여 점심밥을 내렸다. 조밥을 만 무국이었다. 행궁 담장 밑에서 늙은이들은 수염을 적셔가며 뜨거운 국물을 마셨다.

군병들 중에서 허약한 자들이 먼저 기한으로 쓰러졌다. 긁힌 자리가 바로 얼고 짓물러서 작은 상처에도 몸을 쓰지 못했다. 병조는 조관(朝官)들 중에서 젊고 튼실한 자들을 골라 군복을 입혀서 성첩으로 올려보냈다. 조관들은 병장기를 쥘 줄 몰랐고, 성첩에서 장대로 통하는 길을 알지 못했다. 다만 성벽 위에 군복을 입은 사람의 형상이 얼씬거리기만 해도 적의 산병들이 성벽을 타넘지는 못할 것이라고 이성구는 임금께 아뢰었다. 성첩에서 조관들은 군복 위에 솜두루마기를 걸쳤다. 조관들은 마르고 볕바른 자리를 차지했고, 군병들을 습하고 바람 받는 자리로 내몰았다. 악에 받친 군병들이 삿대질을 하며 군장에게 대들었다.

— 옥골선풍을 올려보내 성첩이 빛나오이다. 새서방들 총안 앞에 금침을 깔아주시구려.

병조는 사흘 만에 조관들을 거두어들였다. 임금이 말했다.

— 무리한 일이었다. 상한(常漢)이 못 견디는 추위를 서생이 견디겠느냐.

조관을 거두어들인 날 아침에 영의정 김류는 어전에서 병조에게 지시했다.

— 허수아비를 만들어서 성첩 빈자리에 세우시오.

병조판서 이성구가 대답했다.

— 대감의 헤아림이 절묘하오이다.

저녁때 이성구는 묘당에 보고했다.

— 성첩의 빈자리가 이백이온데, 그중 반만 허수아비로 채워도 백 개는 만들어야 하옵니다. 허수아비는 멀리서 보아도 여실해야 하므로 군복을 입히고 벙거지를 씌워야 하옵니다. 하오나 지금 군병들도 입을 옷이 없는데, 군병들을 벗겨서 허수아비를 입히오리까?

조관들이 물러난 성첩의 자리는 겨우내 비어 있었다. 성안에 도끼가 모자라서 땔나무를 장만하는 군병들은 환도로 나뭇가지를 쳤다. 겨울나무는 속으로 앙물어서 단단했다. 칼의 이가 빠지고 날이 비틀렸다. 수어사 이시백은 성첩을 돌면서 군병들을 꾸짖었다. 동장대와 암문 사이의 성첩에서 타(垜) 열 개와 총안 서른 개를 맡은 양주 초관의 구역 안에서 비틀어진 칼이 열 자루가 넘었다. 이시백이 나무라자 초관이 말대꾸했다.

— 도끼가 없는데 땔나무를 장만하라 하시니 칼이 그리 된 것이옵니다. 적이 성을 깨뜨리면 칼에 날이 서 있다 해도 십오만 적병을 감당하오리까.

이시백이 초관을 장 쳤다. 매 맞은 초관은 새벽에 성벽을 넘어서 달아났다. 이시백은 이 빠진 칼을 거두어 대장간으로 보냈다. 서날쇠는 비틀어진 칼을 두드리고 벼려서 성첩으로 올렸다.

김상헌이 대장간에 와서 도끼를 요구했다. 도끼를 만들려면 쇠가 많이 들어가므로 톱이 오히려 편할 것이라고 서날쇠는 말했다. 긴 나무를 가로로 켤 때는 톱을 쓰고, 토막을 세로로 뽀갤 때는 민촌의 작은 도끼들도 쓸모가 있을 것이었다. 생나무는 닷새를 말려야 태울 수 있고, 눈비가 내리면 마를 날을 알 수 없었다.

— 너무 굵은 나무를 베면 톱질도 어렵고, 뽀개서 말리기도 힘드니 우선 가는 나무를 베라고 이르십시오.

— 그렇겠구나. 내 그리 이르마.

서날쇠는 파쇠를 녹여서 대톱, 중톱을 스무 틀씩 만들어 수어청에 보냈다. 군병들은 대톱으로 나무 밑동을 켜고 중톱으로 가지를 잘랐다.

달이 없는 밤에 성벽 밖 골짜기는 캄캄했다. 구름이 밀릴 때 땅바닥에서 묵은 눈이 희끗거렸다. 가까운 곳이 멀어 보였고, 먼 그림자가 흔들리면서 달려들었다. 조선 초병들은 원근을 식별할 수 없었다. 어둠 속은 목측할 수 없었다. 어둠 속은 고요했고 이따금씩 청병의 총소리가 들렸다. 빈 어둠은 적으로 가득 차 있는 듯 보였다. 성벽 아래 시야를 확보하려면 성벽이 굽이치는 모퉁이마다 횃불을 올려야 한다고 비장과 초관들이 병조에 진언했다. 내행전 마루에서 묘당은 한나절을 의논했다. 수세(守勢)에서는 먼저 보고 먼저 쏘는 것만이 방비인데, 성벽 밑 경사가 가파르고 깊어서 어둠의 바닥이 보이지 않으므로 장대 끝에 횃불을 달아 밖으로 내밀어서 계곡을 살펴야 한다고 젊은 비국낭관들은 소견을 올렸다.

병조판서 이성구의 말은 달랐다. 횃불은 앞을 밝혀주지만 적의 표적이 되기도 하는 것이므로 대군을 몰아 야습하는 보병의 전

위에서 잠깐씩만 쓰는 것이고, 수세의 군진은 스스로를 감추어야 하는 것인데, 성벽 밖 고지에 적들이 이미 매복해 있기 때문에 성첩에 횃불을 밝히면 안에서 밖을 내다보기보다 밖에서 안을 들여다보게 될 것이라고 이성구는 말했다. 임금은 김류의 소견을 물었다. 불빛은 안팎에 고루 미치는 것이므로 성첩에 불을 밝히면 내다보기도 좋고 들여다보기도 좋을 거라고 김류는 대답했다. 묘당의 논의는 저물녘에 끝났다.

성안에는 비축해놓은 송진이나 어유(魚油)가 없었고, 젖은 겨울 소나무를 잘라서 관솔불로 쓸 수도 없었다.

청병의 주력은 강가에 있었다. 주력은 다가오지 않았지만 겨누어지지 않은 힘이 성을 조이고 있었다. 분명한 것이 보이지 않았다. 성벽을 집적거리지 않는 날에도 청의 잠병들은 조선 초병의 시야 안에서 산발적으로 총포를 쏘고 연기를 올렸다. 조선 초병들이 연기를 겨누어 총포를 쏘면, 연기 속에 청병은 없었다. 청의 잠병들은 매복 진지에서 벗어나 토끼굴 같은 이동 진지를 따라 빠르게 움직였다. 연기는 곳곳에서 올랐다. 청의 잠병 부대는 조선 초병들을 성벽에 붙잡아놓았고, 병조는 전 병력을 총안 앞에 배치했다. 겨울은 깊어갔고 싸움이 없는 날에도 성은 말라갔다.

노복들을 모두 성첩으로 올려보내, 호조는 관량사에 인력을 배치할 수 없었다. 관량사는 번을 마치고 내려온 노복들을 다시 부리자고 주달했으나 병조가 반대했다. 관량사는 곡식을 찧지 못하고 겉곡식을 풀어서 배급량을 유지했다. 하루 네 홉에서 쌀을 반으로 줄이고 나머지 반은 찧지 않은 겉보리로 내주었다. 붉은

팥과 검정콩이 더러 섞였다. 찧어 먹을 도리가 없는 노복들은 배급받은 겉보리를 모았다가 알곡식과 바꾸었다. 겉보리 네 홉을 주고 쌀 한 홉을 받았다. 민촌에서 방아가 있는 백성들은 쌀을 풀어서 겉곡식을 거두어들였다. 겉보리를 방아에 찧어 껍데기를 벗겨서 알보리 두 홉과 쌀 한 홉을 다시 바꾸었다. 호조는 백성들의 사사로운 거래에 관여하지 않았다.

관량사가 민촌의 절구통 오십여 개를 거두어 장터거리로 옮겼다. 노복들은 배급받은 겉곡식을 절구터로 가져와서 각자 찧어 먹을 수 있었다.

총안으로 내다보이는 산야는 두부모를 잘라놓은 듯 네 귀가 반듯했다. 거기에 바람이 불어서 눈이 날리고 나무가 흔들렸다. 눈 쌓인 우듬지가 햇빛을 튕겨냈다. 바람이 마른 숲을 흔들면 빛의 줄기들이 부딪쳤다. 잎 진 나무들은 줄기만으로도 길차고 싱싱했다. 군병들은 언 발을 굴렀으나, 산야에는 본래 추위나 더위가 없었다. 총안 너머는 요지경 속처럼 보였다. 토끼들이 일으키는 눈먼지에도 초병들은 총구를 겨누었다. 움직이는 것은 적이 아니었고, 붙박인 것도 적은 아니었다. 강을 건너오는 바람은 쉴 새 없이 숲을 흔들었다. 총안으로 내다보이는 산야는 성안과 절연된 병풍처럼 보였다. 이시백은 성첩의 군병들에게 말했다.

—총안 구멍만 들여다보지 마라. 쏠 때는 총안으로 쏘고 멀리 살필 때는 여장 너머로 봐라. 멀리 봐둬야 가까이서 쏠 수 있다.

여장 위로 내민 군병들의 머리는 바람에 움츠러들었다.

— 멀리만 보지 말고 고개를 아래로 꺾어서 성벽 밑을 살펴라. 성뿌리에 붙은 적은 쏘기 어렵다.

총안은 경사가 느슨했다. 이십 보 안쪽으로 바싹 다가온 적은 근총안(近銃眼)에서 쏠 수 없었다. 근총안은 이십 보 너머를 향해 열려 있었다. 초병들이 여장 위로 몸을 내밀고 성뿌리를 수직하방으로 쏠 수도 없었다. 이시백은 서장대에서 북장대 쪽 성벽을 먼 시선으로 바라보았다. 내리막으로 곧게 뻗어나간 성벽은 북문을 지나서 다시 오르막 능선으로 치달았다. 성안의 힘이 다하는 어느 날, 성첩의 군병들이 기진해서 쓰러진 새벽에 성뿌리에 붙어서 기어오르는 십오만 청병의 환영이 성벽에서 어른거렸다. 옹성 앞쪽으로 포루가 뚫려 있었으나 화포는 녹슬어서 쏠 수 없었고, 적병이 성뿌리에 붙으면 화포로도 쏠 수가 없고, 조총이나 화살로도 쏠 수 없을 것이었다.

성첩이 굽이치는 모퉁이마다 돌을 모아두어야 한다고 이시백은 병조에게 진언했다. 성벽을 기어오르는 적은 돌로 내리찍는 수밖에 없었다. 임금은 돌 모으기를 윤허했다. 조관들은 다시 성첩으로 올라갔고, 조관들이 배치된 자리에서 노복들이 내려왔다. 왕자와 부마의 노복을 제외하고, 어가를 따라온 사대부의 노복들과 인근에서 들어온 지방 수령의 노복들, 민촌의 부녀와 노인들이 개울가로 모였다. 비번 초관들이 개울가를 따라서 돌 캐는 구역을 정하고 인력을 배치했다. 임금이 김류에게 물었다.

— 성첩에서 돌을 던지면 얼마나 날아가겠는가?

— 돌은 발 밑의 성뿌리를 치자는 것이옵니다.

— 돌을 써야 할 날이 언제쯤이겠는가?

김류는 한숨을 내쉬었다.

— 돌을 써야 할 날은 적이 정하게 될 것이온데, 이시백은 지금 마지막을 준비하는 것이옵니다. 돌을 써야 할 날이 온다면 돌을 쓸 필요가 없을 터이니 돌을 써야 할 날이 없어야 할 줄 아옵니다.

돌은 민촌의 개울가에 얼어붙어 있었다. 부녀와 노인들은 언 돌을 호미로 뜯어냈고, 노복들이 들것에 실어서 산 위로 날랐다. 아이들이 생솔가지를 주워와 개울가에 불을 지폈다. 돌 캐는 노인들이 불가에서 언 손을 녹였다. 이시백은 돌의 크기를 정해서 초관들에게 일렀다.

— 멀리 던질 돌이 아니고 위에서 아래로 내리찍을 돌이다. 잔돌은 필요없다. 어른 주먹이나 어린애 머리통만 한 돌을 골라라.

성벽 밑이 가파른 동장대, 서장대, 북장대 쪽 세 방향으로 들것의 대열이 하루 종일 산을 오르내렸다. 성벽 밖에서는 청의 잠병들이 다가오고 물러나면서 연기를 올렸다.

사 다 리

아침에 최명길은 서장대 아래쪽 암문으로 성을 나왔다. 임금이 내관을 수문장에게 보내 최명길의 행선지를 묻지 말고 문을 열어주라고 일렀다. 서문에서 삼전도 청의 본진까지는 내리막 산길로 반나절이었다.

최명길은 광주 목(牧)의 젊은 통인을 미리 정명수에게 보냈다. 통인은 잡과에 낙방하여 역관이 되지는 못했지만 여진말을 더듬거리며 할 줄 알았다. 용골대가 칸의 국서를 받들고 서울에 와서 남별궁에 머물 때, 그 구종잡배들의 수발을 들던 자였다. 정명수는 통인 편에 만날 날짜를 알렸다. 서문 쪽으로 나와 청병의 목책 안으로 들어오면 거기서부터 정명수가 직접 삼전도 본진의 용골대에게 인도할 것이며, 산야에 매복한 청병들에게 명해서 길을 열어주겠다는 전갈이었다.

최명길은 가죽신에 발감개를 하고 눈 덮인 산길을 내려갔다. 길섶에 청병은 보이지 않았다. 아침 해가 성벽 위로 올라 거여 · 마천의 넓은 들이 밝았다. 비스듬한 햇살이 멀리 닿아서 들이 끝나는 가장자리가 빛났고, 들판 너머에서 크게 휘도는 강은 옥빛으로 얼어 있었다. 산야는 처음 빚어지고 처음 빛을 받는 강과 들처럼 깨어나고 있었다. 최명길은 차가운 공기를 몸 깊숙이 들이마셨다. 해가 떠올라 들을 깨우는 힘과 강이 얼고 또 녹아서 흘러가는 힘으로 성문을 열고 나올 수는 없을 터이지만, 삶의 길은 해 뜨고 물 흐르는 성 밖에, 강 너머에, 적들이 차지한 땅 위에 있을 것이었다. 청병의 매복 진지 사이로 난 산길을 최명길은 걸어 내려갔다.

정명수는 목책 안에서 기다리고 있었다. 두 갈래로 땋은 머리채에 댕기를 드리우고 허리에는 품대를 차고 있었다.

— 뵙기가 어렵소이다, 최공. 조선의 낯가림이 심하오.

— 겨울인데 깊이 들어오셨구려.

— 갑시다. 용장께서는 본진에서 기다리고 계시오.

정명수는 용골대를 용장(龍將)이라고 불렀다. 정명수가 앞서서 걸었다. 목책을 지나서부터 청군의 전진 부대 안이었다. 삼전도가 가까워지자 청병의 군막들이 나타났다. 강가를 따라 들어선 군막은 강 하류 쪽으로 펼쳐지면서 끝이 보이지 않았다. 정명수를 뒤따라 걸으면서 최명길은 청진의 구석구석을 살폈다. 정명수가 뒤를 돌아보며 말했다.

— 눈여겨봐둬야 할 게 많으시겠구려.

최명길은 대꾸하지 않았다.

짐승 가죽으로 지붕을 덮은 것도 있었지만 군막은 거의가 조선 백성들의 가옥에서 뜯어온 목재를 얼기설기 엮고, 그 위에 짚단을 올리거나 멍석을 덮은 것이었다. 강바람에 군막들이 펄럭였다. 최명길은 군막의 벌어진 틈새로 안을 들여다보았다. 군막마다 바닥에 가마니를 깔았고, 그 위에 조선 백성들의 솜이불이 펼쳐져 있었다. 학이나 거북을 수놓은 누비이불과 태극무늬로 마구리를 댄 베개도 있었다.

군막 사이에 말들이 두어 마리씩 묶여 있었다. 다리가 길고 새까맣게 윤이 나는 여진의 호마였다. 말들은 콧구멍으로 허연 김을 뿜어냈다. 김에서 누린내가 났다. 눈 위에 말 오줌이 누렇게 얼어 있었다. 병졸들은 군막 앞에서 화포를 닦거나 불을 피워서 산짐승을 구웠다. 양지쪽에서 색동 이불을 깔고 앉아 술을 마시는 자들은 지체가 높아 보였다. 말 탄 군장들이 여진말로 뭐라 소리 지르며 병영 안을 달렸다. 군장들은 교대 병력을 산 위로 몰고 갔다. 강 너머의 뗏목들이 얼음 위로 강을 건너왔다. 한강 유역의 조창(漕倉)과 도성 안의 경창(京倉)에서 턴 곡식과 피륙, 육포, 어포, 간장독, 술독 들이 뗏목에 실려와 청의 군영에 닿았다. 조선인 포로들이 언 강 위로 뗏목을 끌었다. 뗏목 한 척에 포로 오십여 명이 붙어 있었다. 조총을 멘 청병들이 포로를 부렸다. 청병들은 쓰러진 포로들을 뗏목에서 떼어내어 얼음이 깨진 물구덩이 속으로 밀어넣었다.

강 상류 쪽에서도 뗏목이 내려왔다. 포로들은 상류 쪽 양평 산악에서 잘라낸 통나무를 뗏목으로 엮어서 언 강을 따라 밀고 내려왔다. 청병들이 채찍으로 포로들을 갈겼다. 뗏목들은 삼전도나루에 닿았다. 나루터 모래벌판에서 포로들이 통나무로 사다리를 만들고 있었다. 포로들은 긴 장나무 사이에 삼줄로 가로대를 묶었다. 사다리의 길이는 스무 자가 넘어 보였다. 성을 타고 넘어 들어가서 깨뜨릴 때 성벽에 걸치는 운제(雲梯)였다.

용골대의 군막은 병영 한가운데 있었다. 군막 주위로 토담을 쌓아서 바람을 막았고, 여러 군장의 군막이 그 앞으로 도열하듯 들어서 있었다. 토담을 따라 누런색, 흰색, 붉은색, 푸른색의 깃발이 휘날렸다. 여진의 사냥개들이 짖어댔다. 용골대는 군막 안에서 최명길을 맞았다. 군막 안은 넓어서 별실이 있었고, 바닥에 돌로 구들을 깔고 그 밑에 마른 말똥을 태웠다. 군막 안은 훈훈했다.

용골대와 최명길이 마주 앉았고, 정명수가 옆으로 비켜 앉아 말을 옮겼다.

— 추운 계절에 대군을 몰아 이처럼 깊이 들어오니 황당하다.

— 대륙은 추운 땅이다. 남쪽으로 깊이 내려오니 따뜻하다.

— 대군의 귀로를 보살피려 한다.

— 귀국이 여러 창고에 잘 준비해주어서 견딜 만하다.

여자들이 술상을 들였다. 찹쌀막걸리에 어란과 말린 문어가 나왔다. 술상을 들고 온 여자들은 방글방글 웃었다. 머리를 틀어 올려서 목을 드러냈고, 조선옷을 입고 있었다. 옷자락이 흔들릴 때마다 향기가 났다.

— 성안은 지내기가 어떤가?

— 걱정해주니 고맙다.

최명길이 용골대의 잔에 술을 따랐다. 개가 군막 안으로 들어왔다. 용골대가 안주를 집어서 개에게 던졌다.

— 귀국은 싸우자는 것인가? 돌담을 믿고 이러는 것인가?

— 우선은 지키고 있다. 그러나 귀국과 싸우려고 성안으로 들어온 것은 아니다. 대병이 밀어닥치니 우선 피했다.

— 그렇다면 왜 그 토굴에 들어앉아서 나오지 않는가? 그 안에 무슨 좋은 일들이 많은가?

— 좋은 일은 없다. 대군이 성을 에워싸고 있으니 나오지 못한다.

— 그러면 어쩌자는 것인가? 그 안에다 한 세상 차리자는 것인가? 나는 귀국을 위해 묻고 있다.

최명길이 잔을 들어 마셨다. 차가운 술이 창자를 훑고 내려갔다.

— 성 밖으로 나올 방도를 귀국에게 묻고자 한다.

— 좋은 말이다. 방도가 있다. 귀국의 세자와 대신들을 우리 군영으로 보내라. 그리고 칸의 조칙을 받아라.

— 전에는 왕자들 중 한 명을 들이라 했다. 이제 세자를 보내라니 따르기 어렵다. 왕자들은 강화도로 들어간 뒤 소식이 돈절되었고, 동궁은 성안에 계시나 동궁 또한 임금이다.

정명수가 조선말로 최명길에게 소리 질렀다.

— 이거 보시오, 최공. 우리가 심양에서 말할 때는 왕자를 보내라 했지만, 여기까지 왔으니 세자로 올리는 것이 마땅하지 않겠소! 우리가 바람을 쏘이러 이 먼 데를 온 줄 아시오.

정명수는 최명길에게 한 말을 여진말로 용골대에게 옮겼다. 용골대는 크게 웃었다. 벌건 입 속이 들여다보였다. 용골대가 말했다.

— 그럼 어쩌자는 것인가. 돌담을 사이에 두고 겨루자는 말인가? 귀국의 뜻에 따르겠다. 원하는 바를 말하라.

— 우리가 따를 수 있는 방도를 말해달라.

— 나는 이미 말했다.

— 하나, 세자와 조칙은 따르기 어렵다.

— 귀국은 명의 조칙을 받아오지 않았는가. 황(皇)이 바뀌면 조가 바뀌는 것이다. 여름에 겨울옷을 입는가? 어찌 그리

답답한가.

— 나도 답답하다.

— 귀국이 서울을 버린 뒤에도 우리는 귀국의 대궐을 불 지르지 않았다. 칸의 뜻을 귀국은 깊이 헤아리라.

— 그런데 어찌 사다리를 만드는가? 칸의 뜻인가?

용골대가 술잔을 내려놓고 낄낄거렸다. 정명수가 따라서 웃었다. 정명수는 입으로 술을 뿜어내며 허리를 꺾고 웃었다. 용골대가 말했다.

— 칸의 뜻이 아니라, 나의 뜻이다. 사다리가 두려운가. 귀국이 토굴에서 나오지 않고 성문을 열어주지도 않으니 사다리를 만들고 있다. 그러니 나의 뜻도 아니고 귀국의 뜻으로 사다리를 만들고 있다.

용골대는 또 한바탕 웃었다. 개가 웃는 용골대를 향해 짖었다.

— 오늘은 이만하자. 육포를 싸줄 터이니 돌아가는 길에 먹어라.

— 고맙다. 또 오겠다.

— 확답이 없다면 올 필요없다. 그러나 서둘러라. 칸이 오고 있다.

정명수가 최명길을 군막 밖으로 데리고 나왔다. 정명수의 군막은 용골대의 군막 바로 옆이었다. 정명수의 군막 안에서도 조선 여자 두 명이 술시중을 들었다. 정명수가 여자를 불렀다. 얼굴이 희고 어깨가 좁은 여자들이었다.

— 인사드려라. 조선국의 이판이시다.

여자들이 최명길에게 절했다. 정명수가 말했다.

— 서울 광교통 사대부가에서 데려온 여자들이오.

— 미색이 수려하오.

정명수가 여자들을 물리쳤다.

— 지금 칸이 심양을 떠나서 삼전도로 오고 있소. 칸이 오기 전에 조선의 세자와 대신들이 먼저 와 있어야 모양이 좋을 것이오. 이판이 용장의 체면을 좀 세워주시구려. 칸이 왔을 때 용장이 빈손으로 맞는다면, 사세는 더 어려워질 것이오. 어찌 그만한 눈치가 없으시오.

정명수의 군막 안에 호조좌랑과 품계를 알 수 없는 관원 한 명이 와 있었다. 좌랑은 최명길을 보자 빙긋이 웃었다. 호조의 관원들로, 창고의 곡식과 군비의 재고를 관리하던 자들이었다. 어가가 성안으로 들어온 지 사흘 뒤에, 관원들은 도성 안 경창들 중에서 적에게 털리지 않은 창고를 찾아서 곡식을 북한산으로 옮겨야 한다고 묘당에 진언했다. 임금은 관원들의 갸륵한 충심을 기리며 출성을 윤허했다. 임금은 떠나는 관원들에게 은자 열 닢과 미숫가루 두 되를 내렸다. 동문 밖이 아직 막히지 않았으므로 관원들은 동문으로 성을 나갔다. 그들은 서울로 가지 않고 삼전도로 와서 청의 군영에 투항했다. 정명수가 투항자들을 제 군막에 가두고 심문했다. 심문 내용은 도성 안 경창들의 위치와 재고, 품목, 묘당에서 싸우기를 주장하는 신료들의 신원, 성이 포위된 뒤 성 밖으로 내보낸 자들의 명단과 임무, 성안의 군량과 화약의 재고량, 성 주변의 산세와 물의 흐름새, 성첩의 구간별 지휘 계통과 교대 시간, 성안 조선 군병들의 사기와 군심의 동태, 성안의 행궁, 관량사 창고, 화약고, 관아, 사찰, 우물, 마구간, 매탄장의 위치, 성첩의 장대, 옹성, 포루, 암문의 위치, 여장의 높이와 타의 길이, 성 밖 고지에 설치된 봉수대의 위치와 신호 연결 계통이었다. 투항한 관원들은 도면을 그려가며 진술했다. 관원들은 여진의 차림새에 손목이 결박되어 있었다. 정명수가 수하를 불러서 투항자들을 군막 밖으로 내보냈다. 정명수가 최명길에게 차를 권했다.

— 저자들이 와 있어서 성안 사정은 우리도 대충은 알고 있소. 이판을 여기 모시고 여쭈어보면 더 소상하겠지만, 그리하지는 않겠소.

— 성안 사정은 나보다도 용장께서 더 잘 아시겠구려.

정명수는 히히 웃었다. 돌아가는 길에 정명수가 최명길을 목책까지 배웅했다. 헤어질 때 정명수는 용골대가 주는 육포를 최명길에게 건넸다. 정명수가 말했다.

— 자주 오시오. 그게 좋을 거요.

최명길은 오르막 산길을 걸어서 성으로 향했다. 겨울 해는 일찍 저물었다. 눈 덮인 산속의 어스름은 차고 새파랬다. 하얀 성벽이 노을 속으로 뻗었고 먼 노을에 닿은 북장대 쪽 성벽은 붉고 선명했다.

밴댕이젓

임금은 내행전 마루에서 하루 종일 바빴다. 상궁은 불이 사위는 화로를 자주 바꾸었다. 아침마다 별감들은 마당의 눈을 쓸었고, 나인이 마루를 걸레로 닦고 나면 정이품들이 문안을 드렸다. 수라상을 물리면 삼정승 육판서와 비국당상들이 어전에 모였다. 당상들은 수염이 길었고 헛기침이 잦아졌다. 임금은 오품, 육품들의 청대까지 받아들였고, 내관을 보내 불러들이기도 했다. 성첩의 군장들이나 지방 수령들도 행궁을 드나들며 임금을 쉽게 대면할 수 있었다.

— 전하, 빙고를 정리하다가 밴댕이젓 한 독을 찾아냈사온데, 씨알이 굵고 삼삼하게 삭아 있사옵니다. 마리 수가 넉넉지 못하오니 어명으로 분부하여주소서.

— 한 독이면 몇 마리냐?

— 백여 마리 남짓이옵니다.

— 종실들 처소에도 찬물이 없다고 들었다.

— 세자궁에 보내고 왕손들께도 보내드리면, 선왕의 후궁들과 부마들은 어찌하오리까?

— 부마는 빼더라도 후궁들에게는 보내라. 신료들도 식솔이 있으니 먹어야 하지 않겠느냐?

— 물량이 많지 않사온데, 신료라 하오심은 당상이옵니까, 당하까지옵니까? 무반과 외직들은 어찌하오리까?

— 호조에 의논해라.

— 이미 의논하였사옵니다. 물량뿐 아니라 예법에 관계된 일이온지라, 전하께 분부받으라 했습니다.

— 토막을 치면 어떠냐?

— 밴댕이는 작은 생선이오니, 토막을 쳐서 어떨는지…….

저녁때 내관들이 행궁과 성안을 돌며 밴댕이젓을 나누어 주었다. 삭은 생선 두어 마리를 나뭇잎에 싸서 전했고, 젓국은 반 홉씩 국자로 떠주었다.

— 전하, 성첩에 돌을 모으고 있사온데, 개수로 헤아려 일을 시키니 공깃돌만 한 잔돌들이 올라와 있사옵니다. 병조에 명하여 돌의 굵기를 단속하여주소서.

— 수어사에게 말해라.

— 수어사가 여러 번 꾸짖었으나, 군관들이 개수만 채우고 있사옵니다.

— 수어사의 명이 허술하단 말인가?

— 성안 개울을 다 파헤쳤사온데, 굵기가 마땅한 돌은 이미 다 올라갔다 하옵니다.

— 돌은 저절로 생겨나는 것인데, 백성들이 닭 알 낳듯 마땅한 돌을 낳을 수 있겠느냐? 지금 무슨 말을 하자는 것이냐?

— 잔돌이 많아서 걱정하는 것이옵니다.

— 걱정하지 말고 물러가라.

개울은 산 위에서 동문 앞까지 파헤쳐져 물컹거리는 흙이 드러났고, 바닥에는 옮길 수 없는 바위들만 남았다. 이시백은 노복들을 데리고 동문 쪽 산으로 올라가 무너진 절터를 파헤쳐 깨진 기와 조각을 모아서 성첩으로 올렸다.

— 전하, 백성들의 헛간을 헐어서 성첩에 바람막이를 지으려 하오니 묘당에 명하여주소서.

— 백성들이 원망하지 않겠느냐?

— 군병의 추위가 급하옵니다.

— 환궁 후에 갚아주겠다고 말해서 백성들을 달래라. 몇 채나 지으려느냐?

— 서너 채쯤 될 것이온데, 남쪽 성벽은 바람이 맞닥뜨리나 햇볕이 잘 들고, 북쪽은 바람이 없으나 햇볕이 안 드니 어느 쪽에 지어야 하오리까?

— 한쪽에 짓더라도 남벽 군병들과 북벽 군병들을 교대로 바꾸어 세우면 어떻겠느냐?

— 군병들은 성벽 밖의 나무나 바위를 표지로 적을 식별하는데, 자리가 바뀌면 다가오는 적을 알아차리지 못하옵니다.

— 경들이 이미 사문(四門) 대장들 아닌가. 그 일은 다시 말하지 말라.

난리통에 얼어 죽고 굶어 죽고 말발굽에 밟혀 죽은 아이들의 넋이 임금을 따라서 성안으로 들어오려고 눈보라 속을 헤매다가 송파나루에서 날이 저물어 어린 귀신들끼리 끌어안고 울고 있는데, 언 강을 건너가는 웬 계집아이가 있어 그 아이의 몸에 씌였고, 이 계집아이가 원통한 귀신들을 몰아서 성안으로 들어왔으니 임금에게 살(煞)이 붙었다고 새남터 무당이 말을 퍼뜨렸다.

수어청 비장이 무당을 끌어와 장을 쳤다. 매 맞은 무당이 마을로 돌아오자 말은 더욱 퍼졌다. 성안으로 들어오지 못한 아이들의 원귀가 밤마다 성벽을 타넘다가 미끄러져 떨어지고, 성안으로 들어온 원귀들은 행궁 담 밑에서 곡을 하니, 나루를 죽여서 성첩에 피를 발라야 임금이 성 밖으로 나갈 수 있다고 무당과 백성들이 함께 수군거렸다. 말이 퍼지자 수어청 비장은 말 퍼뜨린 자를 잡아낼 수 없었다. 임금이 환궁할 때 아이를 대궐로 데리고 들어가 아이가 크기를 기다려 빈첩으로 삼을 것인데, 원귀들이 모두 그 소생으로 태어나 대궐 기둥을 갉아먹을 것이라는 말도 있었다.

신료들이 물러간 저녁나절에 임금은 때때로 나루를 불러들였다. 수라간 상궁이 씻기고 입혔고, 김상헌이 마루로 데리고 올라갔다. 계집아이는 입술이 붉고 눈이 맑았다. 아이는 추위 속에서 영글어가는 열매처럼 보였다.

— 편히 앉아라.

임금이 곶감을 내렸다. 아이는 먹지 않고 주머니에 넣었다.

— 곱구나. 몇 살이냐?

아이는 대답하지 못했다. 김상헌이 말했다.

— 열 살이라 하옵니다.

마루가 어두워질 때까지 임금은 아이를 앉혀놓고 들여다보았다. 김상헌은 백성의 자식을 글 읽듯이 들여다보는 임금의 모습에 목이 메었다. 임금이 물었다.

— 아이의 아비는 찾았는가?

송파나루에서 언 강을 건네주고 돌아서던 사공의 가는 목이 김상헌의 눈앞에 떠올랐다.

— 성안에는 없는 듯하옵니다.

— 이 아이의 아비가 얼음 위로 길을 인도해준 사공이 틀림없는가?

— 밤에 강을 건너실 때 나루터 마을에 사공이 한 명뿐이었으니, 아마도 그 사공일 것이옵니다.

송파에서 강을 건널 때, 어둠 속을 휘몰아오던 눈보라와 얼음 위에 주저앉아서 채찍으로 때려도 일어나지 못하던 말들을 임금은 돌이켰다.

— 영리해 뵈는구나. 네가 다 자란 모습이 보이는 듯하다.

— 전하의 백성들이 스스로 고우니 종사의 홍복이옵니다. 고운 백성들과 더불어 회복할 수 있을 것이옵니다. 눈이 녹고 언 강이 풀려서 물은 흐를 것이옵니다. 신은 그 분명한 것을 믿사옵니다, 전하.

임금의 눈꺼풀이 떨렸다.

— 저 아이를 보니 그렇겠구나 싶다.

임금이 아이에게 물었다.

— 아비가 사공이니 물가에서 자랐겠구나. 송파강에는 물고기가 많으냐? 무슨 고기가 잡히는고?

아이가 처음으로 말문을 열었다.

— 쏘가리, 배가사리, 어름치, 꺽지…….

임금이 웃었다. 성안에 들어와서 처음으로 웃는 웃음이었다. 임금은 소리 없이 표정만으로 웃었다. 임금의 눈이 먼 곳을 보듯 가늘어졌다.

— 아하, 그러냐. 그게 다 생선 이름이구나. 이름이 어여쁘다. 꺽지란 무슨 생선이냐?

아이가 팔을 뻗어 생선의 길이를 가늠해 보였고, 입 속으로 뭐라고 종알거렸다. 아이의 말은 임금에게 들리지 않았다. 김상헌이 머리를 숙여서 아이의 말을 듣고 임금에게 전했다.

— 강 가장자리 쪽에서 사는 생선인데, 꼬리가 둥글고 아가미가 무지갯빛이라 하옵니다.

임금이 또 웃었다.

— 아하, 그렇구나. 맛은 어떠하냐?

아이가 또 뭐라고 종알거렸다. 김상헌이 아이의 말을 임금에게 전했다.

— 맛은 달고 고소한데, 잔가시가 많아서 어린아이에게는 먹이지 않는다 하옵니다.

— 아하, 그러냐. 너는 열 살이니 먹어도 되겠구나.

임금이 아이를 가까이 불러서 머리를 쓰다듬었다. 김상헌은 뜨거워지는 눈을 옆으로 돌렸다.

임금이 아이에게 물었다.

— 송파강은 언제 녹느냐?

— 봄에……, 민들레꽃 필 때…….

김상헌의 목소리에 울음기가 스며 나왔다.

— 전하, 이제 안으로 드시옵소서.

행궁 굴뚝에서 저녁연기가 퍼졌다. 수라간 상궁이 닭다리 두 개를 간장에 졸였다. 상궁이 저녁상을 안으로 들였다. 번을 교대하는 군병들은 행궁 뒷담을 돌아서 서장대로 올라갔다. 산길이 미끄러워 군병들은 나무에 매어놓은 줄을 잡고 올라갔다.

소문

초겨울에 내린 눈이 겨우내 녹지 않았다. 언 눈 위에 새 눈이 내렸다. 물기가 없는 가루눈이었다. 눈은 가벼워서 작은 바람에도 길게 날렸다. 내려앉은 눈이 바람 자락에 실려 칼날처럼 일어서서 길게 흘렀다. 주린 노루들이 마을로 내려가다가 눈 속에 대가리를 처박고 얼어 죽었다. 청병들은 죽은 노루를 성첩에서 보이는 자리로 옮겨놓고 바위 뒤에 숨어서 기다렸다. 조선 군병들이 죽은 노루를 주우려고 성 밖으로 나갔다가 청병의 총에 맞아 죽었다. 수문장이 죽은 군병들의 초관을 장 쳤다.

성안에 말 울음소리와 개 짖는 소리가 끊겼다. 개들은 소리에 소리로 응답하며 짖어대더니 한쪽 소리가 사라지자 혼자서 짖던 소리도 사라졌다. 수라상에 졸인 닭다리 두 개가 오르던 다음 날부터 성안에서 닭은 울지 않았다.

한밤중에 임금은 어두운 적막의 끝 쪽으로 귀를 열었다. 적막은 맹렬해서 쟁쟁 울렸다. 적막의 먼 쪽에서 묘당의 들끓던 말들이 몰려오는 듯싶었다. 말들은 몰려왔는데 들리지는 않았다. 바람이 마른 숲을 흔들어 나무와 눈이 뒤엉켰다. 눈에 눌린 나뭇가지 찢어지는 소리가 장지문 창호지를 흔들었다. 바람이 골을 따라 휩쓸고 내려가면 바람의 끝자락에서 나무들이 찢어졌다. 새벽마다 내관이 나인을 깨워 내행전 아궁이에 장작을 밀어넣었다.

밝음과 어둠이 꿰맨 자리 없이 포개지고 갈라져서 날마다 저녁이 되고 아침이 되었다. 남한산성에서 시간은 서두르지 않았고, 머뭇거리지 않았다. 군량은 시간과 더불어 말라갔으나, 시간은 성과 사소한 관련도 없는 낯선 과객으로 분지 안에 흘러들어왔다. 저녁이 되고 아침이 되니, 아침이 되고 저녁이 되었다. 쌓인 눈이 낮에는 빛을 튕겨냈고, 밤에는 어둠을 빨아들였다. 동장대 위로 해가 오르면 빛들은 눈 덮인 야산에 부딪혔다. 빛이 고루 퍼져서 아침의 성안에는 그림자가 없었다. 오목한 성안에 낮에는 빛이 들끓었고 밤에는 어둠이 고였다. 짧은 겨울 해가 넘어가면 어둠은 먼 골짜기에서 퍼졌다. 빛이 사위어서 물러서는 저녁의 시간들은 느슨했으나, 어둠은 완강했다. 먼 산들이 먼저 어두워졌고 가까운 들과 민촌과 행궁 앞마당이 차례로 어두워졌다. 가까운 어둠은 기름져서 번들거렸고, 먼 어둠은 헐거워서 산 그림자를 품었다. 어둠 속에서는 가까운 것이 보이지 않았고, 멀어서 닿을 수 없는 것들이 가까워 보였다. 하늘이 팽팽해서 별들이 뚜렷했다. 행궁 마당에서 올려다보면 치솟은 능선을 따라가는 성벽이 밤하늘에 닿아 있었고, 모든 별이 성벽 안으로 모여서 오목한 성은 별을 담은 그릇처럼 보였다. 별들은 영롱했으나 땅위에 아무런 빛도 보태지 않아서, 별이 뚜렷한 날 성은 모든 별을 모아 담고 캄캄했다. 어둠 저편 가장자리에 보이지 않는 적들이 자욱했다. 이십만이라고도 했고, 삼십만이라고도 했는데, 자욱해서 헤아릴 수 없었다. 적병은 눈보라나 안개와 같았다. 성을 포위한 적병보다도 저녁이 되고 아침이 되면서 종적을 감추는 시간의 대열이 더 두렵다는 것을 누구나 알고 있었다. 아무도 아침과 저녁에서 달아날 수 없었다. 새벽과 저녁나절에 빛과 어둠은 서로 스미면서 갈라섰고, 모두들 그 푸르고 차가운 시간의 속을 들여다보고 있었다. 임금은 남한산성에 있었다.

칸이 청천강을 건넜다는 소문이 성안에 돌았다. 소문은 낮게 깔려서 들끓었다. 묘당은 행각 구석방에 모여 문을 걸어 잠그고 칸의 일을 논의했으나, 민촌과 군병들이 먼저 수군거렸다. 성 밖에서 안으로 들어온 사람이 없어도 소문은 북서풍을 타고 성벽을 넘어 들어오는 듯싶었다.

칸이 삼전도에 당도하면 성문은 깨뜨리지 않아도 저절로 열리고 임금은 성 밖으로 나가야 할 것이며, 칸이 오기 전에는 임금은 기어이 성안에 눌러앉아 있을 것이므로, 어쨌거나 칸이 와야만 포위가 풀려서 성 밖으로 나가게 될 것이고, 칸이 와서 성 안팎이 통하려면 세자가 먼저 나가서 기다리고 있다가 칸을 맞아야 할 것이라고 동장대 쪽 늙은 군병들은 양지쪽에 모여서 말했다.

용골대가 길을 열어놓아서 칸의 이동 속도는 매우 빠르며, 칸은 사만의 증원군을 몰아 대동강을 건너서 임진강을 향하고 있는데, 칸이 삼전도에 당도하면 성을 깨뜨리지도 못하고 세자를 잡아놓지도 못한 용골대의 목을 베어서 그 머리를 조선 임금에게 보내고 몸소 군사를 몰아 성을 부술 것인데, 그날이 세상의 종말이라고 삼거리 훈장집 헛간에 모인 민촌의 늙은이들은 수군거렸다.

칸이 오면 성이 열린다는 말과 칸이 오면 성이 끝난다는 말이 뒤섞였다. 칸이 오면 성은 밟혀 죽고, 칸이 오지 않으면 성은 말라 죽는다는 말이 부딪쳤는데, 성이 열리는 날이 곧 끝나는 날이고, 밟혀서 끝나는 마지막과 말라서 끝나는 마지막이 다르지 않고, 열려서 끝나나 깨져서 끝나나, 말라서 열리나 깨져서 열리나 다르지 않으므로 칸이 오거나 안 오거나 마찬가지라는 말도 있었다.

칸은 서쪽으로 명을 몰아대고 있으므로 요동을 비우고 오기가 어려워 심양에 머물면서 소문만 내려보낸 것인데, 소문의 뒤를 따라 칸이 올지 안 올지 알 수 없고, 알 수 없으므로 온 것보다 무섭고 오지 않는 것보다도 무서우며, 소문이 이미 당도하였으므로 칸이 오지 않더라도 이미 온 것과 다름없다는 말은 삼거리 북쪽 술도가 쪽에서 흘러나왔는데, 사람들은 대부분 무슨 말인지 알아듣지 못했다.

청이 왕자가 아니라 세자로 인질을 높여서 요구했으니, 세자가 적진으로 나가 묶이면 적들은 다시 임금을 요구할 것이며, 임금이 묶이면 성문은 저절로 열리고 적병들은 성안을 도륙하여 칸의 위무(威武)를 증명할 것이므로, 임금이 묶이나 세자가 묶이나 양전이 모두 묶이나 모두 성안에 주저앉아 있으나 다 마찬가지라는 말도 있었는데, 사람들은 그 또한 무슨 말인지 알아듣지 못했다. 알아듣지는 못했지만 낮게 깔려서 뒤섞이고 부딪치는 말들은 대부분 '마찬가지'로 끝났다. 신료들 몇 명이 행각 골방에서 그렇게 수군거렸고, 민촌도 그렇게 수군거렸다. 어전에서, 차마 입에 담지 못할 말이오나……를 앞세우며 신료들이 세자의 출성을 입에 담기 시작하면, 묵은 감기를 앓고 있는 세자는 콧물을 훌쩍이며 자리에서 물러났다. 젊은 간관들이 이마로 마루를 찧으며 통곡했다.

……전하께서 승지와 사관조차 물리친 자리에서 명길을 인대(引對)하시고, 명길을 적진에 보내 삶을 구걸하시니, 삶이 구걸로써 얻어지는 것이며 이백 년 종사가 야심한 침소의

귓속말로 결단이 나오리까.

…… 명길은 본래 이적의 무리와 밀통한 자이옵고, 이제 귓속말로 전하를 미혹하고 적의 말을 옮겨서 전하를 협박하는 자이옵니다. 명길이 사직을 헐어서 적의 마구간을 짓고, 백성의 나락을 거두어 적의 말먹이 풀로 내주려 하니 명길이 과연 누구의 신하이옵니까.

…… 지금 성안의 백성들은 명길을 빗대어 용골대의 아들 용골소(龍骨小)라고 부르고 있으니, 민심은 이미 명길이 누구의 신하인지 가린 것이옵니다.

…… 동궁을 적진에 던지려는 묘당의 논의가 새어나가 군병들이 병장기를 내려놓고 양지쪽에 모여 이를 잡고 있으니, 성첩은 이미 무너진 것이옵니다. 우선 명길의 죄를 물으시고, 전하께서 친히 성첩에 오르시어 군병들을 꾸짖고 쓰다듬어 싸워서 지키려는 뜻을 보이셔야만 성첩이 다시 설 것이옵니다.

…… 전하, 태평성대에도 역적은 있사오만, 어찌 군부를 적의 아가리에 밀어넣으려는 명길 같은 자가 있었겠습니까? 명길의 목을 베어 그 머리를 적진에 보내시고 그 간을 으깨고 염통을 부수어 성첩에 바르소서.

임금은 대답했다.

— 언관들의 말이 심히 가파르나 대의를 밝혀 아름답다.

개울에 돌이 바닥나자, 이시백은 노복과 백성들을 부려 성첩 위로 물을 퍼 날랐다. 여장이 무너지고 돌이 빠져나간 자리에 흙을 쌓아 가마니를 덮고 그 위에 물을 부었다. 흙에 스민 물이 얼어서 얼음벽은 화살과 총알을 막아낼 만했고, 적병이 기어붙지 못했다. 성첩에는 우물이 없었고 고지의 샘은 말라 있었다. 백성들은 마당의 언 우물을 깨고 물을 길어 올렸다. 오지항아리에 물을 담아 산 밑까지 옮겨놓고 거기서부터 성첩까지는 노복들을 한 줄로 세워 팔에서 팔로 물동이를 건네 옮겼다. 겨울 우물은 수량이 많지 않았다. 비는 얼어서 스미지 않았고, 눈은 녹지 않았다. 민촌의 우물들이 말라붙었다. 밤새 고인 물 몇 동이가 아침이면 성첩으로 올라갔다.

바람이 멎어서 화약이 날리지 않는 날에, 조선 유군들은 성문을 나가서 싸웠다. 남문 앞은 적세가 컸고, 동문 앞은 산세가 컸다. 조선 유군들은 북문으로 나갔다. 청의 복병들은 매복 진지를 거점으로 모여 있다가 이동 진지로 흩어졌다. 적들이 물고기처럼 모여들고 물고기처럼 흩어진다고 조선 군병들은 말했다. 물고기들은 연기 속으로 흩어지고 연기 속으로 모여들었다. 연기가 곳곳에서 솟아올라 어느 연기 속에 물고기가 모여 있는지 알 수 없었다. 조선 군병들은 이쪽 연기를 향해 쏘다가 저쪽에서 연기가 솟아오르면 달아났다.

초관들이 군병을 인솔해서 나아가고, 군장은 성첩에서 내려다보며 싸움을 지휘했다. 비장들이 군장 곁에서 군령을 받들었다. 청병들이 왼쪽, 오른쪽 연기 속에서 번갈아 쏘아댈 때 조선 군병들의 조준점이 흔들리고 화력이 갈라졌다. 초관이 소리 질러 병력을 산개했다. 군병들은 흩어져 뒤로 달아났다. 성첩에서 내려다보던 군장이 달아나는 자를 가리키며 비장에게 명령했다.

— 참퇴(斬退)하라. 뒤를 쳐서 앞으로 내몰라.

비장이 성벽을 뛰어내려가 달아나는 자를 붙잡아 목을 베었다. 성안으로 돌아오던 비장은 성벽을 기어오르다가 청병의 총에 맞아 골짜기 아래로 굴러떨어졌다.

조선 군병들은 끼니를 몸에 지니지 못했다. 군병들은 아침에 나갔다가 낮에 돌아오거나, 낮에 나갔다가 저녁에 돌아왔다. 돌아온 군관들이 부상자들을 골라냈다. 성한 자들은 삼거리로 내려와 죽을 먹었고, 부상자들은 사찰 요사채로 옮겨져 굶고 얼었다. 절뚝거리며 내려온 자들도 산 밑에서부터는 똑바로 서서 삼거리 쪽으로 걸어가 죽을 먹고 쓰러졌다.

성 밖으로 나가 싸우고 돌아온 날 저녁에 신료들은 어전에 나아가 싸움의 일을 아뢰었다.

— 차가운 날씨에 어찌 먹이고 있는가?

— 쌀죽에 간장을 풀어서 한 그릇씩 먹였사옵니다.

— 물을 많이 붓더라도 고루 먹이고 뜨겁게 먹여라. 뜨거워야 몸이 풀린다.

— 가마솥에 끓여서 퍼주고 있는데, 솥이 모자라 허기진 군병들이 줄지어 기다리고 있으니 딱하옵니다.

— 민촌에 솥이 없겠느냐!

— 백성들의 솥은 작아서 쓸 수가 없고, 사찰에서 열 말들이 가마솥을 몇 개 징발했사온데, 화덕을 더 만들 수는 있으나 솥이 모자라……

이조, 호조, 예조, 병조가 관량사의 말을 막았다.

— 어전에서 어찌 솔과 화덕의 일을 아뢸 수가 있으시오!

임금이 물었다.

— 때맞추어 싸우고 있으니 적세는 줄어들고 있는가?

병조가 대답했다.

— 적의 주력은 삼전도에 있사옵고, 성벽에 가까이 온 적병들을 잡고 있사온데, 한 번 싸움에 예닐곱씩 죽여도 적세는 줄어들지 않고 있사옵니다.

— 하나, 가까이 다가온 적을 잡아야 성첩이 버틸 것 아닌가.

— 그러하오나 적을 예닐곱 죽이려면 우리도 죽거나 다쳐야 하는데, 한 번 다친 자는 다시 부릴 수 없으니 죽은 자와 마찬가지이옵니다. 적병은 많고 우리는 적으니 싸움이 계속되면 성첩이 엉성해질까 염려되옵니다.

— 여기서 오래 머물기야 하겠느냐.

임금의 말은 시간이 행궁 지붕을 스쳐가는 소리처럼 들렸다. 임금의 말이 아니더라도, 성안에 오래 머물지 못하고, 그 '오래'가 오래지 않을 것임을 민촌의 아이들도 알고 있었다.

길

시간은 하릴없었고, 묘당은 하릴없는 시간과 더불어 하루 종일 바빴다. 적이 멀리서 둘러싸고 성을 말려 죽이려 하니, 임금이 성 밖에 머무르는 도원수, 유도대장, 삼남과 양서의 병사(兵使)와 수령들에게 보내는 유지를 가짜로 만들어 적에게 흘리자는 논의가 일었다. 논의는 낮은 목소리로 격렬하게 전개되었다.

> 비록 창졸한 곤경을 피해 산중에 잠시 머물고 있으나 양전께서 모두 늠름하시고 성안에 군량과 화약이 넉넉하며, 군심이 오로지 임금께 향하고 있으니 오래 견딜 만하다. 종사의 위난을 다투어 구하려는 충심을 모르지 않거니와 병가(兵家)의 일은 충절에도 계책이 따라야 하는 법이니 도원수와 모든 지방 병사, 수령 들은 눈보라 속으로 군마를 몰아붙여 상하게 하지 말고 별바른 진지에 둔치고 힘을 보존하고 있다가, 적이 스스로 기진할 때를 기다려 편안히 달려오라. 또 봄이 와서 강이 녹으면 적들은 돌아가려 해도 퇴로가 막힐 것이니, 제장(諸將)들 중에서 멀리 있는 군사들은 남한산성으로 오지 말고 임진 · 대동 · 청천 강가에 미리 포진하고 있다가 하늘이 내리는 기회를 누릴 수도 있을 것이다. 제장들은 충정으로 조바심쳐 서둘지 말고, 성안과 성 밖에서 의각지세(犄角之勢)를 이루며 때를 기다리라…….

이런 내용의 교지를 가짜로 만들고 옥새를 찍어서 성 밖 산길에 흘려놓거나 밀사에게 주어 청진에 투항시키면, 멀리 와서 고단한 적들이 오래 견디지 못할 것을 알고 스스로 군사를 거두거나 화친의 조건을 낮출 것이라는 말이었다. 말을 낸 자는 초시에 합격한 생원으로, 육순 나이에 호종해 들어온 늙은 유생이었다. 생원은 가짜 유지의 문안까지 지어서 병조 좌랑에게 올렸고, 병판이 어전에 아뢰었다.

논의는 저물녘까지 계속되었다. 승지들이 생원의 문안을 다듬었고, 당하관들까지도 글 닦는 일을 거들었다. 문서에 청병을 가리켜 오랑캐 적(狄) 자를 쓰면 실없이 적을 노하게 할 것이므로 맞상대 적(敵) 자가 마땅하고 또 화친을 염두에 둔다면 북래군(北來軍)이나 외병(外兵)이 합당할 것이라고 호조는 말했다.

문서가 비록 거짓이나 임금이 여러 장수에게 보내는 유지이므로 오랑캐 적이나 맞상대 적을 써야 여실해 보이고, 외병 두 글자를 쓰면 적이 오히려 의심할 것이라고 병조는 말했다.

여진이 이미 스스로 청이라 칭하고 있으며, 여진의 이름을 여진이 지어 부르는 것은 여진에 속하는 일이므로, 여진의 군대를 청병이라고 적는 것은 여진이 조선 군대를 조선병이라고 부르는 것과 마찬가지여서 매끄럽고 무탈할 것이라고 이조는 말했다.

비국의 말은 전혀 달랐다. 성 밖으로 도망쳐나가 적에게 투항하거나 생포된 자가 한둘이 아니므로 적은 이미 성안의 궁핍을 모조리 알고 있을 터이니 가짜 문서로 적을 속이거나 겁줄 수가 없고, 적이 옥새가 찍힌 가짜 문서를 입수하여 조선인 투항자들을 첩자로 부려 각지의 장수들에게 돌리면 가짜 문서가 진짜 문서로 바뀌어 구원병은 고향으로 돌아가고, 적은 대군을 몰아서 성을 공격할 것이라고 비국당상들은 말했다.

내행전 마루에서 말들은 부딪치고 뒤엉키며 솟구쳐오르다가 가라앉았다. 말들이 가라앉는 침묵 속에서 신료들은 목젖을 떨며 헛기침을 내뱉었다. 김상헌은 마룻바닥에 시선을 박고 최명길의 말을 기다렸다. 최명길은 말하는 자들의 입을 번갈아 쳐다보며 아무 말도 하지 않았다. 임금이 팔을 뒤로 돌려 아픈 허리를 두들겼다. 임금 옆자리에서 세자가 콧물을 훌쩍였다.

저녁을 맞는 상궁이 수라간으로 들어가 쌀을 씻었다. 군량에서 받은 묵은 쌀은 낟알이 말라서 가볍고 딱딱했다. 상궁은 찰기 없는 쌀을 물에 불렸다. 마른 쌀이 쉽게 들떠서 조리를 깊이 담그지 못했다. 상궁은 조리를 가볍게 흔들어 쌀을 일었다. 상궁은 쌀 위에 손을 덮어 물을 가늠했다. 성안으로 들어온 뒤 손등에 살이 빠진 듯싶어서 물 한 종지를 더 부었다. 마른 쌀알은 한소끔에 무르지 않았다. 상궁은 장작을 꺼내 불을 줄이고, 잉걸불을 솥뚜껑 위에 올려놓고 쌀알을 익혔다. 밥물은 한소끔을 더 뿜어내고 잦아들었다. 상궁은 말린 산나물과 밴댕이젓으로 저녁 수라상을 차렸다. 산나물을 데쳐서 통깨를 뿌리고, 실고추와 미나리로 밴댕이젓 위에 고명을 올렸다. 빨간 실고추와 파란 미나리가 밴댕이젓 위에서 색동으로 피어났다.

영의정 김류가 하루의 논의를 정리했다.

— 전하, 옥새를 찍어야 가짜 문서를 만들 수 있사온데, 옥새를 찍으면 진짜 문서가 되니 옥새의 지중함을 알겠나이다. 하오니 가짜 문서에는 본래 옥새를 찍을 수 없을 것으로 사료되옵니다.

그날 남대문에서 어가를 돌릴 때, 사지(死地)를 찾아 남한산성으로 들어온 것이라는 말도 있었다. 죽음을 통과해서 삶의 자리로 나아가려는 뜻이 없고, 물러섰다가 몰아치려는 계책도 없이 목전의 화급을 피하여 한 줌의 군마를 모아 외지고 오목한 산속으로 들어와 갇혀서 통할 길이 없고, 적의 화력은 한 점 성으로 집중되는데, 성안의 화력은 팔방으로 흩어지니 성벽이 밖을 막기보다 안을 먼저 막아서 열고 나아갈 수가 없고, 열고 나아가도 밖의 길들과 닿지 않으니, 곤지(困地)가 말라서 사지가 되는 것이라고 민촌 사랑에 모인 늙은 유생들은 말했다. 유생들은 『육도삼략(六韜三略)』이며 『무경칠서(武經七書)』를 끌어댔고, 동치미 국물에 젖은 수염을 소매로 닦아냈다.

곧 선달그믐이 다가오는데, 달 없는 밤에 미복 차림의 임금과 세자를 정예 사수 이백으로 호위하여 동문 아래 암문으로 빠져나가게 하여 동남으로 산길을 잡아 양지말을 지나서 번천천을 따라 여주에 이르고, 거기서부터 양전을 가마에 태워 전주나 나주쯤에 모셔놓고 삼남의 근왕병을 모아 수륙으로 진격하되, 수군은 서해를 거슬러 한강으로 들어가 행주나루에 상륙해서 도성으로 향하고, 육군은 중로와 서로 두 갈래로 북상해서 강이 풀릴 무렵 송파나루를 막아 삼전도의 적을 하남에 가두어놓고 삭게 하자는 계책은 병조 육품들의 것이었다. 임금과 세자가 성안에 있는 것처럼 속여야 적의 주력을 삼전도에 붙잡아놓을 수 있을 것이므로 모사와 거동이 은밀해야 하며, 근위 사수들에게조차 임무와 행선지를 알리지 말아야 한다고 병조 육품들은 목소리를 낮추었다.

비국당상들이 병조 육품들의 그 부박하고 우원한 언동을 꾸짖었다. 이미 말이 나와 중론에 부쳐졌으니 은밀할 도리가 없고, 양전이 성을 빠져나가는 날 적보다 성안이 먼저 알아서 군병들이 주저앉고 성벽은 서 있으되 무너져서 적들이 성안으로 나들이하듯 걸어 들어오고 삼남을 뒤져 임금을 잡으려 할 것이니, 객쩍은 소리로 성첩을 흔들지 말라고 비국당상들은 젊은 육품들을 꾸짖어 가라앉혔다.

성안의 시간은 빛과 그림자에 실려 있었다. 아침에는 서장대 뒤쪽 소나무 숲이 밝았고, 저녁에는 동장대 쪽 성벽이 붉었다. 빛들은 차갑고 가벼웠다. 아침에는 소나무 껍질의 고랑 속이 맑아 보였고, 저녁에는 성벽에 낀 얼음이 노을에 번쩍였다. 해가 중천에서 기울기 시작하면 밝음의 자리와 어둠의 자리가 엇갈리면서 북장대 쪽 골짜기에 어둠이 고였다. 행궁 마당에는 생선가시 같은 비질 자국이 선명했고, 저녁의 빛들이 가시 무늬 속에서 사위었다. 오목한 성안은 시간의 그림자가 자, 축, 인, 묘의 눈금을 따라가다가 하지에 짧아지고 동지에 길어지는 해시계처럼 보였다. 동지 언저리의 그림자는 길었다. 저녁이면 늙은 신료들이 긴 그림자를 끌면서 행궁 마당을 지나 처소로 돌아갔다.

자리에 들기 전 임금은 때때로 오품, 육품 지방 수령들을 불러들여 성 밖의 길들을 물었다.

……세상의 길이 성에 닿아서, 안으로 들어오는 길과 밖으로 나가는 길이 다르지 않을 터이니, 길을 말하라.

수로로 말하자면, 서문에서 시오 리를 산길로 내려가면 송파나루에 닿고, 거기서부터 물길을 따라 내려가면 도성으로도 갈 수 있고 강화도로도 갈 수 있으며, 서해로 나아가서 양서로도 갈 수 있고 압록강 어귀로도 갈 수 있으나, 강은 지금 얼어 있고 서문에서 강까지의 시오 리가 적병들로 막혀 있으니, 강이 녹아도 수로를 따라 나아가기 어렵고, 육로로 말하자면, 남문 밖 십 리 안쪽에 검단산과 이배재 고개의 능선이 잇닿아 있고, 능선 아래로 길이 숨어 있어 수레는 못 다녀도 가마는 지날 만하며 이배재 고개와 갈마치 고개가 한길로 이어져서 판교에 가깝고, 판교부터는 기호와 삼남으로 향할 수 있는데, 성 밖을 다녀온 중들의 말이 삼전도 적진의 한 부대가 이배재 고개로 몰려가 고갯마루에 목책을 치고 있다 하니, 이는 반드시 남한산성으로 향하는 삼남의 창의군을 고개 위에서 맞아서 깨뜨리려는 태세인 것이라고 지방 수령들은 말했다. 물길이 열리는 시오 리 밖 송파나루는 서장대에서 내려다보였고, 산길이 열리는 검단산은 남장대에서 빤히 바라다보였다.

말 먼지

임금이 사인교에 올랐다. 사복(司僕)들이 고함을 질러 어가의 출발을 고했다. 창검을 든 금군들이 가마를 호위했다. 무반의 융복(戎服)을 빌려 입은 신료들이 걸어서 뒤를 따랐다. 임금이 가마에서 고개를 내밀어 신료들을 돌아보았다. 융복 차림의 늙은 문신들이 철릭 자락을 걷어쥐고 조심조심 걸었다. 영의정 김류는 융복에 화살통까지 메고 있었다. 김상헌은 군장처럼 손에 등채를 쥐고 있었다. 임금의 눈에 융복을 입은 김상헌이 갑자기 늙어 보였다. 최명길은 이조판서의 조복 차림이었다. 무반들도 구군복(具軍服)을 온전히 갖춘 자가 드물어서 최명길은 융복을 빌릴 수 없었다. 행궁을 나온 어가는 산길을 따라 서장대로 향했다. 신료들은 품계에 따라 정(正), 종(從)의 이열 종대를 이루며 산길을 올라갔다. 어전에서 명길의 목을 베라고 통곡하던 젊은 간관들도 대열 후미에서 따라왔다. 산길이 미끄러워 신료들은 나뭇가지를 꺾어서 언 땅을 짚었다. 임금이 가마를 세우고 승지를 불러서 산길이 미끄러우니 노신들은 돌려보내라고 일렀다. 행렬 뒤쪽에서 기침을 콜록거리던 늙은 호조 사품 두 명이 멈칫거리다가 돌아갔다.

어가가 서장대 마당으로 들어왔다. 사복들이 고함을 질러 어가의 도착을 알렸다. 이시백이 도열한 군병들 앞에서 임금에게 절했다. 군병들은 수어사를 따라서 땅에 엎드렸다.

임금이 가마에서 내려 서장대 마루 위로 올라갔다. 임금은 방석 위에 앉았고, 신료들은 임금 뒤쪽에 두 줄로 앉았다. 금군들이 처마 밑으로 도열했다.

장대에 오른 임금은 한동안 말없이 앉아서 군병들을 바라보았다. 사영(四營) 대장들이 순령수를 거느리고 대열 앞에 나왔고, 그 뒤로 비장과 초관들이 인솔한 대오가 늘어섰다. 조복을 갖춰 입은 자도 있었고, 두루마기에 짚신 차림인 자도 있었고, 어깨에 처네를 두르고 남바위를 쓴 자들도 있었다. 모두 얼굴들이 얼어서 벌겋고 퍼렇게 부어 있었다. 바람이 산을 치달아 올라, 성벽을 따라가며 눈이 회오리쳤다.
김류가 군병들 앞으로 나아가 임금의 교시를 읽었다.

> 저 이적의 무리들이 황제의 존호를 참칭하고 종사를 능멸하니 내가 천하의 대의를 밝혀 저들의 사자(使者)를 압록강 밖으로 내쫓고 정대한 길을 향함으로써 이 환란이 닥친 것이다. 대저 인의와 자존의 길은 멀고 험난한 것이니……

임금의 뒷자리에서 최명길은 고개를 돌려 서장대 담장 너머로 삼전도 쪽을 바라보았다. 거여 · 마천의 들은 인기척 없이 얼어붙었고, 강 언저리에는 희뿌연 눈보라가 일었다. 바람이 부는지 청의 기병이 이동하는지 멀어서 알 수 없었다. 하얀 길들이 갈라지고 이어지면서 들판을 건너가 송파나루에 닿고 있었는데, 길들이 나루에 닿는 먼 끝은 흐려져서 보이지 않았다. 김류가 읽어내려가는 임금의 교지를 들으면서 최명길은 울음 같은 말들을 참아내고 있었다. 담장 너머로 삼전도 쪽 들길이 점점 흐려졌다.

… 전하, 지금 성안에는 말[言] 먼지가 자욱하고 성 밖 또한

> 말[馬] 먼지가 자욱하니 삶의 길은 어디로 뻗어 있는 것이며, 이 성이 대체 돌로 쌓은 성이옵니까, 말로 쌓은 성이옵니까. 적에게 닿는 저 하얀 들길이 비록 가까우나 한없이 멀고, 성 밖에 오직 죽음이 있다 해도 삶의 길은 성안에서 성 밖으로 뻗어 있고 그 반대는 아닐 것이며, 삶은 돌이킬 수 없고 죽음 또한 돌이킬 수 없을진대 저 먼 길을 다 건너가야 비로소 삶의 자리에 닿을 수 있을 것이옵니다. 그 길을 다 건너갈 때까지 전하, 옥체를 보전하시어 재세(在世)하시옵소서. 세상에 머물러주시옵소서…….

바람에 교지 두루마리가 감겼다. 비장이 달려와 종이를 폈다. 김류는 목청을 쓸어내리고 계속 읽어나갔다.

> 조정이 가난하여 너희들의 추위를 덮어주지 못하니 나의 부덕이다. 너희들이 이 외로운 산속에서 얇은 옷에 떨고 거친 밥에 주리며, 살이 얼어 터지고 발가락이 빠지는 추위에 알몸을 드러낸 채 성을 지키고 있으니, 나는 온몸이 바늘로 찔리듯 아프다.

김상헌은 최명길 옆자리에 앉아 있었다. 김상헌은 고개를 숙이고 김류가 읽는 임금의 교지에 귀를 기울였다. 성 밖의 창의를 부르는 격서와 성안의 군병을 쓰다듬는 교지를 작성하라는 어명이 내린 지 나흘 만에 정원이 글을 닦아 올렸고, 임금은 다시 글을 예조에 내려 김상헌이 마지막으로 다듬어낸 문장이었다.

바늘 끝으로 온몸이 찔리듯이 아프다는 임금의 말에 김상헌은 온몸이 바늘로 찔리듯이 아팠다. 김상헌은 눈을 들어 남쪽 성벽 너머로 검단산 쪽을 바라보았다. 삼남의 창의가 당도하는 날 이배재 고개에서 검단산까지 능선 길이 열리고, 산 위의 봉화와 성안의 봉화가 서로 응답하는 모습이 김상헌의 머리에 떠올랐다. 검단산 쪽 산악은 남문에서 겨우 십 리 안쪽이라 했지만, 산줄기들이 포개져 멀고 가까움을 가늠할 수 없었다. 십 리가 얼마나 먼 거리인지, 십 리는 얼마나 가까운 거리인지 김상헌은 생각했다. 생각은 겹친 산줄기로 포개져 어두워졌다. 검단산에서 이배재 고개까지, 이배재 고개에서 갈마치 고개를 지나 판교까지, 능선 아래로 이어져 있다는 길도 겹친 산줄기에 가려 보이지 않았다. 길은 사람의 마음속에 있는 것이며, 마음의 길을 마음 밖으로 밀어내어 세상의 길과 맞닿게 해서 마음과 세상이 한 줄로 이어지는 자리에서 삶의 길은 열릴 것이므로, 군사를 앞세워 치고 나가는 출성과 마음을 앞세워 나가는 출성이 다르지 않을 것이라고 먼 산줄기를 바라보면서 김상헌은 생각했다.
김류는 교지를 계속 읽어나갔다.

> 이제 적들은 차마 옮기지 못할 말로 야만의 무도한 속내를 드러내니 견양(犬羊)을 어찌 인의로 꾸짖을 수 있겠느냐. 저들 마음의 어둡기가 짐승 같아 말길이 막히고 화친의 길이 끊어졌으니, 오직 싸움이 있을 뿐이다. 군신상하가 한몸으로 성을 지키고 창의를 몰아오는 구원병과 함께 떨쳐 일어서면 대의가

이미 우리와 함께했으니, 깊이 들어와 의지할 곳 없는 오랑캐를 국경 밖으로 몰아낼 수 있을 것이다.

김류가 교지 읽기를 마쳤다. 임금이 성 밖으로 내보내는 격서를 김류에게 건네고 군병들 앞에서 읽으라고 말했다. 김류가 격서를 펼쳐들고 읽었다. 바람이 목소리를 휩쓸고 가 소리가 똑똑히 들리지 않았다. 군병들은 대열 뒤쪽에서 들리지 않는 목소리를 비처럼 머리에 맞으며 언 땅에 엎드려 있었다.

고립된 성은 위태롭기가 머리카락과 같고…… 개미 새끼 한 마리 구원하는 자가 없으니…… 군부의 위급함이 이 지경에 이르러 신민의 충정에 기대려 함은…… 삼남의 군사들은 밤을 새워 달려오라. 너희 의로운 신민들은 달려오고 달려오라.

그날, 임금은 군사를 호궤(犒饋)했다. 서장대 마당에서 돼지를 잡아 국을 끓이고 쌀밥에 삶은 콩을 버무려서 군병들을 먹였다. 민촌 백성들이 조 껍데기로 담근 술이 익어서 한 사발씩 돌렸다. 언 몸에 찬술이 들어가자 군병들은 몸이 풀려 노곤했다. 임금이 승지에게 말했다.

— 도성을 떠나 야지에 나와 있어 기름지게 먹이지 못하나, 너희가 뜨거운 국물을 마시니 내 몸이 훈훈하다. 너희 몸이 내 몸임을 알겠으니, 너희도 그리 알라.

승지가 마당으로 내려와 임금의 말을 사영 대장들에게 전했고,

초관이 군병들에게 전했다. 김류는 찬술을 들이켜는 군병들이 불안했다. 김류가 임금에게 아뢰었다.

— 전하께서 출좌해 계시니 밥을 먹는 군병들이 어려워하옵니다. 그만 행궁으로 드시옵소서.

임금은 김류의 말을 물리치고 대열이 술과 밥을 다 먹도록 서장대 마루에 앉아 있었다. 임금이 승지에게 말했다.

— 오늘 모처럼 군병을 가까이 대했으니 저들의 말을 듣게 하라.

김류가 임금을 만류했다.

— 전하, 군병은 초관에게 말하고, 초관은 군장에게 말하는 것이옵니다. 또 저들이 술을 마시고 있으니…….

— 아니다. 술이 적어서 목을 겨우 축였을 것이다. 말할 자를 데려와라.

승지가 대열 속으로 들어가 어명을 전했다. 동문 초관이 대열 앞으로 나와 땅에 엎드렸다. 양주 참봉으로 수령을 따라 성안에 들어온 자였다. 초관이 말했다.

— 전하, 이제 화친의 길을 끊고 싸움의 길로 나섰으니 한 사람의 목을 베어 길을 분명히 밝혀주소서.

임금이 말했다.

— 그 한 사람이 누구냐?

— 이조판서 최, 명, 길이옵니다.

임금의 뒷자리에서 신료들의 얼굴이 하얗게 질렸다. 최명길은 마당에 엎드린 초관의 머리통을 바라보았다. 봉두난발이 바람에 흔들리고 있었다. 다시 말했다. 초관의 목소리에 울음이 배어 있었다.

— 최, 명, 길이옵니다. 전하 뒤에 앉아 있는…….

임금이 말했다.

— 네 뜻을 내가 이미 알고 있다. 물러가라.

북문 쪽에서 번을 서는 잡색군 한 명이 앞으로 나와서 엎드렸다. 늙은 군졸이었다. 군졸이 말했다.

— 소인들은 본래 겁이 많고, 또 얼고 주려서 두 발로 서기가 어려운데, 예판 김상헌 대감께서 싸워서 지키려는 뜻이 장하다 하니 예판 대감을 군장으로 삼아 소인들을 거느리고 나가서 싸우게 하시면 적을 크게 물리칠 것이옵니다.

김류가 늙은 군졸의 말을 막았다.

— 군장을 정하는 일은 군병이 말할 수 없다. 체찰사는 나다.

군졸이 또 말했다.

— 예판 대감께서 마침 군복을 입고 계시어 그 모습이 또한 늠름하신지라 소인들은 예판을 군장으로 모시고 성을 나가서……

김류의 눈이 마당에 엎드린 군병들의 대열을 빠르게 훑었다. 대열 후미에서 엎드린 등짝 몇 개가 흔들렸다. 웃음을 참으며 낄낄거리는지 감기에 걸려 쿨룩거리는지 소리는 들리지 않았다. 등짝들은 후미에서 횡렬로 번지며 흔들렸다. 김상헌은 미동도 하지 않았다. 융복의 무게가 어깨를 짓눌렀다. 김상헌은 여전히 검단산 쪽을 바라보고 있었다.

임금이 군졸에게 물었다.

— 너는 어느 군영 소속이냐?

— 북영이옵니다.

— 너는 너의 대장을 따르라.

저물녘에 어가는 행궁으로 돌아왔다. 신료들이 품계대로 늘어서서 가마 뒤를 따랐다. 김상헌은 최명길 옆에서 걸었고 최명길의 뒤로 젊은 간관들이 따라왔다. 내리막 산길에 얼음이 잡혀서 가마가 흔들렸다. 가마 지붕 위로 내려앉으려는 까치를 사복들이 막대기를 휘둘러 쫓았다. 행렬 맨 뒤에서 따르던 노신 두 명이 얼음길에 넘어져 금군들이 들것에 실어 내려왔다. 행궁 굴뚝에서 저녁 짓는 연기가 올랐다. 저녁에 임금이 승지를 사영 대장에게 보내 낮에 어전에서 발언한 초관과 늙은 잡색군을 매질하지 말라고 일렀다.

망월봉

삼전도 본진을 출발한 청의 보병 일천이 동장대 쪽으로 다가왔다. 대열 후미에는 바퀴 달린 중화포를 끄는 포병들이 따라왔다. 말들이 화포를 끌었다. 청병은 동장대 밖에서 진로를 바꾸어 산봉우리 뒤쪽 사면을 타고 망월봉으로 올라갔다. 청의 매복 부대들이 미리 조선인 포로를 부려서 망월봉 꼭대기로 통하는 길을 닦아놓았다. 용골대의 특명으로 길을 내는 공사는 빠르게 진행되었다. 포로들은 나무를 잘라내고 그루터기를 파내고 언 땅을 깎아서 길을 넓혔고, 돌을 모아 구덩이를 메웠다. 공사에 동원된 포로들은 대부분 현장에서 죽었다. 말 한 마리가 끄는 수레나 가마가 지날 만하게 길이 열렸다. 길은 봉우리 뒤쪽으로 뚫려서 성안에서는 보이지 않았다.

망월봉은 성의 외곽 봉우리들 중에서도 낮은 봉우리였다. 야트막한 흙무더기에 불과했으나 성벽에서 가까웠고 시야가 열려 있었다. 꼭대기에서 보면 시야를 가리는 장애물이 없어 성안이 환히 내려다보였고, 서장대 아래쪽으로 들어선 조선 행궁이며 삼거리 쪽 관아가 장거리 화포의 사정거리 안에 있었다. 용골대가 삼전도 본진에 도착한 직후 남한산성 외곽을 정찰하며 눈여겨보아둔 봉우리였다. 길을 닦을 때 용골대는 조선 군병의 격렬한 저항 공격을 예상해서 매복병 이천을 배치했으나, 조선군의 저항은 없었다. 망월봉을 차지하면 보병을 부려서 성벽을 타 넘지 않더라도 성 밖에서 화포만으로 성의 핵심부를 부술 수 있었다. 표적이 명료했고 장애물이 없어서 조준이 흔들리지 않을 것이었다. 또 꼭대기에 닿는 길이 가팔라서 일단 고지를 선점하고 목책이나 토성을 쌓으면 아래쪽에서 공격해 올라오기가 쉽지 않았다. 이 작고 보배로운 고지를 내버리듯 넘겨주는 조선군을 용골대는 이해할 수 없었다. 도로 공사가 진행되는 보름 동안에도 조선의 성 쪽에서는 아무런 소리도 들리지 않았고, 성문 밖으로 나오는 군사도 없었다. 용골대는 그 적막이 오히려 두려워서 성 밖 동남쪽 산협 일대에 병력을 증강했으나, 끝내 아무런 교전도 없었다.

망월봉 위로 올라간 청병들은 칠부 능선 아래에 매복 진지를 구축해서 장기 주둔의 채비를 갖추었다. 산 아래부터 꼭대기까지 조선인 포로들이 식량과 땔감과 병장기를 운반했다. 청병들은 봉우리 꼭대기 둘레의 나무를 베어내어 시계를 넓혔고, 꼭대기를 파헤쳐서 땅을 평평하게 고르고 포대를 설치했다. 포구를 성안 행궁과 관아 쪽으로 돌려놓고 조준을 고정시켰다. 포로들이 포탄을 운반하여 포대 마당에 쌓았다. 포대와 진지가 완성되던 날 용골대는 망월봉을 시찰했다. 정명수가 용골대를 수행했고, 삼전도 청진에 투항한 호조 관원 두 명이 끌려왔다. 용골대는 눈을 가늘게 뜨고 먼 곳을 당겨서 성안을 찬찬히 살폈다. 하얀 들판 위에서 조선 행궁의 돌담이 선명했다.

용골대의 눈에 조선 행궁의 용마루 선과 지붕물매의 기울기는 수줍어 보였다. 몇 년 전에 칸의 사신 자격으로 조선을 드나들며 대궐을 본 적은 있지만, 산봉우리 위에서 조선의 행궁과 민촌 전체를 내려다보기는 처음이었다. 성은 산천이 빚어내는 샘이나 꽃처럼 보였다. 성은 오목하고 단아했다. 어디선가 향 사르는 냄새가 나는 듯도 했다. 눈 쌓인 행궁 지붕 골기와가 햇빛에 반짝거려, 마치 갓 잡아올린 생선 비늘처럼 보였다. 행궁 아래쪽으로 작은 길들이 교차하는 언저리에 거뭇거뭇한 기와집들이 들어서 있었고, 민촌은 산 밑에 낮게 엎드려 있었다. 능선을 따라가는 성벽은 가파른 지점에서 오히려 가벼워 보였고, 성문 위에 설치된 문루는 사방이 터져서 성을 방비하는 진지라기보다는 손님을 맞는 사랑처럼 보였다. 성벽이 가까워서 동장대 쪽 순찰로를 따라 이동하는 조선 군병들의 모습까지 보였다. 성문을 걸어잠그고 저 안에 들어앉아 대체 무얼 하자는 것인지 알 수 없었으나, 성안은 조용했고 햇빛이 밝았다.

용골대가 정명수에게 말했다.

— 성이 오목하고 작지만 편안해 보인다. 나도 나이 먹으면 어디 심양 가까운 데서 저런 성이나 하나 차지해서 물러앉고 싶구나.

— 하하하, 어려운 일은 아니지만 아직은 이르옵니다.

— 조선 관아는 다 저러하냐?

— 그러하옵니다. 제가 어려서 종살이하던 은산 관아도 저러했습니다. 지붕이 밋밋하고 추녀가 조금 들렸습지요.

투항한 호조 관원들이 성안을 가리키면서 옹성과 포루, 사찰과 관아의 위치와 접근로를 설명했다. 정명수는 투항자들을 시켜서 고지에서 내려다보이는 성안의 지형과 시설물을 도면으로 그렸다. 용골대는 망월봉 꼭대기에서 성안이 가장 잘 들여다보이는 서쪽 사면에 돌로 단을 쌓고, 단 아래로 계단을 만들라고 지시했다. 칸을 모실 자리였다. 정월 초하루가 다가오고 있었다. 칸이 당도하면 성안이 내려다보이는 그 자리에 모셔놓고 행궁 쪽으로 화포를 쏘아 위의를 갖추며 원단의 하례를 올릴 작정이었다.

임금의 유지와 격서가 공포되자 말들은 다시 일어났다. 일어선 말들은 한 골로 모여서 높고 뜨거웠다.
성에서 가까운 경기 일원에 밀사를 보내 수원, 양평, 여주, 이천, 죽산, 파주, 용인의 남은 군병들을 즉각 어명으로 입성시키고, 삼남과 양서, 강원도의 관군과 민병들을 가까이 불러들여 성 밖의 여러 고지에 진을 쳐서 적을 여러 갈래로 흩어지게 하여, 성안과 밖이 합쳐서 결전을 도모하자는 주장에는 반대하는 자가 없었다. 삼남의 구원병을 맞으려면 이배재 고갯길을 열어놓아야 하므로 정예 포수와 사수를 뽑아서 이배재 고개의 적을 소탕하고 추가 병력을 내보내 고개 양쪽 산속에 밀영을 설치하고 길을 확보해야 한다는 주장에도 반대하는 자가 없었다. 수성에서 가장 큰 문제는 성벽을 집적거리는 적의 소규모 부대가 아니라, 성 밖에서 화포로 성안을 겨누고 있는 망월봉 위의 적들이므로, 망월봉에 군사를 보내 정상 주변을 지속적으로 장악해야 한다는 말은 옳고도 시급했다. 모든 말은 체찰사 김류에게 집중되었다. 김류의 대답은 짧고 명료했다.
— 군부를 성안에 모시고 있으니 군병을 함부로 움직이지 못한다. 화(和)가 죽음이면 전(戰) 또한 죽음이다.

그리고 그 모든 말의 끝에는 최명길을 베어야 한다는 부르짖음이 후렴으로 매달려 있었다.

지난해부터 조정의 젊고 경박한 신진 서생 무리들이 사세를 멀리 살피고 깊이 들여다보는 식견 없이 오직 대의를 내세워 화친을 배척하는 준절한 언사를 쏟아내어 청의 대군을 국경 안으로 불러들인 것이라고 늙고 게으른 권신들이 이제 와서 말을 일으키고 있으나, 이는 대명의 천조(天朝)를 받들어 종사를 온전히 보존하려는 임금의 거룩한 뜻이었고, 이제 화친의 길조차 없어진 자리에까지 쫓겨와서 다시 최명길이 화친을 내세워 임금을 협박하고, 또 그 화 자 한 글자가 온 세상에 퍼져서 성안의 군병들은 적병이 다가와도 고변포(告變砲)를 쏘지 않고, 성 밖의 구원병은 멀리서 머뭇거릴 뿐 다가오지 않으며, 백성들은 신민의 도리를 저버리고 제 집 구들 위에 엎드려 있고, 도성에 남은 부녀들은 화친의 날을 기다리며 피란하지 않고 있다가 지아비와 자식들이 보는 앞에서 적병들에게 발가벗겨져 능욕당했으니, 최명길을 베어서 그 머리를 온 세상에 쳐들어 보이지 않고서야 싸울 길도 없고 지킬 길도 없으며 화친의 길 또한 없다는 말들이 내행전의 차가운 마루를 달구었다. 임금은 말했다.

— 애초에 화친하자는 명길의 말을 쓰지 않아서 산성으로 쫓겨오는 지경이 되었다고들 하면서, 이제 명길을 죽여서 성을 지키자고 하니 듣기에 괴이하다.

돼지기름

최명길은 한동안 어전회의에 나가지 않았다. 임금은 최명길을 부르지 않았고, 다른 대신들도 최명길을 찾지 않았다. 성안으로 들어온 뒤 최명길은 질청에 딸린 한 칸 온돌방에 머물렀다. 질청은 서른 평 대청마루를 가운데로 해서 온돌방이 동서로 다섯 칸씩이었다. 호종해 들어온 당상들 중에서 내직 문관들이 온돌방을 한 칸씩 차지했고, 젊은 육품 간관과 호조의 관원들은 사랑채와 행랑을 차지했다.

부리던 노복이 성첩으로 끌려간 뒤 최명길은 손수 걸레를 빨아서 방바닥과 툇마루를 닦았고, 문풍지로 바람구멍을 막았다. 최명길의 방 한 칸은 세간이 없어 됫박처럼 보였다. 지필묵이 놓인 서안 한 개와 횃대에 걸린 조복 한 벌이 전부였다. 한 칸 방은 정갈했고, 비어서 삼엄했다.

질청에서 기식하는 신료들은 아침에 행궁으로 들어갔다가 오후에 돌아왔다. 대낮의 질청은 조용했고 햇볕이 마루 깊숙이 들어왔다. 최명길은 마루를 물걸레로 닦고 마당의 눈을 쓸고 아궁이의 재를 긁어냈다. 김상헌의 처소는 동쪽 세 번째 방으로, 최명길의 방과 대청을 건너 마주 보고 있었다. 신료들의 퇴청 시간은 일정치 않았다. 임금이 자리에서 일어서면 신료들은 대낮에도 질청으로 돌아왔다. 신료들은 이 방 저 방의 눈치를 힐끗거리면서 방마다 모여 수군거렸다. 최명길은 묘당의 당상들을 방으로 들이지 않았다. 저물어서 돌아오는 김상헌은 마당을 쓸거나 아궁이를 청소하는 최명길과 마주쳤다. 둘은 멀리서도 서로의 기척을 알아차리는 듯싶었다. 김상헌이 질청 문을 들어서면 인기척을 내지 않아도 최명길은 일손을 멈추고 김상헌을 맞았다. 이조판서와 예조판서는 질청 마당에서 서로 허리를 굽혀 예를 갖추었다. 김상헌이 마루 위로 올라서 방으로 들어가면 최명길은 다시 아궁이의 재를 긁어냈다.

어전에 나가지 않는 날, 최명길은 성안 민촌과 성첩을 돌아보았다. 백성들은 별감의 두루마기를 빌려 입은 이조판서를 인근 고을에서 들어온 서생쯤으로 알았다.

민촌에는 생업이 끊겨 대낮에도 통행인이 없었다. 날이 저물면 성의 운명을 귀동냥하려는 마실꾼들이 어깨를 움츠리고 골목을 오갔다.

아이들이 개울에 나와 언 바닥을 깨고 모래를 들쑤셔 무언가를 건져 올렸다. 아이들은 개울에 내려앉은 새떼처럼 보였다. 개울 바닥은 성안 토박이 아이들의 차지였다. 성 밖에서 들어온 아이들은 개울 안으로 내려오지 못하고 개울가 둔덕에 앉아 있었다. 둔덕 쪽 아이들이 개울로 발을 들여놓으면, 개울 안 아이들이 돌을 던져 쫓았다. 둔덕 쪽 아이들은 나무토막으로 만든 도마만 한 방패로 돌을 막았다. 둔덕 쪽 아이들도 돌팔매로 맞섰다. 개울 안 아이들이 일제히 돌을 던지며 달려들었다. 둔덕 쪽 아이들이 달아났다. 방패 없는 아이들이 먼저 달아났고, 방패를 쥔 아이들은 돌을 던지며 뒷걸음으로 물러났다. 최명길이 뭐라고 소리 질렀으나, 아이들의 싸움을 말릴 수는 없었다. 최명길 쪽으로도 돌멩이 몇 개가 날아왔다. 최명길은 덤불 뒤로 피했다.

둔덕 쪽 아이들이 모두 달아나자 성안 아이들은 다시 개울로 내려가 바닥을 쑤셨다. 최명길은 아이들에게 다가갔다. 때가 엉킨 머리털이 어깨를 덮었고 손등이 터져 있었다. 아이들의 오지그릇 안에는 손가락만 한 물고기 몇 마리가 아가미를 벌럭거리고 있었다.

방앗간 집 며느리가 해산을 했는지 사립문짝에 금줄이 걸렸고, 갓난아이 울음소리가 들렸다. 댓돌에 짚신 두 짝이 놓여 있었는데, 마당에 쌓인 눈에는 발자국이 없어서 아이 울음소리는 혼자서 우는 소리처럼 들렸다. 빈 텃밭에서 노란 겨울배추 싹이 올라왔고, 배추 뿌리를 파낸 자리에 흙이 들떠 있었다. 신발 안에서 시린 발가락을 꼼지락거리면서 최명길은 질청으로 돌아왔다.

격서가 공포되자 당상들의 성첩 순시가 잦아졌다. 임금이 자리에서 일어서면 어전회의는 끝났다. 성 밖에서 성안으로 흘러드는 소문과 가까운 성 밖을 다녀온 승려나 정탐이 전하는 사소한 적정을 놓고 적의 전체를 따지고 더듬는 논의가 어전에서 이어졌다.

…… 적들이 삼전도에 들어온 이후 날마다 하루에 두 번씩 연기가 올랐는데, 닷새 전부터는 하루에 한 번씩 오른다 하니 아마도 적들도 군량이 다해가는 듯하옵니다.

…… 밥은 한 번 지어서 두 끼를 먹을 수도 있고 또 여진은 날곡식도 잘 먹는다 하니 어찌 연기의 횟수로 적의 군량을 가늠할 수 있겠나이까. 또 바람이 낮게 깔리면서 강 쪽으로 불어가면 불을 때도 연기는 멀리서 보이지 않을 것이옵니다…….

그렇겠구나……. 임금은 자리에서 일어났다. 대낮에 행궁을 나온 당상들은 문신의 조복 차림으로 성첩에 올랐다. 문신들은 싸워서 지키려는 임금의 뜻을 전했고, 군병들의 병장기를 검열했다. 성벽 밖에서 이따금씩 작은 교전이 벌어질 때 문신들은 군장의 방패로 몸을 가리고 성 밖을 향해 고함을 지르며 독전했고, 동작이 굼뜬 초관들을 가리키며 군장을 나무랐다. 문신들은 성첩에서 본 일들을 어전에 고했다.

……동장대 암문에서 남문 사이의 성첩에는 총에 탄약을 재지 않은 자가 이십이었고, 총열이 깨진 자가 다섯, 화약주머니가 없는 자가 일곱이었사옵니다.

……싸워서 지키려는 전하의 뜻이 군병들을 격발시켜 대의를 위해 죽으려는 듯 장하오나, 손이 얼어서 총을 쥐지 못하니 딱하옵니다.

병조판서 이성구가 어전에 아뢰었다.

— 지금 사대부들이 성첩에 올라와서 한 가지를 보면 열 가지를 말하고, 문자를 써서 무식한 군병들을 꾸짖고 조롱하며, 주역을 끌어대며 군의 길흉을 입에 올려 군심을 불안케 하니, 사대부들의 성첩 출입을 금하여주소서.

임금이 대답했다.

— 내 짐작했다. 체찰사가 조치하라.

성안에는 사약이 없으므로 최명길은 삼전도 적진이 내려다보이는 서장대 마당에서 참수로 처형될 것이며, 이시백이 나장들을 지휘해서 사형을 집행할 것이라는 소문이 성첩에 돌았다. 격서가 이미 공포되었으므로 소문은 어명보다도 더 확실하게 닥쳐올 사실로써 성안을 침묵시켰다. 이시백이 군병들을 꾸짖고 벌하였으나, 소문은 막을 수 없었다.

이시백은 사람을 보내 최명길을 서장대로 청했다. 마땅히 내려가봐야 하겠지만, 군장으로서 장대를 비울 수 없으니 성첩으로 올라와달라는 전갈이었다. 이시백은 최명길보다 다섯 살 연상이고, 둘은 청년 시절 동문수학한 벗이었다. 이시백은 문과에 급제한 유생이었지만 일찍이 문한의 나른함과 풍류의 어지러움을 떨쳐내고 뒤엉킨 세상의 한복판으로 걸어 나와 무인다운 삶을 열어나갔다. 둘은 서로 예를 갖추어 어려워했고, 만나서 문장을 논하지 않았다. 성안으로 들어온 뒤 묘당의 논의들이 어지럽게 엉키자 둘은 한 번도 사사로운 자리에서 만나지 않았다.

최명길은 행궁 뒷담을 돌아서 서장대로 올라갔다. 이시백은 서장대 마당에서 비장 세 명을 데리고 동상에 걸린 군병들의 상처를 싸매고 있었다. 임금이 격서를 공포하고 군사를 호궤하던 날, 이시백은 돼지를 삶은 가마솥에 엉긴 기름을 걷어내고 무명천을 그 기름에 쟁여놓았다. 동상에 걸린 군병들이 줄지어 늘어섰고, 비장들이 기름 먹은 무명천을 잘라서 환부를 싸매주었다. 손발을 들이미는 자도 있었고, 고개를 돌려 귀를 들이대는 자도 있었다. 이시백이 대열을 호령하여 환부에 따라 줄을 갈라놓았다.

서장대 문 앞에서 최명길은 이시백의 군사들을 멀리 바라보았다. 동상자의 대열은 마당을 빙 돌아서 뒷문 쪽으로 이어지고 있었다. 봉두난발에 누더기를 걸친 군병들은 상처 입은 야생동물처럼 보였다. 최명길이 다가가자 이시백은 허리를 굽혀 절했고 두 손을 내밀어 맞잡았다. 이시백의 비장들이 최명길에게 군례를 바쳤다.

—돼지기름이 효험이 있소?

—나는 의술을 모르오만, 내의가 그리 일러주었소.

이시백은 최명길을 장대 마루 옆에 딸린 온돌방으로 인도했다. 비장이 군졸을 시켜서 술상을 차려왔다. 조 껍데기 술에 돼지비계가 안주로 나왔다.

—군영에 아직도 술이 있구려.

—지난번 호궤 때 쓰고 남은 것이오.

최명길이 술잔을 받아 마셨다. 차가운 술에 오장이 진저리를 쳤다.

—어찌 부르시었소?

—아무 일도 아니오. 소문이 하도 흉해서 갑자기 대감의 얼굴이 보고 싶어지더이다.

—수어사께서 내 목을 집행하리라는 소문은 나도 들었소. 나도 수어사가 보고 싶었소.

—서로 보고 싶었다니, 소문이 들어맞을 모양이오.

둘은 껄껄 웃었다. 웃음 끝자락이 허허로웠다. 최명길이 말했다.

—내 목이 성을 지킬 만한 값이 나가겠소?

—아마도 못 미칠 것이오. 하나 어찌 대감께서 뜬소문을 옮기시오? 수성은 오직 출성을 위한 것이오.

최명길의 얼굴에 흐린 웃음기가 번졌다.

— 그럼 내 머리를 들고 출성을 하면 어떻겠소?

— 말씀이 너무 거칠구려. 지금 싸우자고 준열한 언동을 일삼는 자들도 내심 대감을 믿고 있는 것 같았소. 충렬의 반열에 앉아서 역적이 성을 열어주기를 기다리는 것 아니겠소. 이 성은 대감을 집행할 힘이 아마도 없을 것이오.

— 수어사는 어느 쪽이오?

이시백이 대답했다.

— 나는 아무 쪽도 아니오. 나는 다만 다가오는 적을 잡는 초병이오.

최명길의 목구멍 안에서 뜨거운 것이 치밀어 올랐다.

… 조선에 그대 같은 자가 백 명만 있었던들…….

최명길이 다시 잔을 들어 마셨다. 술은 차가웠고 몸에 다급했다. 둘은 한동안 말없이 마주 앉아 있었다.

이시백은 삼전도 청병의 진지에 정탐을 운영하고 있었다. 성 밖으로 내보낸 정탐은 돌아오는 자도 있었고, 적진에 투항해 적의 정탐이 된 자도 있었고, 종적을 감춘 자도 있었다. 성안에 처자식이 있는 자들만을 골라서 내보내도 여러 정탐은 돌아오지 않았다. 아침에 돌아온 정탐은 청병들이 통나무 속을 파내서 구유통 같은 기물을 만들고 있다고 보고했다. 적진에 매우 가까이 다가간 정탐이었다. 적병 수만 명이 강가에 앉아서 저마다 구유통 같은 것을 하나씩 만들면서 머리에 썼다 벗었다 했는데, 아마도 성뿌리에 붙어 성벽을 기어오를 때 머리에 쓰고 돌을 막으려는 물건이 틀림없다고 정탐은 보고했다.

또 삼전도에서 산성 서문에 이르는 길의 중간 지점까지 대형 사다리를 옮겨놓았고, 그 위쪽으로 포로들을 부려서 길을 내고 있는데, 사다리를 성벽 밑까지 옮기려는 작업일 것이라고 정탐은 보고했다. 망월봉 쪽은 이미 청병이 꼭대기를 삭평(削平)하고 들여앉힌 포대가 성안에서도 보였으므로 정탐을 보낼 필요가 없었다. 이시백은 정탐이 전하는 적의 동태를 최명길에게 설명했다. 최명길이 물었다.

— 묘당에 알렸소?

— 아침에 병판 편에 어전에 아뢰었소.

— 뭐라고들 했답니까?

— 비국과 간관들이 몰려와 서둘러 대감을 베어야 한다고 들…….

창밖으로 번을 교대하는 군병들의 발소리가 들렸다. 동상 걸린 환부를 돼지기름에 절인 무명천으로 싸맨 군병들이 서장대 마당을 나와서 성첩으로 올라갔다. 눈 위로 짚신 끄는 소리가 북장대 쪽으로 이어졌다. 이시백이 숨을 길게 내쉬며 말했다.

— 마음 쓰지 마시오. 무서워서 언설 뒤로 숨으려는 자들이오.

— 간관의 말은 그러해야 마땅할 것이오. 한데, 격서는 성 밖으로 내보냈소?

— 아직 나가지 못했소. 사람을 찾고 있는데, 임금의 문서를 들고 삼남까지 다녀올 장재(將材)가 성안에는 없는 듯싶소.

취기가 돌아서 최명길의 얼굴이 벌겋게 달아올랐다. 최명길의 눈에 이시백의 크고 강파른 몸매는 성뿌리에 박힌 바윗돌처럼 보였다. 북장대로 올라가는 발소리가 끝날 때까지 둘은 저녁 어스름 속에 말없이 앉아 있었다. 최명길이 물었다.

— 곧 들이닥칠 모양인데, 혼자서 지켜낼 수 있겠소?

— 모르오. 다만 지킬 뿐이오. 성안이 날마다 기진해가니, 오려거든 빨리 왔으면 좋겠소.

— 그게 장수의 말이오? 그다음은 어찌 되는 것이오?

— 나는 모르오. 모르오만, 나의 길이 있는 것이오. 그다음은 묘당에 가서 말하시오.

— 묘당이라…….

저녁 번 교대를 점검할 시간이었다. 이시백은 자리에서 일어나 성첩으로 올라갔고, 최명길은 서장대에서 내려왔다. 이시백이 술 취한 최명길에게 군졸을 붙여서 산길을 부축했다. 최명길은 군졸을 돌려보내고 혼자서 걸었다. 최명길이 행궁 뒷담을 돌아 나올 때, 하루의 논의를 마친 당상들이 행궁 대문에서 나와 각자의 처소로 향했다. 최명길은 당상들의 뒤로 멀리 떨어져 걸었다. 산길에 긴 그림자들이 늘어졌다.

격서

군병을 호궤한 뒤 닷새 동안 임금은 격서의 뒷일을 묻지 않았다. 임금은 신료들이 먼저 말을 꺼내기를 기다렸다. 신료들은 아뢰지 않았다. 삼남의 관군과 창의를 시급히 불러들여야 한다고 울음으로 진언하던 당상들도 격서의 뒷일을 입에 담지 않았다. 격서는 눈비에 젖지 않게 초로 밀봉되어 승정원에 보관되어 있었다. 닷새가 지나서 임금이 먼저 물었다.

— 유지는 성 밖으로 나갔는가?

이성구가 대답했다.

— 아직…….

— 유지가 나가지 못했다면 격서가 아니라 종이란 말인가.

— 다녀올 사람을 찾고 있사온데…….

— 쉽지가 않겠구나. 사람이 없던가?

삼남과 양서라고 했지만 딱히 어디로 가야 하는 격서인지 아무도 말할 수 없었다. 달이 없는 밤에는 먼 지방의 병사들이 보낸 밀사가 적진의 바닥을 기어서 성안으로 들어와 장계를 전했다.

> 종사가 위난 속에 고립되어 있으니 불에 타들어가는 시간의 다급함을 신들이 어찌 모르오리까. 이미 군사를 몰아 남한산성으로 향하였으나 적에게 진로가 막혀 나아가지 못하고 멀리 전하를 우러러 통곡하며 발을 구르고 있나이다. 적이 마병으로 들을 가로막고 있어 보병으로 부딪치지 못하고 산속에 둔치고 있으니, 적세가 약해지는 틈을 타서 인접 고을과 힘을 합쳐 달려가려 하옵니다. 옥체를 강건히 하소서.

장계를 전한 밀사들은 군장이 보내는 꿩 두어 마리와 가래떡 몇 줄을 어전에 바쳤다. 성안으로 들어온 밀사들은 지방 군장들의 비장이나 초관들이었다. 먼 길을 달리고 걷고 기어 온 밀사들은 다치고 얼어서 임지로 돌아갈 수 없었고, 돌아가는 밀사 편에 격서를 전할 수 없었다. 산성으로 향하는 지방 군장들이 적에게 가로막혀 있다 하나, 조정이 적과 화친하리라는 소문이 돌아서 저들이 양지쪽에 둔치고 주저앉아 산성이 아니라 고향으로 돌아갈 날을 기다리고 있는 것이 아닌지 묘당은 의심했다. 의심을 발설하는 자는 없었으나, 의심은 고루 퍼졌고, 의심과 확신은 구별할 수 없었다. 격서를 보내 화친의 길이 끊어졌음을 알리는 일은 시급했다. 화친의 길을 이미 끊었으므로 성문이 열리는 날이 바싹 다가온 것이 아닌지 모두들 의심했으나 아무도 발설하지 않았다.

장계가 출발한 지 이미 며칠이 지났으므로 장계를 보낸 군장이 아직 그 자리에 머물고 있는지 묘당은 판단할 수 없었다. 성 밖으로 나가는 임금의 밀사는 삼남과 양서 이 고을 저 고을의 산악과 분지를 수소문해서 둔치고 있는 감병사(監兵使)를 찾아내 임금의 문서를 전하고, 그 감병사가 다시 인근 부대에 격서를 돌려야 할 것이었다.

임금의 밀사를 천거하는 일은 수어사 이시백과 사영 대장들이 인선을 맡았고, 묘당이 감독했다.

성안의 사대부는 당상이거나 당하이거나 내직이거나 외직이거나 젊거나 늙거나 일을 감당할 수 없었다. 호종해 들어온 사대부들은 성안의 길조차 더듬거렸다. 금군과 경병(京兵)들이 성안에 들어와 있으나, 금군은 대궐 밖을 몰랐고 경병은 서울 밖을 알지 못했다. 인근 경기 지역 고을에서 들어온 향병과 잡색군들 중에서도 먼 남쪽의 물정을 아는 자가 없었고, 군병들은 이미 기진해서 체력과 담력을 갖춘 자를 고를 수가 없었다.

가까운 성 밖으로 내보낸 정탐들 중에는 여진의 군복을 갖추어 입고 성벽으로 다가오는 자들도 있었다. 다가와서 조총을 몇 발 쏘고 삶은 돼지다리를 뜯어먹으면서 성첩의 초병들을 향해 고함쳤다.

— 나야 나, 푸줏간 큰노미일세. 거기서 떨지 말고 삼전도로 오라구. 다 끝난 일 아닌가. 야! 늬들, 정신 차려!

임금의 밀사가 다시 성안으로 돌아올는지, 성 밖으로 나가 종적을 감출 것인지, 임금의 문서를 들고 삼전도로 갈 것인지, 아무도 입을 열어 말하지 않았다. 임금은 혼잣말처럼 중얼거렸다.

— 격서가 문장이 좋더구나.

이성구가 울음 섞인 목소리로 대답했다.

— 전하, 들어온 자는 상해서 다시 내보낼 수 없고, 내보낸 자들 중에는 돌아오지 않는 자가 허다하니, 품계 없는 천한 군병에게 어찌 유지를 맡기오리까. 신은 그것을 염려하여…….

— 품계 높은 사대부는 길을 몰라 갈 수 없고, 품계 없는 군병은 못 믿어서 못 보내면 까마귀 편에 보내려느냐?

— 전하, 신들을 죽여주소서.

— 경들을 죽이면 혼백이 날아가서 격서를 전하겠느냐?

임금이 자리에서 일어나 침소로 들고, 신료들은 돌아갔다.

밤중에 예조판서 김상헌이 서날쇠의 대장간을 찾아왔다. 잠자리에 들었던 서날쇠가 마당으로 달려나와 김상헌의 지팡이를 받았다. 서날쇠는 이부자리를 접고 김상헌을 안방으로 모셨다. 초를 켜지 못해 방 안은 캄캄했으나 달빛이 뿌옜다. 나루가 동치미 국물을 떠서 방 안으로 들였다. 어두운 방 안에서 둘은 희끄무레한 그림자처럼 마주 앉았다. 동치미 국물을 넘기는 김상헌의 목울대가 흔들렸다.

— 대감, 야심하온데…….

김상헌은 어두워서 보이지 않는 서날쇠의 얼굴을 힘주어 바라보았다.

— 나루는 무탈하냐?

— 대감께서 어찌 아이의 안부를…….

서날쇠는 예판이 찾아온 용무를 먼저 묻지 않았다. 달이 처마를 넘어 방 안이 캄캄해졌다. 한참 뒤에 김상헌이 말했다. 김상헌이 처음으로 서날쇠의 이름을 불렀다.

— 날쇠야…… 내 처음부터 너를 눈여겨보았다. 한 번만 나를 따라다오.

— 성이 갇혔는데, 밖으로 출타하시렵니까?

— 나는 아니고, 너 혼자서 가야 할 일이다.

김상헌은 격서가 성 밖으로 나가지 못하는 사정과 격서가 시급히 당도해야 하는 사정을 서날쇠에게 설명했다. 어둠 속에서 서날쇠가 말했다.

— 제가 돌아오지 못하면 어찌하시렵니까?

— 네가 돌아와야 문서가 전해졌음을 알 수 있다. 갔다가 돌아올 수 있겠느냐?

— 갈 수 있는지, 갔다가 돌아올 수 있는지는 나가봐야 알 수 있을 것입니다.

— 그렇겠구나. 그래서 가겠느냐?

— 적이 왔다 해도 온 땅이 다 막히지는 않았을 것입니다. 철물 행상질을 오래 해서 먼 곳 물정은 좀 아오만…….

— 다녀오겠느냐?

— 조정의 막중대사를 대장장이에게 맡기시렵니까?

— 민망한 일이다. 하지만 성이 위태로우니 충절에 귀천이 있겠느냐?

— 먹고살며 가두고 때리는 일에는 귀천이 있었소이다.

김상헌이 엉덩이를 밀어서 서날쇠에게 다가갔다.

— 이러지 마라. 네 말을 내가 안다. 나중에 네가 사대부들의 죄를 묻더라도 지금은 내 뜻을 따라다오.

설거지를 하는지, 부엌에서 달그락거리는 소리가 들렸다. 서날쇠가 방 밖으로 소리쳤다.

— 나루야, 그만하고 들어가서 자거라.

김상헌이 말했다.

— 날 보고 가라는 말처럼 들리는구나.

— 아니올시다. 소인이 어찌…….

— 말해라. 다녀오겠느냐?

— 소인이 임금의 문서를 지닌 채 적에게 사로잡히면 어찌하시겠습니까?

— 안 될 말이다. 그러니 너에게 간청하는 것이다.

서날쇠가 어둠 속에서 소리 없이 웃었다. 서날쇠의 웃음은 김상헌의 눈에 보이지 않았다. 성의 남은 날이 다해가므로 나갔다가 다시 성안으로 들어오더라도 성 밖 어디엔가 살 자리를 보아두기는 해야 할 것이었다. 청병이 몰려왔다니 여진의 얼굴이며 갑옷, 병장기와 수레바퀴 살과 텟쇠, 말안장과 재갈과 고삐가 어떻게 생겼는지 한번 보고 싶기도 했다. 여러 고을을 돌아나가며 이어지는 고갯길과 들길, 강나루와 여울이 서날쇠의 마음속에 떠올랐다. 길들은 멀었지만 어둠 속에서 선명했다. 바람이 잠든 날 눈이 내리면 숲에서는 길이 먼저 하얘지고, 들에서는 언덕이 먼저 하얘졌다. 바람 부는 날 눈이 내리면 산에서는 골짜기와 먼 바위가 먼저 하얘졌고, 마을에서는 초가지붕과 나무 꼭대기가 먼저 하얘졌다. 그리고 눈보라가 일면 모든 길이 지워져서 보이지 않는 곳으로 불려갔고, 눈보라가 멎으면 길들은 마을 사이로 돌아왔는데, 바람이 잠들고 눈이 멎으면 하얀 길들이 햇살을 받아 반짝거렸다. 지금 그 길에는 인적이 끊겨 짐승의 발자국이 찍혀 있을 것이다. 격서가 전달되면, 그 먼 길들을 따라서 남한산성으로 향하는 군사들의 기치창검이 이어지는 것인가. 서날쇠가 말했다.

— 대감, 어찌 대장장이를 믿으십니까? 삼전도에는 적에게

붙은 사대부들도 많다던데…….

— 그렇다. 그러니 너에게 말하는 것 아니냐.

다시 송파나루 언 강을 건너던 밤에 칼을 맞고 얼음 위로 쓰러지던 사공의 모습이 김상헌의 눈앞에 떠올랐다.

…나는 남한산성으로 간다. 나를 따르겠느냐? …아니오. 소인은 살던 자리로 돌아가겠소이다……. 살던 자리로 가겠다는 백성이 왜 칼을 맞아야 했던가. 쓰러지던 사공의 목은 야위었고 늘어진 가죽 위로 힘줄이 드러나 있었다.

— 말해라. 다녀오겠느냐?

서날쇠는 무덤덤한 목소리로 대답했다.

— 나라에서 하라시니, 천한 백성이 어쩌겠습니까.

'나라'라는 말이 천 근의 무게로 김상헌의 어깨를 짓눌렀다. 다녀오너라. 다녀오면 전하께 아뢰어 우선 종구품 참봉을 제수하고, 환궁 후에는 정칠품 참군으로 올려서 어영청에……. 터져 나오려는 말을 김상헌은 겨우 눌러서 속으로 밀어넣었다. 김상헌은 심한 부끄러움을 느꼈다. 김상헌은 다급했다.

— 나라 얘긴 하지 마라. 그런 말이 아니다. 나를 도와다오.

— 하기사, 포위가 풀려서 조정이 돌아가야 성안 백성들이 농사를 지을 수 있고, 저도 대장간을 굴려서 먹고살 수 있을 터이니…….

김상헌이 서날쇠의 두 손을 잡았다.

— 그렇다. 조정이 나가야 성안이 산다. 다녀오거라.

삼경 무렵 김상헌은 처소로 돌아갔다. 추위가 팽팽해서 별들이 닿을 듯했다. 가까운 별들이 성안에 가득 차서 아른거렸다.

아침에 김상헌은 서날쇠를 묘당에 천거했다. 품계 없는 대장장이에게 임금의 문서를 맡길 수 없으며, 서날쇠가 비록 노비의 신분은 면했으나 삼 대째 쇠를 두들기는 천골(賤骨)로서, 이미 제 처자식을 성 밖으로 내보냈으므로 믿을 수 없고, 또한 먼 지방의 군장들이 대장장이가 들고 온 문서를 믿지 않을 것이라는 말이 일었다. 문서를 맡겨 멀리 내보내려면 먼저 품계를 내려서 보내야 한다는 말과 돌아올지 안 돌아올지 알 수 없으므로 돌아온 후에 품계를 내려야 한다는 말이 부딪쳤다. 또 돌아왔다 하더라도 격서를 전하고 왔는지 들판을 빈둥거리다가 왔는지 알 수 없으므로 구원병들이 당도할 때까지 가두어놓아야 한다는 말도 있었다.

임금이 말했다.

— 예판의 뜻을 따르겠다. 이 일은 더 이상 말하지 말라.

서날쇠는 새벽에 떠났다. 김상헌이 떠나는 서날쇠를 성벽까지 따라갔다. 동쪽 성벽은 옹성을 지나서 오르막으로 치달았고, 그 아래에 배수구가 뚫려 있었다. 서날쇠는 배수구를 향해 산길을 걸었다. 지팡이가 눈 속으로 빠져서 김상헌은 자주 비틀거렸다. 서날쇠가 김상헌을 부축했다.

— 대감, 여기서부터는 더 가팔라집니다. 그만 돌아가십시오.

— 아니다. 떠나는 걸 보고 싶다.

서날쇠의 행장은 가벼웠다. 초로 봉한 격서를 기름종이에 싸서 저고리 속에 동였다. 등에 진 바랑 하나가 전부였다. 바랑 안에는 가죽신 세 켤레와 버선 한 죽, 호미 한 개, 칼 한 자루가 들어 있었다. 서날쇠는 먹을 것을 지니지 않았다. 김상헌은 서날쇠의 바랑 속이 궁금했다.

— 끼니거리는 지녔느냐?

— 먼 길을 가니, 한두 끼를 지녀서 될 일이 아니옵고…….

— 어찌하려느냐?

— 백성들이 아직 살아 있으니 얻어먹을 수 있을 것입니다. 또 빈 밭을 파면 뿌럭지들이 나옵니다.

김상헌의 목젖이 뜨거워졌다. …날쇠야, 너는 갈 수 있고, 너는 돌아올 수 있다…….

김상헌은 서날쇠의 방향과 행선지를 묻지 않았다. 그것을 물어야 하는 수치심을 견디기 어려웠다. 서날쇠는 산길을 버리고 능선을 따라 이배재 고개를 넘어서 판교를 지나 천안 쪽으로 길을 정해놓고 있었다. 천안은 대처이므로, 거기서 지방 군장들의 군영을 수소문해서 다시 길을 떠날 작정이었다.

서날쇠가 바랑에서 호미를 꺼내 배수구 앞에 쌓인 얼음과 잡석을 걷어냈다. 배수구 구멍 밖으로 날이 밝아오고 있었다.

— 대감, 제가 없는 동안 나루 혼자 있으니…….

— 알았다. 내 거두마.

— 그럼 대감…….

서날쇠가 눈 위에 꿇어앉아 김상헌에게 큰절을 올렸다. 김상헌이 땅에 엎드려 맞절로 받았다. 예조판서의 머리와 대장장이의 머리가 닿을 듯이 가까웠다. 새가 나뭇가지를 흔들었다. 엎드린 김상헌의 등에 눈덩이가 떨어져 내렸다. 김상헌이 일어섰다. 서날쇠가 일어섰다. 서날쇠는 바랑을 벗어서 앞으로 밀면서 기어서 배수구를 빠져나갔다.

김상헌은 성첩으로 올라갔다. 밤을 새운 초관이 예조판서를 알아보고 군례를 바쳤다. 성벽을 빠져나간 서날쇠는 개울을 건너 수수밭 언저리를 돌아 마른 숲 속으로 들어가고 있었다. 서날쇠가 산자락을 돌아갈 때까지 김상헌은 성첩에 서서 눈 위에 찍히는 서날쇠의 발자국을 바라보았다. 일출을 맞는 먼 봉우리들이 새벽빛 속에서 깨어났다. 눈 덮인 봉우리들의 꼭대기가 붉었고, 빛이 스미는 어둠이 봉우리 사이로 낮게 깔렸다. 다가오는 빛과 물러서는 어둠 사이로 뻗은 흐린 길의 저쪽 끝으로 서날쇠는 나아갔다.

온조의 나라

김상헌은 조복을 갖추어 입고 백제 시조인 온조왕의 사당으로 올라갔다. 온조왕의 사당은 삼거리에서 오 리 안쪽이었다. 볕바른 언덕은 앞이 터졌고, 숲을 벗어난 소나무 몇 그루가 사당 마당에 높이 솟아 있었다. 솟을삼문을 들어서자, 오랫동안 인적 없고 불기 없던 건물의 스산한 기운이 끼쳐왔다. 맞배지붕의 흘러내린 각도가 마당을 눌렀다. 마당에서 별감이 노복들을 부려 제사를 준비하고 있었다. 노복들은 처마에 매달린 고드름을 걷어내고 두리기둥이며 정자살문의 먼지를 닦아냈다.

임금이 관량사에 명하여 수퇘지 한 마리와 쌀 한 되를 제수로 내렸다. 별감은 성안 사찰에서 초와 향을 구해왔다. 별감은 돼지를 잡아 염통을 꺼내 탕국을 끓이고, 몸통과 내장은 토막 쳐서 사영 대장들에게 돌렸다. 김상헌이 마당으로 들어서면서 먼저 와 있던 두 당상들에게 허리 숙여 인사했다. 김류와 최명길이 쪽마루에서 일어서서 답례했다. 당상들의 인사는 깊고도 느렸다. 김상헌의 주청을 받아들여 임금의 명으로 시행되는 온조왕 제사에는 영의정 김류가 초헌을 올리고, 이조판서 최명길이 아헌을, 예조판서 김상헌이 종헌을 올리게 되어 있었다. 온조의 혼령에게 바치는 술 석 잔을 위하여 임금이 삼헌관(三獻官)을 지명했다. 삼헌관을 김류, 최명길, 김상헌으로 지명한 임금의 뜻을 세 당상은 모두 알 듯했다.

김상헌이 신을 벗고 마루로 올라가 상 위에 제물을 진설했다. 큰 놋주발 속의 새빨간 돼지 염통은 살아서 뛰듯 싱싱해 보였다. 흰 쌀밥에서 윤기가 흘렀고 더운 김이 올랐다. 김류와 최명길이 돗

자리를 맞잡아 전돌 위에 깔았다. 위패를 모신 마루 안쪽은 어둡고 차가웠다. 김상헌이 위패 앞에 향을 살라 온조의 혼령을 불렀다. 향 연기가 낮게 깔리면서 쌀밥의 김 속으로 흘러들었다.

일천육백 년 전 계묘(癸卯)년에, 적의에 찬 세상의 침학(侵虐)과 박해에 쫓기는 젊은 온조가 한 줌의 무리를 거느리고 이 하남의 산성 자리에 당도하여 마을을 길러 나라를 열었는데, 사나운 외적에 둘러싸인 온조의 나라는 늘 위태로웠으나 젊은 임금은 군사를 몰아 강가에 나가서 적을 맞아 싸웠고, 백성들은 나뭇가지를 꺾어서 목책을 쌓았으며, 임금과 백성이 죽음에 죽음을 잇대어가며 달아나고 또 무찔러서 온조의 나라는 위난 속에서 오히려 강성하였으며, 기근과 살육의 땅 위에 봄마다 배꽃, 살구꽃이 흐드러지게 피었고 기러기들이 왕궁 숲에 깃들여 돌아가지 않았다……라고 사서에 적혀 있었다.

김류가 앞으로 나아가 잔을 바쳤다. 일천육백 년 전의 무덤 속에서 피어오른 온조의 혼백이 일천육백 년을 건너서 이쪽으로 다가오지 않고 더 아득한 태고 속으로 사라지는 환영을 김류는 느꼈다. 김류의 환영 속에서 흙에 박힌 성뿌리가 뽑혀 허공으로 떠오른 남한산성이 태고 속으로 사라지는 온조의 혼령을 따라가고 있었다. 남은 날들이 며칠일까를 생각하면서 김류는 천천히 무릎을 꿇었다. 김류의 뒤쪽에서 최명길과 김상헌이 절을 올렸다.

…온조의 나라는 어디에 있는가……. 최명길의 이마가 차가운 돗자리에 닿았다. 왕조가 쓰러지고 세상이 무너져도 삶은 영원

하고, 삶의 영원성만이 치욕을 덮어서 위로할 수 있는 것이라고, 최명길은 차가운 땅에 이마를 대고 생각했다. 그러므로 치욕이 기다리는 넓은 세상을 향해 성문을 열고 나가야 할 것이었다. 최명길은 오랫동안 엎드려 있었다. 김상헌이 종헌을 올렸다. 잔을 올리고 물러나 절할 때, 비틀거리는 김상헌을 최명길이 부축했다.

향 연기 속에 떠오른 온조의 혼령이 일천육백 년의 시간을 건너서 이쪽으로 다가오는 환영을 김상헌은 느꼈다. 침탈과 살육과 기근과 유랑의 들판을 가벼운 옷자락으로 스치며 혼령은 한 줄기 피리 소리처럼 이쪽으로 다가오고 있었다. 성안으로 들어오던 새벽에, 새로 내린 눈 위에 빛나던 새로운 햇빛과 새로운 시간들, 서날쇠가 떠나던 새벽에 서날쇠가 나아가는 쪽에서 아침의 빛으로 깨어나던 봉우리들을 김상헌은 생각했다. 시간은 흘러서 사라지는 것이 아니고, 모든 환란의 시간은 다가오는 시간 속에서 다시 맑게 피어나고 있으므로, 끝없이 새로워지는 시간과 더불어 새롭게 태어나야 할 것이었다. 모든 시간은 새벽이었다. 그 새벽의 시간은 더럽혀질 수 없고, 다가오는 그것들 앞에서 물러설 자리는 없었다. 이마를 땅에 대고 김상헌은 그 새로움을 경건성이라고 생각하고 있었다.

별감이 제상을 거두었다. 세 당상이 쪽마루에 둘러앉아 퇴주를 데워서 음복했다. 별감이 삶은 돼지 염통을 저며서 안주로 내놓았다. 살아서 벌떡거리던 염통이 살의 무늬를 드러내며 쪼개졌고, 혈관 구멍이 숭숭 뚫려 있었다.

김류가 안주 한 점을 입에 넣으면서 말했다. 안주를 씹는 입놀림이 목소리에 섞여들었다.

—두 대감께서 참으로 고생이 많소이다.

김류의 말은 안주를 씹는 소리와 다르지 않게 들렸다. 최명길이 대답했다.

—영상과 예판 김 대감께서 수성하고 계시니, 나야 무슨 수고가 있겠소이까.

김상헌이 말했다.

—이판 최 대감께서 삼전도를 오가며 출성 준비를 하시느라 노고가 크신 줄 아오.

김류가 김상헌의 말을 막았다.

—아하, 또들 이러시오? 출성과 수성은 결국 다르지 않을 것이오. 그만 내려가십시다.

세 당상이 사당에서 나와 처소로 향했다. 당상들은 행궁 뒷담길을 돌아 삼거리로 내려왔다. 김류가 앞에서 걸었고, 지팡이를 짚은 김상헌이 뒤에서 따라왔다. 얼음 낀 내리막을 지날 때, 최명길이 뒤를 돌아보며 김상헌을 살폈다. 산길을 내려오면서 당상들은 아무 말도 하지 않았다.

쇠고기

아침마다 이시백의 물동이가 성첩으로 올라갔다. 서쪽 성벽으로 향하는 물동이는 행궁 뒷담길을 따라 서장대로 올라갔다. 민촌 우물의 수량이 많지 않아 노복들이 밤새 고인 물 한 동이씩을 지게에 지고 산길을 올랐다. 겨울이 깊고 추위가 영글어서 얼음으로 버티는 성첩의 구간은 단단했다.

물동이가 올라가는 아침에, 정이품 내직들이 내행전 마루에서 문안을 올렸다. 임금이 안에서 대답했다.

— 새벽에 멀리서 총성이 들리더구나. 군병들이 상하지 않았느냐?

이성구가 장지문 안쪽을 향해 대답했다.

— 사경 무렵에 적병이 다가와서 몇 방 쏘고 갔는데, 총알이 미치지 못해 군병은 상하지 않았나이다.

— 알았다. 마루가 추우니 물러가라.

정이품들이 물러나와 동궁에 문안을 올렸다. 안에서 세자가 말했다.

— 조정이 야지에 나와 있어 예법을 줄여야 할 터이니, 전하께만 문안 여쭙고 내게는 오지 마라.

김류가 대답했다.

— 저하, 야지에서 한때 곤고하기로 남한과 강화에서 종사가 온전하온데 어찌 신성(晨省)을 폐하오리까. 분부를 거두어주소서.

성 밖 마천골에 사는 땅꾼이 삼전도 청의 본진에 끌려가 통나무

켜는 노역을 하다가 도망쳐서 성안으로 들어왔다. 애꾸눈에 절름발이였다. 땅꾼은 절름발이 걸음으로 산길을 나는 듯이 달렸다. 어렸을 때부터 뱀을 잡으러 온 산을 헤집고 다녀서 산속의 토끼굴이며 벌집까지도 알고 있었다. 담력 좋은 땅꾼은 대낮에 서쪽 성벽으로 다가와서 성벽을 넘어갈 터이니 쏘지 말라고 초병들에게 고함쳤다. 청병 몇 명이 땅꾼을 잡으러 총을 쏘며 쫓아왔으나, 조선 초병의 사격을 받고 물러섰다. 수문장이 유생 한 명을 데리고 땅꾼을 심문했다. 수문장이 묻고 땅꾼이 대답하고 유생이 기록했다.

삼전도 청진에는 조선인 부녀들이 수없이 끌려와 있는데, 젊고 미색이 있는 여자들은 여러 군장의 군막 안에서 몸시중과 술시중을 들고, 늙고 추한 여자들은 군막 밖에서 청병의 끼니를 익혀내며 허드렛일을 하고 있다고 땅꾼은 말했다. 끌려오는 여자들이 강을 건널 때 청병들이 등에 업힌 아이를 빼앗아 언 강에 던져서, 송파나루 앞강에는 머리가 처박히고 다리가 처박힌 어린아이들의 주검이 얼음에 줄지어 꽂혀 있다고 땅꾼은 말했다.

이제 송파강은 얼음이 굳어서 소달구지도 건너다닐 수 있고, 도망쳐나오기 이틀 전에 청의 대군이 다시 강을 건너 삼전도에 당도했다고 땅꾼은 말했다.

— 청의 대군이 강을 건널 때, 네가 본 것을 모두 말해라.

— 삼층 누각처럼 높은 가마가 맨 앞에서 강을 건너왔는데, 가마 지붕에 오색 깃발이 펄럭였고, 말 탄 자들이 가마를 호위했고, 그 뒤로 헤아릴 수 없이 많은 깃발이 강을 건너

왔소. 개 떼들이 따라왔소.

— 높은 가마가 나루에 닿았을 때는 어떠했느냐?

— 가마가 나루에 닿기 전부터 청병들이 강가에 모닥불을 질러 불꽃을 올리고 나팔을 불어댔으며, 모두들 머리를 땅에 박고 가마를 기다리고 있었소.

— 가마가 나루에 닿은 뒤 어디로 향하더냐?

— 멀어서 잘 보이지는 않았는데, 가마는 나루에서 하류 쪽으로 오 리쯤 내려가는 듯싶었소. 그 자리에 며칠 전부터 청병들이 땅을 골라 잡석을 파내고 구들을 앉혀서 큰 군막을 짓고 있었소.

— 청병의 대열이 얼마나 되더냐?

— 강 건너 둑길까지 이어졌는데, 그 끝은 보이지 않았소. 수레에 화포와 짐바리를 실었는데, 수레를 끄는 큰 짐승의 등에 혹이 나 있고 목덜미가 늘어져서 괴이했소.

수문장이 땅꾼에게 그 괴이한 짐승의 이름을 가르쳐주었다.

— 그것이 필시 낙타라는 짐승일 것이다.

수문장이 마지막으로 물었다.

— 너는 왜 성안으로 들어왔느냐?

— 청병은 포로들에게 밀기울로 밥을 주고 한뎃잠을 재우는데, 조금만 비틀거려도 죽여버렸소. 나는 무서워서 도망쳐왔소.

유생은 외눈박이 땅꾼의 진술을 기록했다. 수문장이 기록을 수어사에게 올렸고, 수어사가 읽고 병조에 넘겼고, 병조가 묘당에 올렸다. 당상들이 외눈박이 땅꾼의 진술을 돌려 읽었다. 청의 대군이 다시 강을 건너 삼전도에 당도한 것은 틀림없어 보였으나, 심양에서 떠난 증파 병력인지 경기 · 충청 일대의 군사들이 삼전도로 모이는 보충 병력인지 묘당은 판단할 수 없었다. 증파 병력이라면 칸이 왔을 수도 있지만, 칸이 왔는지 다른 피붙이가 왔는지 빈 가마가 왔는지 묘당은 분간할 수 없었다. 외눈박이 땅꾼은 삼층 가마 속까지 들여다보지 못했고, 들여다보았던들 누구인지 알 수 없었을 것이었다. 애꾸눈에는 세상 물정이 모두 비틀려 보이고, 크고 작고 멀고 가까운 것이 뒤섞여 보이므로, 멀리서 외눈으로 보고 와서 주절거리는 진술은 모두 믿을 수 없다는 말도 있었다. 임금은 아무 말도 하지 않았다.

땅꾼이 성안으로 들어온 날 밤부터 삼전도 청진에는 불빛이 깔렸다. 청진의 불빛들은 서장대에서 내려다보였다. 군막마다 모닥불을 올리는 불빛이 강을 따라 길게 이어져 하류 쪽으로 내려갔고, 강 건너 쪽 언덕과 거여 · 마천 들판의 마을과 빈 논바닥에서 불빛들이 깜박거렸다. 바람이 산을 쓸어내리면 먼 산등성이를 따라 이어진 불빛들이 바람 쪽으로 쏠리면서 길게 솟구쳤다. 성첩에서 바라보면 청병은 보이지 않았고, 바람에 솟고 잦는 먼 불빛들이 떼지어 다가왔고 또 물러갔다. 야간 순찰을 돌면서 이시백은 밤새도록 삼전도의 불빛을 바라보았다.

대한이 지나고 세모가 다가왔다. 날들은 불에 타들어가듯 했으나, 성안에는 아무 일도 없었다. 삼전도 청진에서 버리는 쓰레기 더미에 까마귀들이 모여들었다. 찌꺼기를 파먹고 살 오른 까마귀들이 성안으로 날아왔다. 까마귀들은 민촌에서 짖어댔고, 행궁 숲에서 퍼덕거렸다. 나인이 내행전으로 날아드는 까마귀를 쫓아냈다. 날이 저물면 까마귀들이 떼지어 삼전도 쪽 쓰레기 더미로 돌아갔다. 까마귀 떼가 돌아가고 나면 어두워지는 성안에는 아무 소리도 들리지 않았다. 민촌에서 늙은이가 죽어서 초상이 났다. 곳집에 넣어둔 상여가 부서졌고, 관을 짤 수가 없었다. 마을 사람들이 가마니에 싼 시신을 새끼줄로 묶어서 끌고 나왔다. 시신은 성 밖으로 나가지 못하고 새남터에 묻혔다. 땅이 얼어서 깊이 파지는 못하고 겨우 흙을 덮었다.

당상들이 날마다 어전에 모였다. 내행전 마루에서 말들이 부스러졌고, 부딪쳐서 흩어졌다. 사관은 서안 앞에 앉아서 말하는 신료들의 이 입 저 입을 바라보았다. 사관은 묘당의 말들을 기록할 수 없었다. 저녁때 사관은 붓을 들어 겨우 적었다.

……임금은 남한산성에 있었다.

까마귀가 돌아간 저녁나절에 마른 숲을 스치는 바람 소리가 버스럭거렸고, 임금은 내행전에 있었다. 날이 저물면 신료들은 더 이상 말이 없었다. 임금이 말했다.

— 해가 또 바뀌어 원단이 되려 하는데, 아무리 적이기로서니 멀리 와서 고단하고 또 성 밖에 이웃해 있으니 세찬(歲饌)을 보내려 한다.

이성구가 말했다.

— 적들이 화친을 구걸하는 줄로 여길까 염려되옵니다. 또 지금 격서를 내보내 구원병을 부르고 있는데, 세찬을 주고받았다는 소문이 돌면 각 지방의 군심이 느슨해질 것이옵니다.

임금이 말했다.

— 세찬을 보내기로 싸우기를 단념하는 일이겠는가. 예판은 소견을 말하라.

김상헌이 대답했다.

— 그러하옵니다. 세모에 영신(迎新)의 예를 갖춤은 적의 일이 아니라, 우리의 일이옵니다. 전하의 뜻대로 시행하소서.

임금이 말했다.

— 보내라. 동방의 예법을 보여서 저들이 이웃임을 스스로 알게 하라.

김류가 말했다.

— 사신의 품계를 당상으로 하오리까? 당하로 하오리까?

임금이 말했다.

— 경들이 정하라. 다만 적장을 만나서 싸움이다 화친이다 말하지 말고 이웃 간에 송구(送舊)의 예법이라고만 말해라. 또 눈썰미 밝은 자를 보내서 칸이 정말로 왔는지를 살피라.

호조가 민촌에서 은전을 주고 소 두 마리를 사들였다. 소 주인은 소 값으로 은전을 마다하고 곡식을 요구했다. 성안에서 은전을 주고 바꿀 수 있는 물건은 없었다. 환궁 후에 후히 쳐줄 터이니 우선 은전을 받으라……. 호조 관원이 소 주인을 달랬다. 난리통에도 더운 쇠죽을 먹여서 소는 제법 살이 올라 있었다. 백정이 소를 잡아 각을 떴다. 관량사가 맑은 술 열 병을 내놓았다. 호조 관원 두 명이 노복들을 데리고 서문을 나와 삼전도로 향했다. 노복들은 지게 위에 각 뜬 쇠고기와 술병을 싣고 따라왔다.

청장 용골대는 관원들을 군막 안에 들이지 않았다. 노복들이 군막 앞마당에 지게를 내려놓았다. 용골대가 관원들에게 삿대질하며 여진말로 고함쳤다. 정명수가 용골대의 말을 옮겼다.

— 성안에 소가 있었더냐? 가져가라. 너희가 돌구멍 속에 박혀서 얼고 주린 지 오래니, 가져가서 너희 백성들을 먹여라. 칸의 뜻이다.

관원이 말했다. 정명수가 옮겼다.

— 도성을 떠나 있어 고루 갖추지 못했으나 조선 임금이 보내는 세찬이다. 받아야 하지 않겠는가.

— 가져가서 너희 임금을 봉양해라. 우리는 넉넉해서 있으나 마나 하지만 너희에게는 요긴할 것 아니냐.

— 국왕이 하정(賀正)하신 예물이다. 어찌 되돌릴 수 있는가.

— 가져가라. 나중에 크게 하정할 일이 있을 것이다. 그때 받으마. 우선은 너희 임금을 먹여라.

용골대는 조선 관원들을 마당에 세워둔 채 군막 안으로 들어갔다. 정명수가 관원들에게 말했다.

— 못 보던 어르신들인데 품계가 어찌 되시오?

관원이 대답했다.

— 임금의 사신이니, 품계는 따질 것 없소.

정명수가 발끈 화를 냈다.

— 웬 시러베 말직들이 고깃점을 들고 와서 용장을 능멸하느냐. 돌아가라. 사신이라니 가두지는 않겠다.

관원들은 산성으로 돌아갔다. 소대가리며 넓적다리가 실린 지게를 다시 지고 노복들이 뒤를 따랐다. 대열은 서문을 향해 산길을 올랐다. 올 때는 가벼울 줄 알았는데 이 무슨 지랄인가……. 이 고기는 종친들이 먹을라나 사영 대장들이 먹을라나……. 뒤처진 노복들이 지게를 벗어놓고 쉬면서 투덜거렸다.

붉은 눈

호조가 세찬이 되돌아온 일을 어전에 아뢰었다. 임금의 목소리가 떨렸다.

— 용골대가 뭐라 하더냐?

호조 관원은 내행전에 불려와 더듬거리는 목소리로 용골대의 말을 전했다. 임금의 머리가 천천히 숙여지더니 서안에 닿았다. 임금이 두 팔을 서안 위로 뻗었다. 호판이 울먹였다.

— 전하, 신들이 죽어야 할 날이옵니다.

임금은 오랫동안 서안에 엎드려 있었다. 임금의 어깨가 흔들렸다. 신료들은 입을 열지 않았다. 김상헌이 말했다.

— 전하, 적들이 비록 세찬을 내쳤으나 전하께서는 곤궁 속에서도 선린의 법도를 보이셨으니, 전하께서 이기신 것이옵니다. 힘은 선한 근본에 깃드는 것이라고 신은 배웠나이다. 성심을 편히 하시고 더욱 방비에 힘쓰시옵소서.

임금의 어깨가 더욱 흔들렸다. 내관들이 임금 곁으로 다가갔다. 내관은 임금 양쪽에서 머뭇거리기만 할 뿐, 흔들리는 임금의 어깨에 손대지 못했다. 최명길이 말했다.

— 전하, 죽음은 견딜 수 없고 치욕은 견딜 수 있는 것이옵니다. 그러므로 치욕은 죽음보다 가벼운 것이옵니다. 군병들이 기한을 견디듯이 전하께서도 견디고 계시니 종사의 힘이옵니다. 전하, 부디 더 큰 것들도 견디어주소서.

임금이 자리에서 일어섰다. 임금은 소매로 얼굴을 가리고 안으로 들어갔다. 밤에 임금이 승지를 불러, 세찬이 돌아온 일을 함구하도록 삼사에 일렀다. 짐꾼으로 삼전도에 다녀온 노복들이 말을 퍼뜨렸다. 임금이 보낸 세찬이 돌아왔으므로, 조정은 화친을 구걸하나 청은 공성(攻城)을 벼르는 것이라고 군병들은 수군거렸다. 청이 공성을 하기로 한다면 우선 세찬을 받아먹고 조정을 안심시킨 연후에 갑자기 들이칠 것이므로, 세찬이 돌아왔다고 해서 공성이 임박한 것은 아니라는 말도 있었다.

돌아온 쇠고기는 관량사 창고에 쌓여 있었다. 젊은 간관들이 임금의 울음을 따라 울면서 청의 무례를 응징하는 일전을 졸라댔다. 간관들은 임금의 울음 위에 자신들의 울음을 포갰다. 김상헌이 어전에 아뢰었다.

— 젊은이들의 말이 옳은 것으로 아옵니다. 적이 세찬을 돌려보내 우리를 시험하니, 지금 크게 한번 치지 않으면 적이 우리를 업신여겨 화친의 길조차 영영 끊어질 것이옵니다.

— 이판은 어찌 보는가?

최명길이 대답했다.

— 예판의 말이 틀리지 않으나, 반드시 이기는 싸움이라야 할 것이옵니다. 또 성 밖으로 양도(糧道)를 이을 수 없으니 속전으로 마무리해야 할 것이옵니다.

임금이 싸움을 윤허했다.

— 체찰사가 속히 날을 잡아 시행하라.

안으로 열리든, 밖으로 열리든 성의 인력과 물력이 기진한 연후에야 성문은 열리게 될 것이라고 김류는 문득 생각했다. 김류가 말했다.

— 신이 비록 미거하오나 체부(體府)의 직을 맡고 있으니 군령으로 어명을 받들겠나이다.

병자년이 끝나가고 있었다. 섣달 스무여드렛날 저녁에 김류는 군병 삼백을 북장대 마당에 모았다. 체찰사 직속 부대의 정예 포수 이백에 성첩에서 골라낸 유군 일백이었다. 삼전도에서 되돌아온 쇠고기와 술을 풀어서 김류는 군병들을 먹였다.

— 마지막 소다. 많이들 먹어라.

허기진 군병들은 두 손에 소뼈를 쥐고 뜯어댔다. 언 몸에 찬술이 들어가자 두어 잔에 취해버린 자들이 마당에 쓰러졌다. 그날 밤 군병 삼백은 북영에서 노숙했다. 아침에 김류는 남은 내장과 선지를 다시 먹이고 군병 삼백을 북문 밖으로 내보냈다. 별장과 북영 초관이 군병을 인솔해서 나아갔고, 김류는 북문 문루 위에 북과 깃발을 펼쳐놓고 독전의 자리에 올랐다. 병방 비장이 김류 옆에 시립했다.

북문 밖은 가파른 내리막이었고, 내리막이 끝나는 언저리에 개울이 굽이쳤다. 개울을 따라 청병이 목책을 세웠다. 목책 너머로 작은 들판이 펼쳐졌고, 들판을 지나면 다시 오르막 산등성이였다. 북문 밖 계곡과 들에 청병은 보이지 않았다. 연기도 오르지 않았다. 개울가 목책 앞에 풀어둔 소 세 마리가 어슬렁거렸다. 계곡은 고요했다. 바람이 잠들어서 화약을 재기에 좋은 날이었다. 꿩 짖는 소리가 허공을 찍었고, 길게 우는 소 울음이 계곡을 따라 흘렀다. 청병은 보이지 않았다. 김류가 문루에 서서 도열한 군병을 향해 말했다.

— 지금 적의 형세가 매우 허술하다. 나아가서 소를 끌어들이고 목책에 불을 질러 길을 열어라. 복병을 만나면 물러서지 말고 산 쪽을 의지해서 싸워라. 내가 문루에서 북으로 진퇴를 알리겠다.

군병들이 성문 밖으로 나아가기 직전에 사영 대장들이 문루로 뛰어올라와 김류를 에워쌌다. 남영 대장이 말했다.

— 지금 성 밖이 비록 고요하나 음험하옵니다. 적들이 목책 너머 산속에 매복해 있고, 소를 풀어서 우리를 꾀어내는 것인데 어찌 저 좁고 오목한 골짜기로 군사를 내몰 수 있겠습니까. 영을 거두어주소서.

김류가 노한 목소리로 고함쳤다.

— 너희가 지금 군령을 시비하는 것이냐. 북을 울려라!

김류의 비장이 북을 때렸다. 북문으로 나간 군병들은 아래로 내려가지 않았다. 비장이 다시 북을 때렸다. 군병들은 움직이지 않았다. 김류가 환도를 풀어서 비장에게 내주었다.

— 체찰사의 칼이다. 뒤를 쳐서 앞으로 내몰라.

비장이 김류의 칼을 들고 성문 밖으로 나아가 칼을 빼들고 머뭇거리는 군병들의 후미부터 쳐나갔다. 군졸 다섯이 비장의 칼에 쓰러졌다. 문루 위에서 김류는 계속 북을 울렸다. 군병들은 산비탈 아래로 몰려 내려갔다. 소들이 놀라서 달아났다. 초관이 소리쳤다.

— 소를 죽여라. 죽여놓고 저녁때 각 떠서 가져가자.

군병 몇이 달아나는 소를 쏘아 쓰러뜨렸다. 개울까지 나아간 조선 군병들이 마른 섶을 태워 목책에 불을 질렀다. 개울을 따라 연기가 올랐다. 조선 군병들은 불타버린 목책을 넘어서 들판으로 나아갔다. 청병은 기척도 없었다. 별장은 들판에 사주경계 대형으로 군병을 배치했고, 첨병을 풀어서 인근 산악을 수색할 참이었다.

들판에 잇닿은 산허리에서 청병이 쏘는 대포 소리가 울렸다. 청의 철갑기병들이 산자락을 돌아나왔다. 기병들은 빠르게 펼쳐지며 들판 가장자리를 포위했다. 산 중턱에서 내려온 청의 보병들이 기병 뒤쪽에 포진했다. 개활지에는 엄폐물이 없었다. 밀집한 조선 군병의 대오 안으로 포탄이 날아왔다. 초관이 기를 흔들어 군병을 산개했다. 군병들은 흩어지면서 개울 쪽으로 물러섰고, 청병은 파상 대형으로 다가왔다. 일파가 엎드려서 쏘면, 이파가 앞으로 달려나와 엎드렸다. 목책을 이미 태워서 조선 군병들은 의지할 곳이 없었다. 조선 군병들은 개울을 건너가 바위 뒤에 붙어서 발포했다. 청병들이 일제히 땅에 엎드렸다. 청의 야포가 들로 내려왔다. 야포는 개울 건너 조선 군진을 포격했다. 개울을 사이에 두고 싸움은 한나절을 넘겼다. 화약이 떨어져 조선 군병의 사격이 뜸해졌다. 조총을 내던진 군졸들이 창을 들고 청진으로 돌격하다가 총알을 받고 쓰러졌다. 조선 군병들의 사격이 뜸해지자 청의 기병들이 개울가로 다가왔다. 철갑기병들은 마상에서 발포했다. 군졸들이 초관에게 소리쳤다.

— 화약, 화약…….

초관은 문루 쪽을 바라보았다. 문루에서 김류는 싸움을 내려다보고 있었다. 비장이 김류에게 말했다.

— 화약을 더 내보내야겠습니다.

김류가 말했다.

— 이미 늦었다. 불러들여라.

비장이 북을 울려서 퇴각 신호를 보냈다. 초관이 기를 흔들어 신호를 받았다. 돌아선 군병들이 가파른 오르막으로 붙었다. 북문은 가까웠으나 올려다보기에 멀었다. 김류가 북을 울려 퇴각을 재촉했다. 청의 기병들이 야포를 끌고 개울을 건너왔다. 조선 군병 몇이 화약 주머니를 털어 돌아서서 쏘았다. 조준선이 흔들렸고, 쏘던 군병들이 쓰러졌다. 청의 포격이 오르막 쪽으로 집중되었다. 포탄이 멀리 날아와 조선 군병들의 앞을 막았고, 청의 보병들이 뒤로 달려들었다. 북문으로 가는 오르막에서 조선 군병들은 줄지어 고꾸라졌다. 고꾸라진 사체가 눈에 미끄러져 아래쪽으로 흘렀다. 묘당의 대신 몇 명과 비국당상들이 북문 문루에 나와 있었다. 문신들은 김류 옆에서 싸움을 내려다보며 싸움의 고비마다 무릎을 쳤다.

— 아이쿠, 저런. 왼쪽으로 빠져야지!

— 아하, 저래가지고서야…….

날이 저물었다. 북쪽 성벽은 해거름이 일렀다. 문신들은 마을로 내려갔다. 성 밖 개울가에서 청병들은 죽은 소를 각 떠서 한 무더기씩 지고 돌아갔다. 북영 초관이 살아남은 군졸 열댓 명을 인솔해서 북문 안으로 들어왔다. 김류가 초관을 결박했다.

— 죽더라도 들판에서 일대일로 맞잡고 싸우다가 죽을 일이지. 어쩌자고 개울 건너로 군사를 물렸느냐!

— 화약이 모자랐고, 창검으로는 적의 기병에 맞설 수가 없었소.

김류가 비장에게 명했다.

— 장틀을 갖추라.

비장이 북장대 마당에 형틀을 펼쳤다. 김류가 나장에게 명하여 북영 초관을 장 쳤다. 중곤(重棍)으로 내리치는 팔십 대였다. 초관은 엉치뼈가 흩어지고 허리가 부러졌다. 매질이 끝나고도 초관은 기절해 늘어져 있었다. 나장이 초관을 떠메고 나갔다. 그믐달이 올랐다. 북문 밖은 다시 고요했다. 비탈에 쓰러진 사체 주변의 눈이 붉게 물들었다. 덜 죽은 자들이 북문을 향해 눈비탈을 기어오르다가 아래로 굴러떨어졌다. 어두워서 골짜기 너머 청진은 보이지 않았다. 그날 밤 김류는 북장대에 머물렀다. 김류는 혼자서 폭음했다.

설날

동장대 위로 오른 아침 해는 맞은편 서벽 쪽 숲의 어둠을 먼저 걷어냈다. 아침 햇살이 행궁 지붕에 닿으면 골기와에 덮인 눈이 부풀어 보였다. 흰 봉우리들을 스쳐오는 햇살에는 푸른 기가 돌았다. 달 없는 밤의 어둠 속에서 보이지 않던 성벽은 아침마다 세상으로 끌려나오듯 빛과 어둠의 경계를 따라서 능선 위로 드러났다. 비스듬한 햇살이 깊이 와 닿는 성벽이 먼저 드러났고, 북벽과 남벽이 길게 잇대어 어둠 속에서 깨어났다.
갇힌 성안에 해가 바뀌었다. 정축년 설날 아침은 맑았다. 하늘이 새파랗고 성벽이 또렷했다. 서장대 뒤 소나무 숲이 짙은 향기를 뿜어냈고 둥치가 아침 햇살에 붉었다.
설날 아침에 광주 목사가 쌀 한 말로 가래떡을 뽑아, 행궁에 열 가래를 올리고 백관들에게 한 가래씩 돌렸다. 수라간 상궁이 떡국을 끓였다. 맑은 간장으로 간을 맞추고 쌀독에 박아두었던 달걀 한 개를 풀었다. 임금이 관량사에게 명하여 찐 콩을 성첩에 내렸다.
민촌에서 설날 아침을 준비하는 연기가 올랐다. 끼니거리가 없는 백성들도 빈 솥단지에 불을 때서 연기를 올렸다. 민촌의 연기가 행궁 쪽으로 번져왔다. 아침 수라상에 떡국이 올랐다. 떡국을 넘기면서 임금은 민촌에서 퍼져오는 연기 냄새를 맡았다. 멀리서 끼쳐오는 연기 냄새 속에 산천과 마을이 펼쳐지는 듯했다.
설날 아침에 세자와 종친들이 내행전 마루에서 세배를 올렸다. 임금은 세찬을 내리지 못했다. 세자 일행이 물러나자 당상들이 세배를 올렸다. 절을 마친 당상들은 품계대로 도열해 앉았다.

— 북문 밖에서 죽은 군병들은 처자식을 성안에 두고 있는가?

김류가 대답했다.

— 처자식들은 성 밖에 있고, 모두 홑몸으로 들어온 자들이옵니다.

— 성첩에서 사체가 보이는가?

— 눈에 묻혀 있을 것이옵니다.

— 사체를 묻어야 하지 않겠는가. 이름은 적어두었는가?

김상헌이 말했다.

— 전하, 설날이옵니다. 동지 때 사라진 해가 다시 떠오는 날이옵니다. 죽은 군병들의 일은 신들에게 맡기시고 성심을 새롭게 하소서.

성첩에 올라간 군장과 병졸들이 땅바닥에 엎드려 행궁을 향해 절했고, 까치 떼들이 동트는 동장대 쪽의 벌건 노을을 향해 짖어댔다.

임금이 곤룡포에 면류관을 쓰고 마당으로 내려섰다. 마당에 넓은 멍석이 깔려 있었고, 종친들은 오른쪽에, 조복 차림의 신료들은 왼쪽에 도열했다. 사신이 다녀오려면 석 달이 걸리는데 북경이 얼마나 먼 곳인지 임금은 더듬을 수 없었다. 정축 원단에 남한산성 내행전 마당에서 조선 국왕이 북경을 향하여 명의 천자에게 올리는 망궐례(望闕禮)가 열렸다.

망궐례에는 임금과 세자가 무도(舞蹈)를 거행하는 절차가 있었다. 조정이 야지에 나와 있으니 『의주(儀註)』대로 예법을 행할 수는 없고, 더구나 세자는 작년에 모후를 여의고 상중에 있으므로 몸을 열어서 춤출 수 없으니, 임금이 무도를 거행할 때 그 뒤에 서 있는 것이 마땅하다고 예조좌랑이 아뢰었다. 무도에는 악(樂)을 베풀어야 하는데, 지금 행궁에는 악기도 없고 악공도 없으므로 악 없는 무도는 폐하는 것이 오히려 의주에 맞는 것이라고 이조좌랑이 아뢰었다.

비록 야지에서 『의주』대로 따를 수는 없으나, 곤궁할수록 존명(尊命)의 대의가 새로운 것이므로 무도를 폐할 수는 없고, 악이 없고 세자가 따를 수 없어도 임금 혼자서라도 무도를 거행해야 한다고 예조참판이 아뢰었다. 면류관을 쓴 임금은 멍석 위에 서 있었다.

김상헌이 앞으로 나아가서 아뢰었다.

— 전하, 예는 지극한 마음에서 비롯된다 하였으니, 악이 없더라도 뜻으로써 거행할 수 있을 것이옵니다.

— 알았다. 내 혼자 하마. 세자는 따르지 말라.

임금이 멍석 한가운데로 나아갔다. 북경은 삼전도 송파강 너머, 임진강 너머, 예성, 대동, 청천, 압록강 너머, 다시 여진의 땅을 건너서 그 너머의 너머였다. 북경의 황성은 보이지 않았다.

북쪽 성벽에서 눈먼지가 일었다. 임금은 두 팔을 쳐들어 허공에서 원을 그리고 가슴 위로 거두어들이며 무릎을 꿇어 절했다. 세자와 종친과 신료들이 따라서 절했다. 임금이 다시 일어섰다. 임금은 춤추었다. 임금은 반걸음씩 나아가면서 두 팔을 쳐들어 하늘을 받들어 안고 왼쪽으로 돌았다. 다시 임금이 오른쪽으로 돌면서 두 팔을 펼쳤다. 임금이 펼친 두 팔로 해와 달을 받들어 품고 허리를 숙이며 반걸음씩 뒤로 물러섰다. 곤룡포 소맷자락이 펄럭였고, 면류관의 청옥과 백옥이 반짝였다. 당상들은 김류의 뒤쪽으로 꿇어앉아 있었다. 김상헌은 임금의 춤이 멀고 아득한 것들을 가까이 끌어당기는 환영을 느꼈다. 최명길은 멍석 위에서 펼쳐지고 접혀지며 다가오고 물러가는 임금의 춤 그림자를 들여다보고 있었다. 해가 높이 올라서 성 밖 봉우리들이 가까워 보였고, 하얀 성벽이 쟁쟁 울리듯이 선명했다.

— 걸어서 가겠다. 조선의 땅을 밟으려 한다.

칸은 가마를 물리쳤다. 망월봉 꼭대기에서 조선의 산성과 행궁을 내려다보면서 신년 하례를 올리고 싶다는 용골대의 청을 칸은 받아들였다. 선발대가 이틀 전에 망월봉에 올라가 하례식을 준비했고, 용골대는 군장들을 호령해서 삼전도 들판에 행군대열을 갖추었다. 심양에서 삼전도까지 삼층 가마를 타고 내려와서 칸은 무릎이 쑤시고 허리가 결리던 참이었다. 증파 병력으로 보병과 기병 오만이 삼층 가마의 뒤를 따랐다. 한 번의 교전도 없어서 진군대열은 한가했고, 행군 속도는 하루 백오십 리를 넘었다. 가마에서 흔들리며 칸은 이 무력하고 고집 세며 수줍고 꽉 막힌 나라의 아둔함을 깊이 근심하였다. 칸은 저녁 무렵 송파강 건너편에 당도했다. 용골대는 횃불을 든 보병 일천에 기병 오천을 인솔하고 강을 건너가 칸을 맞았다.

정축 원단의 새벽에 망월봉으로 가는 칸의 대열은 삼전도에서 출발했다. 기치 부대가 대열의 맨 앞에 섰고, 철갑 융복에 화창(火槍)

을 멘 칸의 뒤로 보병과 기병 일만이 따랐다. 칸은 걸어서 갔다. 대열은 남한산성 북쪽 외곽 산악을 우회해서 망월봉 후면에 닿았다. 거기서부터 꼭대기까지는 용골대가 조선인 포로들을 부려서 닦아놓은 길이 열려 있었다. 길은 갈지자로 산허리를 돌아서 꼭대기에 닿았다. 망월봉 뒷면 도로는 남한산성 행궁에서 보이지 않았다.

선발대가 망월봉 꼭대기 단 위에 스무 평짜리 일산을 펼쳤다. 황제의 황색 일산이었다. 칸이 일산 아래로 들어섰다. 용골대가 군장들을 거느리고 단 아래에 도열했다. 여진의 군장들이 가운데를 차지했고, 몽고와 한족의 군장들이 양옆으로 비켜섰다. 기치부대가 팔색기를 좌우로 펼쳤고, 군사들은 팔부 능선 위로 포진했다. 단 앞쪽으로 나무를 걷어낸 개활지에 야포 다섯 문이 설치되어 있었다. 각 포마다 부장이 한 명씩 기립했다. 야포들은 남한산성의 조선 행궁 쪽으로 조준을 고정해놓고 있었다. 망월봉에서 행궁 사이에는 앞을 가리는 장애물이 없었다.

제관이 수말 한 마리를 단 앞으로 몰고 나왔다. 아직 흘레하지 않은 어리고 깨끗한 수컷이었다. 제관이 칼을 휘둘러 말의 목을 베었다. 용골대가 쓰러진 말 앞에 절하고 말 피를 그릇에 받아서 칸에게 올렸다. 칸이 단에서 내려와 말 피를 동서남북으로 뿌렸다. 칸은 땅에 무릎을 꿇고 앉아 두 팔을 하늘로 쳐들어서 원단의 해를 맞았다. 군사들이 창검을 흔들며 함성을 질렀다. 칸이 군사들에게 술과 고기를 풀었다. 망월봉 꼭대기까지 따라온 사냥개들이 뼈다귀를 뜯었다. 망월봉 꼭대기에서 칸은 원단의 찬술을 마셨다. 조선의 산성과 행궁이 빤히 내려다보였다. 오목한 분지 안에 마을이 엎드려 있었다. 흰 성벽은 단정하고 날카로웠다. 흙이 맑았다. 성은 유년의 설화처럼 보였다. …조선은 저러한 나라였구나. 성이 이야기 속 같을수록 성문이 스스로 열리기는 쉽지 않겠구나……. 칸은 생각했다.

성안을 살피던 칸이 눈에 힘을 주며 찌푸렸다. 멀리 행궁 마당에서 움직이는 것들이 보였다. 뭔가 펄럭거리는 것 같기도 했고, 사람들이 그 주위에 모여 있는 것 같기도 했다. 칸이 용골대에게 물었다.

— 저것이 무엇이냐?

용골대는 대답하지 못했다. 용골대가 정명수에게 물었다.

— 저것이 무엇이냐?

정명수가 대답했다.

— 조선 국왕이 무리를 거느리고 명을 향해 원단의 예를 행하는 것이옵니다.

칸의 목소리가 낮게 깔렸다.

— 무어라. 명에게……. 북경 쪽으로…….

대청 황제 칸이 이역만리 조선 땅에 와 일월성신의 신년을 영접하는 봉우리 아래에서, 갇힌 성안의 조선 국왕이 명에게 예를 올리고 있었다. 용골대는 무참했다. 칸의 진노가 떨어질 듯 등줄기가 시렸다. 용골대가 단 앞에 엎드렸다.

— 폐하, 소장의 무능이옵니다.

— 뭐, 그렇기야 하겠느냐. 저들이 제 짓을 하는 것이겠지.

— 지금 포를 쏴서 헤쳐버릴까 하옵니다.

— 사정거리가 닿겠느냐?

— 홍이포(紅夷砲)는 닿고도 남습니다.

사냥개 한 마리가 칸 옆으로 다가와 앉았다. 개가 칸의 신발을 핥았다. 칸이 개의 대가리를 쓰다듬었다. 개가 벌건 아가리를 벌려서 하품했다. 칸이 빙그레 웃었다.

— 쏘지 마라. 저들이 예법을 행하고 있지 않느냐.

— 폐하께서도 신들의 예를 받고 계시옵니다.

— 쏘지 마라. 정초에 화약 냄새는 상서롭지 못하다.

— 신은 차마 볼 수가 없나이다.

— 냅둬라. 저들을 살려서 대면하려 한다. 발포를 금한다.

행궁 마당이 조용해질 때까지 칸은 성안을 내려다보았다.

임금이 무도를 마치고 다시 북경을 향해 절했다. 종친과 신료들이 임금을 따라서 절했다. 절을 마치고 남쪽으로 돌아앉을 때, 최명길은 망월봉 꼭대기에서 펄럭거리는 황색 일산을 보았다. 최명길이 김상헌의 소매를 당겼다.

— 저 꼭대기에 누런 게 보이시오?

김상헌이 실눈을 뜨고 망월봉을 바라보았다.

— 황색 일산이구려.

임금과 신료들이 일제히 망월봉 쪽을 바라보았다. 일산 둘레에서 펄럭이는 팔색 깃발도 보였다. 저물녘에 일산이 걷혔다.

냉이

묵은 눈이 갈라진 자리에 햇볕이 스몄다. 헐거워진 흙 알갱이 사이로 냉이가 올라왔다. 흙이 풀려서 빛이 드나드는 틈새를 싹이 비집고 나왔다. 바늘끝 같은 싹 밑으로 실뿌리가 흙을 움켜쥐고 있었다. 행궁 뒷마당과 민촌의 길바닥에, 산비탈이 흘러내려 들에 닿는 언덕에, 냉이는 지천으로 돋아났다.

민촌의 아이들과 성첩의 군병들이 호미로 언 땅을 뒤져 냉이를 캤다. 냉이는 본래 그러하듯이 저절로 돋아났는데, 백성들은 냉이가 다시 겨울을 견디었다고 말했다. 냉이의 말이 아니라 사람의 말이었다. 뿌리가 깊어야 싹을 밀어올린다, 봄은 지심(地心)에서 온다고, 냉이를 캐던 새남터 무당이 말했다.

임금과 신료들, 백성과 군병과 노복들이 냉잇국에 밥을 말아 먹었다. 언 땅에서 뽑아낸 냉이 뿌리는 통째로 씹으면 쌉쌀했고 국물에서는 해토머리의 흙냄새와 햇볕 냄새가 났다. 겨우내 묵은 몸속으로 냉잇국 국물은 체액처럼 퍼져서 창자의 먼 끝을 적셨다. 쌀뜨물에 토장을 풀어 냉이 뿌리를 끓인 다음 고춧가루를 한 순갈 뿌렸는데, 도살장 계집종의 솜씨와 수라간 상궁의 솜씨가 다르지 않았다. 태평성대에는 냉잇국에 모시조개 서너 개를 넣었는데, 정축년 정월의 남한산성 안에는 모시조개가 없었다. 냉잇국을 넘기면서 임금은 중얼거렸다. 백성들의 국물에서는 흙냄새가 나는구나…….

서날쇠가 떠난 뒤 김상헌은 나루를 데려와서 질청 행랑의 계집종들 틈에 두었다. 나루가 끓여오는 냉잇국을 김상헌이 마셨다. 국에 만 보리밥에 무말랭이를 얹어서 먹었다. 김상헌의 목구멍 속에서 산과 들로 펼쳐지는 강토가 출렁거렸고, 온조 이후의 아득한 연월이 지금 이 시간 속으로 흘러들어왔다. …날쇠야 죽지 마라, 날쇠는 살아서 돌아오라……. 국그릇을 두 손으로 들어 국물을 마실 때 더운 김이 올라 김상헌의 눈앞이 흐려졌다. 서날쇠는 어디쯤 간 것인지 김상헌은 더듬을 수 없었다. 질청 앞 삼거리 공터에서, 장대 마당 쪽에서 군병들은 냉잇국을 먹었다.

청장 용골대는 삼전도 본진의 주력을 남한산성 쪽으로 근접배치했다. 칸은 이동을 명령하지 않았으나, 먼 길을 무료하게 내려온 칸에게 용골대는 애써 군사의 활력을 보였다. 칸은 자신이 심양에서 몸소 몰고 온 증원 병력 사만까지도 용골대의 휘하에 주었다. 용골대가 하루 안에 장악 가능한 거리까지 산성 쪽으로 주력을 압박배치하자고 진언했을 때, 칸은 말했다.

— 군사는 장수가 부리는 것이다. 하나, 사다리를 쓰지는 말아라. 쳐서 빼앗기는 쉬울 것이나 내 바라는 바 아니니다.

산성 쪽 고지에서 흘러내리는 작은 물줄기들은 탄천에 모여서 송파강에 합쳐졌다. 물길의 바닥은 말라 있었다. 용골대의 군사는 그 물줄기를 거슬러서 남한산성 쪽으로 이동했다. 이동을 마친 병력은 물가를 따라서 군막을 세우고 목책을 쳤다. 이동은 나흘 동안 계속되었다.

산성 쪽으로 이동하는 청병의 행군대열은 서장대에서 내려다보였다. 바람이 며칠째 산성에서 강 쪽으로 불었다. 높이 달리던 바람이 들로 내려와서는 바닥을 쓸어갔다. 구릉과 능선에 쌓인 눈이 강 쪽으로 불려갔다. 눈보라를 뚫고 대열은 다가왔다. 바람이 들을 쓸어갈 때, 눈먼지에 가리어 군마는 보이지 않았다. 앞선 바람이 눈을 멀리 쓸어가고, 뒤따르는 바람이 채 당도하지 않은 사이사이로 청병의 군마가 잠깐씩 보였다. 다시 바람이 눈을 몰아 들이닥치면 군마의 대열은 보이지 않았다. 보이고 또 보이지 않는 대열은 눈보라의 바닥에 붙어서 산성 쪽으로 다가왔다.

청병이 다가오는 저녁에 이시백은 최명길과 김상헌을 서장대로 청했다.

— 대감들께서 봐두셔야 할 일이기에…….

서장대 뒤 성벽에서 두 당상은 눈보라 속으로 다가오는 청병의 대열을 말없이 내려다보았다. 먼 대열은 안개처럼 자욱했다. 이시백이 말했다.

— 적의 주력이 다가오고 있소이다. 보신 대로 어전에 아뢰어주시오.

김상헌은 시선을 거두어 성 안쪽으로 몸을 돌렸다. 총안 아래로 주저앉으면서 김상헌이 말했다.

— 적의 주력이 삼전도에 머무르나 가까이 다가오나 우리의 길은 따로 있는 것이오.

이시백이 말했다.

— 소장에게는 성첩만이 보이고 길은 보이지 않소이다.

이시백은 저녁 교대가 시작되는 북문 쪽으로 내려갔다. 최명길은 아무 말도 하지 않았다.

… 아마도 길은 적들 속으로 뻗어 있을 것이오. 적을 통과해

야만…….

최명길은 그 말을 견디고 있었다.

칸의 문서가 성안으로 들어온 적이 없고, 아무도 칸을 보았다는 자가 없었지만 칸은 일월처럼 확실하게 성 밖에 와 있었다. 칸의 존재는 망월봉 위의 황색 일산과 도망쳐온 땅꾼의 진술에 실려 성안으로 들어왔고, 성안으로 들어온 칸의 그림자는 다시 풍문으로 풀어졌다. 서장대에서 내려다보이는 청군의 접근으로 풍문은 또 확실해졌는데, 확실한 것이 다시 풍문으로 떠다녔다.

청군의 근접배치가 끝나던 날, 냉잇국으로 아침을 먹은 신료들은 어전에 모였다. 신료들은 입을 다물었고 임금이 먼저 말을 꺼냈다.

— 칸이 오기는 왔다는 것인가?

김상헌이 말했다.

— 칸이 여기까지 오기도 어렵거니와 칸이 왔다 한들 아니 온 것과 다르지 않사옵니다.

— 다르지 않다니? 같을 리가 있겠는가?

— 우리의 길은 매한가지라는 뜻이옵니다.

최명길이 말했다.

— 제발 예판은 길, 길 하지 마시오. 길이란 땅바닥에 있는 것이오. 가면 길이고 가지 않으면 땅바닥인 것이오.

김상헌이 목청을 높였다.

— 내 말이 그 말이오. 갈 수 없는 길은 길이 아니란 말이오.

임금이 손사래를 쳤다.

—이러지들 마라. 우선 칸이 왔다면 문서라도 보내서 예를 보여야 할 것 아닌가?

김상헌이 말했다.

—군왕끼리의 예는 국경을 사이에 두고 멀리서 마주 보는 것입니다. 이 일은 용골대에게 세찬을 보낸 것과는 다른 일이옵니다. 사전에 문서도 사신도 없이 군사를 몰아서 불쑥 왔다면 이미 예를 논할 수 없사옵니다.

최명길이 무릎걸음으로 앞으로 나아가 말했다.

—칸은 비록 황제라 하나 몸을 가벼이 움직이는 자이옵니다. 배후에 명이 있으니, 칸은 삼전도에 오래 머물지는 못할 것이옵니다. 칸이 머무르는 동안 성을 나가는 길을 여소서. 칸이 돌아가면 그다음은 더욱 어려워질 것이옵니다.

김상헌이 말했다.

—칸이 왔다면 빈손으로 돌아가려 하지 않을 것이오. 그가 취하려는 바가 뭐라고 이판은 생각하시오?

최명길이 말했다.

—그게 무엇인지를 예판은 모르시오? 아마 전하께서는 아실 것이오.

김상헌이 말했다.

—전하, 명길은 전하를 앞세우고 적의 아가리 속으로 들어가려는 자이옵니다. 죽음에도 아름다운 자리가 있을진대, 하필 적의 아가리 속이겠나이까?

최명길의 목소리가 더욱 낮아졌다.

— 전하, 살기 위해서는 가지 못할 길이 없고, 적의 아가리 속에도 삶의 길은 있을 것이옵니다. 적이 성을 깨뜨리기 전에 성단을 내려주소서.

임금이 김류를 바라보았다. 김류는 감았던 눈을 뜨면서 임금의 시선을 받았다. 임금의 시선은 말을 요구하고 있었다. 김류가 말했다.

— 칸이 왔다면 어쨌거나 성이 열릴 날이 가까이 온 것이옵니다.

— 그게 무슨 말이냐?

— 날짜가 다가옴을 아뢴 것이옵니다.

임금이 천장을 바라보았다.

— 영상의 말은 나무랄 데가 없구나.

젊은 낭청과 교리들이 행궁으로 몰려왔다. 승지가 고하기도 전에 당하관들은 내행전 마루 앞 땅바닥에 엎드렸다. 당하들은 이마를 땅에 대고 흐느꼈다. 당하들도 풍문으로 떠도는 칸을 사실로 받아들이고 있었다.

…… 전하, 명길을 베어 머리를 삼군에 돌리소서.

…… 전하, 오직 죽을 사(死) 속에 수, 전, 화의 길이 모두 있을 것이옵니다. 화를 논할진대 어찌 사를 논하지 않으시옵니까.

마루에서 최명길은 젊은 당하들을 내려다보았다. 당하들의 울음은 반듯하고 단정했다. 문과에 급제하고 벼슬길에 갓 나온 젊은이들이었다. 울음 사이에 고개를 들어서 말을 할 때 목소리에는 울음기가 빠져서 발음이 또렷했고, 말을 마치면 다시 어깨가 흔들렸다. 삼백 년 종사가 길러낸 임금의 금지옥엽들이었다. 임금이 말했다.

— 젊은이들의 말이 준열하구나. 그대들의 말이 그대들의 뜻인가?

최명길이 임금의 말을 받았다.

— 두려움이 말을 가파르게 몰아가는 것이니 너무 나무라지 마소서.

— 경을 베라고 하는구만.

— 옳은 말이오나 지금은 아니옵니다. 지금은 이르옵니다. 환궁 후에 베소서.

임금이 금군위장을 불렀다.

— 당하들을 끌어내라. 내 저들의 말을 다 알고 있다.

담장에 붙어 있던 금군들이 마당 안쪽으로 다가왔다. 금군들이 창대를 눕혀서 당하들을 밀어냈다. 임금이 다시 말했다.

— 아니다. 그냥 둬라. 저들은 저래야 저들일 것이니…….

임금이 안으로 들어가고 마루 위의 당상들이 돌아간 뒤에도 당하들은 이마를 땅에 대고 오랫동안 내행전 앞마당에 꿇어앉아 있었다.

물비늘

해토머리에 흙이 풀려서 이시백의 얼음벽이 녹아내렸다. 남장대에서 동문 사이의 볕바른 쪽이 먼저 무너졌다. 얼음의 힘이 빠지면서 얼었던 흙은 죽처럼 흘러내렸다. 흙이 흘러내린 성벽에 돌 빠진 자리마다 구멍이 드러났다. 구멍 언저리에서 냉이가 올라왔다. 구멍 너머로 보이는 초봄의 마른 숲에 뽀얀 안개가 서려 있었고, 청병의 위장 진지에서 연기가 올랐다. 이시백이 군병을 산속으로 보내 나무 밑동을 잘라냈다. 목책을 엮어서 구멍마다 틀어막을 참이었다.

내행전 마당에서 흐느끼면서 죽을 사를 말하던 당하관 두 명이 다음 날 새벽에 얼음벽이 무너진 구멍으로 성을 빠져나갔다. 달아난 자들은 성안 어디에서도 보이지 않았다. 이시백이 비장을 보내 달아난 자들의 거처를 수색했다. 처자식을 성 밖에 두고 홑몸으로 호종해 들어와서 사찰 요사채에 기거하던 자들이었다. 달아난 자들의 방은 됫박처럼 비어 있었고, 붓으로 옮겨 쓴 『경국대전(經國大典)』과 『근사록(近思錄)』이 버려져 있었다. 아무도 달아난 자들의 일을 입에 담지 않았다.

정축년 정월 초순의 끝물에 송파강이 풀렸다. 갈라진 얼음장이 하류로 떠내려갔다. 얼음에 박혀 있던 주검들과 바퀴 빠진 달구지와 망가진 화포들이 물 밑으로 가라앉았다. 김상헌의 칼에 맞고 쓰러진 사공의 시체도 겨우내 눈을 뒤집어쓰고 얼어 있다가 얼음 풀린 물 밑으로 가라앉았다.

눈 녹은 물이 인마의 시체로 썩어가던 물을 밀어내고 강을 가득

채웠다. 새 물로 흘러가는 강은 향기로웠다. 강물은 먼 산악 속의 비린 봄 냄새를 실어왔다. 어린 물고기들은 햇볕이 쪼이는 따스한 물가 가장자리로 몰려들었다. 심양에서 삼전도까지 따라온 여진의 개들이 강가에 나와 콧구멍을 벌름거리며 물 냄새를 맡았다. 개들의 젖은 코끝이 봄빛에 반들거렸다. 봄은 알아들을 수 없는 이야기를 끝없이 조잘대는 듯싶었다.

— 조선의 봄은 어린 계집과도 같구나.

군막 너머로 봄이 오는 강을 바라보며 칸은 중얼거렸다.

병력을 남한산성 쪽으로 전진배치하고 나서 칸은 삼전도 본진에 머물렀다. 칸의 황색 군막을 위병들이 삼중으로 호위했고, 군막으로 오르는 계단 양쪽에 팔색기가 펄럭였다.

송파강의 여울은 빨랐다. 지저귀는 물 위로 물비늘이 튀었다. 풀리는 강을 바라보면서 칸은 망월봉 꼭대기에서 내려다본 조선 행궁의 망궐례를 생각했다. 홍이포의 사정거리 안에서 명을 향해 영신의 춤을 추던 조선 왕의 모습은 칸의 마음에 깊이 박혀들었다. …난해한 나라로구나……. 아주 으깨지는 말자……. 부수기보다는 스스로 부서져야 새로워질 수 있겠구나…….

강가에서 야영으로 겨울을 난 용골대의 군장들은 조선의 봄이 노곤했다. 십오만 병력을 멀리 옮겨놓고서도 소규모 부대로 성벽에 다가가 토끼 사냥하듯 투닥거리는 싸움이 군장들은 지루했다. 전공은 없고, 약탈로 놀고먹는 날들이 민망했다. 군장들은 용골대에게 몰려와 공성을 진언했다. 왜 사다리를 수없이 만들어놓고서도 성벽에 들이대지 않는지 군장들은 용골대를 몰아붙였다. 주력을 성의 동서남북 문과 그 사이사이의 여덟 방면으로 분산시켜서 방면별로 시차를 두고 공격하면, 성안의 조선 병력은 제 일차 공격 방면과 제 이차 공격 방면으로 몰릴 것이므로, 후발 공격대가 성벽을 타 넘어 들어가기는 걸어 들어가는 것과 다름없다고 군장들은 도면을 들이대며 설명했다. 공성은 야습이 마땅하며, 후발 공격대는 어둠 속에 감추어놓아야 하는데, 달이 보름을 향해 점점 커지고 있으니 하루가 급한 일이라고 군장들은 소리쳤다. 내일이라도 성을 깨뜨려서 조선 행궁을 불 지르고 조선 왕과 그 무리들을 붙잡아 마지막으로 명을 향해 춤추게 한 다음, 춤추던 그 자리에서 모조리 도륙을 내든지, 묶어서 달구지에 실어 끌고 가든지 속히 원정을 끝내고 고향으로 돌아가자고 군장들은 졸라댔다. 용골대의 생각도 군장들의 소망과 다르지 않았다. 용골대가 군장들의 뜻을 칸에게 고했다. 칸은 허락하지 않았다. 칸이 군장들을 달랬다.

— 너희는 내가 여기까지 온 것과 오지 않은 것의 차이를 깊이 생각해라. 너희들끼리라면 성을 깨뜨려서 취하는 쪽이 용맹하다 할 것이다. 그러나 내가 이미 왔으므로 군사를 몰아서 성을 취함은 아름답지 않다. 내가 저 춥고 가난한 성을 얻기 위하여 군사를 보내 성벽을 타 넘어야 하겠느냐. 그것을 황제의 위의라 할 수 있겠느냐. 저들이 완강하고 편벽할수록 제 발로 걸어 나와야 황제의 존호는 빛날 것이다. 하나, 바싹 조여라. 오래 걸리지는 않을 것이다.

용골대가 머리를 들었다.

— 신들의 헤아림이 모자랐사옵니다. 하오나 홍이포를 몇 발 성안으로 쏘아 넣으면 어떻겠나이까?

— 망월봉 꼭대기의 그 야포 말이냐?

— 그러하옵니다. 시야가 트여서 사격 연습하듯 쏠 수가 있습니다.

— 조선 왕의 거처를 정조준하지는 말아라. 그 언저리에 몇 방은 장수가 알아서 하라.

망월봉에서 조선 왕의 춤을 바라본 뒤 칸은 군사를 거두어 돌아갈 수 있는 날이 가까웠음을 알았다. 조선 왕의 춤이 돌아갈 날짜를 일러주는 듯싶었다. 칸은 오직 조선 왕과 그 무리들이 성안에서 자진하는 사태를 염려하였다. 저들이 자진하고 나면 제 발로 걸어 나와 안기는 모습을 천하에 보일 수 없고, 군사를 몰아서 적막한 성안으로 넘어 들어가기는 쑥스러울 것이었다. 이미 무너져버린 저들의 강토를 난도질하기는 황제로서 싱거운 일일 것이며, 오히려 저들의 결연한 죽음의 비애를 애달파하는 후세의 언설을 모아주기 십상일 것이었다. 성안이 바싹 말라버린 뒤에 조선 왕과 그 무리들이 굶어 죽지 않을 만큼의 양식을 하루에 하루치씩 성안으로 넣어주어야 할 건지를 칸은 생각하고 있었다.

또 멀리서 남한산성을 향해 다가오고 있을 조선의 지방 병력도 칸의 근심거리였다. 조선 조정이 갇힌 성안에서 지방군에 선을 대고 진퇴를 지휘하고 있는 것인지, 칸은 정보가 없었다. 성을 둘러싸기는 했지만 안에서만 열 수 있는 구멍과 감추어진 길은 어디나 있는 것이어서 들짐승의 길을 따라 조선 왕의 밀사가 성을 드나들 수는 있었다. 드나드는 것인지 드나들지 못하는 것인지 알 수 없었지만, 드나들지 못함을 확인할 수 없을 때는 드나들고 있다고 칸은 믿는 쪽이었다. 조선의 지방군이 다가오더라도 싸움의 큰 틀 전체를 경영할 만한 지휘계통은 작동하지 못할 것이고, 여기저기서 산병들을 끌어모은 소규모 독립부대들일 것이었다. 하지만 여러 방면에서 한꺼번에 달려들 때는 힘들어질 수도 있었다. 조선의 강들이 풀리고 있었다. 함경도, 평안도, 황해도 쪽에서 내려오는 조선 지방군은 한강 유역에서 저지할 수 있겠지만, 남쪽에서 올라오는 병력은 이배재 고개나 그 너머의 평야에서 막아내야 할 것이었다.

칸은 이배재 고개 팔부 능선을 따라 화포 진지를 들여앉히고 보병 사수들을 증강했다. 고개로 통하는 모든 샛길을 목책으로 막고 고개 너머 평야지대에 기병의 군진을 펼쳤다.

칸은 머지않아 군사를 거두어 돌아갈 일을 대비했다. 조선 왕실과 그 떨거지들, 떨거지들의 시중꾼과 시중꾼의 구종잡배들을 심양까지 끌고 가야 했다. 또 춥고 먼 원정길에서 아랫도리가 헛헛해진 여러 군장이 끌어모은 조선의 미색들 그리고 포로와 전리품을 옮겨야 했으므로, 돌아갈 때의 군수는 더욱 무겁고 행군대열은 길 것이었다. 조선의 무지한 향병이나 민병들이 산발적으로 기습해올 수 있으므로, 귀로의 행군대열은 이동대열을 여러 토막으로 나누고 토막의 앞뒤를 전투대열로 엄호해야 할 것이었다. 십오만 군사에 화포, 탄약, 군량, 군마, 말먹이 풀을 끌고 강을 건너려면 뗏목과 배가 있어야 했다. 강들은 남쪽부터 차례로 녹고 있었다. 풀어지는 강은 조선 지방군들의 진로를 막아주었지만, 칸의 귀로 또한 막았다. 조선의 산성 안에 뗏목이나 배가 있을 리 없었고, 지니지 않은 것을 빼앗을 수는 없었다. 칸은 삼전도 본진의 병력을 풀어서 뗏목을 만들었고, 지나온 강들의 나루터마다 떼어놓고 온 후방 부대들에 전령을 보내어 조선 백성들의 어선과 나룻배를 끌어모아 정비하고 대형 뗏목을 만들도록 명했다.

그러나 알 수 없는 것은 조선이었다. 송파강은 날마다 부풀었다. 물비늘이 반짝이는 강물을 바라보며 칸은 답답했다. 저처럼 외지고 오목한 나라에 어여쁘고 단정한 삶의 길이 없지 않을 터인데, 기를 쓰고 스스로 강자의 적이 됨으로써 멀리 있는 황제를 기어이 불러들이는 까닭을 칸은 알 수 없었고 물을 수도 없었다. 스스로 강자의 적이 되는 처연하고 강개한 자리에서 돌연 아무런 적대행위도 하지 않는 그 적막을 칸은 이해할 수 없었다. 압록강을 건너서 송파강에 당도하기까지 행군대열 앞에 조선 군대는 단 한 번도 얼씬거리지 않았다. 대처를 지날 때에도 관아와 마을에는 인기척이 없었다. 조선의 누런 개들이 낯선 행군대열을 향해 짖어댈 뿐이었다. 도성과 강토를 다 비워놓고 군신이 언 강 위로 수레를 밀고 당기며 산성 속으로 들어가 문을 닫아걸고 내다보지 않으니, 맞겠다는 것인지 돌아서겠다는 것인지, 싸우겠다는 것인지 달아나겠다는 것인지, 지키겠다는 것인지 내주겠다는 것인지, 버티겠다는 것인지 주저앉겠다는 것인지, 따르겠다는 것인지 거스르겠다는 것인지 칸은 알 수 없었다.

조선 조정이 황제가 성 밑에까지 온 것을 알고 있는지 모르고 있는지, 모르고 있다는 것조차 모르고 있는지 칸은 알지 못했다. 황제가 이미 왔음은 돌이킬 수 없는 것이므로, 조선이 염탐질로 황제가 온 것을 알아차리게 하기보다는 이쪽에서 넌지시 알리는 것이 황제다우리라고 칸은 생각했다.

성벽 쪽의 작은 싸움들은 저녁 무렵이면 끝났다. 칸은 하루의 전과를 보고받지 않았다. 저녁 무렵 칸은 때때로 위병들을 떼어놓고 혼자서 강가를 어슬렁거렸다. 해가 하류 쪽으로 내려앉으면 강물은 붉은 노을 속으로 흘렀다. 칸은 물 가운데로 돌팔매질을 했고, 바지춤을 내리고 강물 위로 오줌을 갈겼다. 조선은 봄이 일러서 일찍 발정한 여진의 개들이 저무는 강가에서 흘레붙었다. 꽁무니를 붙인 개들이 새빨간 혀를 빼물고 헐떡거렸다. 털갈이를 시작한 개들이 뒷발로 옆구리를 긁어댔다. 강물 위로 개털이 날렸다. 긁기를 마친 개들이 강물로 뛰어들어 헤엄치면서 근지러운 살갗을 적셨다. 칸은 돌을 던져서 헤엄치는 개들을 멀리 내몰았고, 다시 휘파람을 불어 불러들였다. 뭍으로 올라온 개들은 몸을 흔들어 물을 털어내고 칸에게 뛰어올랐다.

설이 지나고 나서 문안이라는 명목으로 삼전도에 내려온 조선의 사신을 칸은 만나지 않았다. 조선의 목적이 문안이 아니라 염탐이라고 칸은 짐작했다. 용골대가 조선 사신들을 군막 안에서 면대했다. 칸은 용골대에게 황제가 왔음을 귀띔해주라고 일렀다. 칸을 만나지 못하고 돌아온 사신들이 칸이 있다더라는 말을 전하면, 왔는지 안 왔는지를 놓고 성안은 더욱 뒤엉킬 것이었다. 그리고 그 뒤집히고 자빠지는 말들의 아수라 속에서 황제의 위의는 두렵고도 뚜렷해질 것이었다.

용골대는 통역 정명수를 사이에 놓고 조선 사신들에게 말했다.

— 칸이 왔다고 너희 조정에 전하라.

— 뵙게 해다오. 뵙고 가서 전하겠다.

— 왕이 아니면 가까이 갈 수 없다.

— 칸 앞에 발을 내리면 어떻겠느냐?

— 필요없다. 안 보여도 너희는 뵌 것과 다름없다. 날이 밝으면 해가 뜬 것 아니냐.

— 조선 임금이 칸에게 올리는 문안의 뜻을 지니고 왔다.

— 너희가 칸이 온 줄 어찌 알았느냐?

— 멀리서 황색 일산을 보았다.

— 일산이 문안을 받겠느냐. 문안은 놓고 가라. 내가 올려주마.

— 칸을 뵙고 출성과 화친의 길을 물으려 한다.

— 너희의 일을 왜 칸에게 묻는가. 돌아가라. 가서 좀 더 견디라고 너희 왕에게 말해라. 길어지지는 않을 것이다. 그리고 너희는 칸이 부르지 않는 한 다시는 오지 마라.

조선 사신들을 돌려보낸 지 이틀 뒤에 칸은 심양에서 데려온 문한관들을 군막 안으로 불러들였다. 명조에서 한림원 하위직을 지내다가 누르하치가 명의 변방 요새 무순(撫順)을 무너뜨리자 여진으로 투항한 한족 문인들이었다. 황제가 온 것과 오지 않은 것의 차이를 성안이 스스로 알 때가 되었으므로, 칸은 황제가 온 것을 확실히 알려주기로 작정했다.
칸은 문한관들에게 남한산성 안으로 들여보낼 문서를 작성하라고 명했다. 문서는 대청 황제가 조선 국왕에게 내리는 조유의 형식을 갖추고, 조선 국왕을 '너'라고 칭할 것을 지시했다.
칸은 문한관들에게 산성을 바라볼 때 느끼는 황제의 답답함을 소상히 말해주었고, 그 답답함을 문서에 적어서 조선 조정에 물으라고 일렀다.
칸은 붓을 들어서 문장을 쓰는 일은 없었으나, 문한관들의 붓놀림을 엄히 다스렸다. 칸은 고사를 끌어대거나, 전적을 인용하는 문장을 금했다. 칸은 문체를 꾸며서 부화한 문장과 뜻이 수줍어서 은비한 문장과 말을 멀리 돌려서 우원한 문장을 먹으로 뭉갰고, 말을 구부려서 잔망스러운 문장과 말을 늘려서 게으른 문장을 꾸짖었다. 칸은 늘 말했다.

— 말을 접지 말라. 말을 구기지 말라. 말을 펴서 내질러라.

칸의 뜻에 따라 글을 짓는 일에는 시간이 오래 걸리지 않았다. 문한관들은 다음 날 아침에 문서를 올렸다.

> 네가 기어이 나의 적이 되어 거듭 거스르고 어긋나 환란을 자초하니, 너의 아둔함조차도 나의 부덕일진대, 나는 그것을 괴로워하며 여러 강을 건너 멀리 내려와 너에게 다다랐다.
> 나의 선대 황제 이래로 너희 군신이 준절하고 고매한 말로 나를 능멸하고 방자한 침월(侵越)로 나를 적대함이 자심하였다. 이제 내가 군사를 이끌고 너의 담 밑에 당도하였는데, 네가 돌

구멍 속으로 들어가 문을 닫아걸고 싸우려 하지 않는 까닭이 무엇이냐.

네가 몸뚱이는 다 밖으로 내놓고 머리만을 굴속으로 처박은 형국으로 천하를 외면하고 삶을 훔치려 하나, 내가 너를 놓아 주겠느냐. 땅 위에 삶을 세울 수 있고 베풀 수 있고 빼앗을 수 있고 또 구걸할 수 있다. 그러나 삶을 훔칠 수는 없고 거저 누릴 수는 없는 것이다.

너는 명을 아비로 섬겨, 나의 화포 앞에서 너의 아비에게 보이는 춤을 추더구나. 네가 지금 거꾸로 매달린 위난을 당해도 너의 아비가 너의 춤을 어여삐 여기지 않고 너를 구하지 않는 까닭이 무엇이냐.

너는 스스로 죽기를 원하느냐. 지금처럼 돌구멍 속에 처박혀 있어라.

너는 싸우기를 원하느냐. 내가 너의 돌담을 타 넘어 들어가 하늘이 내리는 승부를 알려주마.

너는 지키기를 원하느냐. 너의 지킴이 끝날 때까지 내가 너의 성을 가두어주겠다.

너는 내가 군사를 돌이켜 빈손으로 돌아가기를 원하느냐. 삶은 거저 누릴 수 없는 것이라고 나는 이미 말했다.

너는 그 돌구멍 속에 한세상을 차려서 누리기를 원하느냐. 너의 백성은 내가 기른다 해도, 거기서 너의 세상이 차려지겠느냐.

너는 살기를 원하느냐. 성문을 열고 조심스레 걸어서 내 앞으로 나오라. 너의 도모하는 바가 무엇인지를 말하라. 내가 다 듣고 너의 뜻을 펴게 해주겠다. 너는 두려워 말고 말하라.

칸은 문서를 다시 문한관들에게 내려 소리 내어 읽도록 했다. 듣기를 마치고 칸이 말했다.

— 뻗쳐서 씩씩하다. 국새를 찍어라.

용골대가 정명수를 서문으로 보내 조선 관원들을 삼전도로 불러냈다. 조선 관원들이 칸의 군막을 향해 네 번 절하고 문서를 받아갔다.

이 잡기

봄은 빠르게 다가왔다. 추위는 온 적이 없다는 듯이 물러나고 있었다. 날들은 지나간 모든 날들과 무관한 듯싶었다. 성벽은 며칠째 조용했고 밀사는 들어오지 않았다. 저녁이면 당상들은 긴 그림자를 앞세우고 내행전에서 나왔다. 민촌의 마당에 빨래가 널렸다. 녹은 골짜기들이 안개를 뿜어냈고 물오른 나뭇가지에 김이 서렸다. 내리막 구간의 성벽은 안개에 잠겨 보이지 않았고, 능선 쪽으로 올라가는 성벽이 물방울에 젖어서 번쩍거렸다. 흐르는 안개 속에서 성벽은 숨고 드러났다. 성 밖의 먼 숲에 뿌연 기운이 서려서 봄은 멀리 와 있는 듯했으나, 성 밖에서 들여다보면 봄은 성안에 먼저 와 있었다. 양지쪽 숲이 벌렁거렸고, 겨우내 돌을 캐낸 개울 바닥에는 눈 녹은 물이 흘렀다.
이시백은 나무를 잘라 목책을 엮는 군병들의 동작에서 갑작스런 활기를 느꼈다. 몸놀림이 가벼웠고 볼멘소리가 줄어들었다. 초관이 악다구니를 하지 않아도 제자리를 지켰다. 군병들의 몸이 땅과 같아서 추위가 물러가니 활기가 솟는 것인가 싶어 이시백은 봄볕이 안쓰러웠다.
군병들은 총안 아래 앉아서 찐 콩으로 점심을 먹었다. 초관들이 나뭇잎에 싼 콩찌니를 나누어 주었다. 관량사는 콩을 찔 때 간을 짜게 쳤다. 군병들은 찐 콩을 삼키고서 물을 많이 마셨다. 이시백은 성첩을 돌면서 급식을 감독했다. 겨울을 살아남은 군병들은 군복을 제대로 걸친 자가 없었고, 수염이 자라고 머리털이 늘어져서 늙은 들짐승처럼 보였다.
여러 고을의 향병들이 누비옷을 벗어 이를 털면서 노닥거렸다.

— 칸이 편지를 보냈디야.

— 자네가 봤는가? 뭐라고 썼다던가?

— 그걸 꼭 봐야 아는가. 빨리 풀고 나오라는 얘기겄지.

— 풀고 나가려면 서울서 끝내지 왜 들어와서 이 고생인가. 이 뭔 지랄이여.

— 그게 아녀. 들어왔으니까 나가야지. 여기서 틀고 앉아 뭉갤 수는 없을 것 아니여.

— 니미, 갓 쓴 놈들 오금탱이가 저리겠구만.

— 아녀. 좀 저리겠지만 좋아들 하고 있을 테지.

— 출성이 다가온 거여. 열어야지 어쩌겠나. 안에서 못 열면 밖에서 열 테지. 다 끝나가는 거라 이 말이여. 다들 쫌만 더 견디라구.

— 근데 조정이 나가면 칸이 죽이지 않을란가?

— 죽이지는 않을 거여. 계집도 초장에 대주는 년보다 뻗대다가 벌리는 년이 더 예쁘지 않던가. 맛도 더 좋고.

— 근데, 너무 오래 뻗댄 거 아녀?

— 그니까 빨리 벌려야지.

— 그려. 벌릴 바에야 활짝 벌려야 혀.

— 아녀. 활짝은 안 되어. 조신하게 찬찬히 벌려야 혀. 그래야 쫄깃하지.

— 콩찌니 먹고 헛좆들 세우지 말어.

양지쪽에서 군병들은 버선을 벗고 동상에서 흐르는 진물을 봄볕에 말렸다. 마주 보며 서로의 머리에서 서캐를 뽑아내는 자들도 있었다. 이시백이 다가가면 군병들은 입을 다물었고, 이시백이 지나가면 다시 입심을 풀어냈다. 이시백은 떠들어대는 입들을 꾸짖지 못했다. 이시백은 성첩에서 멀리 떨어진 자리에서 혼자 콩찌니를 먹었다. 이시백은 알았다. 봄이 아니라 칸의 문서가 눈구덩이 속에서 겨울을 난 저들을 위로하고 있었다. 봄비에 씻긴 성벽은 정갈했다. 눈이 씻긴 자리에 돌의 결이 드러났다. 성첩에서 성문이 열리는 날이 보이는 듯싶었다.

이시백은 밥을 먹은 군병들을 다시 모아 나무 밑동을 잘라냈다. 토막 낸 나무에 홈을 파서 칡넝쿨로 동이고 대못을 질러서 목책을 엮었다. 이시백은 얼음벽이 녹아내린 구멍들을 목책으로 막았다. 해를 길게 받는 남장대에서 동문 사이에 구멍이 가장 많았다. 응달진 북벽도 머지않아 여기저기 녹아내릴 것이다. 구멍 하나가 뚫려서 적들이 기어들어 오면 초병들이 뚫린 구멍 쪽으로 몰려들어 적을 찍는 사이에 다른 쪽 구멍으로 적은 또 기어들어 올 것이었다.

— 단단히 박아라. 하나가 뚫리면 모조리 뚫린다.

목책이 한꺼번에 뚫리는 날은 어떠한 하루가 될 것인지 이시백은 짐작할 수 없었다. 그날은 어느 방향에서 시작하여 어떤 모습으로 끝날 것인가. 그날이 저물면 혹은 밝으면 성은 어떠한 모습으로 남게 되는 것인가. 돌담에 시체들이 걸려도 성벽은 아무 일도 없었던 것처럼 계곡을 건너 능선을 오를 것이었다. 적들이 사다리를 걸치고 또 성뿌리에 붙어 기어오르면 목책으로 막아놓은 아래쪽 구멍을 지켜낼 수 있을 것인가. 적들이 바짝 다가와 근총안의 사각을 벗어나면, 조총이나 화살로는 겨눌 수 없고 오직 돌멩이로 찍어내려야 할 것이었다. 적의 사다리가 성벽에 닿을 때 아래쪽 가로대에 갈고리 밧줄을 걸어서 사다리를 성벽 안으로 끌어들일 수는 없는가. 성안 개울 바닥의 돌멩이를 모두 성첩으로 올렸으나, 남쪽 성벽에는 돌멩이가 모자랐다. 북벽 밑은 가팔라서 무거운 돌멩이로 내리찍을 수 있으나, 남벽 앞은 넓게 트여서 가벼운 돌멩이가 필요했다. 남벽에서 쓸 수 있는 돌멩이의 무게는 얼마라야 마땅한 것인지, 이시백은 남벽 성첩에서 성 밖으로 돌멩이를 던져서 가늠해보았다. 남벽 밖으로 지게 진 군병들을 내보내 돌멩이를 더 끌어모아야 할 것이고, 갈고리 밧줄로 사다리를 끌어들이는 훈련을 시켜야 할 것이었다. 이시백은 남장대에서 동문 쪽으로 군병을 몰아나가면서 구멍마다 목책을 세웠다. 절뚝거리면서, 시시덕거리면서 군병들은 따라왔다. 숲이 풀어내는 물기 속에서 먼 성벽이 흔들려 보였다. 해토머리에 땅이 부풀어서 성벽이 모두 무너져 내리는 환영에 이시백은 진저리쳤다.

민촌의 노인들이 논둑에 나와 앉아 볕바라기를 했다. 눈 녹은 논바닥에 물기가 잡혔고 진한 흙냄새가 바람에 실려왔다. 성문이 열리면 청병들이 성안으로 몰려들어 온다는데 농사를 시작해야 할 것인지, 노인들은 알지 못했다. 올봄은 해가 곱구나, 꼭 저승에 내리는 햇볕 같구만……. 기침을 쿨럭이는 늙은 옹기장이가 말했다. 서당 접장이 앞장서서 노인들을 행궁 언덕길로 데리고 갔다. 노인들은 행궁으로 올라가는 김류의 앞을 가로막았다. 김류의 비장이 환도를 빼들고 앞으로 나섰다. 김류가 비장을 나무랐다.

— 칼을 접어라. 마을 노인들 아니냐.

비장이 물러섰다. 노인들이 김류 앞에 꿇어앉았다.

— 웬 소란이냐?

접장이 머리를 들고 말했다.

— 영상대감께 여쭐 일이 있사오이다.

— 말하라.

— 소인들은 동문 안쪽에 사는 백성들이옵니다. 비탈 밭에 봄보리라도 심으려면 이제 애벌갈이를 시작해야 하는데, 금년에 농사를 지어도 좋을는지 어떨는지…….

— 농사일을 나에게 묻느냐?

— 묘당에 여쭙는 것이옵니다.

— 농사는 대본이라 절기에 따르는 것이다. 너희들이 농사꾼 아니냐.

비장이 노인들을 밀치고 길을 열었다. 김류는 행궁으로 들어가고 노인들은 다시 논둑으로 내려왔다. 노인들은 날이 저물도록 빈 논바닥을 들여다보며 봄볕을 쪼였다. 소, 말, 개, 닭 들의 울음이 끊겨서 민촌의 봄은 고요했다.

답서

칸의 문서가 들어오던 날, 관량사는 군량 방출 계획을 수정했다. 김류와 이시백이 관량사의 수정안에 동의했고, 임금이 윤허했다. 동상이 짓물러서 다리를 저는 자들과 손가락이 떨어져 나가서 총을 쥐지 못하는 자들을 성첩에서 솎아내 부상자들을 수용하는 사찰 마당으로 내려보냈다. 관량사는 부상자들에게 지급하는 곡물을 하루 세 홉 반에서 세 홉으로 줄이고 잡곡의 비율을 절반으로 올렸다. 춘궁기에 양식이 떨어진 민촌의 노약자들에게 주던 곡물 배급을 끊고, 싸우고 돌아온 자들에게 주던 포상 급식을 폐지했다. 그렇게 해서 스무 날 치 군량을 스물다섯 날 치로 늘릴 수 있다고 관량사는 어전에 고했다. 김류가 아뢰었다.

— 전하, 몫을 줄이면 날짜가 늘어나고 날짜를 줄이면 몫이 커지는 것이온데, 끝날 날짜를 딱히 기약할 수 없으니 몫을 날짜에 맞추기도 어렵고 날짜를 몫에 맞추기도 어렵사옵니다.

임금이 말했다.

— 그렇겠구나. 경들의 뜻대로 시행하라…….

당하들은 칸의 문서를 적서(敵書)라고 불렀다. 당하들은 행궁 밖 사찰의 요사채와 질청 행랑, 관아의 헛간에 모여서 적서에 답신을 보내야 할 것인지를 수군거렸다. 당상들은 칸의 문서를 흉서(凶書)라고 불렀다. 누가 먼저 부르기 시작했는지는 알 수 없지만, 흉서는 내행전 마루에서 쓰기에 맞춤한 말이었다. 칸은 누런색을 좋아해서 황금빛을 황제의 색깔로 삼고 있었다. 칸의 문서는 누런 비단 두루마리에 적혀 있었다. 임금은 그 문서를 황서(黃書)

라고 불렀다. 전하, 황서가 아니라 흉서이옵니다……. 아무도 아뢰지 않았지만, 황서가 임금의 입에 편안할 것임을 당상들은 다들 알고 있었다.

관량사가 물러간 뒤, 묘당은 어전에서 황서의 일을 논의했다. 내행전 마루에 봄볕이 깊이 들었다. 빛이 찌를 듯하여 늙은 신료들은 눈을 찌푸렸다. 나인이 처마 밑에 발을 내렸다. 임금이 말했다.

—답서를 보내야 하지 않겠는가?

신료들이 침묵했다. 행궁 뒤 숲에서 발정한 암컷 산비둘기들이 앓는 소리를 구구거렸다. 한참 뒤에 김류가 말했다.

—전하의 뜻을 말씀하셔야 신들이 글을 닦아 올릴 수 있을 것이옵니다.

—경들의 뜻은 어떠한가?

—신들의 소견은 중요하지 않사옵니다. 전하께서 요리하신다면 어찌 길이 없겠나이까. 성지를 밝혀주소서.

비둘기들이 마른 흙을 파헤치며 퍼덕거렸다. 퍼덕이는 소리가 내행전까지 들렸다. 임금이 천천히 말했다.

—칸이 여러 가지를 묻더구나. ……나는 살고자 한다. 그것이 나의 뜻이다.

김상헌이 말했다.

—살고자 하시는 뜻은 거룩한 것이옵니다. 신들은 전하의 뜻에 따를 것이옵니다. 살고자 하실진대, 답서를 보내지 마옵소서.

임금이 한동안 김상헌을 바라보았다. 김상헌이 임금의 시선을 피해 고개를 숙였다. 임금이 말했다.

— 예판의 문장이 단정하고 우뚝하더구나. 답서를 지으면 어떻겠는가.

김상헌의 얼굴이 하얗게 질렸다.

— 아아, 전하, 신은…….

— 말하라. 역적이 되기가 두려운가.

— 전하, 어찌…… 신은 죽음으로…….

— 살려 하는데 왜 죽음을 입에 담는가.

최명길이 말했다.

— 전하, 삼백 년 종사가 선비를 길러왔으니 어찌 상헌만을 문장이라 하겠나이까. 부디 상헌의 아름다움을 지켜주소서. 먼 후세에 상헌의 우뚝한 이름이 남한산성을 빛내게 해주소서.

김상헌이 이마로 마루를 찧으며 울었다. 울음이 끊어지는 사이사이에 김상헌은 말했다.

— 전하, 명길은 지금 어전에서 신을 조롱하는 것이옵니다. 신이 홀로 면해서 홀로 우뚝하자는 것이 아니옵고, 전하께서 살고자 하시는 뜻에 미력을 보태려는 것이옵니다. 적이 말했듯이 삶은 거저 누릴 수가 없는 것이오니, 살고자 하는 뜻을 더욱 굳건히 하옵소서.

— 뜻을 정했다고 이미 말했다.

— 적의 문서를 삼남에 돌려, 격분한 군사들을 불러 모으소서.

이미 격서가 성 밖에 나가 있으니…….

임금이 말했다.

—이판의 말이 옳다. 문장이 어찌 예판뿐이겠느냐. 예판은 울음을 거두라.

김상헌이 두 팔을 내밀어 마룻바닥을 짚었다.

—전하, 지금 군신 간에 문장을 논하는 것이옵니까? 그런 것이 아니옵고…….

김류가 말했다.

—비록 야지에서 곤고하나 이 나라는 전하의 나라이옵니다. 중론을 묻지 마시고……

—묻지 말고, 어쩌라는 말이냐?

아무도 대답하지 않았다. 민촌의 들에 쥐불을 놓는 연기가 행궁으로 흘러들었다.

밤중에 임금이 최명길을 침소로 불러들였다. 질청에 기거하는 정칠품들이 자정 무렵에 승지를 따라 행궁으로 올라가는 최명길을 문틈으로 내다보았다.

늙은 당하관 세 명이 내행전 마루에 먼저 와 있었다. 정오품 교리, 정오품 정랑, 정육품 수찬 들이었다. 나이 들어서 급제한 뒤 유배와 좌천과 파직을 거듭해온 노신들이었다. 환갑이 넘은 나이에 품계는 당하에 머물렀으나 벼슬길이 험난할수록 그들의 문장은 말을 다져서 단아하고 명료했다. 호종해서 성안으로 들어온 뒤 관등은 있고 보임은 없어서 민촌의 사랑에 기식하며 조석으로 행궁을 향해 절하면서 군량을 축내던 문한들이었다.

늙은 당하관 세 명의 면면을 보면서 최명길은 임금이 밤중에 부른 뜻을 짐작할 수 있었다. 최명길이 도착하자 임금은 신료 네 명을 방 안으로 들였다. 임금은 요 위에 앉고, 신료들은 윗목에 앉았다. 임금이 승지를 물리쳤다. 초 한 자루가 켜져 있었으나 방 안은 어두웠다. 얼굴들은 보이지 않고 목소리만 들렸다. 임금의 목소리가 낮게 깔리자 신료들의 목소리는 더욱 낮아졌다. 임금은 사흘 안으로 칸에게 보낼 국서를 지어서 올리라고 명했다. 당하관 세 명이 각각 글을 짓고, 최명길이 당하관들의 일을 독찰해서 마무리 짓고, 최명길 자신도 답서를 지어 올리라고 했다. 벽 위에서 임금의 그림자가 입을 열어 말했다.

— 저들이 나를 성 밖으로 나오라고 하는구나. 지켜서는 살 수가 없고 살려면 허물어야 하는데……. 문구를 공손히 해서 저들이 돌아가기를 바라는 내 뜻을……

최명길이 임금의 말을 막았다.

— 전하, 말씀 마오소서. 신들이 이미 알고 있으니…….

정육품 수찬이 말했다.

— 신들은 늙고 병들어 사리에 어두우니 막중한 국사를 면하여주소서.

임금이 말했다.

— 아니다. 경들은 이미 늙고 병들어 살 날이 많지 않으니 스스로 욕됨을 감당하라.

정오품 교리가 말했다.

— 문장은 여러 사람의 것을 뒤섞을 수 없는 것이옵니다. 당상들 중에서 한 사람을 골라 분부하옵소서. 소신들은 당하로서 경륜이 천하고 글이 각져서 감당할 수 없나이다.

— 아니다. 여럿이 해야 할 일이다. 내가 여럿의 글을 보고 하나를 취하려 한다. 재론하지 않겠다. 이판이 두루 챙겨서 시행하라.

신료 네 명은 시차를 두고 한 사람씩 행궁을 나와 처소로 돌아갔다. 서쪽 성벽에서 윤방(輪放)으로 잇달아 쏘아대는 총성이 들렸다. 다시, 더 먼 곳에서 한꺼번에 응사하는 총성이 들렸다. 가까운 총성이 멎고, 먼 총성이 멎었다. 동장대 위로 하현달이 올랐다. 숲의 바닥이 환했고 성벽은 달무리처럼 떠 보였다.

문장가

정육품 수찬은 밤새 잠들지 못했다. 호종해서 산성으로 들어온 일에 뼈가 저렸다. 임금의 파천 소식을 듣고 행주에서 홑몸으로 걸어서 산성으로 들어올 때는 호종만이 우러르고 배운 바 사람의 길이었다. 산성으로 가는 길은 멀고도 추웠다. 지금 다시 성을 빠져나갈 도리는 없었다. 정육품은 밤새 뒤척였다. 동틀 무렵 정육품은 자리에서 일어났다. 마당으로 내려가 찬물에 얼굴을 씻었다. 정육품은 갓에 도포를 차려입고 서안 앞에 앉았다. 아침 햇살이 장지문을 비추었다. 정육품은 붓을 들어 쓰기 시작했다. 임금에게 올리는 차자(箚子)였다.

> 신은 어려서 공맹(孔孟)과 퇴율(退栗)을 읽었으나 먼 말류를 더듬었고, 나이 들어서는 성은으로 출사하여 어두운 두메에서 목민(牧民)하였으나 아무런 치적이 없었나이다. 공 없이 늙어가는 천한 몸에 병마저 깊어서 하릴없이 성안에 들어와 곡식을 축내며 죽을 날을 기다리고 있사옵니다. 몸 안에 물기가 다 말라서 살갗이 비듬으로 부서져 흩어지고, 물을 자꾸 마셔도 이내 오줌으로 다 나와서 몸 안에 머물지 못하옵니다. 음식을 보아도 입안이 말라서 침이 고이지 않는데 잠 잘 때는 공연히 침이 흘러나와 베개를 적시니 추악하옵고, 울 때는 눈물이 나오지 않는데 웃을 때는 겨우 눈물이 나오니 괴이하옵니다. 또 가끔씩 자다가 아래가 저절로 열리고 대소변이 새어나와 더러운 거름 위에 뒹굴고 있으니 어찌 국서를 적을 수 있으며, 어찌 어전에 나아갈 수 있겠나이까. 며칠 전에는 성첩을 살피러 올

라갔다가 빙판에 넘어지면서 인사불성이 되어 들것에 실려 내려왔사온데, 그 뒤로 눈이 핑핑 돌고 오장에서 화기가 들끓어 앉도 서도 못 하며 밤낮으로 망령이 보여 식은땀을 흘리며 헛소리를 주절대고 있나이다. 정신이 혼미하고 몸이 아득해서 이미 문자를 다 잊어버렸고, 서책을 덮은 지 오래되어 장구(章句)를 엮어낼 도리가 없사옵니다. 더구나 빙판에서 넘어질 때 오른쪽 어깨를 삐어서 밥숟가락조차 들기가 어렵나이다.

신의 더럽고 잔약한 육신을 불쌍히 여기시어 국서를 지으라시는 분부를 거두어주시고, 어명을 받들지 못하는 죄를 따로 다스려주소서. 신의 몸에 내리시는 벌조차도 성은일진대, 신은 죽음을 무릅쓰고 아뢰나이다.

아침에 임금이 정육품 수찬의 차자를 읽었다. 임금은 한동안 천장을 올려다보았다. 임금이 김류와 최명길을 불러서 정육품의 차자를 보였다.

김류가 나장을 보내 정육품을 묶어서 북장대로 끌어왔다.

— 네가 너의 분뇨와 액즙의 일을 문장으로 적어서 어전에 고하였느냐?

나장이 정육품을 장 쳤다. 다섯 대를 내리치자 볼기 사이에서 똥물이 비어져 나왔다. 날카로운 악취가 김류의 코를 찔렀다. 각지고 사나운 냄새였다.

— 과연 더러운 놈이다. 매우 쳐라.

똥물이 피와 뒤섞였다. 곤장이 볼기를 칠 때마다 똥물이 튀었고,

곤장이 치솟을 때마다 피똥이 허공에 흩어졌다. 중곤(重棍) 스무 대에 정육품은 실신했다. 벌어진 입에서 거품이 끓어나왔다.

— 몸속에 물기가 많은 놈이로구나. 끌어내라.

눈을 겨우 뜬 뒤에도 정육품은 두 발로 서지 못하고 뒹굴면서 오줌을 지렸다. 나장이 정육품을 들것에 실어서 부상자들을 수용한 사찰 마당으로 옮겼다.

임금이 최명길에게 말했다.

— 추하고 안쓰럽다. 육품 수찬의 일을 면해주어라.

최명길이 대답했다.

— 육품 수찬이 이미 곤장으로 몸이 망가져 붓을 쥘 수 없으니, 수찬은 제 뜻을 이룬 것이옵니다.

임금이 말했다.

— 그렇겠구나……. 내가 졌다. 이판도 졌고…….

정육품 수찬이 매를 맞던 날 저녁에 정오품 교리가 죽었다. 칸에게 보낼 국서를 지어 올리라는 어명에 교리는 눈앞이 캄캄했다. 승지와 사관을 물리친 자리의 밀명이기는 했으나 일을 맡은 사람이 네 명이어서 기밀을 유지하기는 틀린 일이었다. 묘당과 질청의 당하들도 임금의 밀명을 눈치 채고 있었다. 문장이 떠오르지도 않았지만 글이 간택되어 칸에게 보내지면 후세 만대로 이어질 치욕이 교리의 눈앞을 절벽으로 막았다. 임금이 정한 시한은 사흘이었다. 첫째 날 교리는 한 줄도 쓰지 못했다. 교리는 지팡이를 짚고 밖으로 나와 저무는 논둑을 거닐었다. 주저앉을 듯이 다리가 후들거렸고 심장이 벌렁거렸다. 교리는 물웅덩이 옆에 주저앉아 숨을 몰아쉬었다. 교리는 오래된 협심증을 앓고 있었다. 얼굴빛이 수시로 붉었다가 파래졌고, 손등과 팔다리에 검은 핏줄이 불거져 나왔다. 심기가 허해서 잠을 청하고 누워 있으면 한없이 먼 곳으로 끌려가는 듯했다. 양기가 쇠진한 지 오래되었으나 가끔씩 꿈속에서 귀신과 교접하였다. 협심증을 앓는 노인들은 대체로 겨울에 죽었는데, 정오품 교리는 그해 겨울을 남한산성에서 살아냈다.

교리는 논둑에 주저앉아 고향을 생각했다. 교리의 고향은 낙동강 상류의 산간오지였다. 이 대째 벼슬이 끊긴 잔반의 장자로 태어났다. 삼 년에 한 번씩 식년시를 향해 다섯 번 문경새재를 넘었고, 빈손으로 넘어왔다. 새재 마루는 늘 구름 속에 잠겨 있었다. 새재를 되넘어 고향으로 돌아올 때, 고개 너머 서울을 아예 잊으려 작심했으나 다시 삼 년이 지나면 교리는 새재를 넘어갔다. 교리는 마흔이 훨씬 넘어서야 소과에 급제했다.

정육품 수찬이 차자를 올린 일로 매를 맞았다는 소문이 성안에 돌았다. 수찬이 차자를 올려서 국서를 짓는 일을 면제 받으려 했던 것인지, 아니면 일부러 똥오줌과 침과 눈물의 더러움을 적어 올려서 매를 맞고 반죽음이 되어 모면하려 했던 것인지는 알 수 없었으나, 수찬은 국서를 쓰지 않았다.

교리는 논둑에 주저앉아서 매를 맞는 수찬의 모습을 떠올렸다. 자신이 매를 맞듯이 온몸이 저렸고 항문이 옴질거렸다. 새재 너머 고향 마을에도 청병이 들어온 것인지, 교리는 알지 못했다.

처자식을 서울에 떼어놓고 어가를 따라 성안으로 들어왔으나 국서를 쓰라는 어명을 받고 나서 성안과 성 밖이 다르지 않음을 교리는 알았다.
달이 저물었다. 교리는 한기를 못 이겨 지팡이로 땅을 밀고 일어섰다. 일어선 교리는 허리를 펴기도 전에 다시 땅으로 쓰러졌다. 교리의 심장이 터졌다. 교리는 논둑에서 죽었다. 예순일곱 살이었고, 비첩 소생인 막내딸이 삼전도 청진 정명수의 군막에 끌려와 있었다. 교리는 막내딸 소식을 모른 채 죽었다. 성첩에서 내려온 군병들이 교리의 사체를 처소로 옮겼다. 교리는 민촌 사랑에 기식하고 있었다.
최명길이 교리의 사체가 옮겨진 방으로 달려갔다. 사체에 도포가 덮여 있었다. 도포 소매 밖으로 나온 손등에 핏줄이 굳어졌다. 사체 머리맡에 놓인 서안에는 하얀 종이 위에 붓 한 자루가 놓여 있었다. 종이 위에는 아무런 글자도 씌어 있지 않았고, 벼루 바닥은 말라 있었다.
최명길이 임금에게 정오품 교리의 죽음을 아뢰었다.

— 본래 심근이 부실한 자로, 천명이 다한 것이옵니다.

— 겨울을 용케 났구나. ……국서는 썼다던가?

— 종이를 펼쳐놓고, 먹은 갈지 않았사옵니다.

— 시작은 한 것인가?

— 종이를 펼쳤으니…….

임금이 혼자서 중얼거리듯이 말했다.

— 교리가 복이 많구나.

임금이 무명 열 자를 내렸다. 민촌의 노인들이 서안 위의 종이를 찢어서 사체의 겨드랑이며 사타구니의 추깃물을 닦아내고, 임금이 내린 무명으로 염했다. 사체는 거적에 말려서 지게에 실려 나갔다. 교리는 남문 안쪽 비탈에 묻혔다. 흙이 풀려서 삽을 깊게 받았다. 봉분이 없는 평토장(平土葬)이었다.

정오품 정랑은 하루 종일 방 밖으로 나가지 않았다. 칸에게 보낼 국서를 쓰라는 어명을 받은 줄 성안이 모두 알아서 정랑은 외출할 수 없었다. 질청의 당하관들은 정랑의 방을 흘깃거렸으나 아무도 찾아오지는 않았다. 명을 받은 네 사람 중 수찬은 매를 맞아 초주검이 되었고, 교리는 때가 되어 죽었다는 소식을 질청 노복이 전해주었다. 국서를 쓰는 일은 정랑을 더욱 조여왔다. 임금이 정한 시한은 하루가 남았다. 정랑은 매를 맞을 수도 없었고, 죽을 수도 없었다. 화친이 성립되어 칸이 군사를 거두어 돌아가고 임금이 환궁한 연후에 산성 안에서 목숨을 구걸하는 글을 쓴 자는 살아남기 어려워 보였다. 또 글이 간택되어 칸에게 간 뒤에 칸이 더욱 노하여 성을 으깨버리면 산성과 행궁과 종사가 모두 없어진 풀밭에 글 쓴 자의 오명만이 전해질 것이었다.

지켜서는 살 수가 없고, 살려면 허물어야 하는데……. 임금의 말에 정랑은 매달려 있었다. 자리에 누워 천장을 바라보면서 정랑은 임금의 말을 곱씹었다. 임금은 살려는 것이었다. 이판과 예판이 다르지 않을 것이고, 당상·당하와 성첩의 군병들과 마구간 노복이 다르지 않을 것이었다. 죽을 수도 없고 살 수도 없었지만, 정랑은 글을 쓸 수 없었다. 나라가 없고 품계가 없는 세상에서 정랑은 홀로 살고 싶었다. 정랑의 몸은 남한산성에 있었다. 임금이 곶감을 보내 정랑의 노고를 위로했다. 정랑은 곶감을 윗목으로 밀쳐놓고 먹지 않았다.
정랑은 간택되지 않을 글을 지어서 바칠 수밖에 없었다. 그것만이 살 길이었고, 달리 길은 없었다. 정랑은 붓을 들어서 썼다. 글은 쉽게 풀려나왔다.

> 또 대륙과 소방(小邦)의 역사를 살피건대, 지금부터 일천 년 전에 당의 황제가 고구려를 징치하고자 친히 군사를 거느리고 요동으로 건너와 안시성을 포위했습니다. 그때 성안의 고구려 군사들은 황제의 깃발을 향해 욕을 해대며 성 밖으로 몰려나와 황제의 토성 진지를 무너뜨렸습니다. 싸움은 석 달 동안 계속되었는데 공방 간에 승부를 가릴 수 없었고, 요동에 겨울이 일찍 와서 풀이 마르고 눈이 내리자 황제는 군사를 거두어 돌아갔습니다. 돌아갈 때 황제는 고구려 군병들의 용맹을 가상히 여겨 비단 백 필을 내려주었고, 안시성 성주 양만춘은 장대에 올라가서 돌아가는 황제에게 절하며 전송의 예를 갖추었으니, 돌아가고 또 보내는 예법이 아름다움을 알 것입니다. 하물며 이 작은 산성은 황제의 일산을 향해 욕을 한 적이 없었고 삼전도 본진을 겨누지도 않았으며……

정랑은 노복을 시켜서 글을 최명길에게 보냈다. 쓰기를 마치고 정랑은 자리에 누웠다. 초저녁부터 정랑은 깊이 잠들었다.

정랑은 남한산성에 갇혀서 안시성을 끌어대고 있었다. 안시성과 남한산성은 무엇이 같고 무엇이 다른가를 더듬어나가려는 생각을 최명길은 내버렸다. 정랑은 왜 칸에게 보낼 문서에서 안시성을 들먹이는 것일까. 남한산성은 안시성에 이어진 성벽인가. 최명길은 정랑의 생각을 생각했다. …정랑이 미쳤나? 정랑이 미쳤구나. 늙어서 병들고, 무거워서 일어설 수 없고, 갇혀서 내디딜 수 없고, 막혀서 보이지 않아 정랑은 미쳐버렸구나……. 정랑은 안시성과 남한산성 사이에서, 천 년의 이쪽과 저쪽 사이에서 미친 척하고 있는 것일까. 일어설 수 없고 내디딜 수 없고, 본다고 보이는 것이 아니라 보여야 보는 것인데 볼 수도 없고 보이지도 않아서 정랑은 미친 척을 하고 있는 것인가. 미친 척을 하고 있다면 정랑은 미치지 않았겠구나. 정랑은 제정신으로 제 앞을 내다보고 있겠구나. 임금은 또 지는구나. 정랑이 이기는구나. 정랑이 임금을 이기고 묘당을 이기고 남한산성을 이기고 칸을 이기는구나. 매 맞은 정육품 수찬이 이기고, 죽은 정오품 교리가 이기고, 미치지 않은 정오품 정랑이 이기는구나…….

역 적

최명길이 먹을 갈았다. 남포석 벼루는 매끄러웠다. 최명길의 시선이 벼루와 먹 사이에서 갈렸다. 새카만 묵즙이 눈에서 나오는가 싶었다. 묵즙이 흘러서 연지에 고였다. 최명길이 붓을 들었다. 최명길이 붓을 적셨다. 최명길이 젖은 붓을 종이 위로 가져갔다.

> 소방은 바다 쪽으로 치우친 궁벽한 산골로, 시문과 담론에 스스로 눈이 멀어 천명의 순환에 닿지 못했고 천하의 형세를 살피지 못하였습니다. 캄캄한 두메에서 오직 명을 아비로 섬겨 왔는데, 그 섬김의 지극함은 황제께서 망월봉에 오르시어 친히 보신 바와 같습니다.
>
> 소방의 몽매함은 그러하옵고, 이제 밝고 우뚝한 황극(皇極)이 있는 곳을 벼락 맞듯이 깨달았으니, 새로운 섬김으로 따를 수 있는 길이 비로소 열리는 것이옵니다.
>
> 소방의 군신들이 들불처럼 휘몰아오는 황군의 위무를 차마 영접하지 못하고 우선 몸을 피해 산성으로 들어왔으나 어찌 감히 대국에 맞서려는 뜻이 있겠나이까. 쫓기는 작은 짐승이 굴속으로 숨어든 일을 황제께서 기어이 군사를 움직여 꾸짖으신다면, 소방은 황제의 은덕에 닿지 못하여 오직 죽음이 있을 뿐이옵니다.
>
> 또 성벽에서 닭싸움하듯 소소한 다툼이 없지는 않았으나, 그 또한 한 줄기 허술한 돌담을 지켜보려는 미망이었을 뿐 어찌 황제의 군사에 대적할 뜻이 있었겠나이까.
>
> 황제께서 친히 여러 강을 건너시어 이 궁벽한 산골로 내려오시니, 오셔서 소방의 죄를 물으시더라도 복되고 또 기뻐서 달

려나가 배알하려 하나 황제의 크신 노여움과 깊으신 근심이 또한 두려워서 소방은 차마 나아가지 못하고 돌담 안에서 머리를 조아릴 뿐이옵니다.

이제 스스로 새로워지고 기뻐서 따르려는 소방의 뜻이 돌담 안에서 시들지 않도록 살펴주시옵고, 모든 생령의 살고자 하는 기운을 거두어서 기르시는 황제의 천하에 소방이 깃들게 하여주시옵소서…….

구들이 일찍 식었고 노복은 잠들었다. 붓끝이 얼어서 종이가 서걱거렸다. 연지에 고인 묵즙에도 살얼음이 잡혔다. 최명길은 곱은 손을 비볐다. 붓끝의 얼음을 털어내고 다시 묵즙을 찍어서 최명길은 써나갔다. 붓끝이 자주 굳었고, 글은 더디게 나아갔다.

황제께서 끝내 노여움을 거두지 아니하시고 군사의 힘으로 다스리신다면 소방은 말길이 끊어지고 기력이 다하여 스스로 갇혀서 죽을 수밖에 없으니, 천명을 이미 받들어 운영하시는 황제께서 시체로 가득 찬 이 작은 성을 취하신들 그것을 어찌 패왕의 사업이라 하겠나이까.

황제의 깃발 아래 만물이 소생하고 스스로 자라서 아름다워지는 것일진대, 황제의 품에 들고자 하는 소방이 황제의 깃발을 가까이 바라보면서 이 돌담 안에서 말라 죽는다면 그 또한 황제의 근심이 아니겠나이까. 하늘과 사람이 함께 귀의하는 곳에 소방 또한 의지하려 하오니 길을 열어주시옵소서…….

쓰기를 마치고 최명길은 방 밖으로 나왔다. 툇마루에 걸터앉아 최명길은 성벽 너머 먼 산악 쪽에서 동 터오는 새벽을 바라보았다. 임금이 정한 시한의 마지막 날이었다. 일찍 깬 새들이 지저귀었다. 먼 봉우리들이 깨어나고 안개가 골짜기 아래로 깔렸다. 새벽빛이 닿은 숲이 열려서 젖은 향기를 풀어냈다. 열리는 숲에서 새들이 날개 치는 소리가 퍼덕거렸다. 해가 성벽 위로 올라올 때까지 최명길은 툇마루에 앉아서 동트는 새벽을 바라보았다. 햇살이 퍼져서 질청 마루에 닿았다. 최명길은 글자가 적힌 종이를 들고 나와 마루 위에 펼쳤다. 마지막 몇 글자가 마르기 전에 얼어서 종이가 오그라져 있었다. 최명길은 아침 햇살에 글자들을 녹여서 말렸다.

임금의 밀명은 묘당에 퍼졌고, 행궁 담을 넘어서 민촌에 기거하는 당하들까지도 알았다. 임금이 야심한 시간에 네 사람을 침소로 불러들였고, 승지와 사관을 물리친 자리였다는 것을 민촌의 백성들도 알았다. 당하들이 행궁 담 밑에 모여 이마로 돌담을 찧으며 울었다.

임금은 문서를 감출 수가 없었다. 묘당은 최명길이 쓴 문서를 돌려서 읽었다.

…… 전하, 최명길의 글이 칸을 황극이라 일컫고 있으니 만고에 없는 일이옵고, 명에게도 바치지 않았던 말이옵니다.

…… 또 명길이 칸의 나라를 가리켜 '하늘과 사람이 함께 귀의하는 곳'이라 하였는데, 천인소귀(天人所歸)는 하늘을 칸에

게 내주자는 뜻으로, 이는 칸의 신하라 해도 입에 담을 수 없는 말이옵니다. 문서를 칸에게 보내기 전에 우선 명길을 문초하여 삼전도를 오가면서 용골대에게 무슨 밀약을 받았는지를 먼저 알아내야…….

시선을 서안 너머 마룻바닥에 고정시킨 채 임금은 고요했다. 신료들의 목소리가 합쳐져서 누구의 말인지 임금은 분간할 수 없었다.

김상헌이 앞으로 나왔다.

— 전하, 뜻을 빼앗기면 모든 것을 빼앗길 터인데, 이 문서가 과연 살자는 문서이옵니까?

임금은 대답하지 않았다. 김상헌이 다시 임금을 다그쳤다.

— 전하, 이제 칸을 황극으로 칭하였으니 문서가 적에게 가면 전하는 칸의 신이 되고, 신들은 칸의 말잡이가 되며, 백성들은 칸의 종이 되는 것이옵니까?

임금은 대답하지 않았다. 김상헌이 다시 말했다.

— 적이 비록 성을 에워쌌다 하나 아직도 고을마다 백성들이 살아 있고 또 의지할 만한 성벽이 있으며, 전하의 군병들이 죽기로 성첩을 지키고 있으니 어찌 회복할 길이 없겠습니까. 전하, 명길을 멀리 내치시고 근본에 기대어 살 길을 열어나가소서.

최명길이 말했다.

— 상헌은 제 자신에게 맞는 말을 하고 있는 것이옵니다. 이제 적들이 성벽을 넘어 들어오면 세상은 기약할 수 없을

것이온데, 상헌이 말하는 근본은 태평한 세월의 것이옵니다. 세상이 모두 불타고 무너진 풀밭에도 아름다운 꽃은 피어날 터인데, 그 꽃은 반드시 상헌의 넋일 것이옵니다. 상헌은 과연 백이(伯夷)이오나, 신은 아직 무너지지 않은 초라한 세상에서 만고의 역적이 되고자 하옵니다. 전하의 성단으로, 신의 문서를 칸에게 보내주소서.

김상헌이 두 손으로 머리를 싸쥐고 소리쳤다.

— 전하, 명길의 문서는 글이 아니옵고……

최명길이 김상헌의 말을 막았다.

— 그러하옵니다. 전하, 신의 문서는 글이 아니옵고 길이옵니다. 전하께서 밟고 걸어가셔야 할 길바닥이옵니다.

김류가 말했다.

— 명길이 제 문서를 길이라 하는데 성 밖으로 나아가는 길이 어찌 글과 같을 수야 있겠나이까. 하지만 글을 밟고서 나아갈 수 있다면 글 또한 길이 아니겠나이까.

임금이 겨우 말했다.

— 영상의 말이 어렵구나. 쉬고 싶다. 다들 물러가라.

밤중에 임금이 승지를 불러서 문서에 국새를 찍었다.

새벽에 서날쇠는 동쪽 성벽 밑에 도착했다. 서날쇠는 바랑에서 호미를 꺼내 나갈 때 구멍을 막았던 흙을 긁어냈다. 서날쇠는 배수구 구멍을 기어서 성안으로 들어왔다. 성첩의 초병들은 구멍으로 기어드는 서날쇠를 보지 못했다.

빛가루

김상헌은 행궁에서 나와 서날쇠의 대장간으로 갔다. 오랫동안 불길이 닿지 않은 화덕 아궁이 속으로 찬 바람이 빨려들었고, 바람에서 매캐한 불 냄새가 났다. 서날쇠는 진흙을 이겨서 무너진 아궁이 안쪽을 바르고 있었다. 서날쇠의 몸에서는 먼 길의 한기가 풍겼으나 피로의 기색은 없었다. 서날쇠가 김상헌을 방 안으로 모셨다.

—나루는 내가 건사했다. 몸이 성해 뵈니 안심이다. 다녀온 일은 어찌 되었느냐?

서날쇠는 이배재 고개 너머 경기, 충청의 여러 고을을 다녀온 일과 봄이 오는 들과 마을의 모습을 김상헌에게 고했다. 서날쇠는 고갯길을 버리고 팔부 능선의 잡목 숲을 가로질러 이배재 고개를 넘었다. 청의 기병들이 평야를 가로막고 있었다. 기병이 이동한 길을 따라 말똥이 흩어져 있었다. 더운 똥도 있고 언 똥도 있었다. 서날쇠는 언 똥이 깔린 길을 골라서 남쪽으로 내려갔다. 청의 기병 진지에 가로막히면, 추수가 끝난 빈 논 위에 낟가리를 덮고 엎드려서 청병의 경계가 허술해지는 틈을 기다렸다.

서날쇠는 안성, 평택, 수원, 오산, 입장, 천안을 거쳐서 추풍령 아래 영동에서 길을 돌려 다시 남한산성 쪽으로 향했다. 돌아오는 길에 수원에서 안성 쪽으로 길 없는 산속을 헤집고 나갈 때, 거기까지 올라온 전라 감사의 군진을 만났다. 전라 감사는 주리고 지친 군사 오백을 거느리고 있었다. 광주에서 안성까지 올라온 전라 감사는 도원수의 지휘에 닿지 못했다. 남한산성이 멀지 않았으나 전라 감사는 소규모 부대로 산속에 포진한 채 나아갈 방향을 알지 못했다. 양도가 끊어진 군사들이 겨울 산의 양지쪽 사면을 뒤져서 밤을 줍고 있었다. 서날쇠는 전라 감사에게 임금의 격서를 전했고, 전라 감사가 다시 멀고 가까운 지방 관군 부대들에 격서를 돌렸다.

서날쇠는 또 말했다. 남쪽에는 눈이 녹아서 개울물이 불었고 산수유 꽃망울이 맺혀서 산들이 구름처럼 부풀었으며, 청병이 들어오지 않는 오지 마을들은 비탈 논에 쥐불을 놓고 두엄을 실어 냈고 두 살배기 어린 소를 빈 논으로 끌고 나와 매질을 해서 농사일을 가르쳤다. 영동 구름재 아랫마을에서는 술도가 집 아들과 심마니 딸이 산비탈 돌부처 앞에서 혼례식을 올렸고, 그 윗동네에서는 화전에 수수를 심은 노인이 죽었는데 산이 가팔라서 상여가 올라가지 못해 노인은 살던 너와집 앞마당에 묻혔다.

— 전라 감사가 문서를 전하지는 않더냐?

— 문서는 없었사옵고, 여러 고을의 감병사들이 이미 남한산성을 향해 출병했으나, 도원수의 지휘에 닿지 못해서 진로가 엇갈려 부대를 합치지 못했고, 또 청의 기병이 들을 가로막아 뚫고 나갈 길을 찾고 있다고 전하라 하였사옵니다.

김상헌이 서날쇠의 두 손을 잡았다.

— 장하다. 내 너를 천거하여…….

김상헌이 스스로 말을 끊었다. 서날쇠가 물었다.

— 성안은 별고 없으셨나이까?

국서가 이미 삼전도로 떠났다는 말을 김상헌은 하지 못했다. 말해주지 않아도 서날쇠는 곧 알게 될 것이었다. 김상헌은 말했다.

—아무 일 없으나, 갇혀서 답답하구나.

—봄에는 조정이 나가는 것이옵니까? 조정이 비켜줘야 소인들도 살 것이온데…….

김상헌은 대답하지 못했다.

서날쇠가 전라 감사에게 전한 격서가 여러 군진을 돌았다. 밀사들이 산악과 들판을 오가며 선을 이었다. 강원도 관찰사가 향병 일천을 이끌고 남한산성 동쪽 이십 리 들에 이르렀다. 날이 저물었다. 관찰사는 야습을 피해 군진을 고지로 옮겼다. 고지 위에 청의 포병이 매복하고 있었다. 강원도 군사들은 계곡을 따라 고지로 향했다. 계곡은 좁았다. 위에서 내리쏘는 포격에 강원도 군사는 육부 능선에서 함몰되었다.

경상 좌·우의 절도사들이 부대를 합쳐서 남한산성 동남쪽 삼십 리에 이르렀다. 경상도 군사들은 이배재 고개로 향했다. 청의 정탐이 고개 위로 달려와 조선군의 진격을 알렸다. 청의 기병들이 들판 가장자리 산 뒤에서 나타났다. 조선 군사들은 앞쪽으로 밀렸다. 능선 쪽에서 청의 포병들이 일제히 발사했다. 절도사들은 죽고 군사들은 흩어졌다.

충청 감사가 거느린 사수, 궁수 오백은 남한산성 남쪽 삼십 리 밖에서 청의 기병대열에게 진로가 막혔다. 충청도 군사들은 고지로 올라갔다. 아직 진지를 파기 전에, 청의 보병들이 산을 에워싸고 아래서 위로 쳐올라왔다. 싸움은 저녁부터 아침까지 계속되었다. 청병이 모두 죽고, 조선 군사들도 모두 죽었다. 양쪽의 피가 섞여서 계곡물에 흘러들었다. 다시 날이 저물고, 청병이 진 쳤던 빈 들에서 말들이 서성거렸다.

성 밖의 먼 고지에서 싸움이 벌어지는 밤에, 남한산성 서장대에서는 먼 고지의 어지러운 불빛들이 보였다. 불빛들은 빛의 가루처럼 가물거렸다. 고지의 위쪽과 아래쪽에서 대열을 이루며 가까워지던 불빛들은 쫓고 쫓기면서 뒤섞이다가 하나둘씩 꺼졌다.

칸은 조선 왕이 보낸 문서를 군장들 앞으로 내던졌다. 군막 바닥에서 종이가 풀어졌다. 엎드린 군장들은 두루마리를 줍지 못했다.

— 조선의 말이 사특하다. 이것이 대체 무슨 말이냐?

용골대는 대답하지 못하고 머리를 조아렸다.

— 말하라. 너희들은 알겠느냐? 나는 모르겠다. 이것이 뭐라고 해대는 말이냐?

정명수가 뒤쪽에서 말했다.

— 저들이 삶을 구걸하면서도, 스스로 죽을 수밖에 없다고 하였으니……

— 거기까지는 나도 알겠다. 그래서 어쩌자는 말이냐?

— 폐하께서 군사를 거두어 돌아가주십사는 뜻으로 아옵니다.

칸은 자리에서 일어섰다. 두 주먹으로 탁자를 내리치며 노한 목소리로 고함쳤다.

— 그 말이냐? 그 말이 이리도 요사스러우냐?

— 저들의 말이 본래 그러한지라…….

칸이 바닥에 펼쳐진 조선의 국서를 밟고 군막 밖으로 나갔다. 개들이 칸을 따라갔다. 엎드린 군장들이 칸이 나가는 쪽으로 몸을 틀었다. 칸이 돌아보며 다시 고함쳤다.

— 너희들이 이런 종이를 받아서 나에게 들이미느냐? 종이를 돌려보내라.

칸은 강가로 나왔다. 칸은 돌멩이를 집어서 물 위로 던졌다. 개들이 돌멩이를 따라 물에 뛰어들어 헤엄쳤다. 다시 군막으로 돌아온 칸은 조선의 문서를 접수한 문한관 두 명을 목 베었다.

용골대는 위병들을 거느리고 망월봉으로 올라갔다. 정명수가 따라왔다. 망월봉 꼭대기에는 포병들이 군막에 상시 주둔했고, 보병들의 참호 진지가 팔부 능선을 따라 봉우리를 돌아나갔다. 화포들은 조선 행궁과 부속 건물들, 성안의 관아, 장대, 사찰을 향해 조준을 고정시켜놓고 있었다. 화포들은 기름에 번들거렸다. 포병 군장이 군막에서 달려나와 용골대에게 군례를 바쳤다. 용골대는 포루 위로 올라갔다.

용골대는 조선의 성안을 살폈다. 눈을 가늘게 떠서 먼 곳들을 당겼다. 성안은 고요했다. 연기 한 줄 오르지 않았고, 논밭에도 인기척이 없었다. 오목한 성안에 아지랑이가 끓어서 논둑이며 길이 흔들렸고, 조선 행궁 지붕이 공중에 떠 보였다. 용골대가 정명수에게 물었다.

— 조선 왕의 처소가 어디냐?

— 저쪽, 산기슭 쪽으로 가운데 건물이옵니다.

— 늘 저 안에 들어앉아 있느냐?

— 아마 그러할 것이옵니다.

홍이포는 포루의 맨 앞줄에 배치되어 있었다. 용골대가 포병 군장에게 명했다.

— 오늘 몇 방을 보내야겠다. 포탄을 얹어라. 조선 왕의 처소는 부수지 말고, 그 언저리를 바싹 겨누어라.

포병들이 달려왔다. 포병들은 조준 각도를 점검하고 홍이포 다섯 문에 장전했다.

— 방포하라.

포탄이 날아갔다. 홍이포가 뒤쪽으로 반동했다. 포병들이 달려들어 물러난 포신을 제자리로 끌어놓고 다시 불을 당겼다. 포탄이 날아갔다. 용골대의 찌푸린 시선이 탄도를 따라갔다. 포탄은 성안의 농경지 위를 길게 건너갔다. 내행전 오른쪽 건물이 포탄 세 발을 맞고 부서졌다. 먼지가 일었다. 하얀 행궁 마당에서도 먼지가 일었다. 사람의 모습은 보이지 않았다.

— 조준이 좋구나. 좀 더 쏴라.

다시 다섯 발이 동시에 날아갔다. 행궁 돌담이 무너져 내렸다. 사람의 모습은 여전히 보이지 않았다.

용골대가 정명수에게 물었다.

— 빈 성이냐? 왜 사람은 보이지 않느냐?

— 아마도 먼지 속에서 갈팡질팡하고 있을 것입니다.

용골대가 포병 군장에게 명했다.

—더 이상은 쏘지 마라. 잘 들여다보고 있다가 징조가 특이하면 전령을 보내라.

용골대는 한나절 만에 망월봉에서 내려왔다.

홍이포

칸이 용골대를 불러들였다. 칸은 군막 안 철판 온돌에 누워 등을 지지고 있었다.

— 강화도는 어찌 되었느냐?

— 조선 왕의 어린 원손과 그 어미 그리고 왕자 두 명이 사대부와 약간의 군사를 거느리고 섬으로 들어가 나오지 않고 있사온데, 강화는 농지가 넓고 물산이 많아 오래 버틸까 걱정이옵니다.

— 너의 군사는 가까이 있느냐?

— 섬으로 건너가는 월곶나루에 보병과 기병 도합 일만이 대기하고 있사옵니다.

— 조선이 섬을 믿고 이러는구나. 군사를 움직여서 섬을 힘껏 부수어라. 섬을 현지 군장의 처분에 맡긴다. 하나 조선 왕족들은 살려서 내 앞으로 끌고 오라.

— 황명을 곧 월곶에 전하겠나이다.

— 그리고 저 돌담의 한쪽 구석을 헐어내라. 날이 풀리고 흙이 들떠서 어렵지 않을 것이다. 헐어내고, 넘어 들어가지는 말아라.

전령단 기병 이백이 월곶으로 떠났다.

용골대는 경포(輕砲)와 보병 정예 삼천을 군진 마당에 모았다. 남한산성의 성벽을 뭉개러 올라갈 병력들이었다.

칸이 문한관 세 명을 불러들였다. 조선의 국서를 접수한 문한관 두 명이 처형된 뒤, 문신들은 칸의 군막 둘레에 대죄하고 있었다.

칸은 남한산성으로 들여보낼 문서를 다시 작성하라고 일렀다.

나를 따르려는 너의 기쁨을 참되게 드러내 보여라. 내가 너의 기쁨의 참됨을 알게 하라. 내가 너의 신생(新生)의 참됨을 알게 하라. 나로 하여금 알게 하면 너의 왕 노릇을 빼앗지 않겠다. 너와 너의 세자 그리고 신하들은 성문을 열고 산길을 걸어서 내 앞으로 나와 얼굴을 보이고 나의 조칙을 받으라. 내 앞에 오기 전에 먼저 너의 신하들 중에서 나에게 거역하고 맞서기를 극언했던 자들을 네 손으로 묶어서 나에게 보내라. 네가 나에게 보낸 문서는 무슨 뜻인지 알 수 없어서 돌려보낸다……. 이러한 뜻을 분명히 적어 올리라고 칸은 명했다. 칸은 말했다.

— 글을 곧게 써라. 그래야 저들이 알아듣는다.

문한관이 글을 지어 올렸다.

> 네가 사특한 입질과 기름진 붓질로 몽롱한 문장을 지어서 나를 속이려 하니 나를 따르겠다는 너의 기쁨이 대체 무엇이냐. 너의 문서는 돌려보낸다. ……너의 신하들 중에서 나를 적대하고 능멸해서 결국 너를 그 돌구멍 속으로 몰아넣은 자들을 너의 눈으로 찾아내고, 너의 손으로 묶고, 너의 군사에게 끌리게 해서 나에게 보내라. 죽여서 그 머리를 높이 걸어 너희 나라의 후세 만대를 가르치려 한다.
>
> 만일 보내지 않으면 내가 너의 성을 깨뜨리는 날에 나는 내 손으로 너의 성을 뒤져 그자들을 찾지는 않겠다. 그날, 나는 너의 성 안에 살아 있는 모든 자들에게 나를 능멸한 죄를 묻게 될 것이다.

용골대가 조선 관원들을 불러서 칸의 두 번째 문서를 주었고, 돌아가는 관원들 편에 조선 왕의 국서를 돌려보냈다.

칸이 정명수를 불러들였다. 칸이 정명수를 가까이 부르기는 처음이었다.

— 너는 지금 산성으로 올라가라. 가서 저들을 불러내어, 내가 군사를 모두 조선에 두고 곧 심양으로 돌아가려 한다고 말을 퍼뜨려라.

정명수가 엎드린 채 고개를 들어 칸을 올려다보았다.

— 폐하, 어찌 조선 왕이 나오기 전에…….

— 내 심중을 묻지 마라. 너는 가서 그렇게 전해라.

정명수가 위병 오십을 거느리고 남한산성 서문 쪽으로 올라갔다. 강화도를 부수고 남한산성 성벽의 구간 두어 군데를 헐어내고 또 황제가 돌아가려 한다는 소문을 성안에 전하면, 성은 오그라들고 일은 신속히 끝날 것이었다.

칸은 군막 밖으로 나왔다. 강물이 불어서 모래톱으로 넘어 들어왔다. …조선의 강들이 다 녹았구나……. 돌아갈 먼 길과 건너야 할 많은 강을 생각하면서 칸은 물 위로 돌멩이를 던졌다.

망월봉에서 터지는 화포 소리는 내행전 마루에서 들렸다. 임금과 신료들이 망월봉 쪽을 바라보았다. 새카만 점들이 빠르게 날아오면서 커졌다. 행궁 담장이 무너졌다. 돌덩이가 튀고 먼지가 일었다. 신료들은 임금을 에워싸고 행궁 뒷문으로 빠져나가 산으로 올라갔다. 포탄은 계속 날아왔다. 임금은 바위에 앉고, 신료들은 그 둘레에 주저앉아 몸을 낮게 웅크렸다. 금군들이 달려와 임금의 앞뒤에 도열했다. 김상헌이 임금의 몸 앞을 막아섰다.

— 전하, 적들이 이리도 무도하나 스스로 망할 것이옵니다. 오직 성심을 굳게 하소서.

포격이 뜸해졌다. 망월봉 위에서 푸른 화약 연기가 길게 흘러갔다. 병조판서 이성구가 아뢰었다.

— 지금 터지는 화포는 홍이포라는 것이옵니다. 홍이포는 길이가 두 장 반에 무게는 삼천 근이고, 포탄은 수박만 한데, 곧게 이십 리를 날아가 표적을 맞춘다 하니 천하에 장한 무기이옵니다.

다시 포탄이 날아와 행궁 마당에 떨어졌다. 행전 기둥이 흔들리면서 기와가 흘러내렸다. 마당이 파였고 흙이 튀었다. 새들이 비명을 지르며 날아올랐다. 이성구는 또 말했다.

— 신미년에 진위사(陳慰使)를 따라 북경에 다녀온 역관이 전하기를, 중원에서 서양은 구만 리 상격으로 걸어서 삼 년이 걸리는데, 그 서쪽 끝에 화란(和蘭)이라는 나라가 있다 하옵니다. 화란 사람들의 얼굴이 붉어서 홍이(紅夷)라 일컫는데, 홍이들이 화포를 만들어 명에게 팔았고, 청이 다시 명으로부터 빼앗은 것이옵니다.

다시 다섯 발이 날아와 행궁 담장 밖 길 위에 떨어졌다.

김류가 말했다.

— 그러니 본래는 명이 청을 쏘던 무기이옵니다.

임금의 시선이 탄도를 따라갔다. 임금이 말했다.

— 경들이 해박하구나.

포격이 끝나고서도 임금은 한나절을 산에 머물렀다. 금군들이 무너진 돌더미를 들것으로 실어내고 파인 마당을 메웠다. 이시백이 서장대 군병들을 데리고 행궁으로 내려왔다. 이시백은 무너진 행궁 담장을 목책으로 막았다. 저녁에 임금과 신료들은 내행전으로 돌아왔다.

칸이 군사를 조선에 놓고 곧 돌아가리라는 말을 서문 대장이 묘당에 올렸다. 칸이 돌아가고 나면 말길은 아주 끊기고 성 밖은 용골대의 세상이 될 것이므로, 칸이 돌아가기 전에 성 밖으로 나아갈 길을 열어야 한다고 최명길은 말했다. 살려는 뜻은 나에게 있고 적에게 있는 것이 아니므로, 칸이 돌아가거나 돌아가지 않거나 아무런 차이가 없는 것이라고 김상헌은 말했다. 칸이 온 것과 칸이 돌아가는 것은 똑같이 두려운 일이라고 김류는 말했다. 마당에 들뜬 흙을 바라보면서 임금은 아무 말도 하지 않았다.

저녁 밀물에 청병 일만이 월곶나루를 건너갔다. 척후병 열 명이 먼저 경선(輕船)을 몰아서 강화 쪽 나루에 닿았다. 언덕에 매복한 조선 초병 두 명이 청의 척후들을 조준했다. 화약이 젖어서 조총은 발사되지 않았다. 조선 초병은 달아났다. 달아나던 초병들이 총을 맞고 거꾸러졌다. 청의 척후들은 나루에서 돈대까지의 경사지를 정찰했다. 조선 관군은 보이지 않았다. 강화 쪽 물가는 조용했고, 물새들이 울었다. 청의 척후들이 물 건너 월곶나루의 본진을 향해 깃발을 흔들었다. 군선 사십 척이 발진했다. 월곶쪽 포루에서 홍이포가 선단을 엄호했다. 포탄은 물을 건너서 섬 안쪽으로 날아갔다. 섬에 상륙한 청병은 강화산성으로 향했다.
강화 검찰사 김경징은 배를 내어 달아났다. 조선 관군은 해안 돈대에 배치되어 있었다. 관군들이 산성으로 집결하기 전에 청병이 산성을 포위했다. 산성 안에는 원손과 빈궁, 왕자와 원로대신들이 들어와 있었고, 피란민들이 성첩을 지켰다. 늙은 원임 대신 김상용이 싸움을 지휘했다.

— 성을 지켜라. 물러서지 마라.

김상용은 지팡이를 짚고 성첩을 돌며 소리쳤다. 빈궁과 숙의와 사녀와 나인 들이 끌어안고 통곡했다. 동쪽 성문이 깨지면서 청병이 몰려들어 왔다. 성문에서 정전正殿 쪽으로 칼날의 대열이 번뜩이며 다가왔다. 청장은 정전에 자리 잡았다. 청병들이 성첩으로 올라왔다. 청병은 성첩을 돌며 청소하듯 도륙해나갔다. 김상용은 쫓기면서 남문 문루 위로 올라갔다. 종이 따라왔다. 문루 위에 미처 쓰지 못한 화약 더미가 쌓여 있었다. 김상용이 화약 더미로 다가갔다. 종이 김상용의 도포 자락을 잡았다.

— 대감, 어찌…….

— 당면한 일을 당면하려 한다. 너는 돌아가라.

종은 돌아가지 않았다. 김상용이 화약 더미에 불을 붙였다. 종이 김상용의 몸을 덮쳐서 끌어안았다. 화약이 터졌다. 문루가 무너져 내렸고, 김상용의 육신이 흩어졌다. 종이 함께 죽었다.
위패를 받들고 강화도로 들어온 늙은 선비가 행랑에서 목을 매어 자살했다. 선비가 종에게 유서를 남겼다.

> 아들아, 너는 목숨을 귀하게 여겨 몸을 상하게 하지 마라. 아아, 너희들은 생명에 칼질을 하지 마라. 고향에 조용히 엎드려서 세상에 나오지 마라.

성을 빠져나온 피란민들은 밤중에 마니산으로 들어갔다. 횃불을 든 청병들이 마니산을 포위하고 세 방향에서 조여 들어갔다. 피란민들은 계곡을 따라서 정상 쪽으로 쫓겼다. 청병들은 능선을 따라 정상으로 올라갔다. 날이 밝았다. 정상은 넓지 않았다. 키 작은 관목들이 돋아났고 시야가 트여서 숨을 곳이 없었다. 산 아래쪽으로 아침 썰물에 옹진 쪽 갯벌이 넓게 드러났다. 피란민들은 정상으로 몰렸다. 피란민들은 건너갈 수 없는 갯벌을 바라보며 발을 굴렀다. 청병들이 정상으로 올라왔고, 피란민들은 끌어안고 뒤엉켰다. 모두들 머리를 안쪽으로 틀어박고 부둥켜안았다. 청병들이 피란민들을 밖에서부터 쳐나갔다. 청병이 들어오지 않은 옹진 쪽에서 고깃배 몇 척이 바다로 나갔다. 청병들은 정상에서 말린 말고기로 점심을 먹고 하산했다.
청병은 조선 왕자 두 명과 빈궁, 숙의, 사녀 들을 붙잡아 배에 싣고 다시 물을 건넜다. 청병은 삼전도로 향했다.

반 란

이시백이 북영 병력을 서장대로 불러들였다. 청병들은 횡렬 대형으로 다가왔다. 대오를 숨기려는 기색이 없었다. 방패를 든 보병 사수들이 앞에 섰고, 포로들이 경포를 지게에 지고 따라왔다. 북문에서 서문에 이르는 성첩이 일제히 발포했다. 전열의 청병 몇이 쓰러졌다. 다시 성첩이 발포했다. 탄환은 방패를 뚫지 못했다. 청병의 전열이 근총안의 사각을 넘어 들어왔다. 전열이 성뿌리에 붙었다. 성첩에서 돌로 아래쪽을 내리찍었다. 청병들은 방패로 머리 위를 가렸다. 청병들이 성첩 틈에 지렛대를 박았다. 눈 녹은 자리는 헐거웠다. 밑돌이 흔들렸고 성벽이 비틀렸다. 포탄이 날아와 비틀린 자리를 부수었다. 잡석이 쏟아져 내리고 목책이 튕겨져 나갔다. 총을 버린 초병들이 바위를 들어서 아래로 던졌다. 전열이 무너지자 제 이열이 성뿌리에 붙었다.

북영에서 전령이 달려왔다. 북벽으로도 청병이 접근했다. 이시백은 북영 병력을 북장대로 돌려보내고, 남영 병력을 북벽으로 옮겼다. 북벽 암문이 무너져 내렸다. 초병들이 통나무 가로대로 무너진 자리를 막았다.

싸움은 새벽에 끝났다. 청병은 돌아갔고 성벽 두 군데가 무너져 내렸다. 무너진 자리로 멀리 거여 · 마천의 들이 내려다보였다. 어둠 속에서 강이 깨어나고 있었고 새들이 빈 들 위를 날았다.

성첩에 시체들이 걸렸다. 동장대 쪽에서 먼동이 텄고, 덜 죽은 자들이 꿈틀거렸다. 아침에 동영, 남영에서 살아남은 군병들이 병장기를 버렸다. 훈련도감과 어영청 군사들도 병장기를 던졌다.

군병들은 성첩에서 내려와 행궁 앞으로 모여들었다. 초관과 감군들도 섞여 있었다. 이시백은 직할 부대 군병들을 서장대 마당에 가두었다. 이시백이 성첩을 버리는 군병들의 동태를 김류에게 알렸다. 김류는 대답하지 않았다. 장대에서 사영 대장들이 깃발을 흔들어서 군병들을 불렀다. 군병들은 성첩으로 돌아가지 않았다. 금군들이 행궁 밖으로 나와 담장을 에워쌌다. 어영청 군사들이 금군을 밀쳐내고 행궁 문짝을 흔들었다. 양주 초관이 앞으로 나와 금군위장에게 말했다.

— 성을 지키는 까닭은 성을 나가기 위함이다. 우리는 살고자 한다. 묘당은 죽고자 하는가. 성을 지켜서 살 수 없다면 성을 열어서 살게 해다오. 묘당에 전하라. 우리는 영상을 만나고자 한다.

금군위장이 내행전으로 들어와 행궁 밖의 소란을 고했다.

임금이 말했다.

— 영상이 나가서 저들을 달래 성첩으로 올려보내라.

김류가 대답했다.

— 신은 체찰사의 직을 맡아 군무를 총괄하고 있사옵니다. 저들의 죄는 모조리 참(斬)에 해당하는데, 신이 저들 앞에 나가서 지금 군율을 시행할 수 있겠나이까. 신은 저들 앞에 나가기가 합당치 않사옵니다.

임금이 도승지를 군병들 앞으로 내보냈다. 파주 감군이 말했다.

— 싸우기를 극언한 신하들을 적에게 보내어 성을 나갈 길을 열어주시오.

— 죄 없는 사대부를 적에게 내줄 수는 없다. 전하의 근심이 크시다.

— 하오면 그들을 장수로 삼아 소인들과 함께 출전시켜주시오.

— 사대부가 어찌 싸움의 일을 알겠느냐.

— 이도 저도 아니면 어쩌자는 것이오?

— 너희들은 성첩으로 올라가라. 환궁 후에 너희들을 면천복호하고 과거를 베풀어주겠다. 화살은 스무 발에 한 발, 조총은 열 발에 한 발을 맞히면 급제시켜주겠다.

뒤쪽의 군병들이 낄낄 웃었다. 파주 감군이 말했다.

— 우리는 이미 팔다리에 얼음이 박혀서 백 발에 한 발도 맞힐 수가 없소.

도승지가 금군위장의 칼을 빌려 빼들었다. 뒤쪽 군병들이 또 낄낄 웃었다.

— 물러가라. 너희들이 어찌 군인으로서 성첩을 비우고 내려와 궐 앞에서 소란을 떨어 천위(天威)를 범하느냐.

— 승지가 칼을 빼니 산천이 떠는구려. 그 칼을 들고 적 앞으로 나아가시오. 우리가 따르리다.

날이 저물었다. 도승지가 행궁 안으로 돌아갔다. 군병들은 밤새도록 궐문 앞에서 돌아가지 않았다. 술 취한 자들의 고함 소리가 임금의 침소에 들렸다.

— 무지한 향병들이 말을 알아듣지 못하오나 지금 군법을 시행하기는 불가하옵니다…….

김류는 장지문 안쪽으로 고했다. 당상들은 군병들의 소란에 얼씬거리지 않았다.

출성

삼경 무렵 임금이 승지를 침소에 불렀다. 늙은 승지가 소리 없이 장지문을 열고 들어왔다. 임금은 서안 앞에 곧게 앉아 있었다. 승지가 눈을 들어 임금을 바라보았다. 촛불에 임금의 그림자가 흔들렸다. 승지의 눈에는 이 세상에 임금이 홀로 앉아 있고, 임금의 그림자가 홀로 살아서 흔들리는 것처럼 보였다. 어둠 속에서 임금의 안광이 빛났다. 임금은 파리하고 또 우뚝해 보였다. 임금이 입을 열었다.

—송파강은 녹았느냐?

임금이 무엇을 묻고 있는지, 승지는 어리둥절했다. 승지는 가슴이 터질 듯 답답했다. 승지는 숨을 몰아쉬었다.

—며칠 전 성첩에 올라가서 삼전나루 쪽을 살폈사온데, 물빛이 푸르게 살아났고 먼 상류부터 물 위에서 햇빛이 튕기면서 흘러내려 왔으니, 송파강은 이미 녹은 것으로 아옵니다.

임금이 말했다.

—그렇구나…….

승지의 목소리에 울음이 섞여들었다.

—전하, 봄에 강이 녹는 것은……

승지는 말끝을 맺지 못했다.

임금이 승지를 바라보았다. 임금의 눈동자에서 촛불 불빛이 타올랐다. 임금이 말했다.

—사흘 뒤에 성을 나가겠다. 승지는 오늘 밤 안에 내 뜻을 삼사에 알리고 세자에게도 그리 전하라. 야심하다. 서둘러라.

마루에서 사관이 장지문 안쪽으로 귀를 기울였다. 임금의 목소리는 들리지 않았다. 승지가 밤새도록 성안을 돌면서 당상들의 처소를 찾아다녔다.

이른 아침부터 묘당은 내행전으로 몰려들었다.

성을 나가기 전에, 화친을 배척했던 사대부들 중에서 묶어서 적 앞으로 보낼 신하를 골라내라고 임금은 김류에게 명했다. 칸이 돌아가기 전에……. 임금은 말끝을 흐렸다.

— 세자는 나와 함께 갈 채비를 갖추라.

최명길이 말했다.

— 강한 자가 약한 자에게 못 할 짓이 없고, 약한 자 또한 살아남기 위하여 못 할 짓이 없는 것이옵니다.

최명길이 울었다. 울음을 멈추고 최명길이 또 말했다.

— 전하, 뒷날에 신들을 다 죽이시더라도 오늘의 일을 감당하여주소서. 전하의 크나큰 치욕으로 만백성을 품어주소서. 감당하시어 새날을 여소서.

아하……. 김상헌이 낮게 신음하면서 자리에서 일어나 행궁 밖으로 나갔다. 임금이 말했다.

— 출성의 일은 재론하지 말라.

삼사의 당하들이 내행전 마당으로 몰려왔다. 당하들은 청대를 요구했다. 임금은 응하지 않았다. 임금은 침소에서 나오지 않았다. 승지가 장지문 앞을 서성거렸다. 마루 왼쪽 구석에서 사관은 조용히 먹을 갈았다. 사관의 귀는 임금의 침소 쪽을 향해 있었다. 방 안에서는 아무 소리도 들리지 않았다. 저녁을 준비하는 나인들이 수라간에서 달그락거렸다. 날이 저물어 새들이 행궁 뒤 숲으로 날아들었다. 내행전 마당에서 당하들이 울부짖었다. 당하들은 밤새도록 돌아가지 않았다.

…… 양전이 함께 나아가시면 종사를 들어서 적에게 바치고 적의 수레에 실려 북으로 가시렵니까?

…… 성 밖 시오 리에 큰 강이 있으니 수군에 명하여 삼남 해안의 판옥전선(板屋戰船)을 모두 한강으로 불러 모으시고, 경강(京江)을 따라 마포나루로 드시옵소서. 장사를 뽑아서 좌우 복병 삼백을 거느리고 성을 빠져나가면 전하께서는 배에 오르실 수 있사옵니다.

…… 아니옵니다. 판옥전선은 바다에서 쓰는 배이고, 무거워서 얕은 여울을 거슬러 올라오지 못하옵니다. 또 남해안의 배가 한강에 닿기를 어찌 기다릴 수 있겠습니까. 오히려 상류 쪽 진포(津浦)에 명하여 강선(江船)을 부르소서.

…… 전하, 지금 수군을 부리자는 말은 모두 오활한 백면들의 잠꼬대이옵니다. 적이 삼문으로 쳐들어오면 나머지 일문으로 빠져나가 호남으로 향하시어 의로운 백성들과 더불어 회복을 도모하소서.

…… 임금에 욕이 미치면 신하는 죽어야 하는 것이온데, 신들은 어찌하오리까.

…… 전하, 한번 나가시면 돌이킬 수 없으니 성을 나가지 마옵소서.

당하들은 밤새도록 행궁 마당에서 물러가지 않았다. 행궁 담 밖에서, 성첩에서 내려온 군병들도 돌아가지 않았다. 군병들의 고함과 당하관들의 울음이 뒤섞였다. 군병들은 나가자고 고함치고, 당하관들은 나가지 말자고 울었다. 임금은 당하와 군병들을 내몰지 않았다. 임금은 내다보지 않았다.

김상헌은 사직 상소를 올리고 어전에 나아가지 않았다. 김상헌이 노복을 보내 조카 두 명을 처소로 불렀다. 조카들이 마당으로 들어왔다.

— 불러 계시옵니까?

김상헌이 미닫이를 열고 마루로 나왔다. 풀 먹인 무명 옷자락이 서걱거렸고 갈아 신은 버선코가 반듯했다. 김상헌이 말했다.

— 너희도 새 옷으로 갈아입고 오너라.

김상헌은 마루에 서서 기다렸다. 옷을 갈아입은 조카들이 다시 마당으로 들어섰다. 흑립에 도포 차림이었다.

숨이 끊어질 때까지 시간은 오래 걸리지 않을 것이었다. 성안에 들어와서 견디어낸 날들에 비하면 죽음에 이르는 시간은 견딜 만하리라. 그 짧은 동안을 견디면, 무엇을 부술 수 있고 무엇을 부술 수 없는지 선명히 드러날 것이었다. 그 지난한 것들의 가벼움에 김상헌은 안도했다. 삼전도로 가는 임금의 발 아래 시체를 깔아놓고 시체가 되어 임금을 전송해야만 세상의 길은 열릴 것이었는데, 임금의 출성이 임박했으므로 일을 서둘러야 했다. 김상헌은 마당에 서 있는 두 조카를 향해 말했다.

— 때가 되었다. 나는 죽으니, 너희는 그리 알라. 너희는 방

밖에 성히 앉아서 나를 보내라.

김상헌은 방 안으로 들어갔다.

조카들이 마당에 자리를 깔고 꿇어앉았다. 방 안에서 김상헌이 또 말했다.

— 나루라는 계집아이를 아느냐?

— 삼거리 대장간에 얹혀 있는 아이옵니까?

— 고운 아이다. 너희들이 그 아이를 살펴서 건사해라.

김상헌은 또 말했다.

— 그뿐이다. 내가 일을 다 마칠 때까지 너희는 진중하라.

김상헌이 방문을 닫았다. 김상헌이 들보에 목을 매었다. 버선발이 공중에 떴다. 매달려서 버둥거리는 그림자가 창호지에 비쳤다. 마당에서 조카들이 일어섰다. 조카들은 두 손을 앞으로 모으고 절했다. 느리고 긴 절이었다.

도승지가 사직을 윤허하는 임금의 뜻을 전하러 김상헌을 찾아왔다. 도승지는 방 안으로 뛰어들어 무명 끈을 끊었다. 김상헌의 몸이 방바닥으로 떨어졌다. 도승지가 김상헌의 목에 감긴 끈을 풀었고, 노복들이 달려와 팔다리를 주물렀다. 김상헌은 죽지 않았다. 도승지가 조카들을 나무랐다.

— 자네들은 어찌 숙부의 위급을 구하지 않는가. 어찌, 향하여 절을 할 수 있는가.

큰조카가 대답했다.

— 어른의 뜻이 늘 지엄하신지라 저희들은 거스르지 못하여…….

도승지가 김상헌의 죽음을 구한 일을 임금에게 아뢰었다. 임금은 서문에서 삼전도로 가는 산길을 생각했다. 산길은 떠오르지 않았다. …상헌이 나를 보내주려 하는구나……. 상헌이 나를 배웅하는구나…….

김류가 말했다.

— 상헌은 묶어서 청진에 보내야 할 자인데, 스스로 목숨을 끊으면 전하를 배반하는 일이옵니다. 그 조카들에게 명하여 상헌을 잘 감시하도록 하겠나이다.

자결에 실패한 뒤 상헌은 곡기를 끊고 누워 있었다. 조카들이 곁을 지켰다. 큰조카가 김류의 감시 명령을 김상헌에게 전했다.

— 조정이 척화신을 찾고 있다 하옵니다.

아직 죽을 때가 오지 않았음을 김상헌은 알았다. 김상헌의 몸은 남한산성에 있었다. 죽기 전에 감당해야 할 일이 남한산성에는 남아 있었다. 묶여서 삼전도로 끌려가서 거기서 적의 칼에 죽는다면, 아마도 사공이 죽은 자리에서 가까울 것이었다.

김상헌이 윗몸을 일으켜서 앉았다.

— 알았다. 당분간 살아 있으마. 미음을 가져와라.

김상헌은 요 위에 앉아서 미음 그릇을 들여다보았다.

밤중에 다시 어전에 모인 묘당은 성의 사후 대책을 논의했다. 임금과 세자가 신료를 거느리고 출성한 뒤에 청병이 성을 넘어 들어올 것인지는 성을 나가봐야 알 수 있는 일이었다. 용골대는 출성대열을 오백으로 제한했다. 성안에 들어온 사대부와 그 권속들을 모두 데리고 나갈 수는 없었다. 군병들 중 경병은 서울로 데려가고, 향병은 고향으로 돌려보내야 할 터인데 우선은 성안에 두고 나갈 수밖에 없었다.

조정이 성 밖으로 나간 뒤에 청병이 성안으로 들어오지 않는다면, 풀어진 군사들이 난병으로 돌변해 성안에 남은 사대부와 사녀들을 약탈할지도 알 수 없었다. 출성하기 전에 성안에 남은 군병들을 무장해제시켜야 할지도 결론을 내지 못했다. 무기를 거둔 채 빈손인 군병들을 청병 앞에 내어줄 수도 없었고, 무기를 거두고 나서 데리고 나갈 수도 없었다. 날이 밝을 때까지 내행전 마루에서 신료들은 수군거렸다.

출성대열이 서문을 나갈 때 성첩의 군병들은 모두 땅바닥에 앉아서 고개를 숙이고 떠나는 대열을 내려다보지 말 것, 삼사의 문서는 청을 적이라 칭하고 있으므로 모두 모아서 태워 없앨 것, 이시백이 군장 몇 명을 데리고 성안에 남아 뒷일을 감당할 것을 묘당은 결정했다.

아침에 호조 관원들이 삼사의 문서를 행궁 뒷마당에서 불 질렀다. 연기가 행궁을 덮었고 불똥이 높이 날아서 성첩 위로 흘러갔다. 상궁이 나인들을 데리고 버선과 이부자리를 보따리에 동였다. 대궐로 돌아가는 것인지, 심양으로 끌려가는 것인지 상궁이 별감에게 묻고, 별감이 승지에게 물었지만 승지는 임금에게 묻지 못했다. 조정이 나가면 청병이 성안으로 들어올 것이라는 소문이 민촌에 퍼졌다. 조정이 나간 뒤에도 군사들이 성안에 남게 되므로 청병은 반드시 쳐들어와서 겨우내 투항하지 않고 버틴 앙갚음으로 성안을 도륙낼 것이라고 도축장 마당에서 노파들이 수군거렸다.

출성이 통고된 뒤에도 청병은 성 밖 고지에서 성안으로 야포를 쏘아댔고, 포격이 끝나면 대열을 이루어 다가왔다. 성벽이 무너진 자리 너머로 물오르는 숲이 뿌옇게 흐려 보였다. 민촌은 술렁거렸으나 소리가 들리지 않아서 고요했다. 양지쪽에 나와 앉은 늙은이들이 말없이 행궁 쪽을 바라보았다. 아직 근력이 남아 있는 자들은 밤새 보따리를 꾸렸다.

두 신하

새벽에 서날쇠는 동벽 배수구로 성을 빠져나갔다. 나루를 삼끈으로 동여서 업고 나루의 등에 바랑을 지웠다. 바랑 속에는 톱한 자루와 자귀 한 자루가 들어 있었다. 성을 빠져나가려는 사람들 몇 명이 배수구 앞에 엎드려서 차례를 기다렸다. 불구자들 같기도 했고, 배수구 앞에 모인 병정들 같기도 했으나 어두워서 보이지 않았다. 병정들 중에는 어가를 따라 삼전도로 가게 된 자들도 있었고, 성안에 남게 된 자들도 있었다. 어디로 가려는 것인지 아무도 묻지 않았다. 청병들은 능선 아래로 물러가 있었다.

배수구를 빠져나와서 서날쇠는 동쪽으로 나아갔다. 거문다리를 지나서부터는 나루를 등에서 내려서 걸렸다. 서날쇠는 검단산 남쪽 기슭을 돌아서 강가로 나왔다. 청병은 보이지 않았으나 강가 마을은 비어 있었다. 불타버린 초가지붕에서 풀싹이 돋아났고, 겨우내 얼었던 시체들이 녹으면서 악취를 풀어냈다. 우물이 시체로 메워졌고, 무너진 우물 옆에서 매화가 꽃망울을 밀어내고 있었다. 마을 앞을 흐르는 물은 강폭이 아득히 넓었다. 봄물이 부풀어서 강은 가득 차 흘렀다. 물 위로 먼 산악의 봄냄새가 실려왔다. 강 건너가 처가 마을 조안이었다.

나루터에 삭은 배가 한 척 묶여 있었다. 줄을 당기자 배 바닥이 무너지고 고물이 떨어져 나갔다. 서날쇠는 불타다 만 초가집의 목재를 헐어냈다. 바랑 안에서 톱과 자귀를 꺼내어, 톱으로 기둥을 자르고 들보로 가로대를 받쳐서 삼줄로 나무토막을 묶었다. 뗏목을 만드는 데 한나절이 걸렸다. 서날쇠는 자귀로 서까래 끝을 넓게 깎아내어 노를 만들었다. 서날쇠는 뗏목에 나루를 태우고 노를 저어서 물 위로 나왔다. 물살이 빨라서 뗏목은 자주 아래쪽으로 쏠렸다. 날이 저물고 물 위로 노을이 깔렸다. 노가 물을 헤칠 때마다 빛들이 부서졌다. 서날쇠는 저녁 무렵 조안나루에 닿았다. 조안에는 청병이 들어오지 않았다. 나루터에서 개들이 짖었고, 산 아래쪽 마을에서 연기가 올랐다.

교리 윤집과 부교리 오달제가 척화신으로 묶여서 청진에 가기를 자청하는 차자를 올렸다. 젊은 당하관들이었다. 처자식을 성 밖에 두고 혼자 들어와 있었다. 임금이 차자를 읽었다.

> 신들이 극언으로 화친을 배척하여 성총을 흐리고 나라를 그르쳤으니, 신들을 보내어 적의 요구에 응하시고 사직과 강토를 보전하소서. 미거한 신들이 죽음의 자리를 찾았으니, 그 또한 삶의 자리일 것이옵니다.

임금의 팔이 떨렸다. 임금은 두 당하관의 얼굴이 기억나지 않았다. 윤집, 오달제는 성에 들어온 뒤 한 번도 어전에 나아가지 않았다. 임금도 두 당하를 부른 적이 없었다. 윤집, 오달제는 동문 안 민촌에 기식했으며, 배급 곡식으로 연명하며 책을 읽었다. 대문 밖 출입이 없어서 둘이 성안에 들어와 있는지를 아는 사람이 민촌에 많지 않았다.

— 두 사람을 불러오너라.

승지가 밖으로 나갔다. 김류가 말했다.

— 당하는 품계가 낮아서 적이 흡족히 여기지 않을 것이옵니다.

임금이 차자를 밀쳤다. 김류가 임금의 시선을 피했다. 임금이 말했다.

— 그래서 어쩌자는 것인가. 영상이 가겠는가?

— 그것이 아니옵고, 화친을 배척한 자들은 지금 성안에 많이 들어와 있사옵니다. 모두 다 묶어 보내야 후일을 위해 편할는지 아닐는지…….

— 대체 무슨 말을 하자는 겐가?

— 후일의 사론을 재우려면 김상헌도 의당 보내야 할는지……. 또 둘만 보내면 반드시 죽일 것이오나 여럿을 보내면 끌려가도 혹 죽음을 면할 수 있을는지…….

— 마저 말하라.

— 신이 가늠하기 어려워 여쭙는 것이옵니다.

임금이 김류의 얼굴을 노려보며 말했다.

— 죽이고 안 죽이는 것을 경이 정하는가. 자청한 사람들만 보내라.

윤집, 오달제가 내행전으로 들어왔다. 임금이 주전자를 들어서 술을 따랐다. 당하들이 두 손으로 잔을 받아 마셨다. 임금이 두 당하들의 신상을 물었다. 윤집은 서른 살이었고 처와 세 아들이 남양(南陽)으로 피란을 갔는데 남양이 적에게 함몰되어 생사를 모르고, 오달제는 스물일곱 살로 성 밖에 노모와 임신한 처가 있다고 했다.

윤집, 오달제는 두 손을 앞으로 모으고 곧게 앉아서 임금을 응시했다. 임금이 고개를 돌렸다. 임금이 숨죽여 울먹였다.

— 참혹하다. 어찌 이런 일이 있는가.

윤집이 말했다.

— 전하, 말씀이 구구하시옵니다.

오달제가 말했다.

— 신들이 먼저 나가서 전하의 길을 열겠사오니, 전하께서는 신의 뒤를 따라서 삼전도로……

임금이 서안에 쓰러져 오열했다.

최명길이 임금을 달랬다.

— 군신이 함께 삼전도로 가더라도 전하의 길이 있고, 저 두 사람의 길이 따로 있는 것이옵니다. 그리고 전하, 먼 후일에 그 두 길이 합쳐질 것이옵니다.

임금이 고개를 들었다. 눈물이 턱으로 흘러내렸다.

— 누가 인도하려는가.

최명길이 말했다.

— 신이 가겠나이다.

윤집, 오달제가 임금에게 절하고 마당으로 내려왔다. 금군위장이 윤집, 오달제를 묶었다. 최명길이 앞장섰다. 포승을 쥔 금군 다섯이 뒤를 따랐다. 대열은 서문을 나와 삼전도로 향했다. 모두 말이 없었다.

흙 냄새

임금은 새벽에 성을 나섰다. 신료와 호행의 대열이 행궁 마당에 도열해 있었다. 어두워서 신료들의 얼굴은 보이지 않았다. 임금이 내행전에서 마당으로 내려섰다. 임금은 대열 가운데를 지나서 행궁 대문으로 나갔다. 임금의 걸음은 빨랐다. 신료와 호행들이 뒤를 따르며 대열을 이루었다.

대열은 행궁을 나와 서문으로 올라갔다. 임금과 세자는 말을 탔고, 신료들은 걸었다. 안개가 자욱했다. 성벽이 안개 속으로 사라지고 성 밖의 계곡과 들판도 보이지 않았다.

성안에 남는 사대부와 궁녀들이 서문 앞에 모여 통곡하며 절했다. 임금은 돌아보지 않았다. 서문은 홍예가 낮았다. 말을 타고 홍예 밑을 지날 때 임금은 허리를 숙였다. 서문 밖은 내리막 경사가 가팔랐다. 말이 앞쪽으로 고꾸라질 듯이 비틀거렸다. 말은 힝힝거리며 나아가지 않았다. 임금은 말에서 내려 걸었다.

임금은 내리막 산길의 중턱쯤에서 걸음을 멈추고 땅바닥에 앉아 쉬었다. 강의 먼 하류 쪽부터 날이 밝아왔다. 빛들이 강물 위에 실려서 상류 쪽으로 퍼져갔다. 안개가 걷히고, 물러서는 어둠의 밑바닥에서 거여 · 마천의 넓은 들판이 드러났다. 임금은 오랫동안 밝아오는 강과 들을 바라보았다. 강과 들은 처음 보는 산천처럼 새롭고 낯설었다. 멀리 삼전도 쪽에서 청의 기병들이 말을 몰아 달려왔다. 기병대열 뒤로 먼지가 일었다. 청의 기병들이 임금과 세자를 둘러쌌다. 청병들이 임금을 호마 위에 태웠다. 청병에 둘러싸인 임금의 대열은 다시 삼전도를 향해 들길을 건너갔다.

칸은 구층 단 위에서 기다렸다. 황색 일산이 강바람에 펄럭였다. 칸은 남향으로 앉아서 기다리고 있었다.

강화도에서 끌려온 빈궁과 대군과 사녀 들이 칠층 단 서쪽에 꿇어앉았고, 구층 단으로 오르는 계단 양쪽에 청의 왕자와 군장들이 깃발을 세우고 도열했다. 철갑무사들이 방진(方陣)으로 단을 외호했고, 꽃단장에 머리를 틀어 올린 조선 기녀 이백 명이 단 아래서 악기를 펼쳤다.

들을 건너오는 조선 왕의 대열이 한낮의 아지랑이 속에서 흔들렸다. 구부러진 들길을 따라서 대열은 길게 이어졌다. 야산 모퉁이를 돌아서 대열은 다가왔다. 대열은 느리게, 천천히, 물 흐르듯 다가왔다. 칸은 실눈으로 대열을 살폈다. 조선 왕은 청병의 푸른 군복을 입고 칸이 보낸 호마 위에 올라 있었다. 칸이 용골대에게 물었다.

— 조선 왕은 거동 때 깃발을 쓰지 않느냐?

— 의물을 일절 쓰지 말라고 일렀사옵니다.

— 어허, 뭐 그럴 것까지야…….

대열이 삼전도 청진 안으로 들어왔다. 청의 포병들이 강 쪽으로 홍이포를 쏘아서 조선 왕의 도착을 알렸다. 조선 왕의 대열이 구층 단 아래 도착했다.

조선 왕이 말에서 내렸다. 조선 왕은 구층 단 위의 황색 일산을 향해 읍했다. 멀어서 칸의 얼굴은 보이지 않았다. 단 위에서 칸이 말했다. 말은 들리지 않았다.

정명수가 계단을 내려와 칸의 말을 조선 왕에게 전했다.

— 내 앞으로 나오니 어여쁘다. 지난 일을 말하지 않겠다. 나는 너와 더불어 앞일을 말하고자 한다.

조선 왕이 말했다.

— 황은이 망극하오이다.

정명수가 계단을 뛰어 올라가 조선 왕의 말을 전했다.

청의 사령이 목청을 빼어 길게 소리쳤다.

— 일 배요!

조선 왕이 구층 단 위를 향해 절했다. 세자가 왕을 따랐다. 조선 기녀들이 풍악을 울리고 춤추었다. 기녀들의 소맷자락과 치마폭이 바람에 나부꼈다. 풍악 소리가 강바람에 실려 멀리 퍼졌다. 홍이포가 터지고, 청의 군장들이 여진말로 함성을 질렀다.

조선 왕은 오랫동안 이마를 땅에 대고 있었다. 조선 왕은 먼 지심 속 흙냄새를 빨아들였다. 볕에 익은 흙은 향기로웠다. 흙냄새 속에서 살아가야 할 아득한 날들이 흔들렸다. 조선 왕은 이마로 땅을 찧었다.

청의 사령이 다시 소리쳤다.

— 이 배요!

조선 왕이 다시 절을 올렸다. 기녀들이 손을 잡고 펼치고 좁히며 원무를 추었다. 풍악이 자진모리로 바뀌었다. 춤추는 기녀들의 동작이 빨라졌다. 속곳이 펄럭이고 머리채가 흔들렸다. 다시 홍이포가 터지고 함성이 일었다. 조선 왕이 삼배를 마쳤다.

칸이 조선 왕을 가까이 불렀다. 조선 왕은 양쪽으로 청의 군장들이 도열한 계단을 따라 구층 단으로 올라갔다. 세자가 따랐다.

조선 왕이 칠층을 지날 때, 강화에서 끌려온 사녀들이 손으로 입을 틀어막으며 울음을 참았다.
조선 왕은 황색 일산 앞에 꿇어앉았다. 술상이 차려져 있었다. 칸이 술을 내렸다. 조선 왕은 한 잔에 세 번씩 다시 절했다. 세자가 따랐다. 개들이 황색 일산 안으로 들어왔다. 칸이 술상 위로 고기를 던졌다. 뛰어오른 개가 고기를 물고 일산 밖으로 나갔다.

— 아, 잠깐 멈추라.

조선 왕이 절을 멈추었다. 칸이 휘장을 들치고 일산 밖으로 나갔다. 칸은 바지춤을 내리고 단 아래쪽으로 오줌을 갈겼다. 바람이 불어서 오줌 줄기가 길게 날렸다. 칸이 오줌을 털고 바지춤을 여미었다. 칸은 다시 일산 안으로 들어와 상 앞에 앉았다. 칸이 셋째 잔을 내렸다. 조선 왕은 남은 절을 계속했다.
정명수가 꿇어앉은 조선 왕과 세자 앞으로 나와 칸의 조칙을 읽었다.

> 내 너희들의 나라를 다시 일으켜 세우니 너희는 나의 정삭(正朔)을 받들어 스스로 새로워져라. 너희의 세자와 공경과 그 부녀들과 구종들은 내가 데리고 갈 터인즉, 너희는 황제의 크나큰 애휼(愛恤)에 안기는 것이니 사사로운 정한으로 황제의 귀로를 소란케 하지 마라. 또 너희의 성벽을 새로 쌓거나 수리하는 일을 허락하지 않으며……

긴 하루가 저물었다. 그날 저녁에 임금은 나룻배로 송파강을 건너 도성으로 향했다. 부푼 강은 물살이 빨랐다. 사공은 물살을 빗겨서 노를 저었다. 배는 더디게 나아갔다. 강폭이 넓어서 강 건너 쪽 산과 들이 어스름 속에서 끝도 없이 넓어 보였다. 저무는 물 위에서 작은 물고기들이 뛰어올랐다. 나루가 알려준 물고기 이름이 임금은 떠오르지 않았다.

새벽에 임금은 도성에 도착했다. 동대문 밖을 지날 때 사람의 시체를 뜯어 먹고 미쳐버린 개들이 임금의 대열을 가로막고 짖어댔다. 인왕산 위쪽에서 동이 트고 있었다. 아침 햇살에 인왕산 치마바위가 푸른빛을 품어냈다. 최명길은 별감과 내시들을 부려서 대궐을 청소했다. 살찐 쥐들이 들끓었고, 도성 안 개들이 대궐로 들어와 어슬렁거렸다. 임금은 편전으로 들어가 다시 서안 앞에 앉았다. 최명길이 임금에게 절을 올렸다.

— 전하, 아침 문안이옵니다.

칸의 군장들은 삼전도에서 춤추던 조선 기녀 이백 명을 나누었다. 방면장(方面將)들이 먼저 고르고, 병과(兵科)별 대장들이 나중에 골랐다. 정명수는 셋을 차지했다.

칸의 군사들은 세 방면으로 나누어 철수했다. 임금이 길에 나와 돌아가는 칸을 전송했다. 끌려가는 세자와 빈궁과 왕자들과 호행들이 칸의 뒤쪽 수레에 실려 있었다.

임금이 세자의 손을 잡았다.

칸이 말했다.

— 슬퍼 마라. 너희의 성심을 본 후에 돌려보내마.

포로들이 구십 리에 이어졌다. 청병 대열의 사이사이에서 포로들은 걸어서 북으로 갔다. 임금이 양서의 지방 수령들에게 명하여 철수하는 청병들에게 군량과 말먹이와 나룻배를 내주었다. 칸이 지나가는 길목에 지방 수령들이 백성들을 모았다. 백성들이 돌아가는 칸의 대열에 절하며 청병들을 배웅했다.

정명수의 수레는 무거웠다. 소 두 마리가 수레를 끌었다. 비단과 은화 자루 위에 조선 여자 셋이 올라타 있었다. 정명수의 수레는 포병대열의 후미에서 연신내 쪽으로 나아갔다. 정명수의 여자들은 화장이 짙었고, 틀어 올린 머리 아래로 목이 길었다. 수레 위에서 여자들은 깔깔거렸다. 여자들이 길가에 엎드린 백성들을 향해 손을 흔들었다.

성안의 봄

용골대는 칸의 명령에 따라 남한산성 주변에 배치한 군사를 거두었다. 청병은 산성 안으로 들어오지 않았다.
조정이 성을 나가자 군병들은 성첩에서 내려왔다. 군병들은 사찰 마당에 누워 낮잠을 자거나 민촌을 기웃거리며 밥을 얻어먹었다.
이시백은 병장기를 회수했다. 조총과 창을 거두어 성안 무기고에 넣었다.
관량사 창고에는 닷새 치의 군량이 남아 있었고, 내행전 수라간에는 밴댕이젓이 한 항아리 남아 있었다. 이시백은 남은 곡식을 털어서 군병들을 먹였다. 성안으로 들어온 뒤 군병들은 처음으로 포식했다. 이시백은 쌀밥을 따로 짓고, 밴댕이젓을 얹어서 질청에 누워 있는 김상헌에게 보냈다.
이시백은 군병들을 해산했다. 향병들은 삼거리에 모여서 출신 고향별로 정렬했다. 수원, 용인, 천안에서 온 자들은 대열을 지어 남문으로 나갔다. 양평, 용문, 이천, 여주는 동문으로 나갔다. 경병들은 서문으로 나가 송파나루를 건넜다. 사찰 마당에 수용되었던 부상자들은 고향별로 들것에 실려 보냈다. 초관들이 앞장서서 대열을 끌고 나갔다. 비틀거리면서, 주절거리면서 군병들은 성을 떠났다.
분뇨와 액즙의 일을 차자로 올렸다가 매를 맞은 정육품 수찬은 사찰 마당에서 죽었다. 매 맞은 자리가 곪고 구더기가 슬었다. 정육품은 끝내 두 발로 서지 못했다. 정육품은 사찰 마당을 기어다니다가 죽었다. 이시백은 정육품 수찬의 시체를 남문 안 비탈에 평토장으로 묻었다. 서안 위에 종이를 펼쳐놓은 채 심장이 터져서 죽은 정오품 교리의 무덤 옆이었다. 평토장 무덤들은 야산의 흙더미와 구분되지 않았다. 칸에게 보낼 문서에서 안시성을 논했던 정오품 정랑은 귀향하는 군병들의 대열을 따라 고향으로 돌아갔다.

민촌의 노인들이 성첩으로 올라와서 봄나물을 캤고, 군병들이 버린 옷가지와 가마니를 거두었다. 빈 내행전 마루에 다람쥐가 뛰어다녔다. 성안에 봄빛이 가득했다.

이시백은 서장대 뒤쪽의 빈 성첩을 어슬렁거렸다. 김상헌이 지팡이를 짚고 따라왔다. 이시백이 김상헌을 부축했다. 성벽 아래로 끊어진 팔다리가 흩어져 있었다. 내려다보이는 삼전도 쪽 들판에 청병의 군진은 보이지 않았고, 연기도 오르지 않았다. 구름 그림자를 벗어나면서 강물이 반짝였다. 이시백이 물었다.

— 대감, 이제 어디로 가시려오?

김상헌은 우선 강화도로 가서 폭사한 형의 유골을 수습하고 관향인 안동으로 내려갈 작정이었다. 김상헌은 대답하지 않았다. 이시백이 넘겨짚어서 말했다.

— 우선 강화로 가셔야 하지 않을는지…….

— 아마 그리해야 되겠지……. 수어사는 어디로 가시려오?

— 저야 대궐에 매인 몸이니, 다시 도성으로…… 전하께 성의 뒷일을 아뢰어야 하므로…….

이시백이 김상헌의 여장을 챙겨주었다. 이시백과 김상헌은 서문을 나와 송파나루로 향했다. 이시백의 비장이 김상헌의 보따리를 지고 부축해서 따라왔다.

송파나루에서 강선을 타고 내려가서 이시백은 마포나루에서 내려 도성으로 들어가고, 김상헌은 하류 쪽으로 더 내려가 행주나루에서 강화도로 가는 배로 갈아탈 작정이었다.

청병이 물러가자 송파나루에는 상류 쪽 강선이 들어와 있었다. 비장이 사공에게 쌀 세 말을 뱃삯으로 주었다. 비장이 먼저 배에 올라 김상헌의 손을 잡아 배 위로 이끌었다. 사공이 돛을 세웠다. 물이 불어서 송파강은 숨이 찼다. 김상헌은 먼 상류 쪽을 바라보았다. 산자락들을 돌아서 물은 흘러오고 있었다. 사공이 쓰러진 자리가 어디쯤인지 김상헌은 기억할 수 없었다. 송파에서 안동은 얼마나 먼가……. 문경새재를 넘어가는 구비 길들이 물 위에 비치는 듯했다. 그 먼 구비 길들을 다 걸어갈 수 있을는지……. 길들은 아득해서 조령관(鳥嶺館) 너머는 보이지 않았다. 물 위에 어른거리는 길들을 바라보면서 김상헌은 성안에서 목을 매달았을 때 죽지 않기를 잘했다고 생각했다. 김상헌은 남은 날들이 아까웠다.

배가 마포나루에 닿았다. 이시백이 비장을 데리고 배에서 내렸다.

— 그럼 대감, 새재를 어찌 다 넘으시려는지…….

— 가서 최명길에게 안부 전하시오.

이시백이 나루터에 엎드려 뱃전에 걸터앉은 김상헌에게 절했다. 배 위에서 김상헌이 맞절로 받았다. 김상헌을 태운 배가 마포나루를 떠났다. 바람에 돛폭이 가득 부풀었다. 배는 하류 쪽으로 내려갔다.

서날쇠는 다시 남한산성을 향해 송파강을 건넜다. 아내와 쌍둥이 두 아들과 나루를 배에 태웠다. 서날쇠의 짐 보따리는 가벼웠다. 연장을 담은 바랑 한 개가 전부였다. 산성 마을로 돌아가는 백성들이 몇 명 나룻배에 타고 있었다. 성을 빠져나갔던 농사꾼들과 미장이, 심마니 들이었다. 사공이 쓰러진 자리는 흔적이 없었다.

서날쇠는 서문으로 들어와 행궁 뒷담길을 따라서 대장간으로 돌아왔다. 불길이 끊긴 화덕이 썰렁했고, 오소리가 굴을 뚫었다. 서날쇠는 진흙을 이겨서 화덕 안쪽의 구멍을 막았다.

백성들이 날마다 몇 명씩 성안으로 돌아왔다. 봄농사를 시작하기가 너무 늦지는 않았다.

서날쇠는 뒷마당 장독 속의 똥물을 밭에 뿌렸다. 똥물은 잘 익어서 말갛게 떠 있었다. 쌍둥이 아들이 장군을 날랐고, 아내와 나루가 들밥을 내왔다. 다시 대장간으로 돌아온 날 나루는 초경을 흘렸다.

나루가 자라면 쌍둥이 아들 둘 중에서 어느 녀석과 혼인을 시켜야 할 것인지를 생각하며 서날쇠는 혼자 웃었다.

못다 한 말

1 말, 길 그리고 침묵

말[言]의 길은 마음속으로 뻗어 있고, 삶의 길은 땅 위로 뻗어 있다. 삶은 말을 온전히 짊어지고 갈 수 없고 말이 삶을 모두 감당해낼 수도 없다.

말의 길과 삶의 길을 이으려는 인간의 길은 흔히 고통과 시련 속으로 뻗어 있다. 이 길은 전인미답이고, 우회로가 없다.

임금은 성안으로 쫓겨 들어왔다가 끌려나갔고, 폐허의 봄에 냉이가 돋았다. 흩어졌던 사람들이 다시 그 성안에 모여들어서 봄 농사를 준비하고 나루가 초경을 흘리는 대목으로 내 소설은 끝났다. 나는 정축년(1637년)의 봄을 단지 자연의 순환에 따른 일상의 풍경으로 묘사했다. 이념의 좌표가 없는, 진부한 결말이지만 억지로 몰아갈 수는 없었다. 나는 일상의 구체성 안에서 구현될 수 없는 사상의 지표들을 신뢰하지 않는다.

고립무원의 성안에서 많은 언어와 지표들이 뒤엉켰는데, 말, 그 지향성 안에는 길이 없었고, 말의 길을 이 세상의 땅바닥으로 끌어내리는 곳에서 걸어갈 수 있는 길은 겨우 생겨났다. 그 길은 산성 서문에서 삼전나루, 수항단으로 이어지는 하산의 길이었다. 그 길은 문명의 흔적이 없는 황무지를 건너가는 길이었고, 아무도 디딘 적이 없는 땅에 몸을 갈면서 나아가야 하는 길이었다. 저 가엾은 임금은 이 하산의 길을 걸어 내려가면서 비로소 고해의 아비가 되어가고 있었다. 내리막길에는 눈이 얼어 있었고 말이 미끄러졌다. 나는 이 아비를 사랑한다. 미워하지 않는다.

고립무원의 성안에서, 많은 말들이 피를 튀기며 부딪쳤으나, 더 많은 사람들은 아무 말도 하지 않고 침묵 속에서 그 겨울을 보냈다. 나는 그들의 침묵에 관하여 아무것도 쓸 수 없었다.

침묵하는 사람들의 내면이 어떤 것인지를 나는 상상할 수 없었다. 그 침묵 속에는 더 절박한 언어들이 들끓고 있을 테지만, 나는 나의 언어로 그 침묵 속의 언어에 접근할 수는 없었다. 이 침묵에 관한 한 나의 소설은 미완성의 습작이다.

졸작 소설『칼의 노래』에서도 나는 백의종군하는 이순신의 침묵의 내면에 대해서 아무 말도 할 수 없었다. 그는 연전연승의 바다에서 체포되었고, 사십여 일간 의금부에서 문초를 당했다. 군인의 명예를 짓밟히고 삼도수군통제사의 지위를 박탈당했다. 그는 무등병으로 가석방되어 다시 남쪽 바다를 향해 걸어간다. 걸어갈 때, 그가 임금과 정치권력에 관해서 어떤 생각을 품고 있었는지를 아무도 알지 못한다. 바다의 사실과 사실의 기록을 사랑했던 그는 자신이 의금부에서 당한 고문이나 모욕의 내용, 거기에 대한 자신의 감정에 관해서는 한 줄도 쓰지 않았다. 부하들과의 술자리에서도 일언반구도 입 밖에 내지 않았다. 침묵을 이끌고, 그는 남행길을 걸어간다. 다시 그는 그 침묵을 이끌고, 명량에서 이기고 또 노량에서 이긴다. 그는 노량 바다의 마지막 싸움터에서까지 그 침묵을 훼손하지 않은 채 적탄에 맞아 숨을 거두었다. 그가 전사하던 날에 칠 년 전쟁은 끝났다. 아마도 그는 조선 정치권력의 핵심을 이루는 문신 통치배들에 대한 적개심을 일본 군대를 향해 퍼부어댄 것이 아닐까. 나는 한때 그런 상상을 한 적도 있지만 옮겨 쓰지는 못했다. 그것은 위태로운 상상이었고 또 그가 그 깊은 곳에 관하여 일언반구도 발설하지 않았으므로 나로서는 기댈 언덕이 없었다. 그렇게 해 『칼의 노래』에도 가장 핵심적인 부분은 누락되어 있다.

졸작 소설 『흑산(黑山)』은 신유년(1801년)에 벌어진 천주교도 박해 사건 중에서 극히 일부를 소재로 삼은 글이다.

형틀에 묶인 정약용은 하느님과 신도들을 배반했다. 그의 배교는 매에 못 이긴 것이라기보다는 매우 적극적이고 기획적인 것으로 보인다. 그는 황사영의 존재를 발고했고, 천주교도를 효과적으로 색출할 수 있는 방법을 형리들에게 알려주었다. 실제로 그의 발고로 검거된 교인이 수백 명에 달하는 것으로 알려졌다. 이 배교는 정약용의 마음의 역사에서 가장 격렬한 고비를 이룰 터이다. 그의 형 정약종은 잔혹한 매질을 온몸으로 받아내면서 신앙을 증거했고, 서소문 형장에서 참수되어 순교했다.

정약용은 그 후 오랜 유배생활에서 자신의 배교에 관해서 일언반구도 입 밖에 내지 않았다. 그가 자신의 배교와 형의 순교에 대해서 어떤 생각을 가지고 있었는지는 아무도 모른다. 그는 방대한 저술에서 자신의 배교에 관해 기술한 적이 없었고, 흑산도로 유배된 형 정약전과의 잦은 편지 교류에서도 약종의 순교에 관해서 아무 말도 하지 않았다. 그는 죽는 날까지 그 무겁고 무서운 침묵을 보존했다. 나는 정약용의 배교와 침묵이 하느님의 세상과 인간의 세상이 갈라서는 교차로이며, 신유박해의 가장 인간적 국면이라고 생각한다.

정조 임금은 젊은 정약용을 지극히 총애했다. 군신이 마주 앉아서 치세(治世)를 논했고 시서화를 함께 즐겼다. 젊은 정약용을 중심으로 신진사류는 서울의 북촌에 모여서 엘리트의 풍류 그룹을 이루었다. 그들은 매화 피면 모이고, 국화가 피면 모이고, 첫눈 오면 모이고, 친구가 먼 곳으로 전근 가면 모이고, 아들이 과거에 합격하면 모여서 술 마시며 시회를 열었다. 젊은 날의 정약용은 사직의 총아였다. 그의 정신은 나이를 먹어갈수록 체제 쪽으로 굳어져가는 것이 아니라 점점 더 과격한 개혁주의로 무르익어갔다. 강진 유배 십팔 년 동안 그는 현실의 무대에서 소외되어 있었지만 그의 정신은 오히려 현실의 한복판으로 집중되어 있었고, 당대의 비리, 수탈, 탐학, 억압, 부패를 현장의 시선으로 고발했고 그 대안을 제시했다. 농지 소유 관계의 모순과 신분 차별 제도가 조선의 앞날을 가로막는 최대의 장애물이라고 그는 설파했는데, 이 양대 장애물은 조선 왕조의 물적, 정치적 존립의 토대를 이루는 조건들이었다. 정약용의 마음속에서 자신의 배교로 인한 긴장이 개혁을 향한 추동력으로 작동하고 있었던 것이 아닐까. 하느님 나라의 정의를 땅 위에서 실현하려는 소망으로 그는 그 어두운 마음을 위로하면서 한평생의 침묵을 이끌고 살아갔던 것이 아닐까라는 나의 상상은 근거가 없고 비빌 언덕이 없었다.

나는 『흑산』에서 정약용의 침묵의 내면에 관해서는 한 줄도 쓰지 못했다. 그의 침묵을 들여다보면서 그 안쪽의 풍경을 드러내기에는 나의 언어는 허약했다. 말하여지지 않는 것에 비하면 말하여지는 것은 얼마나 작은가. 나에게는 늘, 쓸 수 있는 것보다 쓸 수 없는 것들이 더 많다. 앞으로도 그러할 것이다.

『흑산』 쓰기를 마치고 나는 매에 못 이겨 배교한 사람들, 처자식이 매 맞는 꼴을 보다 못해 배교한 사람들, 겁에 질려서 매 맞기 전에 미리 배교한 사람들, 배교하고 나서 다시 입교했다가 다시 붙잡혀 와서 배교한 사람들, 배교를 선언하고 풀려났으나 이미 맞은 매에 골병이 들어서 죽은 사람들, 세속적 삶의 유혹을 이길 수 없어서 배교한 사람들의 모든 영혼을, 모든 거룩한 순교자들의 영혼과 함께 하느님께서 가슴에 품어주십사 하고 기도했다. 내가 사는 동네의 젊은 신부에게 하느님이 나의 기도를 들어주실 것인지를 물어봤는데, 신부는 웃으면서 대답하지 않았다.

『남한산성』을 탈고한 지 몇 년 후 초겨울에 나는 전라남도 해남 우수영에서 열린 명량대첩 축제를 구경 갔다. 우수영에서 바라보는 진도와 해남반도 쪽 바다는 물과 섬과 육지가 숨바꼭질하듯 숨고 또 드러나면서, 산하가 연주하는 음악 소리가 들리는 듯싶다.

이 아름다운 물길이 열두 척 이순신의 싸움터 명량이고, 졸작 『칼의 노래』의 한 배경이다. 그날 축제에서는 진도대교 아래 울돌목 물길에서 선박 수십 척이 모여 깃발을 펄럭이고 총포를 쏘고 연막을 뿜으면서 명량전투를 재연했다. 축제는 장관을 이루었고, 퇴임하신 김대중 전 대통령이 이 축제를 참관하고 있었다.

서울로 돌아올 때 나는 목포에서 KTX 열차를 탔다. 내 자리는 9호차나 10호차쯤 되는 열차 후미였다. 상경하는 이 KTX 1호차에는 김대중 전 대통령 일행이 타고 있었다. 내가 이 열차에 타고 있는 것을 대통령 일행 중 누군가가 보았던 모양이다. 내 자리로 대통령 비서관이 오더니 "1호차에 대통령께서 타고 계신데 잠깐 보자고 하신다"고 말을 전했다.

김대중 대통령께서 나를 찾으시다니. 이것이 무슨 일인가. 나는 비서관에게 "아니, 왜지요?"라고 물었다. 그는 "그냥 좀 얘기나 하시자는 뜻입니다"라고 말했다.

나는 객차 아홉 칸을 건너가서 그분이 계신 자리로 갔다. 그분은 마주 보는 자리를 손으로 가리키며 나에게 앉으라고 했다. 나는 앉았다. 노(老) 대통령은 나를 부른 이유가 『남한산성』에 관해서 대화하고 싶어서였다고 말했다. 그분은 소설의 구석구석을 기억하고 있었다. 그분이 나에게 물었다.

"김 작가는 김상헌과 최명길, 둘 중에서 어느 편이시오?"

나는 대답이 궁색해서 우물쭈물하였다.

"작가는 아무 편도 아닙니다."

그분은 희미하게 웃었다. 그리고 말했다.

"나는 최명길을 긍정하오. 이건 김상헌을 부정한다는 말은 아니오."

나는 지금 그분의 말씀을 육성대로 기록하지는 못한다. 그분은 김상헌의 우뚝한 뜻을 치하하면서도 현실의 땅 위를 걸어간 최명길을 긍정하는 취지로 말씀하셨다. 그리고 병자호란 후에 패전국의 정치가로서 최명길이 패자의 치욕을 감당하면서 나라의 생존을 도모해나간 노력들을 소상히 말씀하셨다. 그분은 최명길이 조선시대의 가장 훌륭한 정치가 중 한 명이라고 말했다. 나는 조용히 듣기만 했다. 그분은 말씀 중에 가끔씩 눈을 감았다.

불굴의 민주투사 김대중이 주화파 최명길에 대해서 그토록 긍정적인 이해를 갖고 있다는 사실에 나는 놀랐다. 나는 듣기만 했다. 기차가 대전을 지날 때 비서관이 나에게 "대통령께서 피곤해 하신다"고 말했다. 나는 인사를 드리고 다시 객차 아홉 칸을 건너서 내 자리로 돌아왔다. 타협할 수 없는 이념의 지향성과 당면한 현실의 절벽 사이에 몸을 갈면서 인고의 세월을 버티어내며 길을 열어간 그분의 생애를 나는 생각했다. 용산역에서 그분은 수행원들의 부축을 받아가며 역 구내를 빠져나갔다. 나는 노(老) 대통령의 뒷모습을 오랫동안 바라보았다.

2 추운 겨울, 끓는 언어

남한산성 서문은 산성의 성문 네 개 중에서 가장 초라하다. 출입문의 높이가 낮아서 말을 타고서는 통과할 수 없다. 폭도 좁아서 임금은 좌우에 의장을 거느릴 수 없고 인마(人馬)는 일렬종대로 이 문을 지나가야 한다. 서문 아래는 좁고 가파른 내리막길이 이어져서 송파나루 삼전도에 닿는다. 정축년 음력 1월 30일, 임금이 통곡하는 대열을 거느리고 이 문을 나설 때, 길바닥에는 얼음과 잔설이 깔려 있었다. 깃발도 의장도 없이, 대열은 느리게 움직였다. 들끓는 말이 부딪치던 산성을 나와서 세상으로 뻗은 이 내리막길은 서울, 평양, 의주를 거쳐서 압록강을 건너고 요동반도를 건너서 심양에까지 닿아 있었다. 임금은 삼전도에서 항복했고, 받아들일 수 없는 것을 받아들였다. 조선은 청의 신하가 되었고, 주권은 능욕당했다. 치욕은 크고 깊었다. 견딜 수 없는 것을 견디어야 하는 것이 삶의 길이라면, 견딜 수 없는 것은 없는 것인가. 삶 속으로 뻗은 이 내리막길은 삼전도에서 끝난 것이 아니고, 임진강, 대동강, 청천강, 압록강을 건너고, 요동을 건너서 심양에까지 이어졌다. 소현세자(昭顯世子)와 세자빈, 봉림대군(鳳林大君)이 볼모로 끌려갔고, 끝까지 싸워서 지키기를 절규했던 조선 선비 홍익한(洪翼漢), 윤집(尹集), 오달제(吳達濟)는 황제에게 거역한 죄와 조선 임금을 오도한 죄를 뒤집어쓰고 묶여서 끌려갔다.

약탈품을 가득 실은 청군의 수레가 끝없이 이어졌고 그 뒤를 조선인 포로 오십만여 명이 산과 들을 가득 메우고 끌려갔다. 포로들은 하루에 삼사십 리씩 북쪽으로 걸어갔다. 어른들이 끌려가서 조선 땅에는 고아들이 넘쳐났다.
그해 겨울, 북쪽에는 2월 중순까지 눈이 내렸고, 날이 저물면 포로들은 길에서 누웠다.

나는 중학교 3학년 때 남한산성으로 가을소풍을 가서 처음으로 산성을 보았다. 그때 산성은 지금처럼 복원되지 않았고, 여장이 무너지고 석축이 내려앉은 돌무더기였다. 역사 선생님이 사백여 년 전에 이 성안에서 어떤 일이 벌어졌던가를 설명해주었다. 약자의 생존과 독자성을 인정하지 않고, 단지 복종하지 않는다는 이유만으로 짓밟아버리는 그 거대한 폭력의 작동 방식에 나는 치를 떨었고 겁에 질려 있었다. 그때 나는 그 비극의 전모를 알지는 못했고, 거기에 말이 얽혀 있었다는 것도 알 수는 없었지만, 무너진 산성의 그 길고 긴 돌무더기는 소년의 마음에 짙은 그림자를 드리웠다. 그 산성의 폐허는 내 소년시절을 지배했던 몇 개의 무서움들 중 하나였고, 산성의 이미지는 내 마음속에 오래 남아 있었다. 그로부터 오십여 년이 지나서야 나는 비로소 연필을 쥐고 『남한산성』을 쓰기 시작하였으니, 문장 몇 줄 이루기의 이 더딤은 너무 심하다.
쓰다가 지치면 나는 남한산성에 가서 서문의 기둥 밑돌을 만지면서 나 자신을 꾸짖었다. 서문의 문루와 여장은 그 후에 새로 지은 것이지만, 문기둥의 아래쪽 큰 돌은 모두 옛것으로, 병자년 겨울에서 정축년 초봄에 이르는 풍상을 겪은 돌일 터이다. 돌은 시커멓고, 정교한 끌질을 받지 않아서 울퉁불퉁하다. 나는 돌을 만지면서 산성에서 심양에 이르는 멀고 먼 길을 생각했다. 나는 죽은 많은 사람들과 또 살아서 견디어낸 더 많은 사람들을 생각했고, 산성에서 돌아와서 겨우 몇 줄을 이어갔다.

지금 서울 송파구, 강동구 쪽에서 남한산성에 오는 등산객들은 대부분 서문 쪽 코스로 올라온다. 고가 브랜드가 붙은 등산복 차림에 카메라, 보온병을 멘 시민들이 서문을 지나서 성안으로 들어가고, 젊은이들은 문루 기둥 뒤에서 키스한다.

끌려가는 소현세자 일행은 정축년 2월 8일 서울을 떠났다. 소현이 떠날 때 임금은 서울 서쪽 교외 창릉(昌陵, 경기도 고양시)에까지 배웅 나갔다. 끌려가는 백성들이 임금을 바라보며 통곡했다. 임금은 청장(淸將)에게 "아들이 병약하니 가는 동안 온돌방에서 재워달라"고 부탁했다. 청장은 알았다고 대답했다. 소현과 봉림은 임금에게 절하고 하직했다. 소현 일행은 3월 3일 압록강을 건넜고 4월 10일 심양에 도착했다.

나는 2015년 여름에 중국 동북지방을 여행하다가 압록강 다리의 단둥[丹東] 쪽 입구를 답사했다. 거기에는 1950년 겨울, 한반도로 진공하는 중공군 대열을 새긴 거대한 청동 부조가 전시되어 있었고, 그 옆에는 한반도 진공을 명령한 모택동의 작전 지휘서가 부조로 새겨져 있었다. 여기가 서울 서대문 밖 영은문과 심양을 잇는 길의 국경 지점이다.

홍익한, 윤집, 오달제는 심양으로 끌려가서 황제 앞에서 청의 무도한 침략 행위를 꾸짖고 조선 선비의 대의(大義)를 밝히면서 처형당했다. 송시열은 이 세 사람의 행적과 언설, 그들이 남긴 소장(疏狀)을 수집해서 『삼학사전』을 후세에 전했다. '삼학사(三學士)'라는 로고가 붙어서 이 세 조선 선비는 충절의 영원한 아이콘이 되었다. 삼학사는 조선 성리학의 이념적 절정이었다. 그들은 관념 속으로 뻗은 언어의 길을 땅 위로 끌어내리려 했는데, 그 결과는 정복자의 칼 앞에서 곧게 서서 정의롭고 문명한 '말'을 격렬하게 토해내다가 베어지는 죽음이었다. 그들은 명과 청의 거대한 충돌, 청과 조선의 갈등을 힘 대 힘, 실체 대 실체의 관계로 파악하지 않았다. 그들은 그 모순을 문명 대 야만, 화하(華夏) 대 이적(夷狄)의 관계로 이해했고, 다른 여지는 없었다. 그들은 그 관념의 힘으로, 거대하고도 강력하게 존재하는 힘의 실체를 부정할 수 있었다. 이 관념의 치열함, 그 순정성, 혹은 그 맹목, 이것이 그들의 사유와 행동의 비극적 절정을 이룬다. 그들은 조선 성리학의 금지옥엽이었다. 그들이 임금에게 올린 척화소(斥和疏)는 모두 춘추대일통(春秋大一統)의 세계관을 들이대며 천하의 정통은 오직 명(明)일 뿐, 이적과는 말을 섞을 수 없다는 주장이었다.

그들의 언어는 극준(極峻)하였고 찬란했으며, 거침없이 쏟아져 나와서 여백이 없었다. 대체로 젊은 신진사류는 이 빛나는 언설을 편들었는데 정의롭고 늠름한 말들이 합치고 증폭되면서 거대한 집단 담론을 이루어 조정을 압박하였다.

임금이 삼전도에서 투항한 후 이백오십여 년 동안 조선은 청에게 복속되어 사대의 예를 바쳤고 이 관계는 구한말 때 청일전쟁에서 청이 패함으로써 동북아의 패권구도가 바뀔 때까지 계속되었다. 그리고 이 이백오십여 년 동안 조선 조정과 지식인들은 오래전에 멸망한 명에 대한 존숭과 그리움의 정한에서 벗어나지 못했고, 삼학사의 위상은 불멸하는 충절의 깃발을 펄럭이면서 자기분열의 표상으로 바뀌어갔다.

오달제는 스물여덟 살로 생을 마감했다. 그는 홍문관 수찬으로 언관(言官)직에 있을 때 적과의 강화를 도모하던 최명길을 통렬한 언사로 규탄했다. 그때 최명길은 노성한 원로대신이었다.

"대각의 공론은 매우 중하여 비록 대신이라 할지라도 맞서지 못하는 것입니다. 최명길이 대체 어떤 사람이기에 잘못했으면 사직하고 물러날 일이지 공론을 두려워하지 않고 이같이 방자한 것입니까."

젊은 언관의 이 격렬한 문장에 임금은 진노했다. 임금은 대답했다.

"최명길은 일품중신인데, 설사 그 말이 틀리더라도 모욕을 가하는 것은 옳지 못하다. 더구나 젖내 나는 어린아이[黃口小兒]가 대신을 모욕하니 나라의 풍속이 한심하다. 오달제를 파직하라."

'젖내 나는 어린아이'는 즉각 파직되었다. 파직된 오달제는 임금을 따라서 남한산성 안으로 들어갔다. 오달제는 성안에 들어와서도 화친의 길을 모색하는 최명길을 목 베라고 임금에게 주청했다. 그는 최후의 날을 대비하고 있었다.

정축년 1월 중순부터 적 앞에 나가서 죽어야 할 사람을 선발하는 일로 조정은 지옥을 헤매고 있었다. 오달제는 직위가 높지 않았고 또 척화파의 수장급이 아니었지만 죽음의 길에 자원했다. 오달제가 끌려갈 때 그의 부인 남(南)씨가 배 속에 아이를 가지고 있었으나 이 아이는 요절했다. 오달제는 매화 그림 몇 점을 남겼다. 후세에 숙종과 영조가 이 그림에 어제시(御製詩)를 내려서 젊은 선비의 넋을 기렸다. 어제시가 붙은 오달제의 매화 그림은 우뚝하고 단순하다. 화폭의 구도를 이루기 위한 선 두어 개만이 배치되어 있고 빈 공간은 이 단순성이 내뿜는 힘으로 가득 차 있다. 고목 둥치에서 새 가지가 몇 개 위로 치솟고 그 꼭대기에 꽃이 두어 개 달려, 가지가 주는 느낌은 대나무와 같다. 오달제의 매화는 꽃이 아니라 꽃이 피게 되기까지의 행로(行路)를 그린 그림처럼 보인다. 그는 꽃이 아니라, 꽃에 의탁해서 타협할 수 없는 지고한 내면 풍경을 그렸다. 최후의 날이 다가오는 성안의 어느 누추한 민가 토담방에서 젊은 오달제는 입을 굳게 다물고 유서를 쓰듯이 매화를 그리고 있었던 것이 아닐까. 그때가 겨울의 끝자락이어서 성안에 매화는 피었을 것이었다. 나는 그런 상상을 작동해보았으나 소설로 옮겨 쓰지는 못했다.

이육사(李陸史)는 독립투쟁 과정에서 열일곱 차례 투옥되었고, 1943년 가을에 서울에서 일본 헌병대에 체포되어 북경으로 압송되었다. 절창 「광야」는 그 압송 열차 안에서 구상한 것으로 알려져 있다.

지금 눈 내리고
매화 향기 홀로 아득하니
내 여기 가난한 노래의 씨를 뿌려라

다시 천고(千古)의 뒤에
백마(白馬) 타고 오는 초인(超人)이 있어
이 광야에서 목놓아 부르게 하리라

—「광야」에서

이육사의 '매화'는 광야에 뿌려진 자유의 씨앗이며 천고의 뒤에 피어날 미래의 꽃이다. 오달제의 매화 그림을 볼 때마다 내 마음 속에서 이육사의 '매화'가 겹쳐진다. 오달제는 1637년 심양성 서문 밖 처형장에서 참수되었고 이육사는 1944년 북경 감옥에서 숨을 거두었다.

윤집은 오달제와 함께 심양성 서문 밖에서 참수되었다. 향년 삼십일 세. 윤집은 스물두 살에 소과에 급제했고 사간원 정언, 이조좌랑 등 청요직을 역임했는데, 남루한 옷과 거친 음식을 부끄러워하지 않았다. 윤집은 최명길이 언관들의 공론을 무시하고 청과의 화의를 도모하자 극간으로 최명길을 규탄하고, 목을 베자고 주장하다가 파직되었다. 주화파들은 그를 '부박하고 이름을 드러내기 좋아하는 자[浮薄好名之人]'라고 비난했다. 그는 임금의 수레를 따라서 산성 안으로 들어갔고 임금이 출성할 때 죽음의 심양길을 자원했다.
윤집은 젊어서 죽임을 당했는데, 국립중앙박물관이 소장한 그의 초상화는 눈 아래 주름이 처지고, 뺨에 기미가 끼어 노성한 선비의 가파른 풍모를 보여준다. 성리학은 원리와 현상이 다르지 않고, 현상은 원리에 따르는 것이라고 가르친다. 그러한 배움이 영혼과 육신에 젖어들어서 젊은이들은 일찍부터 숙성했고 젊어서 일가를 이루었는데, 윤집의 풍모가 그러하다. 윤집은 청음 김상헌의 조카딸과 혼인했으니, 김상헌의 사위뻘이다.

홍익한은 산성 안에 들어오지 못했다. 홍익한은 적의 진공로인 평양의 서윤으로 내몰려 있다가 철수하는 청군에게 붙잡혀서 끌려갔다. 홍익한은 이때 쉰두 살로 젊은 오달제, 윤집과는 나이차가 크다.
홍익한은 1615년(광해 7년)에 소과에 합격했고, 인조반정 이후 환로에 들어섰다. 1636년 봄에 청장 용골대가 조선에 사신으로 와서 군신관계를 강요하며 임금을 겁박했을 때 홍익한은 칭제하는 청의 참월을 통렬히 규탄하고 용골대의 목을 베어서 청으로 보냄으로써 대의를 밝히자고 주장했다.
홍익한이 끌려가기 전에 두 아들과 사위가 적의 칼에 베어졌고, 아내와 며느리는 이 살육의 자리에서 자결하였다.

3 죽기와 죽이기

홍익한, 윤집, 오달제는 심양에서 참수되기 전에 문초를 받았다. 이 문초를 통해서 그들은 자신의 언어와 삶의 길을 일치시키는데, 그 결과는 죽음이었고 목이 베임으로써 칼로 베이지 않는 정신의 고결함을 후세에 전했다. 그들은 죽어서 자손만대의 추앙을 받아 마땅하겠지만, 임금이 만백성을 거느리고 그들의 뒤를 따라갈 수는 없었다. 임금의 길과 삼학사의 길은 크게 엇갈렸으나 멀리 가야 하는 길에서 결국은 다르지 않았다.

최명길이 성문을 열어서 세상으로 나가는 길을 냈고 임금과 세자, 김상헌과 오달제, 윤집 등이 모두 이 긴 길을 따라서 하산했다. 청은 홍익한을 별관에 가두고 조석으로 성찬을 내려서 회유했으나 홍익한은 먹지 않았다. 그는 말했다.

"한 번 죽음이 있을 뿐인데 어찌 먹겠는가."

청장 용골대가 홍익한을 심문했다.

"너는 어째서 끌려왔는가!"

"나는 앞장서서 화친을 배척했다."

"너의 나라 신하들 중 화친을 배척한 자가 어찌 너 하나뿐이랴!"

"나는 죽음이 두려워서 남을 끌어들이지는 않는다."

"숨기지 말고 그자들의 이름을 대라."

"지난봄에 네가 우리나라에 사신으로 왔을 때 너의 머리를 베자고 주장한 사람은 나뿐이다."

용골대는 웃으면서 심문을 마쳤다.

청 태종이 군사의 위세를 펼쳐놓고 홍익한을 불렀다. 황제의 마당 위에 홍익한은 똑바로 섰다. 황제는 진노했다.

"너는 어째서 무릎을 꿇지 않느냐?"

"이 무릎을 너에게 굽히겠는가!"

황제는 기가 막혔다.

"너는 앞장서서 화친을 배격했는데 어째서 우리 대군이 출병했을 때 막지 못하고 도리어 붙잡혔는가?"

"나는 대의를 말할 뿐, 성패존망을 말하지 않는다. 우리나라 신민의 뜻이 나와 같게 되면 너희 나라의 멸망은 머지않았다. 너희 나라의 사형은 난도질을 한다던데, 어서 빨리 난도질을 쳐라."

황제가 좌우를 돌아보며 말했다.

"이 사람은 어렵구나!"

황제가 물었다.

"내가 어째서 황제가 될 수 없단 말이냐?"

"너는 천조(天朝: 明)의 역적이니 어찌 황제가 될 수 있겠느냐?"

황제는 격노했다. 형리가 홍익한의 양팔을 끌고 나가 목 베었다.

윤집과 오달제는 함께 심문을 받았다.

용골대가 황제의 뜻을 전했다.

"너희들은 척화의 우두머리가 아니다. 꼭 죽이자는 것은 아니다. 너희들의 처자를 데리고 여기 와서 살아라."

"불가하다. 어서 죽여라. 우리는 처자식이 죽었는지 살았는지를 모른다."

세자를 따라온 시강원의 조선 관리들이 이들의 심문, 처형 과정에 입회했고, 보고 들은 바를 기록해서 본국에 보고했다.

4 경(經)과 권(權)

남한산성에서 나온 뒤 최명길은 임금을 따라 대궐로 들어갔고 김상헌은 안동으로 몸을 숨겼다. 투항한 뒤에도 패배자의 조정에서 주화파와 척화파의 권력투쟁은 치열했다. 척화파는 그 빛나는 이상과 명분에도 불구하고 패전과 치욕을 불러들인 죄로 주화파의 공격을 받았고 주화파는 척화파의 명분이 쇠퇴한 자리의 권력을 차지했으나 이 길항관계는 세월 속에서 엎치락뒤치락하였다. 대체로 말해서, 조선 성리학의 지성은 주화파가 만들어놓은 현실의 질서와 속박 속에서 척화파의 대의를 흠모하는 고통스런 자기분열의 길을 걸어갔다.

1639년 김상헌은 일흔의 노구로 청에 압송되어 심양 감옥에 갇혔다. 최명길은 강화 후에 영의정 자리에 올랐다. 이때 조선의 반청적(反淸的) 움직임이 발각되어 최명길도 청에 끌려가서 심양 감옥에 갇혔다.
두 사람은 적의 감옥에서 창살을 사이에 두고 나란히 갇혔다. 늙어서 이루어진 이 만남은 두 사람의 생애의 한 절정을 이룬다. 옛 기록을 보건대, 대체로 이 두 사람은 양극단의 사상과 현실관으로 대척점에서 맞서 싸워왔지만 서로의 인격을 신뢰했고, 그 깊은 곳을 훼손하지는 않았다. 최명길은 김상헌이 이름을 드러내려는 욕심이 있다고 의심한 적도 있었으나 죽음 앞에 의연한 그의 절의에 탄복하였고 김상헌도 최명길의 뜻이 오랑캐를 받들고 오랑캐를 위함이 아니었음을 알게 되었다고 한다. 최명길이 이 두 마음이 작동하는 풍경을 시로 적었다.

> 그대 마음 돌 같아서 돌리기 어렵고
> 나의 도는 고리 같아서 때에 따라 돈다
> 君心如石終難轉 吾道如環信所隨

'돌'이거나 '고리'이거나 마음의 길은 멀고 아득한 삶을 향하여 죽음을 통과해나가는 방향으로 뻗어 있었다.
심양 감옥에서 두 사람은 경(經: 바뀌지 않는 원리)과 권(權: 현실에 맞게 일을 처리함)에 대하여 시를 지어서 담론하였다. 김상헌이

> 권은 어진 이도 그르칠 수 있으나
> 경은 누구도 어길 수 없다
> 權或賢猶誤 經應衆莫違

라고 써서 보여주자 최명길은

> 하는 일이 어쩌다가 때에 따라 다를망정

속마음이야 어찌 정도에서 어긋나랴

事或隨時別 心寧與道違

라고 대답했다. 이때 심양에 끌려와 있던 이경여(李敬輿)가 시를 지어서 두 사람에게 보냈다.

두 어른의 경과 권이 모두 나라 위함인데

하늘을 떠받치는 큰 절개요(經: 김상헌)

한때를 건져낸 큰 공적일세(權: 최명길)

이제야 원만히 마음 합치니

남관의 두 늙은이 모두가 백발일세

二老經權各爲公 擎天大節濟時功

如今爛熳同歸地 俱是南館白首翁

(남관: 김상헌과 최명길이 억류되어 있던 심양의 거처)

김상헌과 최명길은 적의 감옥에서 화해했다. 이 화해는 각자의 마음을 스스로 배반하는 것은 아니었다. 그들은 자아를 훼손하지 않으면서 상대를 긍정했다.

한 시대의 시련과 고통을 최전선에서 헤쳐나온 두 사람은 이제 백발노인이 되었다. 적의 감옥에서 이루어진 이 만남과 화해의 풍경은 조선의 마음의 역사 속에서 장관을 이룬다. 이 장관은 슬프고, 아프고, 아름답다.

5 글쓰기와 글씨 쓰기

병자호란의 고난과 치욕은 서울 송파구 삼전동 〈삼전도비〉(사적 101호)에 새겨져 후세에 전한다. 이 비석의 정식 명칭은 〈대청황제송덕비〉이다. 높이 395센티미터, 폭 140센티미터.
이 비문은 청나라 황제의 자애로운 은덕을 칭송하고, 거기에 저항했던 조선의 어리석음을 사죄하고 청에게 기꺼이 복속할 것임을 선포하고 있다. 이 거대한 비석은 지금도 삼전도 한강가에 세워져 있다. 여기가 조선 임금이 언 강을 건넌 자리이고, 뒤쫓는 청군이 조선 임금을 잡으러 강을 건넌 자리이고, 조선 임금이 이마를 땅에 찧으며 항복한 자리이다. 조선시대의 삼전도는 강을 남북으로 건너고 상류와 하류를 연결하는 번창한 나루였으나 잠실대교가 개통된 이후로 나루의 기능은 소멸되었고, 강남의 주택가로 변모했다.
지금 〈삼전도비〉 주변은 주택과 어린이놀이터, 초등학교 들이 들어서서 중산층의 마을을 이루고 있다. 비석은 이 자리에서 삼백팔십여 년 풍상을 견디어왔고 지금은 그 앞에 조선 임금이 청 태종에게 투항하며 머리를 찧는 광경이 부조로 새겨져 있다.

〈삼전도비〉는 청 태종이 군사를 몰아서 돌아간 직후 청의 강압에 의해서 세워졌다. 비석 세울 자리가 저지대였으므로 장마 때 침수되지 않도록 돌로 단을 쌓았고, 한강 상류에서 석재를 운반해 왔다. 폐허가 된 조선 조정으로서는 감당하기 어려운 토목공

사였다. 경기도 백성들은 이미 전란에서 크게 희생되었으므로 노역에서 제외되었고, 전라도 백성들이 주로 징발되었다. 노역은 백성들의 수난이었고, 비문을 짓는 일은 사대부의 치욕이었다. 노역에 끌려온 백성들은 고향으로 돌아가면 그만이지만 글을 써서 비문에 채택되는 사대부는 그 치욕이 돌에 새겨져서 후세에 전해질 판이었다. 비문은 조선 조정에서 작성해서, 돌에 새기기 전에 청의 재가를 받게 되어 있었다.

임금은 장유(張維), 이경전(李慶全), 조희일(趙希逸), 이경석(李景奭), 이 네 명의 신하에게 비문을 지어 바치라고 명했다. 이들은 모두 당상관이며 당대의 최고 문장가들이었다.

이경전은 이 난국을 회피하기 위해 상소문을 올렸다.

> 신은 나이 팔십에 정신은 혼미하고
> 문자를 내버린 지 오십 년이 넘었습니다.
> 바라옵건대 신은 제외시켜주십시오.

이경전은 며칠 후에 자연사로 삶을 마감했으니, 복이 많은 사람이다.

조희일은 채택되지 못할 문장을 일부러 엉터리로 써서 치욕을 모면하였다.

장유는 비문 짓기를 면해달라고 상소를 올렸으나 허락받지 못했다. 장유가 글을 지어 바쳤는데 비유가 온당치 못하고 잘못 쓰인 부분이 있어서 퇴짜를 맞았다. 임금은 이경석의 글을 청으로 보내 재가를 받았고 그의 글은 돌에 새겨졌다.

이경석은 주자학의 명분론에 얽매이지 않고 현실적이고 실리적인 입장에서 전후 처리에 진력하면서 인조, 효종, 현종 삼 대를 거치면서 이조판서, 좌의정, 우의정, 영의정을 역임했다. 그러나 그의 글이 〈삼전도비〉에 새겨짐으로써 그는 후배 세대인 송시열 일파의 정치적 공격을 받아 당쟁에 휘말렸으니, 식자 노릇의 어려움을 알 것이다.

〈삼전도비〉의 글씨는 오준(吳竣)이 썼다. 오준은 왕희지체 에서의 대가로, 전국 각지의 여러 중요한 비석에 글씨를 남겼다. 오준은 젊었을 때 충남 아산 이순신 장군 묘역에 세운 〈충무공이순신비〉의 글씨를 썼고, 늙어서는 〈대청황제송덕비〉의 글씨를 썼다. 한 생애에 영광과 치욕이 공존하는 모습을 나는 미워하지 않는다. 오준은 〈삼전도비〉의 글씨를 쓴 일로 한을 품고 죽었다고 후인이 기록했다.

일제 강점기에 조선총독부는 이 〈삼전도비〉가 중국을 숭모하고 일본을 업신여기는 사상을 조장한다는 이유로 비석을 뽑아서 땅에 파묻었다. 그 후에 총독부는 다시 비석을 파내서 세웠는데, 조선은 오래전부터 타민족에게 예속되어왔다는 것을 증명하기 위함이었다.

해방 직후에는 이 비석이 민족의 수치라고 해서 다시 땅에 파묻혔고, 그 후 홍수로 흙이 씻겨내리면서 쓰러진 비석이 드러났다.

지금은 다시 제자리에 세워져 있으나, 몇 년 전에 누군가가 빨간 페인트를 비석에 뿌려서 문화재 당국이 지우느라고 애를 먹었다. 이 비석의 운명은 병자년 겨울에서 정축년 초봄까지 고립무원의 산성 안에서 벌어졌던 말과 길의 싸움이 그 후 삼백팔십여 년을 이어져왔음을 보여준다. 인간세의 시비는 한이 없고 끝이 없다.

비문 짓기를 서로 피하려는 사대부들의 다툼은 투항 후 성 밖에서 일어난 일이었으나 나는 이 사건을 성안에서 항복문서 쓰다가 일어난 일로 바꾸어서 소설화하였다.

6 서날쇠와 정명수

나는 졸작 『남한산성』을 쓰면서 서날쇠가 나오는 대목이 가장 신났다. 소설 속의 서날쇠는 성안에 사는 대장장이인데, 점쟁이, 무당, 땅꾼, 기와장이, 옹기장이, 농사일을 모두 겸한다. 그는 자연환경을 자신의 몸 안으로 받아들여서 그 직접성의 관계 위에 삶을 건설하는 자이다. 그의 삶의 모든 무늬와 질감은 노동하는 근육 속에 각인되어 있다.

소설 속에서 서날쇠는 김상헌의 뜻을 받들어 임금의 격서를 지방의 근왕병에게 전하는 임무를 수행한다. 그는 고립무원의 성안에서 유일한 영웅이고 실천가이다. 나는 서날쇠의 행위를 '애국'이나 '충군'의 이념이 아니라 삶에 대한 순수한 '본능'이거나 김상헌에 대한 선의의 '동의' 정도로 그리려고 애썼다.

서날쇠의 실제 모델은 서흔남(徐欣男)이다. 서흔남은 남한산성 서문 밖 '널무니' 마을의 사노(私奴)였다. 대장장이와 기와장이, 무당, 장돌뱅이로 생계를 이어갔다. 천민이었으므로 그의 생애에 대해서 자세한 기록은 없고, 이야기의 파편들이 구전되고 있다.

나만갑(羅萬甲)은 남한산성 안에서 양향사(糧餉使)의 직책을 맡아 군량 수급을 담당하였다. 그는 이 전쟁의 핵심부에 있었다. 그가 쓴 『병자록(丙子錄)』에 서흔남이라는 천민의 이야기가 나온다.

서흔남은 정축년 1월 12일에 임금의 유지를 가지고 각 도로 나갔다가 1월 26일에 돌아왔다. 서흔남은 수원, 청주, 이천, 여주 쪽 적군의 동태와 지방군의 대응 태세를 보고했다. 서흔남은 이 같은 성 밖 출입을 여러 번 했던 것으로 보인다.

서흔남은 산성으로 돌아오는 길에 적진을 통과했다. 그는 다 떨어진 옷을 입고 기어가면서 불구자와 정신이상자 행세를 했던 모양이다. 그는 그때 홍타이지를 보았다. 구슬 달린 면류관을 쓰고 누런 옷을 입은 사람이 누런 장막 안에서 철판 위에 앉아 있고 그 밑에 숯불을 피워서 난방을 하고 있었다고 그는 보고했다. 면류관과 누런색은 황제만의 것이었다. 홍타이지가 서흔남의 행색을 보고 불쌍한 생각이 들었던지 먹을 것을 주라고 명령했다. 서흔남이 개처럼 입을 대서 먹고 자리에다 오줌을 쌌더니 적들은 서흔남을 미치광이로 알고 아무 의심도 하지 않았다. 서흔남은 무릎걸음으로 적진을 빠져나와 목책을 넘어서 산성 안으로 들어왔다. 서흔남은 천재적인 임기응변의 생존술을 몸에 붙이고 있었다. 성안의 사대부들은 말을 했을 뿐, 어느 누구도 서흔남의 역할을 대신할 수 없었다. 임금의 격서를 지방군에 전하는 그 막중한 사명을 무당이며 대장장이인 서흔남이 수행했다. 조정은 이 천민에게 종이품 가의대부(嘉義大夫)의 품계를 내렸다. 그의 지대한 공로를 조정은 알았던 것인데, 사관은 기록하지 않았다. 서흔남은 1667년에 죽어서 남한산성 문밖인 광주시 중부면 검복리 병풍산에 묻혔고, 그 후 화장했다고 전해진다. 그의 묘비는 지금 남한산성 동문 쪽 지수당 연못가로 옮겨져 있다. 묘비는 위쪽이 떨어져 나갔는데 '가의대부동지중추부사서공지묘(嘉義大夫同知中樞府事徐公之墓)'라는 글자는 희미하게 남아 있다. 나는 소설을 쓰면서 산성 부근의 원로 주민들을 상대로 서흔남 후손의 행방을 탐문했으나 소득이 없었다. 내 소설의 말미에서 서날쇠(서흔남)는 대장간 아궁이의 오소리구멍을 막으면서 봄일을 준비한다. 그는 뛰어난 장인이고 광대였고, 생존 기술자였으며, 건강한 백성이었다. 지금 남한산성 유적 관리 당국은 해마다 여러 가지 축제와 기념행사를 하는데, 서흔남을 캐릭터로 삼은 연극이나 서흔남 흉내 내기, 마라톤, 서흔남배쟁탈씨름대회 같은 행사를 만들면 아름답지 않겠는가. 나는 여러 번 제안했으나 늘 받아들여지지 않았다. 소설에서 서날쇠에게 더 바싹 다가가서 더 자세히 쓰지 못한 게으름을 나는 뉘우치고 있다.

평안도 은산(殷山)은 대동강 상류의 산간 오지이다. 군사 편제로는 성천진관(成川鎭管)에 속한다. 서울에서 칠백 리, 평양에서 백이십 리이다. 새벽에 평양에서 떠나 부지런히 걸으면 밤늦게 은산에 이른다. 종육품 현감이 다스린다. 영조 대에 편찬된 『여지도서(輿地圖書)』에 따르면 이 관아에는 관노(官奴) 마흔다섯 명, 관비(官婢) 서른다섯 명이 딸려 있었다.

정명수(鄭命壽)는 이 은산의 관노였는데, 1619년 강홍립(姜弘立)의 군사로 징집되어 후금(後金) 토벌 작전에 동원되어 참전했으나 강홍립의 부대는 후금에 투항했다. 이때 정명수도 후금으로 끌려갔는데, 거기서 여진말을 배워서 청과 조선 사이를 통역하는 청나라 쪽 역관(譯官)으로 출세했다. 정명수는 청 황제의 뜻이나 침략군 사령관 용골대와 마부대의 뜻을 조선 조정에 전할 수 있는 유일한 조선인이었고 청국 관리였다. 그의 위세는 하늘을 찔렀다. 그는 말을 타고 조선 왕궁을 드나들었고, 조선의 삼공육경(三公六卿)을 면전에서 모욕했고 하급 관료들을 폭행했다. 그는 조선 조정의 고위 인사에 개입했고 수많은 뇌물과 여색을 수탈했다. 조선 조정은 그의 위세 앞에 쩔쩔맸고, 그의 출신지인 은산의 지위를 부(府)로 승격시켰다. 그는 심양에 끌려온 소현세자와 시강원 관리들을 협박해서 공물을 갈취했다. 역사 속에서 그는 '민족 반역자'로 규정되었으나, 그에게는 애초에 반역할 민족조차 없었다. 그는 조선의 극천(極賤)으로서 조선 임금을 겁박할 수 있는 권력의 자리에까지 올랐다.

그는 조국에게서 받은 것이 없었기 때문에 그의 행위가 반역인지 아닌지는 아리송하다. 정명수는 나의 소설 중에서 가장 묘사하기 쉬운 성격이었다. 그는 단순명료하다. 그는 사상이 없고 인격이 없고 망설임이 없고 연민이 없다. 그는 오직 욕망과 복수심만으로 형성된 인물이었다. 나는 그의 한없는 욕망 추구, 권력과시, 야만적 살육 행위 중 극히 일부만을 쓸 수 있었다.

서날쇠와 정명수는 둘 다 극천이었지만 삶의 길은 정반대였다. 서날쇠는 삶의 현실에 대한 본능적 애정이 있었지만 정명수는 현실에 대한 적개심으로 가득 차 있었다.

청이 회군해서 돌아간 후에도 정명수는 자주 조선에 와서 청제(淸帝)의 뜻을 앞세워 조선 조정을 겁박했다.

1641년 의주부윤 황일호(黃一皓)가 최효일(崔孝一)과 함께 명나라 상선과 접촉한 사실이 탄로 났다. 청은 진상을 조사하고 문책하기 위해 조선에 사신을 보냈는데, 정명수는 이때 사신을 따라왔다. 정명수는 단순한 통역이 아니라 심판관이며 집행자로 행세했다. 조선 임금은 뇌물을 많이 주며 정명수를 회유했으나 먹히지 않았다. 정명수는 서울 도심 거리에 사형장을 설치하고 황일호 등 관련자 십여 명을 참살했다. 이 자리에는 조선의 영의정 등 고위직 신료들이 강제로 끌려나가 정명수의 야만적 위세를 참관했다. 거리에 피가 흘러내렸고, 정명수는 이날 저녁 연회를 받아먹고 방기(房妓)를 품었다.

시강원의 조선 신료 정뇌경(鄭雷卿)과 강효원(姜孝元)은 정명수를 죽여서 원수를 갚으려고 절치부심하고 있었다. 정명수는 조선이 청으로 보낸 세폐(歲幣)를 훔쳤다. 정뇌경이 이 사실을 알고,

청의 황실에 정명수를 고발했다. 정뇌경은 청의 손을 빌려서 정명수를 죽이려 했던 것이다. 청 황실이 진상을 조사할 때 정뇌경은 정명수의 죄상을 적극적으로 증언했다. 그러나 조사 결과가 뒤집혀서 오히려 정뇌경이 죄를 뒤집어쓰게 되었다. 정뇌경은 1639년 4월 18일 심양 사형장에서 처형되었다. 정뇌경은 서른두 살에 죽었다. 이날 강효원도 함께 처형되었다. 소현세자가 입고 있던 옷을 벗어서 정뇌경의 시신을 덮어 염을 했다.

정명수의 최후가 어떠했는지는 알 수 없다. 그가 어떤 죽음을 죽었는지는 아무도 모른다. 아마도 그는 사랑이나 연민, 희망이나 그리움, 우정이나 기쁨 같은 인간다운 가치가 아예 발생하지 않는 세상을 살다가 간 것이 아닐까. 나는 그가 악독한 만큼 가엾다. 그러나 그는 나의 연민이 필요없을 것이다.

7 소현

소현세자는 병자호란 때 스물네 살이었다. 소현은 부왕을 따라서 남한산성 안으로 들어갔으나 주화, 척화의 대립에서 어느 쪽에도 가담하지 않았다. 성안에서 소현은 침묵으로 일관하다가 최후의 날이 다가오자 볼모가 되어 심양으로 가기를 자원했다. 소현은 아버지 세대로부터 물려받은 굴종과 치욕을 현실의 땅 위에서 감당해냈다. 소현은 구 년 동안 심양에서 억류되어 있으면서 승자에 대해 패자가 치러야 할 수난과 모욕을 감내했다. 그는 청이 조선 선비들을 죽이고 심문하는 자리에 조선의 대표로서 입회해야 했고, 청 황실의 대소사에 참여해 의전을 바쳤고, 청 황제의 낚시질이나 사냥을 수행했다. 그는 그 굴종을 지불해가면서 조국의 이익을 방어했다. 그는 청이 조선에 강요하는 인력과 말[馬], 식량, 종이, 생강, 그 밖의 수많은 품목의 물량을 줄였고, 청 황실의 내부 동향을 파악해서 본국 조정에 보고했다. 그는 포로로 끌려간 조선인들의 몸값을 깎았고 조선으로 달아난 포로들을 다시 잡아들이라는 청의 요구에 저항하고 또 순응했다. 심양에서 소현은 조선과 청의 관계를 조정하는 외교관의 소임을 맡으면서 청의 황족이나 고위 관리들과 친교를 맺고 소통의 길을 열었다. 청은 조선 국왕을 직접 상대하기보다는 소현을 통해서 양국간의 문제를 조정해나갔으므로 소현의 정치적 위상은 점차 격상되었다. 조선 조정이 서울과 심양에 두 개 있다는 말이 나돌 정도였으니 인조의 불안은 컸다. 인조는 볼모로 끌려간 아들을 감시하기 위해 심양에 밀정을 파견했으니 또 다른 비극은 이미 성숙해 있었다.

소현은 당대의 국제 정세 속에서 조선이 처한 위치를 정확하고 객관적으로 파악했다. 그는 김상헌과 최명길의 그 피 튀기는 대결이 빚어낸 현실을 언어와 사변으로 윤색하지 않고, 현실 그 자체로서 수용했다.

소현은 1642년 5월 5일, 무너져가는 명나라의 도독(都督) 홍승주(洪承疇)가 투항해와서 청나라의 황제(홍타이지)에게 머리를 조아리는 항복식을 참관했다. 참관은 황제의 명이었고, 소현은 이 자리를 거절할 수 없었다. 홍타이지는 여러 황족과 군사들을 좌우에 벌려놓고 명장(明將) 홍승주의 항복을 받았다.

홍승주는 조선 임금이 삼전도에서 항복할 때처럼 청나라의 푸른 군복을 입고 나와서 홍타이지에게 세 번 절하고 아홉 번 이마를 땅에 찧었다[三拜九叩禮]. 그때 소현이 무슨 생각을 했을는지는 짐작할 수 있다. 소현은 이 세계를 지배하는 청의 실체를 확인했을 것이고, 세계를 문명 대 야만의 대립으로 이해하는 인식의 틀에서 돌연 벗어나기 시작했을 것이다. 명(明)은 하늘이 아니고, 대통(大統)이 아니고, 문명과 규범의 원천이 아니었다. 명은 더 큰 세력 앞에서 무너져야 할 하나의 거대한 힘에 불과했다. 그리고 세자는 삼전도에서 이마를 땅에 찧으며 홍타이지에게 투항하던 부왕을 생각했을 것이다. 그때, 이 자비 없는 세계의 질서 앞에서 약소국의 세자는 얼마나 괴롭고 외로웠으랴.

1644년 4월에 청은 명의 잔존세력을 박멸하기 위해 북경으로 진격했다. 청은 이 군사작전에 소현이 종군하기를 요구했다. 소현은 청의 요구에 따랐다. 청은 소현에게 천하의 유일대통(有一大統)인 대명(大明)이 멸망하는 최후의 모습을 보여주려 했던 것이다.

청군은 4월 25일 산해관을 열고 북경 황성 안으로 진군했다. 명장 이자성(李自成)은 적군 앞에서 반란을 일으켰고, 산해관 총병(摠兵) 오삼계(吳三桂)는 스스로 관문을 열어서 청군을 끌어들였다. 수십 리 들판이 시체로 덮였다. 명의 황제와 황후, 비빈들은 모욕을 당하기 전에 자살했다. 명은 멸망했고, 그 혼백은 조선으로 건너와서 수많은 시문과 비석에 새겨졌고 이백오십 년 이상

제사상을 받았다.

1644년 4월 25일 북경 진공 작전에 종군할 때 소현은 갑옷에 투구 차림이었다. 소현의 처소 근처에까지 포탄이 떨어졌다. 소현은 명이 멸망하는 모습을 전투의 최일선에서 목격했다. 소현의 처신에는 현장을 목격하고 체험한 자의 현실감각이 있었다.

소현은 명이 멸망한 직후인 1645년에 귀국했다. 그는 2월 18일 서울에 도착해서 4월 23일 급환으로 병석에 누웠고 4월 26일에 죽었다.

소현이 귀국했을 때 조정의 반응은 싸늘했고 영접하는 의전은 초라했다. 조선은 멸망해버린 명의 망령에 사로잡혀 있었고 명, 청 사이에서 갈팡질팡했다. 인조는 아들이 북경에서 가져온 서양의 첨단 과학 기자재와 신문물, 신사상에 관한 서적들을 혐오했다. 돌아온 소현이 정치적으로 운신할 수 있는 입지는 전혀 없었다. 소현이 죽자 인조는 사인을 규명하지 않고 서둘러서 입관했다. 죽은 소현의 몸에서는 구멍마다 피가 흘렀고 시신 전체가 새카맣게 변했다고 사관은 기록했다. 사관의 글은 소현이 독살되었음을 강력히 암시하고 있다. 소현이 죽자 인조는 소현의 빈이며 자신의 며느리인 강씨를 역모로 몰아서 죽였고, 강씨가 낳은 두 아들, 강빈의 친정 오라비들, 강빈을 가까이 모셨던 궁녀들을 모두 죽였다.

소현의 갑작스런 죽음의 배후가 인조라는 추정은 합리적 근거가 있고 정황 증거도 성립된다. 삼학사는 심양에서 적의 칼에 베였고, 그 죽음의 뒤로 이어진 길을 헤치고 나갔던 소현은 고향에 돌아와서 독살되었다. 소현은 서른세 살에 죽었다. 아아, 땅 위로 뻗은 길은 어찌 이리 험난한가.

8 하구에서

서울 사람들은 한강 수계의 서울 구간을 경강(京江)이라고 부른다. 암사동은 경강 상류의 남쪽 유역인데, 기원전 오천 년의 신석기 유적지이다. 구석기도 출토되니까 마을은 그보다 더 오래되었을 것이다. 그 하류 쪽 6~8킬로미터 유역에 몽촌토성과 풍납토성의 유적이 남아 있다. 여기는 서기 1세기부터 5세기 사이의 마을로, 초기 백제의 세력 거점이다.

암사동에서 몽촌토성까지 육 킬로미터를 강을 따라 내려오면서 마을을 건설하는 데 오천 년 이상이 걸렸다. 작은 마을들은 성벽과 목책 같은 방어 시설을 갖추고 있으니 전쟁과 약탈은 이미 제도화되어 있었다. 여기서 죽은 권력자들은 모두 방이동 백제 고분군에 묻혔는데, 풍납동에서 가깝다. 무덤들은 지금 봄볕이 스며서 포근하다. 불꽃놀이 하는 석촌호수공원과 서울놀이마당이 무덤 옆이다.

〈삼전도비〉는 풍납토성에서 가깝다. 주택가 한복판인데, 이제는 찾는 이가 많지 않다. 거기에 새겨진 부조가 역사에 바쳐야 하는 인간의 목숨과 피눈물이 얼마나 모진 것인가를 말해준다. 얼마나 큰 야만의 바다를 건너야 인간은 대안(對岸)의 기슭에 도

달할 수 있는 것인가.

거기서부터 한강은 이십여 개의 교량 밑을 흐르면서 대도시 서울을 펼쳐놓는다. 지금 한강은 상류가 댐으로 막히고 양쪽 유역이 강변도로로 막혀 있다. 도심의 한강은 굽이쳐서 유역을 적시지 못하고, 우리에 갇힌 짐승처럼 온순하게 엎드려 있다.

행주대교를 지나면서 한강은 자유파행의 흐름을 회복한다. 강은 넓은 습지를 펼치면서 굽이치는데, 그 아래쪽 하구는 군사분계선으로 막혀 있다. 큰 강은 적막해서 새소리가 멀리까지 들리고, 고깃배 한 척도 얼씬 못하는 하구에 바닷물이 드나들고 물고기가 들끓는다. 김포 북단 조강나루에서 바라보면 강 건너 북쪽 조강리가 아지랑이 속에서 흔들려 보인다. 갈 수 없는 대안의 기슭은 이처럼 가까웠다. 이 세계가 영원히 불완전하리라는 것은 확실하다. 사랑과 언어는 이 불완전성의 소산이다.

2017년 5월

김훈은 쓰다.

부 록

· 남한산성 지도

· 남한산성 지도 설명

· 대륙, 명에서 청으로

· 남한산성, 겨울에서 봄으로

· 낱말풀이

남한산성 지도

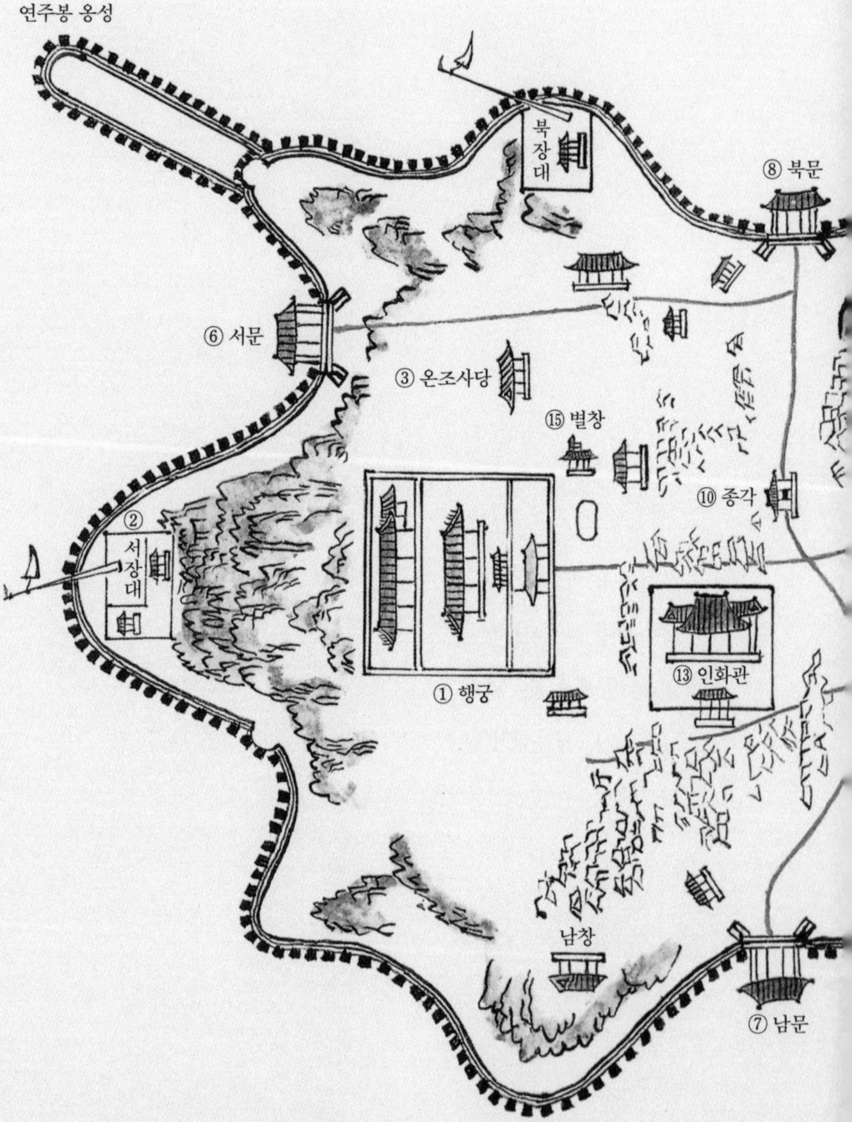

이 지도는 〈남한산성 고지도〉(18세기 후반, 32.3×46.2cm, 채색필사본, 영남대학교 박물관 소장)를 기초로 하여 재편집했습니다.

동장대
⑫ 망월사
동창
④ 연병관
⑭ 지수당
⑨ 동문
⑪ 개원사
남장대
남포루
옹성
옹성

① 행궁
인조 2년(1624) 남한산성을 쌓을 때 현재 위치에 건립했다. 경내에는 내행전(상궐)과 외행전(하궐)이 있다. 동서로 세 구역으로 나뉘며 문이 세 개로, 규모는 작아도 조선의 정궁(正宮)인 경복궁의 법식을 따랐다. 평상시에는 광주 지방관의 집무실로 사용하였고, 전란 때는 임금과 조정의 피란처이자 항쟁의 지휘부가 되었다.

② 서장대
남한산성의 주봉인 청량산 정상에 있는 수어사의 지휘본부이며 관측소다. 성안의 전·후·좌·우·중의 다섯 군영이 수어청에 딸려 있었다. 처음 지을 때는 단층이었으나, 영조 27년(1751)에 이층으로 증축하고 수어장대(守禦將臺)로 이름을 바꾸었다.

③ 온조 사당
백제 시조인 온조왕의 사당으로, 정조 19년(1795)에 사액(賜額)하여 숭렬전(崇烈殿)이라고 부른다. 온조의 도읍지가 남한산성 일대라는 학설이 있다.

④ 연병관
군사 훈련 시설. 정조 19년(1795)에 '연무관'으로 이름을 바꾸었다. 정조는 여주 영릉에 참배하러 갈 때 이곳에 들러 군사를 사열하고 화력을 점검했다.

⑤ 영고
산성 안에 건립한 많은 창고들 중에서 가장 컸다. 곡식을 보관하는 곳이 창(倉)이고, 무기를 보관하는 곳이 고(庫)다. 영고는 1900년대 초까지 남아 있었던 것으로 전한다.

⑥ 서문
산성의 서쪽 사면은 경사가 가팔라 우마차가 다닐 수 없지만 송파, 거여, 마천, 광진 방면으로 가는 가장 빠른 길이다. 인조 15년(1637) 1월 30일 아침에 임금과 세자와 신료들은 서문으로 나와서 삼전도 청진에 투항했다.

⑦ 남문
산성의 정문이다. 정조 3년(1779) 성곽을 개축하면서 '지화문(至和門)'으로 이름을 바꾸었다. 인조는 남문으로 성안에 들어왔다.

⑧ 북문
갇힌 성안에서 김류가 지휘하는 정예병 삼백여 명이 북문을 열고 나가 싸웠다. 조선군이 성문을 열고 나가서 싸운 유일한 전투다. 김류의 군사는 전멸했다. 최대의 전투이자 최대의 참패였다.

⑨ 동문
인조 15년(1637) 1월 18일 청병이 동문에 몰려와서 "투항하든지 나와서 싸우든지 결판을 내자"며 협박했다. 조정은 응답하지 않았다. 한말에는 천주교인들이 동문 밖에서 처형되었다.

⑩ 종각
지금의 산성 로터리에 종이 매달려 있어 시간을 알렸다. 이곳은 산성 안 교통과 도로의 중심지로, 동·서·남·북의 네 문과 행궁으로 올라가는 교차점이다. 지금도 산성 안 원로 주민들은 이 로터리를 '종로'라고 부른다. 종은 없어지고 표지석이 세워졌다.

⑪ 개원사
남한산성을 쌓을 때 일하러 온 팔도의 승병들을 총괄 지휘하던 본부로, 병자호란 때는 승군의 사령부였다. 포위된 임금은 선친인 원종(元宗)의 영정을 이 절에 안치하고 제사를 모셨으나, 며칠 뒤 땔감이 모자라자 절의 행랑을 헐어서 불을 땠다.

⑫ 망월사
산성을 쌓기 전에 창건한 사찰로, 성안의 아홉 군데 사찰 가운데 가장 오래된 절이다. 그 뒷산인 망월봉에 청군의 포대가 설치되었다.

⑬ 인화관
행궁에 딸린 객사 건물로, 서울에서 내려오는 관리나 외국 사신이 묵었다. 1900년대 초에 이미 무너졌고, 지금은 그 자리에 식당이 있다.

⑭ 지수당
동문 안쪽의 연못으로, 고관들의 낚시터였다. 서쪽에서 동쪽으로 흐르는 개울물을 가두고 정자를 지었다.

⑮ 별창
행궁에서 쓰는 물자를 따로 보관하던 창고로, 지금은 터만 남았다.

그 밖에 성안에는 지방 관아, 대장간, 술도가, 포도청, 사형장, 장터, 우시장, 방앗간, 활터, 서낭당, 굿당, 매염처(소금을 묻어두던 곳), 매탄처(숯을 묻어두던 곳), 빙고(얼음 창고)가 갖추어져, 남한산성은 자족한 마을을 이루었다.

1616년, 광해 8년
누르하치가 여진의 부족을 합쳐 후금을 세우고 칸의 자리에 오르다.

1618년, 광해 10년
명이 후금을 치기 위해 조선에 파병을 요청하다. 후금이 조선에 파병 철회를 요청하다.

1619년, 광해 11년
강홍립이 일만 병력으로 명을 위해 출병했으나 후금에 투항하다.

1623년, 인조 1년
능양군(인조)이 광해를 폐하고 왕위에 오르다.(인조반정)

1624년, 인조 2년
이괄의 반란을 진압하고 남한산성 축성에 착수하다.

1627년, 인조 5년
후금이 삼만 병력으로 조선을 침공, 임금은 강화로 피란가다.(정묘호란)

1636년, 인조 14년
누르하치의 아들 홍타이지가 국호를 청으로 바꾸고 황제의 자리에 오르다.
용골대가 청의 사신으로 조선에 왔으나, 조선은 국서를 접수하지 않다.
청군이 침입하여 임금과 세자는 남한산성으로, 빈궁과 왕자들은 강화도로 피란가다.(병자호란)

1637년, 인조 15년
인조, 삼전도에서 투항하고 세자 일행은 심양으로 끌려가다.
명의 연호를 폐지하고 청의 연호를 쓰기 시작하다.

1641년, 인조 19년
척화신 김상헌이 심양에 끌려가 투옥되다.

1642년, 인조 20년
주화파 최명길이 심양에 끌려가 투옥되다.

1644년, 인조 22년
청이 명을 멸망시키고 중국 대륙을 지배하기 시작하다.

인조 14년, 1636년 병자 12월 14일 (이하 모두 음력)
적병이 송도를 지나자 파천하기로 하고 종묘사직의 신주와 함께 빈궁을 강화도로 보내다. 최명길을 적진에 보내 강화를 청하여 진격을 늦추도록 하다. 임금이 수구문으로 나가 남한산성에 도착하다. 김류가 임금에게 강화도로 피할 것을 권하다.

12월 15일
임금이 새벽에 산성을 출발하여 강화도로 향하다가 성으로 돌아오다. 최명길이 적진에서 돌아와 왕제(王弟)와 대신을 인질로 삼기를 요구한다고 전하다. 임금이 수어사 이시백의 청에 따라 체찰사 이하 모든 장수를 불러 유시하다. 눈이 많이 내리고 유성이 나타나다.

12월 16일
임금이 남한산성에 있다. 성첩을 순시하고 사졸을 위로하다. 유성이 나타나다.

12월 17일
임금이 남한산성에 있다. 김류와 홍서봉이 강화를 청하다. 예조판서 김상헌이 화의의 부당함을 극언하다.

12월 18일
임금이 남한산성에 있다. 김상헌, 장유, 윤휘를 비국당상으로 삼다.

12월 19일
임금이 남한산성에 있다. 적병이 남벽에 육박하자 화포로 물리치다.

12월 20일
임금이 남한산성에 있다. 오랑캐 사신 세 명이 성 밖에 도착하다. 임금이 각 도의 군대를 선발해 적을 치게 하라고 명하다.

12월 21일
임금이 남한산성에 있다. 김신국, 이경직 등이 오랑캐 진영에서 돌아와 사정을 아뢰다.

12월 22일
임금이 남한산성에 있다. 삼사가 주화(主和)를 내세운 사람을 참하도록 청하다.

12월 23일
임금이 남한산성에 있다. 자모군(自募軍) 등이 출전하여 오십 명 가까운 적을 죽이다.

12월 24일
임금이 남한산성에 있다. 신하를 거느리고 망궐례를 치르다. 진눈깨비가 그

치지 않자 임금이 세자와 승지, 사관을 거느리고 날씨가 개기를 빌다.

12월 25일
임금이 남한산성에 있다. 예조가 온조 사당에 제사를 지내자고 아뢰다.

12월 26일
임금이 남한산성에 있다. 강원도 영장(營將) 권정길이 병사를 거느리고 검단산에 도착했으나 습격을 받고 패하다.

12월 27일
임금이 남한산성에 있다. 이기남이 소 두 마리, 돼지 세 마리, 술 열 병을 오랑캐 진영에 가지고 가서 전했으나 받지 않다.

12월 28일
임금이 남한산성에 있다. 최명길이 강화에 대해 아뢰다. 선전관 민진익이 성 밖으로 나가 각지의 군중(軍中)에 명을 전하고 돌아오다. 임금이 입은 옷을 벗어 그에게 내리다.

12월 29일
임금이 남한산성에 있다. 북문 밖으로 출병하여 진을 쳤는데 적이 싸우지 않다. 날이 저물 무렵 적이 엄습하여 별장 신성립 등 여덟 명이 죽고 사졸의 사상자도 매우 많다.

12월 30일
임금이 남한산성에 있다. 간관이 오랑캐 진영에 사람을 보내지 말기를 청하니, 임금이 윤허하지 않다.

인조 15년, 1637년 정축 1월 1일
임금이 남한산성 행궁에 있다. 백관을 거느리고 망궐례를 행하다. 비국낭청 위산보를 파견하여 쇠고기와 술을 가지고 오랑캐 진영에 가서 새해 인사를 하고 형세를 엿보게 했으나, 청나라 장수가 "황제가 이미 왔으므로 마음대로 받지 못한다"며 되돌려보내다. 일식(日蝕)이 있다. 삶은 고기와 찐 콩을 성첩의 장졸에게 내리도록 명하다.

1월 2일
홍서봉, 김신국, 이경직 등이 오랑캐 진영에 가서 칸의 글을 받아 오다. 이성구가 장유, 최명길, 이식으로 하여금 답서를 작성할 것을 청하다. 완풍부원군(完豊府院君) 이서가 군중(軍中)에서 죽다.

1월 3일
동양위(東陽尉) 신익성이 오랑캐의 글을 태워버리자고 상소하다. 홍서봉, 김신국, 이경직 등이 최명길이 지은 국서를 들고 오랑캐 진영에 가다.

1월 4일
김상헌이 "오랑캐에게 답서를 보내는 것이 급한 일이 아니라, 한뜻으로 싸우고 지키는 데 대비해야 한다"고 아뢰고, 사간 이명웅, 교리 윤집, 정언 김중일, 수찬 이상형 등이 "최명길의 죄를 다스려 군사들의 마음을 진정시키라"고 아뢰다. 선전관 민진익이 여러 진의 근왕병들에게 조정의 명을 전하겠다고 청하여 적의 화살을 맞으면서 세 번이나 나갔다 들어오다.

1월 5일
자원 출전한 김사호가 성 밖을 순찰하다 도망하는 군사를 붙잡아 효시하다. 전라 병사 김준룡이 군사를 거느리고 광교산에 주둔하며 전황을 알리다.

1월 6일
함경 감사 민성휘가 군사를 거느리고 강원도 금화현에 도착했다는 장계가 들어오다. 사방에 안개가 끼어 지척을 분간하지 못하다.

1월 7일
임금이 성첩을 지키는 장졸을 위로하다.

1월 8일
임금이 대신들을 불러 계책을 묻다. 관량사 나만갑이 남은 군량미가 이천팔백여 석이라고 아뢰다. 예조가 "날짜를 다시 받아 온조왕의 제사를 정성껏 치르자"고 청하다.

1월 9일
김류, 홍서봉, 최명길이 사신을 보내 문서를 오랑캐 진영에 전하다. 예조판서 김상헌이 사신 파견을 반대하다.

1월 10일
(기록 없음)

1월 11일
해가 뜰 무렵, 임금이 원종대왕(元宗大王)의 영정에 제사를 지내다. 김류, 홍서봉, 최명길 등이 글을 보낼 것을 굳이 청해 임금이 열람하고 고칠 곳을 묻다. 최명길이 문장의 자구를 고치다. 푸르고 흰 구름 한 가닥이 동방에서 일어나다.

1월 12일
(기록 없음)

1월 13일
홍서봉이 "정명수에게 뇌물을 주고 강화를 하자는 의견이 있다"고 하자 임금이 비밀리에 정명수에게 은 일천 냥을, 용골대와 마부대에게 삼천 냥씩 주게 하다. 임금이 세자와 성을 순시하고 장사들을 위로하다. 동풍이 크게 불다. 헌

릉(獻陵)에 불이 나 사흘 동안 화염이 끊이지 않다.

1월 14일
날씨가 매우 추워 성 위에 있던 군졸 가운데 얼어 죽은 자가 있다.

1월 15일
남병사 서우신과 함경 감사 민성휘가 군사를 합쳐 양근에 진을 쳤는데, 군사가 이만 삼천이라고 일컬어지다. 평안도 별장이 팔백여 기병을 거느리고 안협에 도착하다. 경상 좌병사 허완이 군사를 거느리고 쌍령에 도착했으나 싸우지도 못한 채 패하고, 우병사 민영은 싸우다가 죽다. 충청 감사 정세규가 용인의 험천에 진을 쳤으나 패하여 생사를 모르다.

1월 16일
오랑캐가 '초항(招降)'이라는 두 글자를 기폭에 써서 보이다. 용골대가 홍서봉, 윤휘, 최명길에게 "새로운 말이 없으면 다시 올 필요가 없다"고 하다.

1월 17일
홍서봉 등이 무릎을 꿇고 칸의 글을 받아 돌아오다. 그 글에 "그대가 살고 싶다면 빨리 성에서 나와 귀순하고, 싸우고 싶다면 속히 일전을 벌이도록 하라. 양국의 군사가 서로 싸우다 보면 하늘이 자연 처분을 내릴 것"이라고 씌어 있다.

1월 18일
임금이 적진에 보낼 문서를 읽고 최명길에게 온당하지 않은 곳을 감정하게 하다. 최명길이 수정한 글을 보고 예조판서 김상헌이 통곡하며 찢어버리고 "먼저 신을 죽이고 다시 깊이 생각하라"고 아뢰다. 김상헌의 말뜻이 간절하고 측은해 세자가 임금 곁에서 목 놓아 울다. 눈이 크게 오다.

1월 19일
오랑캐가 보낸 사람이 서문 밖에 와서 사신을 보내라고 독촉하다. 우상 이홍주와 최명길, 윤휘를 보내 오랑캐 진영에 가게 하다. 오랑캐가 성안에 대포를 쏘아 죽은 자가 생기자 사람들이 두려워하다. 정온이 문서에 '신(臣)'이라 언급한 것을 들어 "백성들에게 두 임금이 없는데 최명길은 두 임금을 만들려 한다"는 내용의 차자를 올리다.

1월 20일
대사헌 김수현, 집의 채유후, 장령 임담, 황일호 등이 청대하여 "국서에 신이라고 일컬으면 다시는 여지가 없게 된다"고 아뢰다. 최명길이 "늦추는 것은 빨리 일컫는 것만 못하다"고 말하다. 이홍주 등이 지난번 국서를 가지고 오랑캐 진영에 가서 답서를 받아 오다. 그 글에 "그대가 성에서 나와 귀순하려거든 먼저 화친을 배척한 신하 두세 명을 묶어 보내도록 하라"는 내용이 있다.

1월 21일

이홍주 등이 "화친을 배척한 신하를 우리가 다스리도록 결재해달라"는 내용의 국서를 들고 오랑캐 진영에 가다. 저녁에 용골대가 서문 밖에서 국서를 돌려주며 "그대 나라가 답한 것은 황제의 글 내용과 달라 받지 않는다"고 말하다.

1월 22일

최명길이 "다시 문서를 작성해 회답하자"고 아뢰다. 화친을 배척한 사람에게 자수하도록 하다. 세자가 봉서(封書)를 비국에 보내어 "죽더라도 내가 성에서 나가겠다는 뜻을 전하라"고 하다. 오랑캐가 군사를 나누어 강화도를 범하겠다고 큰소리치다. 오랑캐 장수 구왕(九王)이 군사 삼만을 거느리고 갑곶진에 주둔하면서 홍이포를 발사하자 수군과 육군이 겁에 질려 접근하지 못하고, 적이 이 틈을 타 급히 강화도로 건너오다. 전 우의정 김상용이 죽다. 강화도가 함락되던 날, 유사(儒士)와 부녀 중에 자결한 자와 굴복하지 않고 죽은 자가 이루 기록할 수 없을 정도로 많다.

1월 23일

김상헌이 적진에 나아가 죽게 해줄 것을 청하다. 밤중에 적이 서쪽에 육박하자 수어사 이시백이 힘을 다해 싸워 적이 무기를 버리고 물러가다. 전 교리 윤집, 전 수찬 오달제가 척화신으로 오랑캐의 칼날을 받겠다고 상소하다.

1월 24일

적이 망월봉에서 발사한 포탄이 행궁으로 떨어지다.

1월 25일

대포 소리가 종일 그치지 않고 성첩이 탄환에 맞아 허물어져 군사들의 마음이 흉흉하다. 용골대와 마부대가 "국왕이 성에서 나오지 않으려거든 사신은 다시 오지 말라"고 하며 그동안의 국서를 모두 돌려주다.

1월 26일

훈련도감의 장졸과 어영청의 군병이 대궐 밖에 모여 화친을 배척한 신하를 오랑캐 진영에 보낼 것을 청하다. 이때 처음으로 강화도가 함락되었다는 보고를 듣고 임금이 울면서 말을 하지 못하다. 삼사가 통곡하며 출성을 만류하자 임금이 "군정(軍情)이 변했고 사태도 달라졌다. 나의 자부(子婦)들이 모두 잡혔고 백관의 족속들도 북으로 끌려가게 되었으니 혼자 산들 무슨 면목으로 지하에서 보겠는가"라고 말하다.

1월 27일
이홍주, 김신국, 최명길이 글을 받들고 오랑캐 진영에 가다. 그 글에서 "조지(詔旨)를 분명하게 내려 신이 안심하고 귀순할 수 있는 길을 열어달라"고 하다.

1월 28일
문서를 거두어 모두 태우다. 정온이 칼로 스스로 배를 찌르고, 김상헌이 목을 맸으나 죽지 않다.

1월 29일
윤집, 오달제가 하직 인사를 하자 임금이 오열하며 술을 내리다. 최명길이 두 사람을 이끌고 청나라 진영에 가다.

1월 30일
삼전도에서 임금이 세 번 절하고 아홉 번 머리를 조아리는 예를 행하다. 임금이 밭 한가운데 앉아 진퇴를 기다리다 해질 무렵 비로소 도성으로 돌아가게 되다. 임금이 송파나루에서 배를 타고 건너는데 백관들이 앞 다투어 어의(御衣)를 잡아당기며 배에 오르다. 사로잡힌 부녀들이 "우리 임금이시여, 우리 임금이시여. 우리를 버리고 가십니까" 하며 울부짖다. 인정(人定) 때가 되어 창경궁 양화당으로 들어가다.

2월 1일
몽고병들이 남한산성 안에 있었는데, 살림집이 대부분 불타고 시체가 길거리에 널리다. 용골대와 마부대가 임금에게 "황제가 내일 돌아갈 예정이니 나와서 전송하라"고 요청하다. 왕세자와 빈궁, 봉림대군과 부인은 청나라 진중에 머물고 인평대군과 부인은 돌아오다.

2월 2일
칸이 삼전도에서 철군하자 임금이 전곶장에 나가 전송하다.

· 이 내용은 『조선왕조실록』 중에서 「인조실록」 부분을 짧게 정리한 것입니다.

ㄱ

· **간관(諫官)** 사헌부와 사간원에 속해 임금의 잘못을 간하고 백관의 비리를 규탄하던 벼슬.

· **감병사(監兵使)** 감사(관찰사)와 병사(병마절도사)를 함께 이르는 말.

· **강상(綱常)** 삼강(三綱)과 오상(五常)을 아울러 이르는 말. 사람이 지켜야 할 도리.

· **관량사(管糧使)** 작전 지역의 군량을 관리하던 벼슬.

· **교리(校理)** 집현전, 홍문관, 승문원, 교서관 등에 속하여 문한(文翰)의 실무를 맡아 보던 문관 벼슬로 정오품 또는 종오품 관직.

· **구종잡배(驅從雜輩)** 벼슬아치를 모시고 다니던 하인과 잡인들.

· **규국(規局)** 풍수에서 산천의 외형과 규모를 이르는 말.

· **금군(禁軍)** 왕궁을 수비하고 왕을 호위하던 부대.

· **금성철벽(金城鐵壁)** 쇠로 만든 성과 철로 만든 벽. 공격하기 어려운 성을 말함.

· **기치창검(旗幟槍劍)** 군대에서 쓰는 깃발, 창, 칼 등을 통틀어 이르던 말.

· **기휘(旗麾)** 진두를 지휘하는 깃발.

ㄴ

· **낭청(郎廳)** 본래는 각 관서의 당하관을 가리켰으나, 명종 이후에는 비변사, 선혜청, 준천사, 오군영 등에서 실무를 맡아 보던 정삼품부터 종구품까지의 관직임.

ㄷ

· **두리기둥** 둘레를 둥그렇게 만든 기둥.

ㅁ

· **만승(萬乘)** 천자(天子) 또는 천자의 자리를 이르는 말.

· **망궐례(望闕禮)** 임금을 공경하고 충성심을 표시하기 위한 의식으로, 임금을 직접 배알하지 못하는 지방 관리들이 행했다. 나무에 '궐(闕)' 자를 새겨 객사에 봉안하고 궁을 향해 예를 올렸다. 임금이 정월 초하루나 동지, 성절(聖節, 중국 황제의 생일), 천추절(千秋節, 중국 황태자의 생일)에 왕세자와 조정의 신료들을 거느리고 황제가 있는 북경 쪽을 향하여 예를 올리던 의식도 망궐례라고 하는데, 이 책에서 망궐례는 후자에 해당한다.

· **모루** 쇠를 두드릴 때 받침으로 쓰는 쇳덩이.

· **목도** 무거운 물건을 밧줄에 묶어서 몽둥이로 꿰어 나르는 일.

· **묘당(廟堂)** 나라를 다스리는 조정 또는 의정부를 달리 이르는 말.

· **미복(微服)** 몰래 민심을 살피러 다닐

때 입는 허름한 옷차림.

ㅂ

· **발신**(發身) 몸을 일으킴.
· **별장**(別將) 조선시대 지방의 산성과 나루, 포구, 보루(堡壘), 소도(小島) 등의 수비를 맡아 보던 종구품 무관 벼슬.
· **복호**(復戶) 특정한 사람에게 부역이나 조세를 면제하는 일.
· **비국당상**(備局堂上) 비변사의 당상관을 이르던 말.
· **비답**(批答) 임금이 상소 말미에 가부에 대한 답을 적은 것.

ㅅ

· **삼남**(三南) 충청 · 전라 · 경상도 세 지방.
· **삼사**(三司) 사헌부, 사간원, 홍문관 세 관아를 이름.
· **상식사**(尙食司) 사옹원. 궁중 음식에 관한 일을 맡아 보던 관아.
· **상한**(常漢) 상놈.
· **서교**(西郊) 서울의 서대문 밖.
· **성첩**(城堞) 성벽 위에 낮게 쌓아 총알과 화살을 막는 담.
· **솟을삼문** 맞배지붕 대문에서 가운데 문의 지붕을 좌우 대문보다 한 단 높게 세운 대문.
· **수구문**(水口門) 광희문의 옛 이름. 서소문과 함께 도성 안 시신을 밖으로 내보내던 문.
· **수어청**(守禦廳) 남한산성을 지키고 경기도 광주, 죽산, 양주 등의 여러 진을 다스리던 군영. 인조 4년(1626)에 설치하여 고종 21년(1884)에 폐지됨.
· **수찬**(修撰) 조선시대 홍문관의 정육품 벼슬.
· **순령수**(巡令手) 대장의 전령과 호위를 맡고 영기(令旗) 따위를 받들던 군사.
· **신성**(晨省) 아침 일찍 부모의 침소를 찾아뵙고 밤사이 안부를 살피는 일.

ㅇ

· **아병**(牙兵) 군진에서 대장이 직접 통솔하던 병사.
· **아헌**(亞獻) 제사 지낼 때 두 번째로 술잔을 올림.
· **암문**(暗門) 적의 눈에 띄지 않게 성벽에 감추어놓은 문.
· **양도**(糧道) 군량을 대주는 보급선.
· **양사**(兩司) 사헌부와 사간원을 아울러 이르는 말.
· **양서**(兩西) 황해도와 평안도를 아우르는 말.
· **양전**(兩殿) 임금과 세자.
· **여장**(女牆) 성가퀴. 성 위에 낮게 쌓은 담으로, 여기에 숨어서 적을 감시하거나 공격함.
· **오활**(迂闊) 에돌아서 실제와 거리가 멂.

· **육품사과**(六品司果) 조선시대 벼슬의 여섯 번째 품계인 육품과 오위(五衛)에 둔 정육품 군직(軍職)을 통틀어 칭함.

· **윤방**(輪放) 조별로 돌아가며 차례대로 발포하는 것.

· **융복**(戎服) 철릭과 주립으로 된 군복으로, 평소에는 무신만 입었지만 전쟁이 나거나 임금을 호종할 때는 문신도 입음.

· **의각지세**(犄角之勢) 양쪽에서 잡아당겨 찢으려는 듯한 형세.

· **의주**(儀註) 국가 전례의 절차를 주해하여 적은 책.

ㅈ

· **잡상**(雜像) 전각 지붕 위 추녀마루에 한 줄로 세워놓은 여러 장식물.

· **장계**(狀啓) 지방 신하가 중요한 일을 임금에게 보고하는 일이나 문서.

· **장풍국**(藏風局) 풍수에서 바람의 기운을 잘 갈무리하는 형국으로, 산으로 둘러싸인 분지를 말함.

· **접반사**(接伴使) 외국 사신을 접대하던 관직. 정삼품 이상의 신료 가운데 임시직으로 임명.

· **정랑**(正郞) 조선시대 육조에 둔 정오품 벼슬.

· **정원**(政院) 승정원.

· **정자살문**(井字-門) 문살을 우물 정(井) 자 모양으로 촘촘히 짠 문.

· **조창**(漕倉) 세곡(稅穀)의 수송과 보관을 위해 물가에 지어놓은 곳집.

· **종헌**(終獻) 제사를 지낼 때 올리는 세 잔 가운데 마지막 잔을 올림.

· **중곤**(中棍) 죄인의 볼기를 치던 중간 크기의 곤장. 버드나무로 만들며 길이는 다섯 자 네 치 정도임.

· **진위사**(陳慰使) 조선시대에 중국 황실에 상사(喪事)가 있을 때 파견하던 사절.

· **질청**(秩廳) 고을 관아에서 구실아치가 일을 보던 곳.

ㅊ

· **차자**(箚子) 신하가 임금에게 올리던 간단한 서식의 상소문.

· **참군**(參軍) 조선시대에 한성부에 둔 훈련원의 정칠품 관직.

· **창의**(倡義) 나라를 위해 의병을 일으킴.

· **천례**(賤隷) 천민과 노예.

· **체찰사**(體察使) 조선시대 전시 총사령관. 비상시에 임시로 설정하는 직책으로 영의정이 겸함.

· **초**(哨) 약 백 명을 한 단위로 하는 군대의 편제.

· **초관**(哨官) 하나의 초를 거느리던 정구품 무관 벼슬.

· **초헌**(初獻) 제사 지낼 때 술잔을 첫

번째로 신위에 올림.

· 총안(銃眼) 몸을 숨긴 채 총을 쏘기 위해 성벽이나 보루 따위에 뚫은 구멍.
· 치계(馳啓) 장계 따위를 빨리 전함.

ㅌ

· 타(垜) 총안 세 개가 뚫린 성벽의 한 구간.
· 통인(通引) 지방 관아에서 수령의 잔심부름을 맡아 보던 사람.

ㅍ

· 편전(便殿) 임금이 평상시에 거처하는 궁전.

ㅎ

· 호궤(犒饋) 임금이 군사들에게 음식을 나누어 주며 위로함.
· 홍예(虹霓) 윗부분을 무지개 모양으로 반쯤 둥글게 만든 문.

참고문헌

시대의 흐름과 사실관계를 이해하기 위해 참고한 자료는 다음과 같다. 기록이 부분적으로 중복되므로 구체적 쪽수와 행을 밝히지 못한다. 여러 저자와 번역자에게 감사한다.

책

『인조실록(仁祖實錄)』
『국역 연려실기술』(이긍익, 민족문화추진회, 1977) 중에서「仁祖朝故事本末」
『임진왜란과 병자호란』(정약용 저, 정해렴 역주, 현대실학사, 2001)
『병자호란 1 · 2』(한명기 저, 푸른역사, 2013)
『병자록(丙子錄)』(나만갑 저, 윤재영 역, 명문당, 1987)
『산성일기(山城日記)』(작자미상, 김광순 역, 서해문집, 2004)
『심양장계(瀋陽狀啓)』(소현세자 시강원 저, 정하영 외 역주, 창비, 2008)
『조선후기지성사』(정옥자 저, 일지사, 1991)
『여지도서 평안도 편』(이철성 역주, 디자인흐름, 2009)
『亂中雜錄』(조경남)
『南漢山城 文化遺蹟 지표조사보고서』(토지박물관 학술조사총서 제7집, 광주군 · 한국토지공사 토지박물관, 2000)
『南漢山城 行宮址 시굴조사보고서』(토지박물관 학술조사총서 제6집, 광주군 · 한국토지공사 토지박물관, 1999)
『譯註 丙子日記』(南平 曺氏 지음, 전형대 · 박경신 역주, 예전사, 1991)
『南漢日記』(석지형 지음, 이종훈 옮김, 광주문화원, 1992)

논문

「삼전도비수립시말(三田渡碑竪立始末)」(김성균, 『향토서울』 12, 서울시사편찬위원회, 1961)
「이경석의 정치적 생애와 삼전도비문 시비」(이은순, 『한국사연구』 60권, 한국사연구회, 1988)

남한산성

2007년 4월 14일 초판 1쇄 발행
2016년 4월 14일 초판 99쇄 발행
2017년 6월 5일 100쇄 아트 에디션 발행
2017년 7월 5일 개정 신판 1쇄 발행
2024년 1월 2일 개정 신판 10쇄 발행

지은이 김훈
그린이 문봉선
펴낸이 박해진
펴낸곳 도서출판 학고재

등록 2013년 6월 18일 (제2013-000186호)
주소 서울시 영등포구 경인로 775 에이스하이테크시티 2-804
전화 편집 02-745-1722 마케팅 070-7404-2791
팩스 02-3210-2775

ISBN 978-89-5625-353-4 03810